LE DIEU DE CLOTILDE

Paru dans Le Livre de Poche :

La Belle Fille sur un tas d'ordures

Cœur d'artichaut

Coups de sang

La Couronne d'Irène

La Déesse mère

La Hache et la croix

Le Hun blond

Marie

Les Ritals

Les Russkoffs

CAVANNA

Le Dieu de Clotilde

ROMAN

ALBIN MICHEL

Lecteur,
Si cette histoire
Pouvait te donner
Le goût de l'histoire,
Je serais comblé.

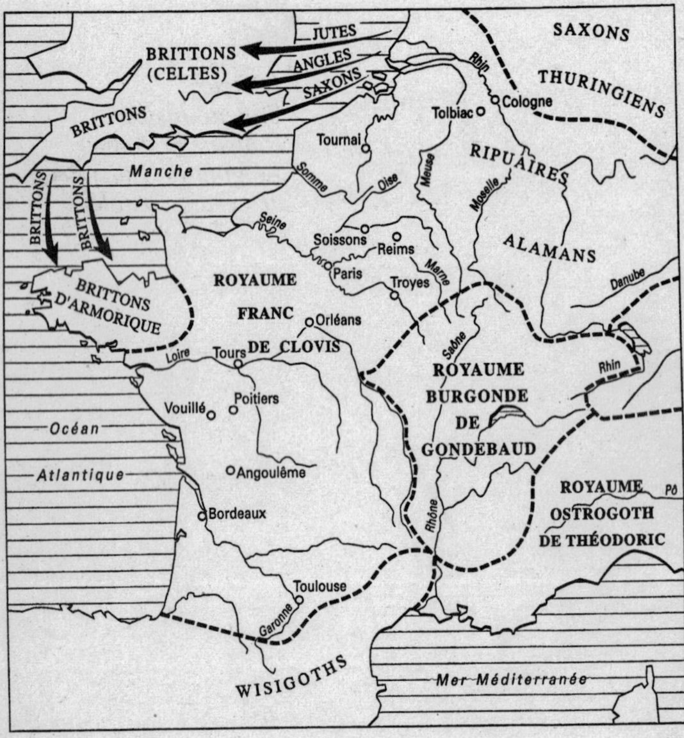

La Gaule à la mort de Clovis (511)

Première partie

TOLBIAC

I

Grallon[1], roi d'Armorique, est un roi sans façons. Il ne lui viendrait pas à l'idée de poser son royal fessier sur un trône. C'est pourquoi son palais ne comporte pas de salle du trône. Ses palais, devrais-je dire, car Grallon est un roi itinérant. Il parcourt sans trêve son brumeux royaume d'Armorique, galopant joyeusement par les chemins de hasard qui courent sur la lande ou s'enfoncent dans les noires forêts de ce bout du monde dont la sauvagerie rebuta les Romains qui, en cinq siècles, n'y édifièrent que peu de routes dallées, encore ces rares voies de pénétration sont-elles, en l'an du Seigneur Christ 496, dans un bien triste état.

Cheveux au vent, la reine Galla chevauche botte à botte au côté de son époux. Sous ses airs délicats se révèle une gaillarde qui abandonne aux grasses concubines les litières aux riches coussins que des bœufs nonchalants n'arrachent aux fondrières que pour les faire sauter sur les bosses du granit affleurant partout.

Ainsi, de Vannes à Quimper, de Morlaix à Rennes et de Rennes à Nantes, quand toutefois l'une ou l'autre de ces deux dernières cités n'est pas, pour un temps, tombée entre les griffes rapaces des Francs ou des

---

1. Voir annexes en fin de volume. (Toutes les notes sont de l'auteur.)

Saxons, il se promène, cet homme, en brave petit roi sachant savourer les bonnes choses.

Le roi Grallon n'aime guère rester assis. Il préfère donner ses ordres ou remuer les graves desseins de la guerre et de la politique en arpentant les allées ombragées du jardin qui agrémente sa résidence du moment. Le voici justement occupé à discuter amicalement, sans doute d'un point de théologie, avec un religieux de haute mine, aux yeux de silex gris, aux gestes véhéments, lorsque se présentent à lui deux guerriers dont la vêture aussi bien que les armes proclament l'origine — des Francs. Seul, le torque qu'ils portent autour du cou, concession aux usages de l'aristocratie celte, les distingue des leudes d'un roitelet franc.

L'un est vaste d'épaules, ample de poitrail. Ses larges et hautes pommettes, ses yeux légèrement bridés, voilà qui rappelle les terribles hordes asiates, mais la crinière fauve ruisselant sur les épaules, mais aussi les lumineuses prunelles d'eau verte, voilà qui heurte et déconcerte [1].

L'autre gaillard est sans équivoque. Un Germain pur jus, blond comme une poignée de paille, long comme un jour sans pain, sec comme un hareng saur, tout en jambes et en bras, l'œil fureteur, le sourire prompt, l'allure d'un gosse qui aurait grandi plus vite que ses vêtements.

Tous deux se figent devant le roi, inclinent brièvement la tête — marque extrême du respect que peut concéder un Franc, fils d'un peuple fier —, et puis attendent. Le roi les contemple avec plaisir. Il aime les belles choses et les beaux soldats. Il se tourne vers le moine, guettant un signe d'admiration qui tarde à venir. Le guerrier trapu questionne :

— Tu nous as fait mander, seigneur roi ?

---

1. Loup, surnommé « Le Hun blond », est le fruit de l'union du Hun Bouzil et de la Franque Waldrude, compagne de la reine Ragnhilde, épouse du roi Mérovée (voir *Le Hun blond*).

Un peu dépité par l'indifférence du moine, le roi grommelle :

— Tu le sais bien, que je vous ai fait mander, puisque vous voilà. Alors, pourquoi questionnes-tu ?

Les deux gars échangent un clin d'œil. Le trapu hausse les épaules :

— Oh, oh... Contrarié, seigneur roi ? Quelque chose t'a déplu dans le service de ta garde ?

Le visage du roi Grallon n'est pas de ceux sur qui s'attardent les nuages. Un grand sourire y ramène bientôt le beau temps.

— Ma garde me fait grand honneur, et c'est grâce à vous deux, je ne l'oublie pas. Si ce sont des compliments qu'il vous faut, en voilà une bonne brassée, mettez cela dans vos besaces.

Les deux compères, impassibles, hochent du menton, à peine à peine mais bien ensemble, le minimum passe-partout pour les cas où l'on a affaire à des personnages haut placés.

Tout ceci n'était que prélude. Le roi tousse pour s'éclaircir la gorge et marquer le passage du ton badin au registre grave. On va maintenant attaquer les choses sérieuses. Il dit, désignant le personnage encapuchonné qui l'accompagne :

— Mes amis, vous voyez ici le révérend Ruairdelbac'h Ui Conch'gobair, qui nous arrive d'Irlande. Mon père, voici Loup et Otto, chefs de ma garde personnelle.

Loup, sans broncher, pique du menton une fois de plus. Otto en fait autant, mais un étonnement a haussé son sourcil. Ses lents progrès en celtique brittonien ne l'ont pas encore mis à l'abri des surprises linguistiques. Il s'adresse respectueusement au roi :

— Seigneur roi, pourrais-tu répéter ?

Le moine irlandais prend les devants. Il assène d'un trait :

— Ruairdelbac'h Ui Conch'gobair.

Il précise :

— Du clan des Mac Gamain Ui Eoganach't.

— Voilà, voilà... Et tu l'as dit sans respirer. Moi, je n'y arriverai jamais.

L'homme de Dieu sourit avec indulgence :

— Appelle-moi Léon.

— Léon ?

— C'est mon nom chrétien, celui que je reçus à mon saint baptême.

— C'est plus court, mais ça claque moins.

— Il me fut donné par l'évêque Patrick en personne, le très saint homme qui fit connaître le Seigneur Christ Jésus à l'Irlande alors plongée dans les ténèbres du paganisme. Ainsi me vouait-il à saint Léon, le pape martyr, celui qui, la croix au poing, osa affronter Attila. C'est un grand honneur. Je dois m'en montrer digne.

Le moine a dit cela d'une voix haut perchée, ponctuant son discours de force signes de croix. Otto, par une mimique appuyée, montre qu'il apprécie la portée de l'honneur fait au moine d'Irlande. Loup, toujours avide de choses nouvelles, questionne :

— L'Irlande, d'où tu viens, seigneur moine, c'est bien, si je ne me trompe, la grande île qui gît à l'occident de la Brittonie ? L'ultime terre que borne le grand fleuve Océan dont les eaux tumultueuses enveloppent la totalité du monde et n'ont pas de limites ?

— C'est cela. Tu es bien savant, pour un homme d'épée.

— En mes enfances, j'eus la chance d'étudier auprès d'un clerc versé en toutes sciences.

— Clerc, dis-tu ? Donc chrétien.

— Chrétien, cela va de soi.

Le moine se fait soupçonneux :

— Mais fort savant, dis-tu ? Quelque sectateur de l'hérésie d'Arius, sans doute. Ceux-là seuls sont friands d'érudition et curieux de grimoires poussiéreux.

— Nullement. Catholique romain de la tête aux pieds. Comme toi-même, je pense.

Loup se tourne vers le roi, lui adresse un sourire où ne se décèle pas la moindre ironie :

— Et comme toi, seigneur roi.

Le moine jubile :

— Tu es donc chrétien toi-même, et chrétien de la bonne espèce !

— Moi ? Ah, non. Pas du tout.

— Que dis-tu ? Tu serais païen ?

L'homme d'au-delà des mers n'en revient pas. Sur sa face osseuse s'affrontent la stupéfaction et l'horreur. Il s'adresse au roi :

— Comment donc toi, roi très chrétien, peux-tu tolérer dans ton entourage la présence diabolique et pernicieuse de vils païens ? Et, qui pis est, leur confier le commandement de ta garde privée ?

Le roi hausse les épaules, bras écartés, paumes offertes, attitude qu'on peut interpréter par : « Que veux-tu, c'est comme ça... » Il juge toutefois utile de rectifier :

— Pas païens.

Le moine fulmine :

— Que dis-tu ?

Loup, soucieux de la dignité royale, s'interpose afin de préciser la pensée de son maître :

— Le seigneur roi t'explique qu'Otto, ici présent, et moi-même ne sommes pas plus païens que nous ne sommes chrétiens.

— Qu'êtes-vous donc, alors ? Des bêtes brutes ?

Loup esquisse un mince sourire :

— Des bêtes brutes, bonnes à jeter sur un tas de fagots bien secs et à rôtir toutes vives pour l'édification des petits enfants, c'est bien ta pensée, je ne me trompe pas ? Seulement, moine, il faudrait d'abord les attraper, les deux fauves. Et peut-être, auparavant, demander au roi ce qu'il en pense.

Justement, le roi Grallon se souvient qu'il est le roi. La main sur le pommeau de l'épée, menton dressé, sourcil froncé, il se vêt de majesté altière. Levant l'autre main, il ordonne :

— Paix, là ! Vous voilà bien bavards, mes drôles. Et toi, moine, bien arrogant. Sache que ce royaume qui est mien, je le mène comme je l'entends. Certes, je déplore que ces deux-là rechignent à toute foi, surtout à celle de Notre Seigneur le Christ Jésus (il se signe), mais je suis seul juge de ce que je décide de tolérer. Loup, le Hun blond, et son ami Otto ont mon entière confiance et mon active protection comme bons et loyaux serviteurs dont le royaume n'a qu'à se louer.

Otto hausse le col, qu'il a fort long, et laisse tomber de là-haut un regard ruisselant de condescendance. S'il ne se trouvait en présence de son roi, il tirerait la langue, il en meurt d'envie. Loup a le triomphe plus discret. Soucieux de ne pas laisser se prolonger un moment plutôt gênant, il enchaîne :

— Seigneur roi, je suppose que la présence auprès de toi de ce saint voyageur n'est pas sans rapport avec ta convocation.

Grallon saisit la perche tendue :

— Tu supposes bien. Mais le frère Léon t'expliquera cela lui-même. Allons, frère moine, déballe ton affaire.

Le moine hoche la tête, plisse les lèvres, fronce le sourcil, joint les mains pour opposer bout à bout les extrémités de ses doigts, en homme qui pèse avec soin ses paroles avant de les laisser prendre leur vol jusqu'aux oreilles environnantes. Enfin il parle, à voix d'abord prudente, mais qui, au fil du discours, peu à peu s'anime :

— Vous savez — ou peut-être ne le savez-vous pas, mécréants que vous êtes, en ce cas je vous l'apprends — que l'île d'Irlande, où je suis né, est, en ces temps de confusion, devenue la terre d'élection du Seigneur Christ Jésus. En ces lieux sauvages bouillonne une grande ardeur pour la propagation de la foi qui sauvera le monde. Nous sommes un peuple de prosélytes. Nos monastères déversent sur les masses encore barbares des essaims de missionnaires qui répandent la bonne parole jusqu'aux confins des terres habitées, bien au-delà de ce que furent les limites de l'Empire, dans les immensités où errent des peuplades misérables et cruelles.

« Il importe de faire vite, d'être les premiers sur les lieux, car les faux apôtres de l'hérésie perverse inspirée par Satan au perfide Arius — ici, le moine crache sur le sol avec violence et abondance, puis se signe éperdument — s'efforcent de leur côté de convertir à tour de bras à leur doctrine mensongère les meneurs de ces races ignorantes et leurs leudes, activement soutenus par les puissants rois goths de l'Est comme de l'Ouest, eux-mêmes ardents sectateurs de l'hérésie.

Ayant lâché cela tout d'une traite, le moine interrompt son propos afin de reprendre haleine. Afin de se rafraîchir le gosier, aussi, car voilà qu'il tire de sa vaste manche un flacon plat fait de terre cuite et rempli d'un liquide bienfaisant dont il s'envoie habilement entre les lèvres une mince giclée qu'il fait tomber de haut par le jeu de son pouce démasquant l'ouverture du goulot, juste ce qu'il faut pour régler la force du jet. Otto admire l'artiste. Le moine croit devoir faire le commentaire pour l'édification de l'aimable assistance :

— Nous autres, missionnaires en terre lointaine, devons nous habituer à ménager en tout temps les dons de la Divine Providence car, au fond des déserts et des solitudes hostiles où nous appelle souvent notre saint ministère, la boisson peut cruellement faire défaut, de même que le pain. Aide-toi, la Providence t'aidera.

Loup, pas contrariant, opine gravement du chef. Otto trouve le saint homme un peu bien enclin à la prolixité sentencieuse. Appuyé sur son épée, il attend la suite. Justement, la voici :

— Cette ardeur missionnaire que Dieu a bien voulu mettre en ma chétive personne m'a poussé vers le continent comme elle y a poussé bien d'autres avant moi. J'ai donc cherché une terre encore plongée dans les ténèbres du paganisme afin d'y courir pour convertir ses malheureux habitants à la Sainte Lumière ou pour y trouver le martyre...

Le moine marque un temps. Au coin de la paupière du roi Grallon perle une larme.

— ... si telle est la volonté de Notre Seigneur le Christ Jésus.

Le moine se signe. Le roi se signe. Loup prend patience. Otto bâille discrètement.

Le moine reprend :

— Nous avons, en nos monastères d'Irlande, des listes fort complètes et soigneusement tenues à jour des peuples encore privés de la connaissance des saintes vérités. Dès que l'un de nous sent en lui fleurir l'irrésistible et bienheureuse vocation, il barre sur la liste un des noms disponibles, ceint ses reins et s'en va par le monde prêcher la bonne parole. Plus le voyage est long et plein de périls, plus les peuples à convertir sont sauvages, cruels et obstinés dans l'erreur, alors, cela va de soi, plus hauts sont les mérites du missionnaire.

Otto ajoute :

— Le sommet du mérite étant atteint par le martyre.

— Bien entendu.

— Et plus raffinés sont les supplices, plus fort se réjouit le Seigneur Christ au plus haut des cieux.

— Cela va de soi... Heu...

Le moine fronce le sourcil. Il se demande... Mais la face d'Otto est toute candeur. Nul soupçon d'ironie sacrilège. C'est un gars qui se renseigne, voilà tout. Loup s'empresse de confirmer frère Léon dans cette sereine conviction :

— Tu es donc, si j'ai bien saisi où mène ton préambule, un de ces moines missionnaires qui vont par monts et par vaux prêcher la religion nouvelle ?

— Tu as bien deviné. Mais ce n'est pas tant sa nouveauté, que je prêche, que sa vérité. Car elle seule est vraie. Les autres ne sont que billevesées et tromperies du grand diable Satan.

Loup redouble de déférence :

— Si je puis me permettre de demander, quel peuple d'entre les peuples encore païens as-tu choisi de convertir ?

Les yeux du moine brillent d'une sainte émulation :

— Un peuple sauvage et fier qui croupit dans l'ignorance de la Lumière, dont les tribus errent parmi les solitudes au-delà du grand fleuve Rhin, lequel, m'a-t-on appris, marquait autrefois la limite de l'Empire et sa frontière d'Orient.

— Quel est le nom de ce peuple ?

Le moine fronce le sourcil, se prend le menton. Visiblement, il fouille sa mémoire, sans grand succès semble-t-il. Loup vient à son secours :

— Des peuples païens, par-delà le fleuve Rhin, ce n'est certes pas ce qui manque. Il y en a des multitudes, tous plongés dans ce que tu appelles les ténèbres de l'ignorance. Tu n'as que l'embarras du choix : Thuringiens, Alamans, Saxons, Frisons, Lombards, Alains... Rien que de fieffés conchieurs de crucifix. Il reste même quelques hordes de Huns qui traînent par-ci, par-là. Ah, et puis des Slavons, aussi, ces gens tout nus surgis on ne sait d'où, mangeurs de racines, de lézards et de ces choses immondes que l'on trouve en soulevant un caillou, et qui, se multipliant comme lapins en garenne, couvrent irrésistiblement les lieux que dévastèrent Attila et ses fils.

Le moine, à chaque nom, secoue la tête.

— Non, ce n'est aucun de ceux-là. Attends... Voilà : les Francs.

Loup fait les yeux ronds. Otto semble s'amuser. Il s'exclame :

— Les Francs, dis-tu ? Alors, tu n'auras pas à franchir le Rhin pour les trouver. Ils t'attendent ici même, à trois heures de marche, sur l'autre rive du ruisseau Couesnon. Ne sais-tu donc pas que, menés par leur roi

Clovis, ils ont pris tout le pays romain entre Somme et Loire ? Voilà ce que c'est qu'habiter une île ! Les nouvelles n'arrivent pas vite !

Le visage du moine exprime d'abord une vive surprise, que module bientôt une certaine satisfaction.

— J'aurai donc moins loin à aller ! Car, qu'ils se trouvent ici ou là-bas, ces Francs sont bien d'horribles païens, n'est-ce pas ? Sur ce point, je ne puis errer, nos listes sont à jour.

— Tu dis vrai, ils ne sont pas convertis. Pas encore. Mais il y a de la concurrence. Le clergé catholique, qui règne sur le menu peuple des Gaules, s'en occupe. S'il doit y avoir conversion et baptême chez ces gens-là, ce sera l'œuvre des seigneurs évêques Remi ou Avit, ou de quelque autre, qui font avec ardeur et constance le siège du roi Clovis et veulent mutuellement s'enlever le morceau de la bouche. Crois-moi, seigneur moine, il n'y a là nulle miette à glaner pour toi, n'en déplaise à tes listes infaillibles.

Le moine secoue son front têtu :

— C'est pourtant bien de Francs qu'il s'agit. Et de Francs vivant sur l'autre rive du fleuve Rhin.

Otto laisse tomber :

— Je vois. Les Ripuaires.

— C'est pourtant vrai, dit Loup. Les Ripuaires.

Le moine s'étonne :

— Que me chantez-vous là ? Nos listes parlent de Francs, nullement de Ripuaires. Qui sont-ils, ceux-là ?

Loup soupire :

— Vos listes... Écoute. Il y a deux sortes de Francs. Ceux qui cantonnaient, il y a peu, sur la rive gauche du fleuve Rhin, près de l'endroit où il se jette dans la mer, au Septentrion. Ceux-là sont les Saliens. Et il y a ceux du haut du fleuve, qui hantent la puissante forêt Charbonnière jusqu'aux confins des territoires des Thuringiens. Ceux-là, on les nomme Ripuaires. Ils forment deux nations séparées, quoique franques toutes deux et usant du même parler francique. Ce sont les

Francs saliens qui, à la suite de leur roi Clovis, fils de Childéric, ont passé le fleuve Somme, se sont emparés du royaume romain de Syagrius et font donc, du coup, frontière commune avec le royaume d'Armorique où nous sommes de présent.

Le moine a suivi cet instructif propos avec grande attention. Il en résume l'essentiel :

— Je suppose que, puisque nos listes mentionnent expressément des Francs d'au-delà du fleuve Rhin, c'est chez ceux d'entre eux que vous nommez Ripuaires que m'appelle ma vocation au service du Seigneur Christ Jésus.

Il se signe. Le roi croit devoir en faire autant. Depuis un instant, il semble un peu perdu dans une rêverie, le roi Grallon. Prenant soudain conscience de ce que ses deux gardes du corps attendent avec respect qu'il veuille bien leur apprendre ce qu'il attend d'eux, il émerge, souriant, et dit :

— Justement.

Loup regarde Otto. Otto regarde Loup. Le moine regarde le roi. Tous ces regards reflètent une certaine inquiétude. Loup formule, à voix déférente :

— Justement, seigneur roi ?

Le roi Grallon est maintenant bien présent. Tout réjoui, il explique :

— Je disais « justement » parce que — vous allez voir combien c'est amusant — il m'est soudain revenu à l'esprit, quand vous avez mentionné les Francs de la variété ripuaire, une circonstance étonnante, une de ces choses que les lettrés nomment coïncidences, je crois.

Tous attendent, l'air gourmand. Une coïncidence, peste ! Le roi se racle royalement la gorge. Le discours promet d'être long.

— Voici. Il se trouve que le roi des Francs ripuaires, Sigebert, qui réside en son séjour de Cologne quand toutefois il n'est pas à mener quelque expédition de rapine sur les confins des Thuringiens ou des Alamans, ses voisins, est un bon ami à moi. Il est plus d'une fois accouru aider mon père quand les Saxons, non contents de nous avoir chassés de Brittonie et de ravager les côtes d'Armorique, voulaient envahir cette terre de refuge et massacrer une bonne fois tout ce qui est celte. Sigebert s'est battu en brave. Il est aujourd'hui assez âgé mais, autant que je sache, continue à mener son royaume d'une poigne de fer, et aussi son ménage, ce qui n'est pas le moins ardu lorsqu'on a quatre épouses légitimes et une douzaine de concubines à satisfaire. Je l'ai bien connu en mes enfances. Notre amitié ne s'est jamais démentie, malgré la distance.

Le roi reprend haleine. Loup demande :

— Ce Sigebert n'est-il pas l'oncle du roi Clovis ?

— C'est ma foi vrai ! Ça m'était sorti de l'idée. Mais tous ces rois francs ne sont-ils pas parents entre eux, plus ou moins ?

— Ils le sont. Toutefois, ceux de Cambrai, de Tongres, d'Ypres, de Thérouanne et d'ailleurs ont fait leur soumission à Clovis. Seuls les Ripuaires, avec le vieux Sigebert à leur tête, sont restés indépendants. Je suppose que Clovis l'endure fort mal.

Le moine fronce le sourcil :

— Ainsi, toi, Grallon, roi chrétien, tu es l'ami d'un païen ?

C'est tout ce qu'il a retenu de ce qui vient de se dire, l'intransigeant baptiseur. Grallon, tout soumis qu'il soit à l'Église, commence à la trouver saumâtre.

— Ce païen est un homme de haut courage et de grande bonté. Et puisque c'est lui que tu dois amener au Seigneur Christ Jésus, vois dans notre amitié une faveur que te fait la Divine Providence. Car, venant de ma part, bien des portes s'ouvriront qui resteraient closes à tout autre porteur de la Sacrée Parole.

— Dieu soit loué en toutes choses. Amen.

— Amen.

Ils se signent.

Otto s'impatiente. Ses longs membres s'accommodent mal de l'inactivité. Il pousse Loup du coude, et puis, s'adressant au roi :

— Seigneur roi, que venons-nous faire là-dedans, Loup et moi-même ?

— Paix, là ! Nous y arrivons. Le frère Ruairdelbac'h...

— Seigneur roi, nous nous en tiendrons à Léon, si toutefois tu le juges bon.

Pas contrariant, le roi rectifie :

— Le frère Léon, donc, a joui de la grâce insigne d'être initié aux mystères de la foi du Seigneur Christ Jésus par le grand Patrick en personne, que d'ores et déjà l'Irlande place au rang des saints. J'ai décidé d'aider ce pieux missionnaire en son entreprise. Puisque c'est chez les Francs ripuaires que sa vocation l'envoie chercher son accomplissement et peut-être son martyre — il en sera selon qu'il plaira à Dieu —, vous l'accompagnerez jusqu'en ces contrées sauvages, lui ferez escorte et le protégerez contre les entreprises des malandrins, gens de guerre et autre vermine.

Le roi marque une pause, peut-être pour laisser au moine le temps d'exprimer un merci ému. Les mains enfoncées dans les manches, l'homme de Dieu se contente d'approuver du chef, sans un sourire, comme si tout cela allait de soi.

Grallon se tourne alors vers les deux fleurons de sa garde personnelle :

— Et puisque c'est chez mon cher et vieil ami le roi Sigebert que vous vous rendez, vous lui transmettrez mon très affectueux souvenir ainsi qu'une lettre que rédigera la reine Galla sur un beau parchemin.

Loup s'étonne :

— Parchemin ? Qu'est-ce donc ?

— Une nouveauté. Une espèce de papyrus[1], mais fait de peau de mouton finement traitée pour porter

---

1. Le parchemin détrônera peu à peu le papyrus de roseau et le *codex* aux pages cousues le *volumen* en rouleau.

l'écriture et, dit-on, insensible à l'usure comme à la pourriture, alors que le papyrus de roseau est tellement fragile.

Otto remarque, sentencieux :

— On n'arrête pas le progrès.

II

C'est une salle d'assez amples proportions où, jadis, le procurateur romain de la sous-province d'Armorique recevait les fonctionnaires chargés de lever l'impôt dû à l'empereur. Pour l'instant, cette salle est un chantier. Juchés tout autour sur des échafaudages de perches de sapin, des esclaves sont fort occupés à gratter à blanc les fresques gracieuses qui décorent murs et colonnes aux chapiteaux banalement corinthiens. Les talonnant de près, d'habiles peintres d'images font naître sous leurs pinceaux un foisonnement fantastique d'oiseaux, de sirènes et de monstres variés se mêlant et se démêlant en entrelacs vertigineux autour des symboles naïfs du culte de l'Agneau mystique. Les délires les plus fous jaillis de l'âme celte renvoient au néant les sages géométries gréco-romaines qui encadraient de mièvres polissonneries pompéiennes.

Troussant sa robe d'apparat, le roi Grallon enjambe lestement outils épars et récipients à peinture, sans que les apprentis imagiers broyant à la force de leurs jeunes bras dans les mortiers de pierre les poudres de couleur n'interrompent pour autant leur ouvrage.

A Loup et à Otto, qui le suivent, le roi confie :

— Ce n'est que du provisoire. Plus tard, nous jetterons tout cela à bas et le reconstruirons à la mode de chez nous : des colonnes trapues, des chapiteaux sans façon, des croix cerclées, tout cela plein granit, et foison d'entrelacs à en perdre la vue ! L'Armorique sera celte, nom de Dieu, dussions-nous tuer tous ces bâtards d'Armoricains romanisés !

S'interrompant tout net, il se signe, trois fois de suite, en marmonnant quelque ardente contrition, non à cause du massacre promis mais à cause de l'involontaire blasphème. Rasséréné, il pousse une porte basse, dont il franchit le seuil, suivi des deux amis.

Il fait assez sombre dans la petite pièce qu'un œil-de-bœuf éclaire chichement. Loup et Otto connaissent l'endroit, c'est leur devoir et leur fonction de tout connaître. Épars çà et là, des blocs tourmentés se discernent mal sous la poussière accumulée. Le roi a un geste vague.

— Des idoles du vieux temps. Je ne sais pas pourquoi on conserve ça. Peut-être par prudence, au cas où... On ne sait jamais. Sous l'empereur Julien, on les avait ressorties, redorées... Mon grand-père a connu ça. Bon. Asseyez-vous si vous pouvez. J'ai à vous parler.

Lui-même, après en avoir chassé la poussière, pose son fessier sur ce qui pourrait bien être l'opulente poitrine d'une Junon. Il aurait pu tomber plus mal. Loup et Otto s'accommodent à la diable, qui de la croupe mignonne mais sens dessus dessous d'une nymphe des bois, qui d'une face barbue, sans doute celle du roi des dieux.

Et donc le roi Grallon parle ainsi :

— Il est des choses qui ne peuvent être dites que de moi à vous. Strictement. Secret d'État. Vous me comprenez ?

Effectivement, Loup a compris, et le fait savoir :

— Ce que tu vas nous dire maintenant, seigneur roi, le moine Léon ne doit pas l'apprendre.

— Surtout pas lui !

Otto aime la précision dans les ordres :

— Surtout pas lui, d'accord. Mais les autres non plus.

— Cela va de soi.

— Alors, dis-nous simplement que pas un homme sur terre ne doit l'apprendre. Le moine Léon est un homme, donc...

Loup apprécie :

— Ceci est un syllogisme, et un beau.

— C'est bien possible.

— Aristote l'eût approuvé.

— Je suis comme cela, moi.

Le roi s'impatiente :

— Quand vous en aurez fini avec cet Aristote, peut-être pourrons-nous aller de l'avant ?

Les deux soldats d'élite rectifient la position, puis, bien en chœur :

— Seigneur roi, à tes ordres !

— Vous êtes trop bons. Voici donc l'affaire. Il y a une quinzaine d'années d'ici, un de mes oncles, du nom de Conan, qui eût dû régner mais n'a pas vécu assez longtemps pour cela...

Loup lève la main.

— Pardonne-moi, seigneur roi, si je prends la liberté de t'interrompre, mais « Conan » est un nom assez répandu dans ta lignée. Peux-tu préciser duquel il s'agit ?

— Tu fais bien de poser la question. Moi-même, il m'arrive de m'y perdre. Voyons un peu... Ce nom fut tout d'abord celui du grand Conan Mériadec, chef illustre parmi les illustres. S'étant vaillamment battu contre les damnés envahisseurs saxons, il succomba sous le nombre et, acculé à l'Océan, il fut le premier de ceux qui abandonnèrent leur terre, la grande île de Brittonie, et prirent pied sur le sol d'Armorique. Conan Mériadec battit les garnisons romaines, fonda le royaume celte d'Armorique et s'en décréta premier roi. Depuis, le nom de Conan est vénéré entre tous. Il fut porté, entre autres, par ce Conan, mon oncle, dont, si vous m'en laissez le loisir, je vais vous conter la touchante histoire.

Loup s'incline. Otto, dont le nez de Jupiter meurtrit

l'os de la fesse, se cherche une assise plus sympathique. Le roi reprend :

— Il y a de cela, disais-je, une quinzaine d'années, mon oncle Conan, alors dans la fleur de sa jeunesse, eut désir de prendre femme. Vous devez savoir qu'il y avait alors, en Armorique, grave pénurie de jeunes filles à marier de pure race celtique. Les vaillants compagnons de Mériadec n'avaient guère eu le loisir d'en prendre avec eux dans leurs barques lors de leur départ précipité des côtes de Brittonie. On dit même que certaines, qui se cramponnaient au bordage, furent repoussées à coups de talon dans la figure... Que ne dit-on pas ? Pour rester bref, sachez que les damnés Saxons ont pu faire ample moisson de vierges éplorées laissées sur la grève.

Le roi écrase un pleur. Otto s'indigne :

— Même pas une ? Une toute petite ?

— Même pas.

— Drôles de gens, ces Celtes. Moi, je n'aurais pas pu.

— Crois bien que ce ne fut pas sans grande douleur et amers regrets, d'autant que la haute clameur de la lubricité saxonne débridée retentit longtemps aux oreilles épouvantées des malheureux jeunes Celtes qu'un vent favorable (si l'on peut dire !) poussait rapidement loin de la rive natale.

Loup commente :

— Le Saxon a le coït bruyant. Alors, pensez, des milliers de Saxons...

Otto renchérit :

— Et l'eau porte le son très loin.

Il ajoute :

— C'est dans Aristote.

Le roi reprend son récit :

— Certes, il ne manquait pas de Gallo-Romaines appétissantes en Armorique, surtout quand nous eûmes occis les mâles, mais vous pensez bien qu'il était hors de question qu'un futur roi issu de la lignée de Conan

Mériadec mêlât son sang illustre à celui d'une femelle dont, en plus de deux siècles d'invasions diverses, les mères, grand'mères et arrière-grand'mères avaient vu leur passer sur le ventre la lie des pires rebuts de toutes les races bâtardes vomies par l'Europe et même par l'Asie...

Loup fronce le sourcil, tousse dans sa main.

Le roi se reprend :

— Je ne dis pas ça pour les personnes présentes, bien entendu. Où en étais-je ? Oui... Il vint toutefois à la connaissance de mon oncle qu'il subsistait, en Grande Brittonie, au fin fond des Cornouailles, dans une vallée perdue d'accès difficile, un peuple celte encore invaincu dont le roi, un chrétien de la bonne espèce, était père d'une pucelle merveilleusement belle dont la chasteté n'avait d'égale que sa piété.

« Cette perle des princesses avait pour nom Ursule. Un messager lui fut mandé, porteur d'un portrait du prince Conan. Au péril de sa vie, ce messager put remplir sa mission. Ayant été assurée que son prétendant était de pure race celtique et chrétien de la bonne espèce, je veux dire de celle qui reconnaît la primauté de l'évêque de Rome sur tous les autres, elle se laissa aller au doux sentiment qu'avait fait naître en son cœur virginal la contemplation du portrait. Elle sollicita avec respect l'avis de ses chers parents, lesquels firent montre d'une grande joie, ayant encore dix-huit filles à marier, dont une un peu bossue. Ursule répondit donc favorablement à la courtoise demande de Conan, lui envoyant à son tour un portrait d'elle tout à fait propre à susciter, chez un jeune homme débordant de sève, le désir de fonder un foyer chrétien, avec à l'entour du portrait une inextricable foison d'entrelacs de monstres superbement celtiques.

« Je vous laisse imaginer quel fut l'enthousiasme du prince Conan au retour du messager. Il décida de faire venir à lui aussi vite que possible celle qu'il considérait déjà comme sa fiancée.

« Cependant le roi, père d'Ursule, profitant de ce qu'il avait un messager sous la main, chose rare en cette vallée excessivement perdue, avait à tout hasard confié audit messager une information pouvant rendre service à quelqu'un qui, justement, serait intéressé par l'occasion. Cette information était telle : le roi avait encore en magasin dix-huit princesses en bon état, garanties pucelles, pieuses et agréables à la vue comme au toucher (il n'était pas fait mention de la bosse). A bon entendeur, salut.

« C'était une bonne idée. Si bonne qu'elle était venue à d'autres. Tout ce qui, dans la vallée perdue, se trouvait en possession de filles à marier avait discrètement confié au messager une commission semblable. Cela faisait en vérité beaucoup de filles à marier. Exactement onze mille, sans compter Ursule. C'était une vallée comme ça.

« Le roi, père de Conan, fut d'abord assez embarrassé. Puis il fit sonner de la trompe celtique sur le forum hérité des Romains, un peu dépavé mais qui pouvait encore faire de l'usage, et le héraut royal donna avis à la population que onze mille vierges de pure race celtique garantie étaient disponibles pour onze mille maris de même origine. Qu'on se le dise !

« Ici, mes enfants, tout mécréants que vous soyez, vous devez reconnaître le doigt de la Divine Providence et vous incliner bien bas. Sachez que, dans l'heure même de la proclamation en Armorique, onze mille jeunes Celtes de bonne famille, pas un de plus, pas un de moins, firent un pas en avant.

Le roi marque un temps, histoire de permettre à l'auditoire de se bien pénétrer de la merveilleuse aisance dont fait montre la Divine Providence dans l'exercice des sciences arithmétiques. Otto apprécie :

— Onze mille plus un copulateurs copulant bien ensemble en cadence ! Quelle nuit de noces ! De quoi faire crouler la Terre dans le Grand Abîme comme croule un pont sous le pas cadencé d'une légion !

Réflexion faite, il ajoute :

— Et si une des princesses s'était noyée en route ? Il aurait alors fallu tirer à la courte paille pour savoir quel fiancé en trop on aurait dû noyer. Y avait-on pensé ?

Loup plante son coude dans le flanc du persifleur. Le roi reprend son récit, n'ayant pas perçu le sarcasme ou, en tout cas, faisant comme si :

— Et donc, dans un grand élan d'enthousiasme, onze mille et un serments d'éternel amour furent échangés par-dessus les vagues rugissantes. On mit aussitôt en chantier une nef capable de transporter, en sus de son équipage, onze mille et une jeunes filles d'excellente famille avec leur petit nécessaire de toilette, chose qui n'est certes pas dans les capacités d'une nef du modèle courant. Sur cette nef formidable embarquèrent nos onze mille vierges plus une, on largua les amarres, la nef quitta le bord, onze mille et une paires de parents pleurèrent d'un œil, firent « Ouf ! » de l'autre, sur le rivage d'en face onze mille et un fiancés piaffant de pur amour et de rut contenu à grand'peine guettèrent l'apparition sur l'horizon de la voile adorable, guettèrent, guettèrent... Et puis rien.

Otto ne peut se tenir de faire remarquer :

— La Divine Providence s'était trompée quelque part.

Cette fois, le roi fronce le sourcil. Loup, d'une seule main, force l'insolent à s'agenouiller et dit :

— Il ne le fera plus.

Otto, tête basse, confirme :

— Je ne le ferai plus.

Le roi hausse les épaules, défronce ses sourcils et rattrape le fil de la narration :

— On crut longtemps que l'océan perfide avait englouti les jeunes filles. Ce fut un grand deuil dans tout le pays. Onze mille jeunes hommes cruellement déçus s'adonnèrent à l'ivrognerie par le moyen du jus de pommes fermenté, breuvage qui rabaisse le chrétien plus bas que la bête, ou bien à la pédérastie, ou bien aux deux. C'était grande pitié, en vérité.

« Bien des mois plus tard nous parvint la révélation d'une réalité plus navrante encore. Voici ce qui s'était passé. Des vents contraires d'une grande violence avaient dévié la nef géante de sa route, puis l'avaient poussée vers le septentrion jusqu'au lointain estuaire du grand fleuve Rhin. Fuyant la côte inhospitalière où rôdaient des Saxons pillards, les marins avaient remonté le fleuve jusqu'en vue d'un lieu habité nommé Cologne. Là, hélas, ils furent attaqués par une de ces bandes de Huns errants, débris de la grande Horde du seigneur Attila, bandits sans foi ni loi qui se rendirent maîtres de la nef, massacrèrent l'équipage, puis, éblouis à la vue de tant de beautés rassemblées, offrirent à Ursule ainsi qu'à ses compagnes de leur laisser la vie sauve à la condition qu'elles épousent chacune un Hun, renient le Seigneur Christ Jésus et crachent sur la Sainte Croix.

Loup s'est fait attentif. Il dit :

— Renier un dieu et cracher sur une idole sous la contrainte n'engage à rien. Il suffit en même temps de croiser dans son dos l'index et le majeur de chaque main, cela annule les paroles prononcées.

Grallon s'écrie, au bord de la nausée :

— Mais épouser un Hun !

A peine les mots lâchés, il s'aperçoit de sa gaffe. Il voudrait bien la rattraper, d'autant que Loup, soudain redressé de toute sa taille, laisse tomber du haut de sa morgue :

— Ma mère vénérée en a épousé un. Elle n'eut pas à s'en plaindre. Ni toi, que je sache. Les enfants des Huns peuvent se révéler utiles, tu en sais quelque chose, seigneur roi.

L'orage gronde. C'est Otto qui sauve la situation :

— La suite de l'histoire, seigneur roi !

Grallon ne se fait pas prier.

— Eh bien, sachez que ces nobles filles, animées

par l'indomptable foi d'Ursule, refusèrent d'une seule voix de céder à leurs bourreaux. Elles furent donc toutes massacrées avec des supplices d'un raffinement inouï, l'une après l'autre, Ursule en dernier, si bien que cette courageuse enfant assista aux souffrances de chacune de ses compagnes et put les exhorter à la fermeté en priant et en chantant des psaumes.

Otto hoche la tête.

— Elle eut beau chanter, c'est une histoire triste.

Le roi s'écrie, les yeux au ciel :

— Oui, mais tellement édifiante ! Quel exemple pour la jeunesse !

Otto n'est pas vraiment convaincu :

— Elles auraient aussi bien pu épouser les Huns, les obliger à se laver, et puis, tout doucement, les convertir. Amener à leur dieu onze mille païens enragés, voilà qui eût été beau !

— Peuh ! Onze mille... Qu'est-ce que cela ? Leur martyre fera descendre la grâce divine sur des millions de païens qui, rien qu'à en ouïr le récit, courront en pleurant se faire baptiser.

— Je viens de l'ouïr, moi. Or je ne cours ni ne pleure. Qu'en est-il de toi, Loup ?

— Je me sens une grande tristesse à la pensée de toute cette jeunesse sacrifiée pour des billevesées, et aussi un désespoir sans fond devant l'insondable bêtise des hommes, dont on ne peut attendre nul progrès, car ils ne fonctionnent que par peur, cupidité et flatterie. Cependant, dans le récit que vient de nous faire le seigneur roi, un détail me pose question.

— Lequel ?

— Eh bien, je trouve ces Huns féroces bien accommodants que de donner le choix à ces pucelles. Elles étaient de bonne prise et livrées à leur plein loisir. Que n'en usèrent-ils à la façon usuelle, c'est-à-dire par toutes les variétés et fantaisies de la pénétration charnelle, quitte à les massacrer ensuite, si vraiment, de par leurs us et coutumes, ils ne pouvaient se dispenser de massacrer ? Quel besoin avaient-ils de leur demander la permission et, en plus, d'aller se mêler de religion ?

L'index dressé, le roi condescent à expliquer :

— C'est qu'alors il y eût eu viol et massacre simples, et non martyre. Si ces mécréants leur eussent fait subir les mêmes atrocités sans avoir auparavant exigé d'elles le reniement de leur foi, souffrances, angoisses et mort eussent été gaspillées en vain.

— D'où nous devons conclure que l'idée d'exiger l'abjuration fut inspirée aux Huns par la Divine Providence afin de donner aux vierges l'occasion du glorieux martyre.

— C'est cela même ! Euh... Que me fais-tu dire, vilain athée ?

Loup montre quelques signes d'impatience.

— Seigneur roi, Otto et moi-même n'adorons aucun dieu, tu le sais et l'as toujours su, ce n'est pas une découverte. Je ne pense pas que ce soit pour entreprendre de nous convertir que tu t'es isolé avec nous dans ce réduit poussiéreux. Tu nous as conté une fort touchante histoire, nous sommes fort touchés, mais ce n'était là, je suppose, qu'un préambule. Parlons net : qu'attends-tu de nous ?

Le roi retrouve le ton du commandement :

— Que vous retrouviez et rapportiez ici les restes d'Ursule et ceux de ses compagnes.

Loup sursaute :

— Onze mille squelettes !

Otto précise :

— Plus un.

Le roi s'étonne :

— Vous trouvez que ça fait beaucoup ?

— Pour te faire une idée, seigneur roi, disons que, en admettant que nous les trouvions, le total remplira à ras bords une caravane de cent dix chariots.

Otto compte sur ses doigts.

— En bourrant cent squelettes par chariot, ce qui, à mon avis, est un peu trop optimiste.

Le roi opine vaguement. Il leur fait confiance, les mathématiques ne sont pas son fort, ni les détails pratiques. Il ajoute :

— Cela doit se faire dans la plus grande discrétion.

— Parfait ! S'il existe d'autres conditions du même genre, autant nous le dire tout de suite.

— Seulement celle-ci : faites vite.

Otto cependant ne semble pas entièrement satisfait. C'est un esprit curieux. Il aime comprendre le pourquoi des choses. Il lève le doigt :

— Seigneur roi, je ne voudrais pas me montrer indiscret mais, après tout, nous allons sans doute avoir à affronter force Huns et autres peuplades brutales, alors, si toutefois il t'agrée, j'aimerais apprendre de ta royale bouche ce que tu comptes faire de cette montagne de fémurs, de mâchoires et de petits os des doigts de pied.

Le roi leur fait signe d'approcher leurs têtes. C'est à voix presque inaudible qu'il chuchote :

— Le glorieux martyre d'Ursule fait grand bruit dans la chrétienté. Et ce bruit grossit de jour en jour. Déjà, le peuple la vénère comme une sainte. Le pape ne peut manquer de la canoniser. C'est imminent. Alors ses os deviendront des reliques infiniment précieuses qu'églises et monastères s'arracheront. Je veux être le premier. La grande église cathédrale que je ferai construire en ma ville capitale aura, dans une châsse d'or splendidement ornée, les plus beaux morceaux de sainte Ursule. Quelle vertu en rejaillira, qui retombera sur mon royaume en grâces innombrables, parfumées comme des brassées de roses ! Et quelle renommée ! Je vois d'ici les pèlerins accourant en foule serrée de tous les points cardinaux.

Otto hoche la tête, sagace :

— Il faut reconnaître que ça ne peut pas être mauvais pour le commerce. Mais, à ce que je me suis laissé dire, un minuscule petit bout d'os ne contient-il pas autant de vertu sanctifiante que le squelette entier ? De surcroît, pourquoi donc se charger des restes, vénérables, certes, mais encombrants, des onze mille compagnes d'Ursule, dont la masse n'ajoutera rien, puisque ladite vertu sanctifiante sera déjà tout entière contenue dans un osselet d'Ursule ?

— Enfant ! Ne comprends-tu donc pas que, à peine Ursule canonisée, ce sera la ruée sur les saintes reliques, non seulement sur les siennes propres, mais aussi sur celles des onze mille vierges qui, ayant partagé son martyre, partageront son triomphe ?

— Il faut donc couper l'herbe sous le pied à la concurrence.

— Voilà ! Tu as tout compris. Et tu devines maintenant pourquoi j'exclus le moine de la confidence. S'il soupçonnait l'existence d'un tel filon de bénédictions dormantes, il clamerait la chose à tous les échos, s'en ferait gloire et le confisquerait pour en enrichir le monastère qu'il compte fonder chez les païens, au fond de quelque marécage puant, va savoir où.

Le roi marque un temps, fait une vilaine grimace. Loup en profite :

— Seigneur roi, une question.

— Parle.

— Est-il bien nécessaire que nous rapportions ici, en Armorique, la montagne d'ossements tout emmêlés que forment les restes des onze mille jeunes filles ?

Otto précise, l'index levé :

— Plus une !

Loup, posément, ajoute :

— En admettant qu'elles n'aient pas été dispersées.

Otto fait la moue :

— Ces Huns, c'est tout désordre et je m'en foutisme.

Hochant la tête, plissant le front, le roi réfléchit à tout cela. Enfin il prend sa décision :

— Écoutez. Il ne faut en tout cas qu'aucun fragment de ces saintes reliques, aucun, vous m'entendez, si petit soit-il, ne tombe entre les doigts crochus de ce moine ou de n'importe quel autre tonsuré arpenteur de déserts, baptiseur de sauvages et bâtisseur de monastères.

— Alors ?

— Alors, renvoyez au néant tout ce que vous ne pourrez emporter. Brûlez-moi tout ça, et puis dispersez les cendres, qu'on n'en puisse recueillir la plus infime pincée.

— Les os, ça flambe plutôt mal, seigneur roi.

— C'est votre affaire.

— Ça fera beaucoup de fumée très noire.

— Un tel détail n'est pas pour arrêter des gaillards tels que vous.

— Tu y perds ta salive, seigneur roi. Nul besoin de flatterie pour attiser notre dévouement, tu le sais.

— La force de l'habitude... Donc, je compte sur vous. Rapportez-moi tout ce que vous pourrez de la dépouille terrestre de la bienheureuse Ursule. Des morceaux de choix, si possible. La tête, par exemple. Ou le cœur. C'est bien, le cœur. Très efficace. Dieu entasse des monceaux de grâces dans le cœur... Ou le pucelage. Ah, le pucelage ! Imaginez-vous cela ? Le saint hymen intact de la petite Ursule qui périt dans les tourments plutôt que de le laisser perforer hors d'un mariage chrétien !

Loup lève le doigt :

— Puis-je me permettre une remarque, seigneur roi ?

— Parle.

— Je crains fort qu'après quinze années les parties périssables du corps délicat de la jeune fille n'aient disparu, rongées par les dents aiguës des rats des champs, qui ne respectent ni païen, ni chrétien, et pour finir dissoutes par l'action sacrilège — pardonne-moi le mot — de la putréfaction, que les grossiers nomment pourriture.

— Voilà bien là propos de mécréant ! Sache donc que rien n'est impossible au Seigneur Christ Jésus, vrai

Dieu de vrai Dieu, Lumière de Lumière, et que s'il Lui plaît de marquer de Sa grâce la chair périssable, elle ne périt pas et resplendit, à tout jamais fraîche et rose, afin de témoigner de Sa vérité aux yeux éblouis des populaces et de chanter Sa gloire dans les siècles des siècles. Amen.

Le roi se signe, trois fois. Les deux amis respectent en silence son bref recueillement. Otto, cependant, est visiblement tourmenté d'une objection. Il se risque à la formuler, prudemment :

— Mais enfin, seigneur roi, qu'est-ce qui pourrait empêcher un quelconque impudent d'exhiber je ne sais quel fragment d'os, voire de chair conservée dans le sel, ainsi qu'il se fait — sauf respect — pour la viande du cochon, en prétendant que ce sont là reliques très saintes et très authentiques de notre Ursule ?

Le roi a un fin sourire. Il attendait la question. Il tenait la réponse prête :

— Et la grâce effective ? Crois-tu donc que ces piteux simulacres opéreraient des miracles ? Qu'ils guériraient des malades ? Ressusciteraient des morts ? Convertiraient des incroyants ? Que nenni ! Et par cela même la supercherie éclaterait, le sacrilège serait démasqué. Il suffirait de présenter un aveugle de naissance à la prétendue relique, ou bien un cul-de-jatte. On verrait bien, alors, s'il recouvrait la vue ou les jambes !

— Et l'impudent serait brûlé tout vif.

— C'est la moindre des choses.

— Eh bien, je crois que nous avons fait le tour de la question. A moins que tu ne tiennes en réserve une autre mission, encore plus secrète, à nous confier, seigneur roi ?

— Ce sera tout, mes petits. Allez faire vos préparatifs. Et que le Seigneur Christ Jésus vous ait en Sa sainte garde.

— Amen !

III

Le roi Clovis est songeur. Assis en bascule sur une dure chaise curule qui fut le siège honorable d'un sénateur au temps où ces symboles avaient un sens, il laisse errer son regard, sourcils froncés, caressant de la main son menton qu'encadrent les terribles moustaches franques. Les pieds posés, à hauteur de son visage, sur un fragile guéridon de marbre blanc, il se balance, sans que ce jeu machinal semble lui apporter un quelconque plaisir.

Gracieusement assise en face du roi, sur une chaise de fer non moins curule mais, celle-là, tempérée d'un coussin rembourré de duvet de poitrine d'oison d'où pendent deux cordonnets à glands de soie tressée, la reine Clotilde attend que son seigneur époux daigne donner leur envol aux paroles qui exprimeront ses pensers. Pensers amers, à en juger au pli de la bouche royale, pensers trop connus parce que trop ressassés. Et donc la reine Clotilde attend. Cette fois sera peut-être la bonne ? La reine Clotilde sait se montrer aussi patiente qu'elle est résolue.

Elle ne file ni ne brode ainsi qu'il est d'usage chez les dames chrétiennes à qui leur confesseur prêche que les doigts jamais ne doivent demeurer inactifs, sauf quand ils sont joints pour la prière, car tout labeur, aussi humble soit-il, éloigne la tentation et réjouit le cœur du Seigneur Christ Jésus. La reine Clotilde laisse glisser entre ses doigts un chapelet aux grains d'ivoire et d'ambre, objet récemment importé des églises d'Orient ainsi que la façon de s'en servir. Deux mignonnes esclaves gauloises, accroupies à ses pieds, filent pour elle le lin écorcheur de doigts de jeunes filles.

Le roi Clovis laisse enfin choir d'entre ses moustaches les mots trop prévus :

— Dame ma femme, commande que l'on apporte ici mon fils Clodomir.

La reine soupire, fait remarquer d'une voix égale :

— Seigneur roi, tu viens à peine de le faire remporter. Tu as constaté son excellent état et en as exprimé ta satisfaction. Ne crois-tu pas qu'il serait bon de laisser dormir cet enfant ? A troubler ainsi sans cesse son sommeil, c'est là que tu risques d'altérer sa belle santé.

— Femme, plût aux dieux — aux miens, ceux du Walhalla — que j'eusse veillé davantage sur le premier fils que j'eus de toi, mon Ingomer, au lieu de laisser s'approcher de lui tes amis, les prêtres du dieu-cadavre, qui ne l'ont nullement empêché de mourir, si même ils n'y ont pas aidé. Tu as voulu qu'il soit soumis à ce rite magique par l'eau et par le sel que vous appelez « baptême ». Je ne voulais pas, moi. Les dieux de mes ancêtres m'ont toujours voulu du bien. C'est à leur protection que je dois d'avoir écrasé ces chiens de Romains voués au dieu-cadavre, dieu de vieilles femmes, dieu de pleurnicheuses. M'avez-vous assez supplié, toi, l'évêque Remi, l'évêque Avit, la femme Geneviève et tant d'autres ! « Si ça ne lui fait pas de bien, ça ne peut toujours pas lui faire de mal », me seriniez-vous. Je n'ai pas cédé. Alors, tu es passée outre. Tu as organisé une cérémonie magnifique, croyant m'impressionner, croyant surtout écraser les dieux du Walhalla sous les splendeurs de ton dieu. J'aurais dû m'y opposer. J'ai laissé faire, trouvant de bonne politique de ménager Remi et Geneviève. J'ai eu tort. C'était trahison. Wotan s'est courroucé. Il a montré qui était le plus fort. A peine rentré de la cérémonie, l'enfant est tombé malade, et il est mort.

La reine ne baisse pas le front. Elle l'a trop entendue, la litanie des reproches. Attendre. Se taire. Et n'en faire qu'à sa tête.

Clovis a envoyé promener siège et guéridon. Il arpente la pièce de long en large, frappe le sol du talon, la main sur le pommeau de l'épée.

— C'est ta faute, femme. Et la mienne, puisque je t'ai laissée faire. Le fils doit avoir les dieux de son père, mes dieux, ceux de Clodion, de Mérovée, de Childéric. Qui m'ont fait savoir que j'étais pardonné en faisant mûrir dans ton ventre un deuxième fils, mon Clodomir.

Il se campe devant elle, jambes écartées, bras croisés sur la poitrine. Clotilde attend la suite. Les deux petites esclaves se demandent s'il ne va pas gifler la reine. Elles ont un peu peur, mais se disent que ce serait drôle à raconter aux copines. Clotilde aussi, un bref instant, s'attend à quelque chose de ce genre. Mais l'instant passe, il en sera comme d'habitude : des mots. Elle retient un sourire. Crie, bonhomme, et frappe du pied, c'est moi la plus forte !

Clovis, sur sa lancée, continue :

— Et voici qu'à mon insu tu as livré Clodomir à tes prêtres, qui lui ont fait subir la magie de l'eau et du sel ! La colère de Wotan, cette fois, sera sans pitié... Allons, qu'on m'apporte mon fils !

Une ombre parle à une ombre, à voix d'ombre :

— Tu me jures, médecin, que cette potion est sans danger ?

— La Loi dit : « Tu ne jureras pas par le nom du Seigneur ton Dieu. »

— C'est vrai, tu es juif. Il existe bien une formule de serment, chez vous ?

— Notre parole suffit, dame reine.

— Pas de titre ! Il faut donc que je me contente de ta parole ?

— Tu ne manques pas de moyens pour t'assurer contre le mensonge.

— En effet. Ta vie me répond de ta loyauté. Voyons si j'ai bien tout retenu. Quelque temps après avoir bu, l'enfant sera pris de convulsions, pleurera, vomira, deviendra pâle comme un mort et ne bougera plus. C'est cela ?

— C'est cela, dame.

— Tu es sûr de pouvoir le ranimer ?

— Tout à fait sûr.

— Et il sera de nouveau en pleine santé ?

— Rose, souriant et réclamant sa tétée.

L'ombre se tourne vers une troisième ombre.

— Qu'en penses-tu, dame Geneviève ?

— J'ai toute confiance en Moshé. Je me charge, le moment venu, d'alerter les prêtres, les moines et les nonnes.

— C'est bien. Donne-moi la fiole, Juif. Que faisons-nous de lui, en attendant ?

— Je m'en charge.

Deux ombres se rapprochent pour le baiser de paix. L'une dit :

— Le Seigneur avec toi, Geneviève.

L'autre dit :

— Le Seigneur avec toi, Clotilde.

Une troisième dit :

— Shalom.

Mais personne n'y porte attention.

La femme court, les yeux fous, le corsage ouvert, ses deux gros seins blancs gonflés à craquer de bon lait crémeux ballottés par la course. Elle bouscule les gardes, repousse des deux mains la lourde peau de buffle fermant l'issue, se jette aux pieds du roi, visage à terre. Déjà, Clovis est debout.

— L'enfant ?

— Seigneur roi, pitié !

Clovis lui plante dans le flanc sa botte ferrée :

— L'enfant, truie ?

— Seigneur roi, il... Il est... Malade, seigneur roi ! Malade !

Elle sanglote, se tord à terre, n'ose lever les yeux vers la colère du roi.

Mais Clovis s'est rué hors de la pièce, il court par les corridors, surgit dans la chambre où le petit Clodomir, l'espoir de sa race, se tord en gémissant, écume, donne des coups de pied, se tend en arc, puis, soudain, vomit à terribles spasmes, s'abat parmi ses glaires et ne bouge plus. Clovis, épouvanté, contemple le petit visage couleur de craie.

La reine Clotilde est là, agenouillée au chevet du lit, mains jointes, en prière. La chambre s'emplit en silence de robes de moines et de prêtres. Le roi parcourt cette foule d'un regard meurtrier. Sa parole est calme, sinistrement calme :

— Voilà. Il est mort. Wotan s'est vengé. J'aurais dû vous faire mettre à mort, tous autant que vous êtes, chrétiens. A commencer par cette femme qui m'a ensorcelé. Wotan est le plus fort. Hors d'ici, tous !

La reine Clotilde se dresse. Elle fait face au roi furieux. Elle ose. Elle dit :

— L'enfant n'est pas mort. Ces gens, ces chrétiens, mes frères, resteront. Tous ensemble, nous allons prier le vrai Dieu, le Seigneur Christ Jésus, de rappeler mon fils à la santé. Et même de lui rendre la vie, s'il vient à mourir. Car le Seigneur Christ peut tout, pour qui a la foi.

Elle se tourne vers la foule des tonsurés :

— Prions, mes frères.

Tous tombent à genoux. Un bourdonnement fervent s'élève, se réverbère à la voûte, la prière emplit l'espace, il semble à Clovis la voir s'élancer vers le ciel ainsi que Clotilde lui a mainte fois décrit la chose.

Ils se tiennent serrés autour du lit, formant une haie

de robes grises, noires ou blanches. Personne ne note le geste du petit médecin juif effleurant du goulot d'une fiole minuscule les lèvres exsangues de l'enfant.

Le roi Clovis saura, plus tard, que, par toute la ville, le peuple chrétien, prévenu par les soins de la sainte femme Geneviève, a prié, à genoux dans la fange des rues, pour la guérison du petit prince. Une formidable prière.

Le cri est d'abord si ténu... Noyé dans le bourdon de la prière, on ne l'entend pas. Il se fait plus nourri, parvient à percer par-dessus la grave mélopée. C'est la mère qui, la première, le perçoit.

— Il vit !

Elle prend l'enfant dans ses bras, contemple, comme n'osant y croire, les joues roses, les yeux brillants, la bouche grande ouverte qui, maintenant, braille à toute volée.

Elle le tend à Clovis.

— Seigneur roi, ton fils est guéri. Le Seigneur Christ Jésus a exaucé nos prières. Wotan n'y a rien pu ! Jésus est plus fort que Wotan ! Plus fort que Thor et Freyia ! Plus fort que tout le Walhalla !

C'est maintenant un hymne d'action de grâces qui monte vers la voûte. Vers le ciel ?

Clovis examine avec soin l'enfant, convient qu'il lui semble en bon point, le confie à la nourrice éperdue, secoue ses doigts empoissés de vomi, fait « Huhum... » et puis s'en va, mains au dos.

Une ombre rencontre une ombre. A voix d'ombre :

— Dieu soit loué, c'est gagné ! N'empêche, j'ai eu bien peur.

— Moi aussi, je dois l'avouer. Pourtant, je savais pouvoir me fier entièrement à la science de Moshé... Et à la Divine Providence, bien sûr.

— Ce Juif t'a déjà aidée à ressusciter des morts, peut-être ?

— Petite, petite... Ne fourre pas ton nez là où il n'a que faire.

— Tu as raison, mère. Que chacun balaie devant sa porte, les secrets seront bien gardés. Au fait, ce médecin juif...

— Moshé ?

— Si c'est là son nom... Ne vaudrait-il pas mieux pour tout le monde le faire égorger discrètement ?

— Que crois-tu donc ? C'est déjà fait, ma fille.

La reine Clotilde parle. Son propos est empreint d'une conviction tranquille :

— Seigneur mon époux, tu ne peux nier désormais la divinité du Seigneur Christ Jésus. Tu l'as toi-même constatée. L'enfant était mourant, Jésus a exaucé nos prières, il a permis que vive l'enfant.

Clovis en convient, de mauvaise grâce :

— Votre Jésus a vaincu, c'est vrai. Pour cette fois. Parce que Wotan l'a permis. Il existe des arrangements entre les dieux. Des suprématies. Un jour l'un gagne, un jour il perd. Wotan et Thor sont nos dieux, les dieux des peuples du Grand Nord sauvage, ils ont toujours soutenu leurs enfants. Quand nous nous sommes mis en marche pour conquérir l'Empire, ils se sont mis en marche avec nous. Ils nous ont donné la victoire sur les vieux dieux des Romains, Jupiter et toute la bande. Ils nous l'ont donnée sur ce dieu que vous, chrétiens, avez volé aux Juifs et dont vous adorez le cadavre cloué sur une croix... A chacun ses dieux. Quant à moi, je ne renierai certes pas les dieux de mes pères pour le dieu des vaincus, même s'il lui arrive parfois d'opérer de menus prodiges, comme de guérir un enfant qui avait peut-être tout simplement avalé de travers.

La reine Clotilde perd quelque peu de son inébranlable calme. Dressée, poings serrés, elle s'écrie :

— Blasphème ! Le Seigneur Christ Jésus n'est pas un dieu parmi les dieux ! Il est le seul Dieu. Tous les autres ne sont que simulacres, illusions et pièges du Malin.

Elle se tourne vers l'évêque Remi qui, jouant machinalement avec sa crosse, écoute l'un après l'autre les arguments d'un air pénétré, sans toutefois prendre part au débat.

— Seigneur évêque, je n'ai comme arme que ma foi. Or elle semble bien frêle pour amorcer une fissure dans le mur des arguments spécieux que, n'en doutons pas, le démon a dressé autour de l'âme du seigneur roi mon époux. Ne daigneras-tu pas employer ta science de la théologie à sauver cette âme ?

L'évêque soupire :

— Ce ne serait jamais qu'une fois de plus... Le seigneur roi est rétif au raisonnement. La grâce ne l'a point encore touché. Il y faudrait l'aide d'arguments autres que purement théologiques... Certaines circonstances, peut-être...

Un tumulte s'entend de l'autre côté de la peau de buffle fermant l'ouverture. Un des deux gardes en armes de faction à la porte pénètre sans façon dans la salle, se campe devant le roi et, pas plus soucieux du protocole que des propos qu'il interrompt, rend compte :

— Seigneur roi, nous avons ici un Franc du Rhin, un Ripuaire. Il se dit envoyé à toi par le seigneur roi Sigebert.

— Un messager de mon cher cousin Sigebert ? Qu'il entre.

La peau de buffle se soulève, un cavalier gris de poussière, titubant de fatigue, le front strié par la marque rouge du casque de fer qu'il porte sous le bras, cherche des yeux le roi, le reconnaît, se dirige vers lui, salue brièvement de la tête, attend la question. Clovis examine l'homme, évalue son état d'épuisement. Il constate :

— Tu as fourni une rude course. Quel est ton nom ?

— Clodoald, fils de Thibert Sans-Nez, seigneur roi.

— Je t'écoute, Clodoald.

— Le seigneur roi Sigebert m'envoie à toi...

— Ça, je le sais déjà. Abrège.

— Je dois te dire tout d'abord que j'ai galopé d'une traite depuis un lieu nommé Tolbiac[1], sis dans la grande forêt qui borde la rive gauche du fleuve Rhin.

— C'est donc qu'il y a urgence.

— Terrible urgence, seigneur roi. Le seigneur roi Sigebert a dû faire face à une brutale invasion des Alamans, nos voisins de l'autre rive, comme tu le sais.

— Ne me dis pas qu'il n'a pas pu repousser cette engeance et lui donner la correction qu'elle mérite ! Vous autres, les Ripuaires, n'êtes que trop accoutumés à mettre au pas ces galopins turbulents.

— Il ne s'agit pas cette fois d'une échauffourée de frontière, mais bien d'une invasion en masse.

— Voyez-vous ça ! Qu'est-ce qu'il leur prend, à ces loqueteux ?

— Seigneur roi, il leur prend, d'abord qu'ils ne sont pas si loqueteux que ça puisqu'ils ont une armée nombreuse, puissante et entraînée, ensuite qu'ils ont été eux-mêmes brutalement chassés de leurs territoires par la soudaine irruption des Thuringiens, qui semblent bien avoir lancé une grande guerre de conquête dans plusieurs directions à la fois. Ils ont déjà atteint le fleuve Danube à l'orient et, à l'occident, ont passé le Rhin, battu les garnisons des Alamans qui, pourchassés, tentèrent de se réfugier en pays burgonde mais furent rudement repoussés. Ne restait que le territoire des Francs ripuaires. Ils s'y sont jetés avec la fougue du désespoir. Ils ont sur leur élan pris Trèves et Mayence, où beaucoup des nôtres ont péri, et maintenant ils marchent sur Cologne. Le seigneur roi Sigebert a réussi à rameuter l'armée en fuite et à bloquer leur

1. En fait, l'endroit s'appelait (et s'appelle toujours) Zülpich, mais il est entré dans l'histoire et la tradition françaises sous son nom latinisé de Tulpiacum, qui évolua en Tolbiac. Nous nous en tiendrons à cette version.

avance. Le gros des Alamans s'est retranché dans la forteresse de Tolbiac, où le seigneur roi Sigebert les tient assiégés. Mais, faute de moyens, il ne saurait ni enlever la place, ni tenir le siège longtemps, car des renforts alamans, talonnés par les Thuringiens, passent sans cesse le Rhin et arrivent à marches forcées.

— Pour faire bref, tu es venu demander mon aide.

— Et une aide prompte, seigneur roi. Les nôtres se battent en lions, mais nous serons bientôt écrasés sous le nombre.

Clovis, le menton dans la main, semble mûrement peser le pour et le contre. En fait, il a d'emblée pris son parti et ne cherche qu'à donner du poids à sa décision. La reine Clotilde et l'évêque Remi écoutent et se tiennent cois. Les affaires de guerre ne sont pas davantage du ressort des femmes que de celui des ecclésiastiques. Clovis se lève, pose une main protectrice sur l'épaule du messager et déclare :

— Les Ripuaires sont des Francs. Nos frères, malgré quelques bisbilles. Ils ont choisi Attila alors que nous restions fidèles à Rome ? C'est du passé, n'en parlons plus. Sigebert est mon cousin par le sang. D'autre part, ma première épouse, la mère de mon cher Thierry, est princesse ripuaire de plein droit. C'est donc pour moi une affaire de famille. Je ne puis m'en désintéresser. C'est dit. Clovis saura se conduire en parent fidèle et en ami loyal.

Il frappe dans ses mains. Au garde qui accourt :

— Qu'on réunisse l'armée. Le ban et l'arrière-ban. Que les chefs des clans se présentent à moi sur-le-champ. Nous dresserons un plan de campagne. Je partirai immédiatement avec l'avant-garde. Le gros de l'armée suivra à marches forcées. Direction : Cologne.

C'est la minute des adieux. Une épouse franque se doit de ne laisser paraître aucun attendrissement. La reine Clotilde s'en garde bien. Son enfantelet sur les bras, elle dit seulement :

— Que le Seigneur Christ Jésus protège ta vie et donne la victoire à tes armes. Je prierai pour toi et ferai dire des messes.

Clovis ricane :

— Mon épée, ma hache et mon armée seront bien utiles aussi. Veille sur l'enfant. Peut-être serai-je longtemps parti.

Tout en vidant à goulées pensives le gobelet d'hydromel que lui présente une esclave aux yeux de biche, il se laisse aller à rêver tout haut :

— Supposons que Sigebert y laisse la peau, chose bien triste. Il n'a qu'un fils tout jeune, trop jeune pour régner, qui a donc besoin d'un tuteur. Qui d'autre que moi, Clovis, qui viendrai tout juste de sauver la patrie et la dynastie, pourrait y prétendre ? Il ne restera plus qu'à liquider gentiment le moutard... De toute façon, j'annexe le pays des Alamans. Ils l'ont bien cherché. Il faudra, bien sûr, le nettoyer de ces Thuringiens. Pour qui se prennent-ils, ceux-là ?

« Auparavant, j'aurai mis le marché en main aux Alamans, comme je le fis naguère pour les Romains du Syagrius : ou avec moi, ou contre moi. Ou tu rempiles dans mon armée, ou tu ramasses ta tête dans la poussière. Et comme de toute façon j'aurai hérité de l'armée ripuaire et que j'ai toujours sous la main les vieilles légions du Syagrius, j'entre en Thuringe tambour battant, je prends à revers leur fameuse armée du Danube... Cet empire dont rêve le roi de Thuringe, il le prépare pour moi... En somme, je ne fais que récupérer le légitime héritage de Basine, ma chère maman, dont l'a frustrée ce triste cocu de Basin sous prétexte qu'elle l'avait abandonné pour courir rejoindre le beau Childéric, mon papa... Et ce Gondebaud, hein ? Qui, non seulement, avec tous ses gros Burgondes prétentieux, n'est pas accouru au secours de ses voisins et alliés ripuaires, mais leur a fermé ses frontières. Quel salaud, celui-là ! L'occasion est bonne à saisir. Tant que j'y serai, j'avale les Burgondes et la Burgondie, hop là ! Ça fera plaisir à Clotilde.

Émergeant de ses rêves de gloire, le roi Clovis redescend sur terre et voit, devant ses yeux, une Clotilde approbatrice quoique réservée. Une Clotilde qui dit :

— Seigneur mon époux, ce serait bien sûr fort grande joie pour moi de voir châtié l'assassin de mes parents, et plus grande joie encore, assurément, d'assister à la déconfiture de ces hérétiques insolents qui oppriment et persécutent le vrai peuple du Seigneur Christ Jésus. Cependant, crains d'entreprendre au-delà de tes forces. Le Ciel aide l'intrépide avisé, il abandonne le téméraire inconscient.

— Que voilà de belle maxime ! En voici une autre, qui la vaut bien : N'attends rien des dieux. Sois vainqueur, ils t'aideront. Après !

— Tu dis « les dieux ». Je dis « le Ciel ».

IV

Partant d'Armorique afin de rejoindre le territoire des Francs ripuaires, le plus direct, pour des cavaliers aguerris, est de pousser droit à l'orient par les grandes voies romaines que le patrice Aetius puis, après lui, ses successeurs Paulus, Ægidius et Syagrius avaient eu la prévoyance, à travers les ouragans des ruées barbares, les massacres et les calamités des temps, de maintenir tant bien que mal en état. Prévoyance qui devait, hélas, ne rendre que plus irrésistible la dernière invasion, celle de Clovis.

Ainsi, la paix revenue, peut-on se rendre de Rennes à Cologne sur des chaussées bien dallées, traversant mainte cité qui, timidement, ose renaître de ses ruines. Mais cette paix est la paix du vainqueur, la paix de Clovis. Le menu peuple gallo-romain trime, écrasé sous le talon de fer des arrogantes brutes aux pâles crinières. Devenus serfs ou même esclaves, les ci-devant citoyens romains s'échinent à nourrir les nouveaux possesseurs de leur sol.

Toutefois, quand on a pour noms Loup, dit le Hun blond, fils de Bouzil, et Otto, fils de Sunno, cet itinéraire si commode n'est pas à conseiller. Tout pays où campent les bandes du roi Clovis leur est interdit, sous peine de mort dans les pires supplices, depuis la terrible journée du Champ de Mars de Soissons, huit années plus tôt, quand, devant toute l'armée franque, ils osèrent cracher leur mépris à la face du roi félon qui, après avoir spolié le vaillant mais indocile Rigomer du vase qui lui était échu en butin, tua de sa main, lâchement, le même Rigomer. Seule une prompte fuite les sauva, eux et leur famille, les amenant, avec le secours très cher payé des pirates brittons, jusqu'aux rivages de l'inexpugnable Armorique où les reçut le roi Grallon.

La haine de Clovis est sur eux. A tout jamais. Clovis n'oublie rien, ne pardonne rien. Tout guerrier franc connaît les deux frères d'armes, et même tout goujat récureur de gamelles, toute pute traînant sa triste viande au cul des armées, et chacun de ceux-là serait trop heureux de pouvoir jeter leurs têtes aux pieds du roi pour une poignée de sous d'or.

On opta donc, sagement, pour la voie de mer, à la grande satisfaction du moine Léon, qui professe qu'un enfant de la verte Irlande ne saurait voyager autrement que porté par la houle couronnée d'écume.

Et donc vogue sur la vague impétueuse la nef pirate du patron Raël, promue pour l'occasion unité de la flotte royale, car si le roi Grallon ferme les yeux sur la piraterie ordinaire qui constitue la ressource essentielle des gens de mer brittons, c'est à la condition tacite que, dans les circonstances sortant de l'ordinaire, il pourra compter sur le dévouement absolu et gratuit de ces mêmes gens de mer.

En huit années d'entreprises maritimes hardies mais heureuses et quelques centaines de bons bougres balancés par-dessus bord, le patron Raël s'est taillé une réputation flatteuse dans la profession et, ce qui est mieux, s'est constitué un magot joufflu qu'il a, n'étant que raisonnablement cupide mais doué d'un esprit entreprenant, investi dans la constitution d'une escadre de nefs d'assaut parfaitement adaptées à leur fonction première, qui est l'abordage brutal des grasses nefs marchandes et l'appropriation de leur cargaison. Il commande en ce moment la nef amirale, une solide barque pontée, fine et hargneuse, portant quatre rangs de rames, deux sur le pont, deux dans l'entrepont, dont deux à tribord et deux à bâbord, ainsi qu'il se doit si l'on ne veut pas que la nef tourne en rond. Un mât se dresse fièrement là où il doit se dresser, soutenant de ses bras étendus une voile carrée du modèle classique. Ce mât est fait du tronc bien droit d'un jeune châtaignier, c'est dur comme du chêne mais ça plie et ne rompt pas.

Le vent de noroît, un peu frais pour la saison, ne permet pas de déployer autant de voile qu'on aimerait, question de panache, mais le patron Raël a fait prolonger la proue, à l'horizontale, d'une espèce de mât couché sur lequel s'accroche un petit bout de voile découpé en triangle dont se gaussèrent bien fort ses collègues lorsqu'il le présenta au vent pour la première fois. Aujourd'hui, ils ne se gaussent plus. Tous l'ont imité. L'idée en avait été soufflée par Loup à l'oreille de Raël. Peut-être l'avait-il trouvée quelque part, enfouie dans un de ces rouleaux de papyrus, vestiges des temps révolus, qui moisissaient dans les caves du Château d'Albâtre, à Soissons, et où pouvaient se voir, sur des images aux vives couleurs, des barques ainsi gréées remontant le Nil auguste, père des fleuves, dont la source se trouve dans le ciel.

Assis en avant du mât, qui sur un rouleau de cordage, qui sur un sac rebondi, le moine et ses deux gardes du corps devisent de choses et d'autres tout en regardant plonger puis remonter, au caprice de la vague, le mufle arrogant de quelque bête fabuleuse qui prolonge la quille au-dessus de l'étrave et grimace d'un air qu'elle voudrait féroce. Cette bête d'épouvante, sommairement taillée dans le bois et peinte de rouge et de noir, couleurs funestes, est la marque de la confrérie. Toute nef qui l'arbore se proclame pirate. La mode en est venue à l'imitation des terribles ravageurs aux cheveux de lin qui, de temps à autre, surgissent d'au-delà des brumes et des glaces du Septentrion mystérieux, plus germaniques que les Germains mêmes, plus cruels et rapaces que ne le furent les Huns.

Le moine parle. Il s'étonne :

— C'est fort aimable au roi Grallon d'avoir commis au soin de ma sécurité deux guerriers aussi valeureux que vous l'êtes, mais pourquoi est-il allé jusqu'à se priver des deux meilleurs éléments de sa garde personnelle, de ceux, précisément, sans lesquels elle ne serait pas ce qu'elle est ? De simples hommes d'armes eussent fait l'affaire, me semble-t-il.

Loup échange un regard avec Otto, qui approuve d'un mouvement de la tête. Il baisse la voix :

— Tu dis vrai, moine. Deux hommes du rang eussent suffi.

Otto lève l'index :

— Encore que, du point de vue de l'efficacité défensive et offensive, nous équivalons, à nous deux, à une douzaine d'hommes de bonne qualité courante.

Loup sourit :

— Il faut toujours que tu exagères. Vois un peu les choses telles qu'elles sont, veux-tu ?

— Disons une dizaine. Je ne descendrai pas au-dessous.

Le moine voudrait bien qu'on s'en tienne au propos :

— Je te crois volontiers. Le roi ne m'a rien caché de vos talents. Pourquoi, alors, cet excès d'honneurs ? Ou de précautions ?

Loup se penche, colle sa bouche à la touffe de poils jaillissant de l'oreille ecclésiastique et murmure :

— Je vais te confier un secret.

Le moine se fait tout ouïe.

— La mission de t'accompagner et d'assurer ta sauvegarde se double d'une autre mission, que tu n'es pas censé connaître.

Le moine, tordant la bouche, souffle en direction approximative de l'endroit où est censée se trouver l'oreille de Loup :

— Pourquoi m'en parles-tu, alors ?

— Eh bien, réflexion faite et t'ayant bien observé, il me semble sage que tu sois au courant de ce qu'il y a un message à transmettre car, vois-tu, ta robe pourrait passer là où nous aurions laissé nos os. Il est par contre inutile que tu connaisses la teneur de ce message.

— Comment pourrais-je transmettre un message dont je ne connais ni le contenu, ni le destinataire ?

— Tout cela te serait dit en temps utile, au cas où Otto et moi-même nous trouverions dans l'impossibilité de mener à bien notre mission.

— C'est-à-dire au cas où vous seriez morts ?

— Voilà.

— Ce message est-il écrit ?

— Non. Mais il est très court.

— Vous seuls le connaissez ?

— Moi, seul. Deux, ce serait un de trop.

— S'il t'arrive malheur ?

— Je passerai la consigne à Otto.

— Si tu en as le temps !

— Je l'aurai. Et si, à son tour, Otto...

— Il me passera la consigne.

— Voilà.

Le pirate cuistot a vidé par-dessus bord une pleine chaudronnée de tripaille de poissons. Jailli de nulle part, un tourbillon de mouettes criardes s'abat sur le sillage ensanglanté.

Loup considère cela, pensif. Il fait remarquer à Otto :

— Nous faisons de ces nobles oiseaux de vils mendiants, des parasites.

Otto grogne :

— Hm ?

— Je te dis que ces bêtes splendides, pleines de force et d'agilité, ayant tout ce qu'il faut pour pêcher et se procurer leur pitance quand elles sont livrées à elles-mêmes, deviennent veules et paresseuses, préférant traîner à notre suite et attendre notre bon plaisir afin de se nourrir de nos restes et de nos ordures comme des vaincus se jetant sur les miettes qui tombent de la table des vainqueurs... L'homme, vois-tu, par sa seule présence pourrit tout... Hé ! Je te parle !

— Hm ? Oui, j'ai entendu. C'est de la philosophie. Et alors ?

— Et alors, rien. On en reste là. Tu n'es pas d'humeur à philosopher.

— Philosophe avec le moine. Il est toujours d'humeur, lui.

— Certes. Mais sa philosophie m'ennuie. Elle est par trop mécanique. A tout, il répond « C'est la volonté de Dieu, inclinons-nous, la créature n'a pas à juger, ni même à comprendre. »

— Amen !

— Là, il m'expliquerait que les mouettes, oiseaux volants, gibier à plumes, donc bêtes viles, créatures animales ayant été créées dénuées de raison et de libre arbitre, n'ont par conséquent aucune dignité et ne sauraient déchoir.

— On s'y croirait.

— Dans ces conditions, la conversation n'offre guère d'agrément.

— Désolé, la mienne ne t'en offre pas davantage.

— Cela me peine. Je conçois ton tourment. J'essaie de t'en distraire...

— Va te faire foutre ! Tu y as bien contribué, à mon tourment, hypocrite !

Loup ne peut retenir un geste d'agacement.

— Le roi Grallon a spécifié : rien que toi et moi. Formellement. Surtout pas de femme dans le coup. Il avait raison. Secret d'État n'est pas affaire de femelle. D'autre part, tu sais fort bien qu'une bonne femme à bord est réputée attirer le malheur sur la nef et sur l'équipage. Tous les gens de mer croient à cela dur comme fer. Et il est de fait qu'elle l'attire, le malheur, ne serait-ce que par la concupiscence qu'elle fait naître et bouillonner dans ce ramassis de mâles toujours en rut et toujours privés. Les couteaux ne tarderaient pas à jaillir des gaines pour plonger dans les panses, le capitaine à passer par-dessus bord et la nef à partir à vau-l'eau...

Otto a supporté sans patience ce discours. Il éclate :

— Gwendoline n'est pas une femelle ! Enfin, pas une femelle ordinaire. Je veux dire, avec elle, on ne pense pas à ce genre de truc : au cul, à tout ça, quoi... Elle a fesses de garçon, porte haillons d'homme. Ses tétons sont petits petits et courent se cacher dans les touffes de ses aisselles. Elle crache et jure comme un ruffian, mieux qu'un ruffian, avec dans ses jurons des trouvailles... Une poésie, je dirais...

— Tout cela n'empêche qu'elle est femelle, qu'elle a rire de femelle, ventre de femelle, odeur de femelle, et que ses petits nichons auraient beau courir se cacher dans les buissons que tu dis, les gars sauraient bien les y dénicher.

Otto baisse le nez, pas convaincu. Il soupire :

— La première fois depuis huit ans... Elle a été de toutes nos chevauchées, de tous nos coups durs. Combien de fois ne nous a-t-elle pas sauvé la mise. Hein ? Dis-le ! Et comme elle sait faire volter un cheval ! Et sauter en croupe au grand galop ! Et donner de l'épée à deux mains ! Et lancer la hache !... Ah, nos nuits dans la paille, après la bataille !... Si tu savais...

— Je sais, justement ! Vous n'aviez guère égard à moi, l'esseulé que vos grognements de porcs, vos hurlements de loups, vos tohu-bohu d'enfer tenaient éveillé malgré la grosse fatigue... Tu vois bien qu'il valait mieux la laisser. Tu la retrouveras au retour.

— Si elle n'est pas là pour me voir, je n'aurai pas le cœur à faire merveilles.

— Tu n'en auras pas à faire. C'est une mission de tout repos.

V

Vague après vague, la nef laboure la verte prairie. Sur le pont, Loup fourbit ses armes. Otto boude. Le moine pérore, tout en mordant dans un morceau de lard salé :

— Ces commodités qui agrémentent mon voyage tourmentent mon appétit d'ascèse. J'eusse de beaucoup préféré aller à la rencontre de mes futures ouailles comme le fit saint Maël, qui quitta l'Irlande dans une auge de pierre venue s'échouer à ses pieds, muni seulement d'un pain, d'un tonnelet d'eau douce et du livre des Saints Évangiles, et fut porté par le flot jusqu'au lieu sauvage à lui assigné par le Seigneur Christ Jésus pour y répandre la bonne parole et y connaître le saint martyre. Hélas, aucune de ces auges creusées dans le granit afin que le paysan avisé y verse l'eau limpide qui désaltérera ses bœufs ne s'arracha à son coin de pré pour venir s'offrir à moi, bien que j'eusse consacré de longues journées à attendre ce glorieux instant, allongé sur la grève sablonneuse à l'ombre d'un rocher en surplomb. Le signe me fut refusé.

Le moine soupire, déglutit un morceau de lard plutôt fibreux, hoche la tête :

— Je compris alors que ma mission ne serait pas aussi facilement définie, que la Divine Providence me laissait l'initiative... Et peut-être cette apparente indifférence est-elle le signe d'un dessein plus haut ? Loin de moi l'outrecuidance de rabaisser le mérite de saint Maël (il se signe), mais il me faut bien admettre que naviguer dans une auge de pierre, matière tout spécialement peu flottante, est déjà un miracle en soi. Qu'ensuite cette auge vous dépose, sans qu'on ait eu à la diriger, à l'endroit même que le Seigneur a choisi pour vos débuts dans l'apostolat en constitue un deuxième. Ces deux faveurs du Ciel sont certes les marques éclatantes d'une particulière estime, mais aussi à quels prodiges de foi ne faut-il pas atteindre pour s'en montrer digne ? Moi qui ne suis pas saint Maël — tant s'en faut ! —, je commence ma carrière dans la grisaille de la facilité. Ainsi l'a voulu Celui qui juge nos actes et sonde nos cœurs. Qu'il en soit ainsi qu'Il en a décidé.

Loup, bêle un « Amen ! » machinal. Otto s'enfonce dans des pensées moroses.

Le gars qui croque dans une pomme, tout en haut du mât, accropetonné sur la vergue, crie soudain :

— Récifs à tribord !

Tout de suite après :

— A bâbord aussi !

Le patron Raël, mollement appuyé à la barre du gouvernail, ne s'émeut pas pour si peu. Il commente, sans doute pour lui seul :

— C'est la sacrée foutue saloperie de passe des sacrés foutus Korrigans. On va négocier ça en douceur et en finesse. Serrer à tribord, de ce côté-là ça tombe bien à pic, tandis qu'à bâbord c'est tout bancs de sable et compagnie, de quoi s'échouer à tous les coups, comme un con.

De sa voix de commandement :

— Abats la toile, toute ! Les rames en l'air ! On va laisser courre sur notre erre, couilles du Christ ! Tout en douceur, tout en finesse.

Prenant conscience du vilain juron, il se signe et se resigne, marmonne à toute vitesse une patenôtre, et puis, rasséréné quant à la propreté de son âme, ouvre l'œil et veille au grain.

Cependant, frère Léon, que les manœuvres maritimes n'intéressent que médiocrement, dirige son discours vers un nouvel objet.

— Savez-vous que ces noirs rochers aux agressives déchiquetures sont le repaire de bien des monstres des eaux ? Les moins malfaisantes de ces redoutables créatures n'étant certes pas les sirènes, ces diablesses au visage d'ange qui chantent et jouent de la harpe si mélodieusement que les marins ne peuvent résister à l'appel de leur chant, non plus qu'à celui de leurs seins admirables, qu'elles maintiennent hors de l'eau de façon fort impudique ?

— Oh, oh, moine ! Est-ce bien toi, saint homme, que j'entends ? Je hume là un fort puant relent de paganisme ! Ton Seigneur Christ n'a-t-il pas renvoyé au néant tous ces vilains museaux comme billevesées, fariboles et fantasmagories ?

— Erreur ! Erreur gravissime ! Le Seigneur Christ Jésus ne les a nullement niés ! Il les a, tout au contraire, dénoncés comme créatures du Démon et démons eux-mêmes, revêtant des formes trompeuses, prenant des voix angéliques et des appas délectables afin de séduire et attirer par concupiscence les hommes lascifs dans leurs filets, leur faire abjurer le nom sacré du Seigneur Christ Jésus et puis les entraîner dans l'abîme afin qu'ils meurent en état de péché mortel et soient damnés à tout jamais... Oh oui, ils existent, les démons ! Cela est attesté par les Saintes Écritures (il se signe). Ils peuvent prendre toute apparence et hanter toute créature. Le Seigneur lui-même ne chassait-il pas les démons du corps des possédés qu'ils tourmentaient ?

Loup tient à préciser :

— Autant qu'il m'en souvienne — car cela remonte aux pieuses lectures à moi imposées en mes enfances par le moine Mauricius[1] —, il en chassa un jour plusieurs milliers d'un seul coup qui hantaient les corps de malheureux paysans juifs, lesquels démons se réfugièrent dans des cochons qui coururent tout droit se noyer dans la mer.

Du fond de ses noires humeurs, Otto s'indigne :

— Pauvres bêtes ! Ce n'était pas leur faute !

Le moine ne se laisse pas émouvoir :

— Elles étaient devenues habitat du démon, donc démons elles-mêmes.

Loup n'en avait pas terminé avec sa démonstration. Il reprend donc, imperturbable :

— J'ai connu des légionnaires juifs. Des marchands, aussi. Ces gens ne mangeaient pas la chair du cochon, ni ne s'en approchaient. C'était pour eux l'abomination suprême. Alors, moine, dis-moi : pour qui ces Juifs élevaient-ils des troupeaux de cochons ?

Ici, la face inspirée de frère Léon s'épanouit en un sourire supérieur. Il l'attendait, celle-là !

— Voilà bien un sophisme de mécréant ! Sache, ô sceptique, que la foi ne ratiocine pas, ne coupe pas les cheveux en quatre... Qui a la foi sait. Qui a la foi n'a pas besoin de comprendre. Il est de par le monde des mystères inaccessibles à notre raison infirme et qu'il faut bien accepter comme tels en s'en remettant à la Sagesse de l'Éternel qui, elle, est infinie.

Loup, pas contrariant, hausse les épaules.

— Va donc pour le saint mystère des cochons des Juifs. Ça n'en fait jamais qu'un de plus.

Otto, peu à peu, a senti s'éveiller en lui un vague intérêt pour la tournure qu'a prise la conversation. Il sort à demi de sa bouderie pour faire remarquer :

— Je me suis laissé conter que tes fameuses sirènes, là, si belles et bien fournies du haut du corps, se termi-

---

1. Voir dans *Le Hun blond*, l'enseignement hors du commun que reçut Loup, enfant, de Mauricius, moine lettré, à la cour de Childéric, père de Clovis.

nent par le bas en queue de poisson. Comment peux-tu croire qu'un homme normalement constitué puisse se satisfaire là où manque l'essentiel ? Enfin, quoi ! On se renseigne, avant, on demande à voir, pour être sûr que l'idylle ne finit pas en arêtes de sardine ! En ce qui me concerne, s'il me fallait absolument me contenter d'une moitié de femme, j'opterais pour l'autre moitié, celle du bas, celle de l'accomplissement, quitte à se passer des bagatelles et agaceries qui se pratiquent à la moitié supérieure.

Loup objecte :

— Et pour la conversation ?

— Dans cette moitié de femme que je dis il se trouve une bouche dont je comprends et goûte fort bien le langage. Quant à ce que raconte la bouche d'en haut, je puis m'en passer... Mais la question reste purement théorique, puisque je n'ai ni sirène du haut, ni sirène du bas, ni même une petite bonne femme entière qui me manque beaucoup et dont je supporterais très bien que sa bouche d'en haut m'étourdisse de son babillage tandis que j'aurais affaire avec celle d'en bas.

C'est alors que l'homme de vigie, toujours accroché à son bout de mât, crie :

— Si... Si...

Le patron Raël n'aime pas les vigies qui bafouillent. Surtout si ce qu'elles essaient d'annoncer nécessite une manœuvre prompte et décisive. Il hurle :

— Parle clair, matelot !

La voix reste étranglée, mais parvient à articuler des sons audibles bien qu'extravagants :

— Si... Sirène à tribord !

Tous sursautent. Le moine pâlit et se signe. Le patron Raël hurle :

— Te v'là encore saoul, vermine, que t'as des visions de bonnes femmes à poil, comme chaque fois !

Le matelot n'aime pas qu'on mette en doute sa parole de vigie. On l'a fait grimper là-haut parce qu'il est réputé posséder la vue la plus perçante de tout l'équipage, et, nom de Dieu, il a sa dignité de vigie. Il crie, en articulant bien :

— J'ai dit « Sirène à tribord ! » et je répète « Sirène à tribord ! » Je sais ce que c'est qu'une sirène, peut-être ? Tu ne peux pas la voir d'en bas, moi je peux, vu que je suis en haut, c'est même pour ça que tu m'as mis là. Alors, moi, je fais mon boulot et je répète à pleine gueule « Sirène à tribord ! ». T'en fais ce que tu veux, c'est plus mes oignons.

Mais déjà tout ce qui traîne sur le pont, sauf le patron Raël, rivé à sa barre par le passage délicat à franchir « en douceur et en finesse », tout s'est massé à la proue et, la main en visière, scrute au loin les masses rocheuses. On ne discerne pas grand'chose d'autre que les vagues se brisant sans trêve contre les noirs récifs couronnés de vertes algues, explosant en panaches d'écume puis s'écoulant en nappes cascadeuses pour s'élancer de nouveau. Ce sont les yeux bridés du Hun blond qui, ainsi qu'il se doit, aperçoivent les premiers la chose. Il pointe l'index à bout de bras :

— Là ! A droite, sur le rocher plat.

Otto, assez vexé, rétorque :

— Tu as des visions ! Il n'y a personne, sur ton rocher plat. Et ça t'écorcherait la gueule de dire « à tribord » ?

— Décidément, Otto, ce n'est pas ton jour. Regarde mieux.

Otto regarde mieux. Il grommelle :

— Ah, ouais, tiens... On dirait que ça bouge.

— Tu parles que ça bouge ! Je peux même te dire que ça a les cheveux noirs.

— Si ça a un grain de beauté sur la cuisse gauche, en dedans, tout en haut, je crois que je la connais.

— Voyons, Otto ! Une sirène n'a pas de cuisses.

— Ta logique me déprime... Oh, mais je commence à voir des détails ! Des détails fort intéressants...

De fait, la distance diminuant, chacun maintenant peut reconnaître les courbes charmantes d'un jeune corps indubitablement féminin, féminin sans excès mais sans défaut. La peau est fort blanche, pour autant qu'on en peut juger, c'est-à-dire des épaules aux hanches. Une masse de longs cheveux noirs plaqués par l'eau dissimule le visage et couvre les épaules. Toutefois les seins sont bien en vue, c'est déjà ça, petits, très écartés, dressant de grosses pointes mauves que crispe le froid.

D'abord muets, bouche bée, les gens du pont se secouent.

— Qu'elle est belle !

— Dommage qu'elle n'ait pas de jambes.

— Ni d'entre-deux.

— Mais... Elle en a, des jambes !

— Hélas, non. C'est sa queue de poisson.

— Elle a des pieds, je les vois remuer.

— Nageoire caudale. *Navitus caudalus*.

Ça, c'est le moine, ça, pour épater le monde avec son latin de grimoire, qui n'est même pas correct, si ça se trouve.

— Tu disais que ça chantait. Elle ne chante pas.

— Si. Écoute bien. Quand le vent porte.

Ils se font attentifs. Par bouffées, au caprice des risées, leur parviennent les bribes d'une chanson, d'une chanson triste. Les gars s'épanouissent.

— Elle chante en celtique !

— C'est une sirène brittonne, une de chez nous !

— Les pires !

C'est encore le moine, le rabat-joie sinistre. Il brandit l'image du Crucifié, mouline les signes de croix à tour de bras, crie : « *Vade retro, Satana !* », enfin fait tout ce qu'il peut pour gâcher ce gracieux moment.

Ces exorcismes véhéments ne semblent guère avoir d'effet. Comme si de rien n'était, la créature, d'un geste adorable, rejette en arrière la sombre masse de sa chevelure. Le soleil, jusque-là morose, n'y résiste pas.

Il bouscule un nuage gris, darde un bref embrasement sur la pluie de gouttelettes, dont il fait une pluie de diamants.

Tous arrondissent un « Oh... » qui se prolonge dans les extases. La mélodie se fait plus audible. Loup, qui tend l'oreille, dit :

— Je crois bien que je connais cet air.

Otto dit :

— Je crois bien que je connais cette voix.

Dans le mouvement qu'elle fait pour rejeter ses cheveux, la créature tourne légèrement sur son axe, si bien que la nef, jusqu'alors ignorée d'elle, apparaît dans son champ visuel. Elle a un sursaut — charmant ! —, regarde bien en face la nef encore lointaine — elle-même trop éloignée, hélas, pour que, de la nef, on puisse discerner ses traits à coup sûr ravissants —, comme pour s'assurer que cette nef est bien celle qu'elle attend, lève un bras en un joyeux salut et — plouf ! — plonge.

Plonge, oui. Le moine, soulagé, commente :

— Le Très-Haut a exaucé ma prière ! Satan renonce. La créature diabolique regagne dans l'abîme ses sombres repaires. Louons, mes frères, louons le Seigneur Christ Jésus, Sauveur des hommes ! Que notre hymne d'action de grâces s'élève vers le Ciel !

L'équipage ne semble pas partager cette allégresse. On les dirait déçus. Ils regagnent en bougonnant leurs postes assignés. Loup et Otto, que leur qualité de passagers de marque dispense d'un poste de travail, restent là à scruter la mouvante étendue.

L'homme de vigie annonce :

— Sillage à tribord !

Le patron Raël, que l'expérience a rendu prudent, demande gentiment :

— Sillage, dis-tu ? Qu'entends-tu donc par là, fils ?

— Quand je dis « Sillage ! », j'entends « Sillage ! ».

— Voyons, mon gars. Je sais ce que c'est qu'un

sillage. Je sais aussi qu'un sillage n'est que la trace fugitive laissée par quelque chose qui se meut sur l'eau. Un sillage tout seul, ça n'existe pas.

— Celui-là existe.

— Ne nous énervons pas. Regarde attentivement. A l'extrémité pointue du sillage, là où se rencontrent les deux lisières, il doit forcément se trouver quelque chose. Quelque chose qui avance dans une certaine direction.

— Au bout pointu, il n'y a rien de rien. Et ça vient droit sur nous.

Penchés au-dessus de l'étrave, Loup et Otto étudient eux aussi ce sillage orphelin dont la flèche pointe vers la nef. Les yeux du Hun blond, cette fois encore, voient les premiers ce qu'il y a à voir. Il fait part de ses observations à Otto :

— Ça nage. Ça a une tête et deux bras. C'est encore tout petit, mais ça se rapproche.

Otto écarquille les yeux. Le moine a compris.

— La sirène ! Elle vient droit sur nous !

Il se laisse tomber sur les genoux et, derechef, prie.

La chose est maintenant tout près. Une chevelure d'encre s'épanouit sur l'eau, épousant les lignes divergentes du sillage. La chevelure de la perfide sirène... Elle nage avec vigueur et régularité. Otto dit :

— Je connais cette façon de nager.

Ayant dit, il plonge.

Le frère Léon pousse un grand cri. Il court sur le pont, désemparé.

— C'en est fait ! Pauvre garçon ! La sirène l'a attiré par charmes et sortilèges ! Elle l'entraîne avec elle dans l'abîme infernal ! Le voilà damné sans recours... Il est vrai que, damné, il l'était de toute façon, le vilain mécréant... Enfin, ne soyons pas chien : frères en Jésus Sauveur des hommes, prions pour lui.

Il ajoute, un ton plus bas :

— ... et pour moi, qui perds un garde du corps.

Dociles, les matelots s'agenouillent, ôtent leur bonnet et bourdonnent avec ardeur. Chacun est bien soulagé de n'être pas la victime choisie par la diabolique créature, et pourtant quelque chose comme un regret les pince au cœur, surtout l'homme de vigie qui, mieux que quiconque, a pu juger des appas du monstre et se demande s'il n'aurait pas dû plonger le premier.

Loup, que ces rituels ne concernent pas, s'est saisi d'un rouleau de cordage et, penché au-dessus de la poupe, le lance à l'eau en prenant soin de n'en pas lâcher le bout. Nul ne l'a remarqué, sauf le patron Raël, placidement appuyé à la barre et fignolant au petit poil sa délicate manœuvre dans la passe dangereuse.

Loup, d'un pied, s'arc-boute au bordage, et tire. La corde se tend. Bientôt apparaissent, fraternellement crispés sur le chanvre rugueux, l'un dessus, l'autre dessous, deux poings, l'un grand, au cuir tanné, aux doigts velus, l'autre petit, blanc de peau, veiné de bleu, délicat d'aspect mais fort efficace dans sa prise. Tout de suite après se montrent deux autres poings, dans le même ordre, enfin la mine hilare du malheureux damné, accolée à un amas de cheveux noirs pissant l'eau sous lequel on peut raisonnablement supposer que se cache un visage, et même, en poussant plus avant la supposition, le visage de la sirène.

Otto enjambe le bordage. La créature maléfique en fait autant... Tiens, elle a des jambes ! Ce n'est donc pas une sirène, à proprement parler. Otto, riant à pleine gueule, serre la créature contre lui. Ce rire tire de ses dévotions le frère Léon, lequel bondit, blêmit, brandit un crucifix entre lui et la chose vomie par l'abîme. Loup le calme :

— Vois : elle a des jambes. Remue tes jambes, toi !

La créature esquisse un pas de danse, saute en l'air, retombe en petit chien dans les bras d'Otto, qui s'esclaffe de plus belle. Le moine n'est pas convaincu.

— Si ce n'est une sirène, c'est une ondine, une

naïade, une tritonne, une fée, un succube ou ce que tu voudras, enfin quelque autre espèce de démon !

Otto dit :

— C'est Gwendoline.

Ce que confirme l'intéressée qui, écartant d'un geste quelque peu théâtral l'épais rideau de cheveux agglutinés par l'eau, dévoile le visage pointu dont l'absence tant mettait Otto en peine.

Elle explique :

— Plus souvent que je serais restée à filer la laine en écoutant des ragots de vieilles femmes pendant que vous seriez à courir l'aventure comme au bon vieux temps !

— La mission était secrète.

Elle rit.

— Pas pour Gwendoline ! Il n'y a pas de secrets pour Gwendoline. Vous devriez le savoir, vous deux.

— Alors ?

— Alors ? Eh bien, c'est tout simple. Je savais que, pour sortir de la baie, vous ne pouviez éviter de doubler ces récifs. Je me suis fait transporter ici par un marin-pêcheur...

Otto la coupe :

— Comment l'as-tu payé ?

— Devine !

Il soupire :

— Avec ton corps ?

— Tu ne m'avais pas laissé d'autre monnaie.

Otto se demande s'il ne devrait pas la gifler. Il lève la main. Et puis il se rappelle que ça ne sert à rien. Gwendoline est comme ça, on la prend ou on la laisse. Plutôt : elle vous prend et elle vous laisse. Mais revient toujours, demain ou l'an prochain. Et Otto ne peut pas supporter l'idée qu'elle pourrait ne plus revenir. Elle s'étonne :

— C'était pour te rejoindre. Tu n'es pas content ?

Oh que si, il est content !

Le moine sait qui est Gwendoline. Il l'a croisée dans

les cours du palais de Grallon. Ne sachant plus trop que faire, il la bénit, à tout hasard. Elle se secoue en chien mouillé, arrosant à la ronde. Sa courte tunique de lin lui colle au corps, ne cachant rien, exaltant tout... Le patron Raël n'a pas l'air spécialement ravi. Il le dit :

— Femelle à bord provoque le sort. Mieux vaut noire tempête que blanche fillette. Femme à bâbord, voie d'eau à tribord. Baise à terre, crache en mer. Qui embarque femme dodue périra par le cul. Jupon sur bateau, la mort du matelot. Petit pied de fille peut fendre la quille...

Otto demande :

— Essaies-tu de nous faire comprendre quelque chose, patron ?

Un loup de mer ne tourne pas autour du pot. Le patron Raël énonce sobrement :

— Faut me refoutre ça à l'eau.

Loup regarde Otto, d'un air : « Je te l'avais bien dit. » Otto écarte les paumes, d'un air : « Je n'y suis pour rien, moi. » Le patron Raël répète, pour le cas où on l'aurait mal entendu :

— Faut me refoutre ça à l'eau.

Il précise :

— Tout de suite.

Gwendoline grelotte. Elle voudrait bien qu'on se décide. Après tout, il fait moins froid dans l'eau que dehors toute mouillée. Mais il faudrait qu'Otto plonge avec elle. Sur ce point, elle ne transigera pas. Loup réfléchit. Il se penche à l'oreille d'Otto. Otto, bleu de froid, sursaute, en oublie de claquer des dents. Loup insiste, lui fait comprendre que c'est ça ou le plongeon. Déjà l'équipage s'amasse et murmure. Otto se résigne. Loup s'approche du patron Raël, s'approche tout près, lui parle à l'oreille :

— Tu dois savoir une chose. Une chose qui n'est pas facile à dire.

— Mmm...

— Voilà. Euh... La fille, là...

— La saloperie de femelle, tu veux dire ?

— C'est ça. Eh bien, ce n'est pas une fille.

— C'est bien imité, en tout cas. C'est quoi, alors ?

— Un eunuque. Un esclave qu'on a châtré lorsqu'il était enfant. Il est très attaché à mon ami Otto, qui l'a sauvé du massacre, jadis, et qui l'a affranchi.

— Mouais... Et ces deux machins qu'il a sur le poitrail, c'est pas que ça soit bien gros, mais c'est quand même des nichons, j'ai pas la berlue.

— C'est que, vois-tu, quand on coupe les couilles aux petits enfants, plus tard il peut leur pousser des semblants de nichons. Des semblants seulement, note bien. Ça ne donne pas de lait.

— Tu m'en diras tant... En tout cas, ton ami, il a l'air de bien l'estimer, son châtré. Il lui suce la langue que c'en est un vrai bonheur. Entre nous, il ne serait pas un peu...

— Chut ! Tu as tout compris. Voilà pourquoi c'était si difficile à dire.

— Moi, tu sais, je n'y vois pas malice. Du moment qu'il n'y a pas de bonne femme à bord... Mais pourquoi il n'est pas plus discret, ton ami ? Ça se voit gros comme un cachalot qu'il est...

— C'est la joie des retrouvailles. Je vais lui dire de se faire moins voyant[1].

---

1. Nous constatons avec plaisir que Gwendoline, l'indomptable et imprévisible Gwendoline, arrachée par Loup et Otto, lors de l'invasion de la Gaule par Clovis, aux ruffians dont elle était le butin et l'esclave à tout faire, s'est, depuis la dernière fois, débarrassée de son parler petit-nègre. Elle parle, outre son britton natif, un latin gallo-romain fort acceptable et même la langue des Francs. Elle jure et dit des mots malpropres en six langues, dont le grec et l'hébreu. Où a-t-elle ramassé ce savoir ? Va savoir...

VI

L'armée franque, en bon ordre — pour autant que des Francs puissent se plier à un ordre quelconque — a rejoint à marches forcées l'avant-garde et le roi Clovis. Elle s'avance vers le Rhin d'un pas gaillard. C'est la guerre, de nouveau ! L'allégresse du pillage d'avance réjouit les cœurs. D'avance ils savourent les supplications des femmes prises sur les corps de leurs enfants, sous les yeux du mari embroché sur le pal. Auparavant il y aura eu la joie puissante des grands coups d'épée, de la peur vaincue changée en rage, des haches fendant les boucliers et les têtes... Il y aura eu le hurlement énorme de la ruée, la folie rouge, le sang, la sueur... Les Francs aiment la guerre. Ils y vont comme à une fête.

Viennent en tête les légions jadis conquises sur Syagrius, strictement groupées en cohortes et centuries, bouclier au côté, les fûts des piques dressant sur le ciel leurs parallèles obliques comme les stries d'une pluie de printemps. Méprisant la cohue barbare, elles marquent en chantant des hymnes leur pas cadencé réglementaire. Clovis admire et envie l'efficacité romaine. Il a tenu expressément à ce que ces unités de transfuges conservent leurs uniformes, leurs usages et surtout leur discipline, cette discipline qu'il n'a pu imposer à ses Francs vaniteux et turbulents.

Les Francs ricanent de ces guignols bien dressés. Ils les respectent pourtant, car ils savent se battre, tuer et mourir. Le chant des Francs est un mugissement puissamment scandé d'où fusent soudain de splendides hurlements à trois voix harmonieusement mêlées qui glacent le sang et ravissent l'oreille. La sauvage beauté de ces chants de mort et de triomphe parle au cœur du roi Clovis, lequel, ne pouvant y tenir, se prend à y joindre sa voix, à plein gosier.

Le roi, du haut d'un cheval blanc, domine l'armée, ainsi le veut l'usage. Cette armée ne comprend guère que des fantassins. Seuls les chefs chevauchent, s'offrant en étendard à leurs soldats, en cible à l'ennemi. Seuls les peuples nomades des steppes, Huns ou Alains, possèdent des unités montées. Clovis veut espérer que ni Alamans ni Thuringiens n'ont engagé de cavaliers alains, ces inexpugnables tours vivantes bardées de fer sur leurs énormes chevaux et qui, n'ayant plus de territoire à eux, se louent en mercenaires à qui peut payer.

Le roi Clovis expose son plan :

— Nous passerons le Rhin à Cologne, qui est encore aux mains des Ripuaires. De l'autre côté, nous serons en plein pays de Thuringe. Nous entrerons comme dans du beurre, ils ne nous attendent pas, en tout cas pas par là. Mes espions me font savoir que, tout occupés de leurs conquêtes à l'orient et au sud, ils ont laissé le territoire quasiment vide de troupes. On me dit qu'ils auraient atteint Ratisbonne, sur le fleuve Danube. A mon avis, ce n'est pas malin. S'ils s'approchent trop de Constantinople, l'empereur n'aimera pas ça, ni l'ami Théodoric dans son Italie... Enfin, bon, c'est leur affaire. La nôtre, ce sont les Alamans. L'aile droite des Thuringiens les pousse au cul, les voilà installés chez nos cousins Ripuaires, d'où nous allons les déloger.

« Nous longerons le Rhin. Dès que nous serons en pays alaman, nous ravageons tout. Pas de quartier. La terre brûlée. Sigebert les bloque autour de Tolbiac. Ils seront bien obligés de lâcher l'encerclement pour refluer vers leurs bases de départ d'où nous aurons balayé les quelques éléments thuringiens laissés en garnison.

Clovis se tait. Après un temps, Tubald, fils de Caribert, lève la main.

— Parle, Tubald.

— Je t'ai écouté, et voilà ce que je me suis dit. Pourquoi passer le Rhin, ce qui est toujours une perte de temps pour une armée, même en admettant que le pont de Cologne soit encore debout, et faire ce long détour de destruction de l'autre côté ? D'autant que cela nous fait remonter très au nord et que nous devrons trouver un autre pont, très au sud, pour repasser de ce côté-ci, où sont les Alamans et les Ripuaires. Moi, je dis : fonçons droit sur Tolbiac et culbutons ces prétentieux !

Clovis sourit. De la moustache, pas des yeux.

— Je suis heureux que quelqu'un me fasse cette objection. Je vais y répondre, Tubald.

« Je ne connais pas avec assez de précision l'état des forces des Alamans à Tolbiac. Je sais seulement qu'elles sont considérables. Toute la nation alamane en état de se battre est concentrée là. Coincés entre les Thuringiens et nous, ils se battront en désespérés, en chiens enragés. Vous êtes vaillants, mes braves, mais trop peu nombreux. Je préfère ne pas courir le hasard d'un combat trop risqué.

Tubald a un rictus qui pourrait bien être de mépris.

— Tu ne livres que les combats gagnés d'avance.

— C'est vrai. Et je m'en fais gloire. La guerre se médite. La ruse aplanit le terrain pour la bravoure. Vous n'avez pas eu à vous en plaindre jusqu'ici, je pense.

Tubald hausse les épaules.

— Tu es le chef.

— Ne l'oublie pas.

— Je te ferai quand même remarquer que tout ce beau plan repose sur une condition bien hasardeuse.

— Laquelle ?

— Que Sigebert tienne à Tolbiac.

— Il tiendra.

— Seigneur roi, tout est perdu !

Clovis, à cheval, levait le bras pour donner le signal du départ. Il casse son geste, surpris par la survenue du cavalier, à la bête blanche d'écume sur ses jambes tremblantes qui soudain s'abat d'un bloc. Les Francs montent sans étriers. Le cavalier a pu sauter à temps. Il se tient debout devant le roi, chancelant, autant de fatigue que des coups donnés et reçus. Il a soutenu un dur combat. Il est sans armes, sans doute les a-t-il laissées plantées dans des carcasses ennemies. Il est couvert de sang, la poussière s'y colle en une boue noirâtre. Clovis interroge :

— Tu arrives de Tolbiac ?

— Tout droit.

— Je t'écoute.

— Les Alamans ont donné l'assaut. Ils nous ont écrasés. Les Ripuaires sont en pleine déroute. Ce qu'il en reste est pourchassé et massacré sur place.

— Sigebert ?

— Le seigneur roi Sigebert s'est vaillamment battu. Hélas, il a été jeté à bas de son cheval. On l'a cru mort, ce qui a précipité la déroute.

— Il ne l'était pas ?

— Non. Seulement blessé au genou. Mais la blessure est grave. Il ne peut plus marcher.

— Il n'échappera pas à la tuerie.

— Seigneur roi, il a pu échapper, porté par ses fidèles.

— Ils ne pourront pas aller très loin avec ce fardeau.

— Il en sera selon que les dieux en décideront.

— Bien dit. En attendant, par la faute de ces foutues femmelettes de Ripuaires, les Alamans ont le champ libre, plus rien ne peut les arrêter... Eh, mais, les voilà à nos portes ! Il n'y aurait donc plus de tampon ripuaire entre eux et nous ?... Pas de ça !

Il se dresse sur ses étriers — car lui en use, à la mode romaine — et, l'épée brandie ainsi qu'il se doit lorsqu'un général harangue la troupe avant quelque héroïque action, il proclame :

— Mes camarades, il nous faut changer nos plans. Plus question de manœuvre tournante. Nous devons arrêter ces loqueteux au plus vite, et tant pis s'ils sont plus nombreux que les brins d'herbe dans la prairie. Fonçons, mes amis, droit devant ! Nous allons les surprendre en train de pourchasser et de dépouiller ces pauvres diables de Ripuaires. Nous leur tomberons sur le dos, ils ne nous attendent pas si tôt. Allons, mes braves, allons, mes féroces, ils sont à nous ! Les dieux nous les offrent comme au festin... Hoch !

Un formidable triple « Hoch ! » fait écho. L'armée aime ce langage. Tubald, fils de Caribert, sourit aux anges.

VII

Sortie de la baie aux périls, la nef a longé les côtes des deux Armoriques[1], à bonne distance, sans toutefois les perdre de vue. Aucun marin ne se risquerait à naviguer en haute mer, se privant ainsi des repères soigneusement répertoriés du rivage, pas plus qu'il ne se hasarderait à naviguer de nuit. On jette l'ancre dès la tombée du soir, après s'être mis en quête d'un mouillage convenable. Il paraît que certains ravageurs surgis des glaces du Septentrion se guideraient aux étoiles... Le patron Raël admire cette science mais, objecte-t-il, les étoiles ne disent rien quant aux récifs et aux bancs de sable... Ni quant aux sirènes et autres monstres marins, ajoute frère Léon.

Le patron Raël avait fait, dès le départ, hisser le pavillon confidentiel des pirates, non qu'il eût l'intention de donner la chasse aux nefs marchandes rencontrées — sa mission le lui interdit —, mais bien pour ne pas courir le risque d'être lui-même attaqué comme grasse proie bonne à prendre par quelque autre membre de la confrérie.

En principe, le littoral, sur toute sa longueur, jusqu'aux multiples embouchures du Rhin, est désormais sous domination franque. En fait, domaine exclusif des

1. L'actuelle Bretagne et l'actuelle Normandie jusqu'à la baie de la Somme.

pirates et ravageurs de mer, principalement saxons, il échappe à l'emprise du roi Clovis.

La mer s'est montrée clémente, le vent favorable. Sans incident notable ils ont longé les îlots sableux semés en cordon le long de la côte basse qui fut celle du minuscule royaume des Francs saliens aux temps de Mérovée et de Childéric [1], puis ils ont louvoyé entre les nombreuses îles jetées comme au hasard entre les mailles du lacis que tissent les multiples bras du grand Rhin paresseux, père des fleuves et des hommes, qu'encombrent ici des herbes perfides. Heureusement, le patron Raël connaît bien ces lieux, leurs chenaux et leurs traîtrises. De maigres fumées s'élèvent parfois au-dessus des marécages, témoignant de présences humaines qu'il vaut peut-être mieux n'avoir pas à affronter. Le patron Raël les désigne du menton :

— Des sauvages. Ça mange de l'homme. La nef s'échoue, ils tuent tout, mangent tout.

Otto conclut :

— Eh bien, ne nous échouons pas.

Loup, soucieux, fait remarquer :

— Il existe d'autres dangers. Nous entrons en pays franc. Ai-je besoin de te rappeler, patron, que, sur tout le territoire soumis à Clovis, nos têtes, à Otto et à moi-même, sont mises à prix ?

Le patron Raël hausse les épaules :

— Qui pourrait vous reconnaître ? Il n'y a ici que de pauvres hères mangeurs de poissons-chats qu'ils attrapent à la main et dévorent tout crus.

Otto fait la grimace.

— C'est plein d'arêtes.

Loup s'obstine :

— Il y a bien des garnisons ? Nous sommes en pays frontalier.

---

1. A partir du cap Gris-Nez, le long de ce que sont aujourd'hui les côtes française et belge de la mer du Nord, un chapelet d'îlots séparait la terre ferme de la mer. Des dépôts d'alluvions relièrent par la suite ces îlots au littoral de la Flandre actuelle.

— Ouais... Un poste par-ci par-là. Avec une demi-douzaine de vétérans plus ou moins cabossés qui n'ont qu'une idée en tête : prélever un péage sur tout ce qui passe, en principe pour le trésor du roi Clovis, en fait pour se saouler la gueule et se payer des putes.

— Ces gars-là nous reconnaîtront.

— Les postes, je sais où ils se trouvent. Et les gars, je sais comment les prendre. Je vous préviens à temps, vous descendez dans la cale. Ils ne fouillent jamais. Trop feignants.

Otto dit, essayant du gras du pouce le fil de son épée :

— S'ils fouillent, tant pis pour eux.

Loup fronce le sourcil :

— Otto !

— C'est vrai. J'oubliais. Nous sommes devenus agneaux bêlants. Je rectifie : s'ils fouillent, tant pis pour nous.

Gwendoline, se laissant glisser de la vergue sur laquelle elle se balançait en croquant une carotte, tombe pile à califourchon sur les épaules d'Otto. L'indignation flambe dans ses yeux d'ardoise mouillée et projette des mâchures de carotte hors de sa bouche charmante :

— Je n'ai pas fait vœu de résignation, moi ! Toucher à mon Otto ? Ils me passeront d'abord à travers le corps !

Otto en a les larmes aux yeux. Loup rit, plutôt jaune :

— Ils te passeront à travers le corps de toute façon, avant, après et pendant.

Elle saute à terre, jette au loin son trognon de carotte, agrippe chacun des deux fiers-à-bras par le devant de la tunique et gronde, tigresse défendant ses petits :

— Chacun de vous deux vaut à lui seul quatre hommes, je dis quatre hommes costauds, en bonne santé et armés de pied en cap. C'est un fait. Eh bien, mes chéris, sachez que, moi, quand la colère rouge me prend aux tripes, je vaux quatre fois autant que vous deux ensemble.

Otto a rapidement compté sur ses doigts.

— Quatre et quatre font huit. Quatre fois huit font trente-deux. C'est aussi ce que j'aurais dit.

Le patron Raël émet ce commentaire admiratif :

— Que voilà un bouillant jeune homme ! Et moi qui l'aurais cru plutôt un peu... heu...

Otto le coupe :

— Et tu sais, elle... heu... je veux dire, il en est tout à fait capable.

Le patron Raël annonce :

— Nous entrons en pays ripuaire.

Le frère Léon tombe à genoux :

— Enfin ! Seigneur, Ta voix m'a appelé, Ta main m'a guidé, me voici là où Tu me voulais. Qu'il soit fait de moi selon Ta volonté.

Il saute sur ses pieds, se tourne vers Raël :

— Débarque-moi ici. Mais... Où sont les païens ?

— Justement. Je me le demande. Nous avons passé la frontière sans être arrêtés, sans même voir personne... Et ça continue. Personne dans les champs, qui sont pourtant cultivés et même bons à moissonner, pas une fumée aux maisons, pas un pêcheur dans sa barque...

Loup intervient :

— Signes éloquents.

Otto précise :

— La guerre.

Depuis quelque temps, le fleuve se contorsionne en méandres capricieux, de plus en plus serrés, semés d'îles à fleur d'eau qui compliquent la manœuvre. Il traverse une interminable forêt de chênes et de hêtres gigantesques que trouent de rares clairières défrichées et cultivées. De loin en loin, sur la rive d'occident, se dressent les vestiges d'une de ces formidables forteresses que les Romains semèrent le long du *Limes*. Sur la rive d'orient, profitant d'une colline ou bien érigé sur une butte artificielle, se voit un « château » fait de rondins à la manière barbare. Tout cela semble désert, ou peut-être simplement clos, comme replié sur soi dans l'attente de quelque invasion.

Le patron Raël prend Loup à part :

— Ma mission est accomplie. J'ai mené le moine là où je devais le mener. Il va débarquer, et moi je vais profiter du confluent de la petite rivière que vous voyez venir à bâbord pour faire demi-tour. Allez-vous débarquer aussi ? Je n'ai pas reçu du roi d'ordres précis en ce qui vous concerne, toi, ton compagnon et, à plus forte raison, celui-là (du menton, il désigne Gwendoline, accroupie sur le pont et fort occupée à déloger de son nombril, à l'aide d'une aiguille de pin, une inépuisable quantité de ces débris aussi variés qu'infimes qui s'accumulent dans les sinuosités accueillantes. Certains de ces débris se mettent à courir, ce qui amuse beaucoup Gwendoline). Étant sans instructions en ce qui concerne la suite, sauf celles de t'obéir en tout point, j'attends ton bon vouloir. Je te signale toutefois que je ne saurais remonter le fleuve plus avant sans mettre en péril la nef et mes gens. Je ne sais ce qu'il en est, mais il se trame du vilain, par là, sûr.

« Cologne est à une journée de marche en amont. J'ai cru comprendre que c'est là que vous avez affaire.

— Exact. Chez Sigebert, roi des Francs ripuaires. Un message à lui remettre de la part de notre roi Grallon.

Le patron Raël cligne de l'œil :

— Avec peut-être un petit quelque chose en sus ?

— Patron, patron... Il est un seuil au-delà duquel tu risquerais d'en savoir plus qu'il ne convient.

— Compris. Dois-je vous attendre ? Où ? Quand ?

— Regagne la mer. Promène-toi. Sois dans deux semaines, jour pour jour, à l'endroit même où nous avons quitté la mer pour remonter le fleuve. Il y a là un petit cap sablonneux, presque recouvert à marée haute, et une cabane de pêcheurs.

— Tu veux dire là où une petite fille en haillons nous a vendu des harengs salés ? Même que ce jeune homme qui avait été une sirène pleurait et voulait l'emmener avec nous ?

— Là même. Si nous n'y sommes pas à ton arrivée, croise au large. Y mouiller serait trop dangereux. Guette nos signaux de fumée.

— Je guetterai. Puis-je poser une question ?

— Pose toujours.

— Quinze jours à tournailler en mer, c'est long. Les gars s'ennuient et font les cons.

— Je te vois venir.

— Ben oui, quoi ! Un peu de piratage par-ci par-là... Histoire de ne pas perdre la main. J'ai vu, en venant, nous passer sous le nez quelques nefs bien léchées, chargées à ras bord. Ça me faisait envie, dame ! Et aux gars, donc ! J'ai eu du mal à les retenir. On sentait bien que c'était plein de bonnes choses qui valent cher, là-dedans ! Et de mignonnes petites femelles gauloises bien dodues qu'on menait à vendre par là au diable... Ah, Seigneur Christ, quel gâchis !

Il se signe.

— Qu'en dirait le roi Grallon ?

— Lui ? C'était le plus grand pirate de toute la côte. Ça lui manque. Alors, tu penses...

— Fais donc à ta guise. Sois seulement au lieu dit et à l'heure dite.

— J'y serai.

— Encore ceci. Sans nouvelles de nous pendant deux semaines, rentre tout droit en Armorique. Dis au roi Grallon que nous avons échoué.

— Et que vous êtes morts ?

— Cela va de soi.

Ils cheminent d'un bon pas sur les larges dalles de grès de la vieille chaussée militaire que les Romains avaient établie pour relier les forteresses défendant le *Limes* sacré contre la pression des hordes blondes qui, sans répit, surgissaient des noires forêts de l'inépuisable Germanie. Cette chaussée coupe au plus court, à une certaine distance du Rhin dont elle évite ainsi de suivre les méandres. Ils vont à pied, en tunique courte à capuchon et braies lacées sur les mollets d'un croisillon de bandelettes de cuir, sans ornements, tenue passe-partout qu'on peut tenir pour vêture de pèlerins. Nul valet ne les accompagne. Il leur faut donc porter leurs armes, réduites à cette courte épée à un seul tranchant, le scramasaxe, dissimulé parmi quelques hardes et provisions de bouche dans le bissac qui leur pend à l'épaule.

La route, jusqu'ici ruban désert perdu dans un paysage mort, s'anime peu à peu. D'abord clairsemés, des groupes en marche commencent à se voir, de plus en plus fréquents à mesure qu'on approche des faubourgs. Des groupes en armes. Cavaliers et fantassins, rien que des gens de guerre. Ils vont, en silence, dans une même direction : Cologne.

A certains détails de leur vêture et de leurs armes, Loup les identifie. Des Ripuaires. Ce sont les Francs du Rhin, sujets du roi Sigebert, hors de la mouvance des territoires soumis à Clovis. On peut se risquer à leur parler. D'ailleurs, Loup comme Otto savent articuler le langage francique en y glissant la pointe d'accent qui distingue les Francs du Rhin. Otto s'approche d'un fantassin solitaire qui marche, taciturne, les yeux au sol, le bouclier au dos, le casque à la ceinture, la lance à l'épaule, la longue épée *spatha* lui battant la cuisse.

— Camarade soldat, je ne suis pas d'ici, j'arrive d'un village sur le fleuve Meuse, à l'autre bout du pays. Que se passe-t-il donc ? Le ban serait-il appelé ?

— Et l'arrière-ban, par Wotan !

— Qui est l'ennemi ?

— Qui veux-tu donc que ce soit ? Ces saloperies d'Alamans, bien sûr ! Ces vermines ont passé la Moselle, ils viennent droit sur Cologne, ils ont déjà pris Mayence, Trèves, Coblence, ils dévastent tout. Paraît qu'ils ont ceux de Thuringe au cul, alors ils foutent le camp de chez eux et ils nous chassent de chez nous.

— Les Alamans... Aïe ! C'est un gros morceau.

— Tu l'as dit. Mais notre Sigebert les a bloqués pas loin d'ici, à... attends voir... Tolbiac, c'est ça. Tolbiac.

— C'est donc à Tolbiac que vous allez tous ?

— Qu'est-ce que tu crois ? Qu'on va pêcher à la ligne ? Paraît que ça ne va pas trop bien, là-bas. On va donner un coup de main au petit père Sigebert, s'il en est encore temps... Bon. Assez bavardé. Lâche-moi les braies, tu veux ?

Il leur faut bien se contenter de ça. Mais que vont-ils faire à Cologne si le roi Sigebert n'y est pas ? C'est la question que Loup pose à Otto. Qui y répond ainsi :

— Sigebert finira bien par revenir, mort ou vif. Alors, nous lui remettrons notre message, à lui ou à son successeur. Et si les Alamans s'emparent de tout le pays et balaient la dynastie, nous aviserons. En attendant, nous pouvons toujours nous mettre en quête de notre troisième mission, la seule vraiment importante aux yeux du roi Grallon : rechercher les os de la petite fiancée Ursule et de ses onze mille compagnes.

Gwendoline, nez au vent, ne semble guère se soucier de ces contingences. Elle enfonce soudain son coude dans les côtes d'Otto, lui désigne de l'index quelque chose, au loin, sur la droite. Cela se rapproche rapidement. On distingue bientôt un peloton de cavaliers lancés au grand galop dans les blés mûrs qu'ils saccagent à l'envi. Gwendoline a les yeux plus perçants que quiconque. Elle crie :

— Des Francs !

Elle précise :

— Saliens ! Des Francs de Clovis !

Loup et Otto, rabattant le capuchon de leur tunique, se fondent dans la foule maintenant serrée.

Parvenus au fossé qui borde la chaussée, les cavaliers bloquent net leur course. L'un d'eux, qui semble commander, lève la main et crie :

— N'allez pas à Cologne, braves Francs du Rhin ! La ville est encombrée de fugitifs, d'espions et de saboteurs, le pont est bloqué, peut-être même est-il déjà coupé ! Écoutez-moi ! Je suis un Franc salien, un Franc du roi Clovis. Le roi Clovis, à la tête d'une puissante armée, est accouru au secours de son bon cousin Sigebert ! Il ne passera pas par Cologne. Il arrive de l'occident par la route de Liège et de Herstal, il a passé la Meuse, il coupe droit sur Tolbiac par les chemins de traverse. Quittez cette route qui vous retarde et coupez au plus court. Qui m'aime me suive ! Droit à Tolbiac !

Une clameur monte jusqu'aux nuages :

— A Tolbiac !

Cologne, porte des invasions, si souvent saccagée, si souvent relevée, connaît de nouveau la fièvre qui prélude aux grandes catastrophes. Une cohue s'y presse, folle de panique, encombre les abords de l'unique pont de bois, pauvres gens qui fuient l'irrésistible ruée des Alamans pour se réfugier de l'autre côté de l'eau, chez les Thuringiens, où, probablement, on les massacrera, à moins qu'on ne les vende comme esclaves. Peu importe, ils ne veulent pas penser si loin, n'ont qu'une idée en tête : passer l'eau. La réputation de férocité des Alamans n'est que trop fondée. Certains se jettent dans le fleuve, bien que ne sachant pas nager, et se noient parmi beaucoup d'autres. Certains bricolent en hâte des radeaux de fortune, y entassent femmes, enfants et dieux du foyer, puis s'efforcent de ramer vers la rive d'en face. Mais le courant est rapide, les tourbillons perfides, la plupart des radeaux sont déportés loin en aval, renversés, déchiquetés sur les rochers à fleur d'eau, et sèment sur la grève des corps sans vie.

Un brouhaha énorme monte de cette masse terrorisée. Des guerriers éclopés, échappés au massacre du champ de bataille, sont piétinés à mort. Des déserteurs, certains à cheval, se taillent à coups de hache et d'épée un chemin sanglant.

Du haut d'une colline dominant la cité, Loup soupire :

— La guerre, encore et toujours.

— Elle n'a qu'un visage, la saloperie.

Gwendoline les arrache aux banalités stériles :

— Dites-donc, vous deux, on n'est pas là pour philosopher, mais pour ramener le pucelage de la petite Ursule. Comment pensez-vous vous y prendre, dans cette pagaille ?

— Nous devons aussi remettre la lettre de Grallon à Sigebert.

— Or, Sigebert est pour l'instant coincé dans ce patelin... Comment appelles-tu ça, déjà ? Ah, oui : Tolbiac. Sigebert, donc, est à Tolbiac, fort occupé à distribuer des coups de hache aux Alamans.

— Et à en recevoir.

— Ce n'est peut-être pas le bon moment pour le déranger.

— D'autant que, si j'ai bien compris ce que braillait l'autre escogriffe, Clovis en personne arrive au grand galop pour se joindre à la fête.

— Et là où il y a du Clovis...

— Il ne fait pas bon pour nous.

Gwendoline, plus portée à l'action qu'au conciliabule, s'impatiente :

— Au bout de tout ça, qu'est-ce qu'on fait ?

— D'abord, on s'occupe d'Ursule.

— C'est-à-dire de ce qu'il en reste.

— Le message pour Sigebert peut attendre.

— D'autant qu'il n'y aura peut-être plus de Sigebert.

— Ce qui résoudra la question.

Otto, cependant, n'a pas l'air trop convaincu. Il se gratte la tête sous le capuchon. Loup connaît bien ces signes. Il soupire :

— Bon. Dis-moi ce qui te tracasse.

— Écoute... On ne peut quand même pas laisser ces chiens enragés d'Alamans massacrer ces pauvres Ripuaires, des Francs, après tout, et rester là sans bouger, comme au cirque.

— Otto... Nous avons une mission.

— Oh, juste un coup de main, comme ça, en passant. Ça ne nous prendrait pas longtemps...

— La guerre, ça va, ça vient. On sait quand on commence, on ne sait pas où ça va vous emmener. Et puis, oublierais-tu ton vœu ? Ne plus tuer. Ne plus se laisser entraîner dans des affaires de sang... L'odeur de la bataille fait bondir ton cœur guerrier ? Calme-toi, mon frère. Laisse-les se taper dessus comme d'habitude. Et puisque, désormais, il y a du Clovis dans l'affaire, je sais bien pour qui tous ces carnassiers tirent les marrons du feu. Nous autres, nous sommes au-dessus de la mêlée. Allons, pour Ursule et les onze mille, en avant !

— Ce n'est pas trop tôt, dit Gwendoline.

C'est un de ces temples voués au culte du dieu-cadavre, une église, comme ils appellent ça, bien modeste, humble, même, car si les Ripuaires, païens acharnés, tolèrent chez leurs sujets gallo-romains les cultes chrétiens, c'est tout juste du bout des lèvres, et il vaut mieux rester discret et se faire oublier, d'autant que ces Teutons arrogants ne veulent rien savoir des bisbilles entre ariens et catholiques, pour eux tout ça n'est que racaille et compagnie, qu'ils s'assassinent donc entre eux pourvu qu'ils travaillent, paient l'impôt et ne troublent pas l'ordre instauré par les conquérants tudesques.

L'église est située hors de la cité, dans un pauvre faubourg déjà campagnard, à l'opposé de la route menant au pont, donc épargné par la cohue en pleine panique, et même étrangement vide et silencieux : tous les paysans ont fui.

Seul est demeuré le desservant de la paroisse, un

solide gaillard tonsuré aux mains calleuses, mi-prêtre mi-paysan, drapé sans grâce dans l'espèce de toge qui est le vêtement consacré des religieux ayant reçu les ordres, toge bien élimée et ravaudée, la paroisse ne semble pas florissante. Il a consenti à ouvrir la porte de son pauvre sanctuaire quand Otto l'eut fait retentir sous quelques coups sonores de sa sandale. Il se tient sur le seuil, apparemment serein. Il s'attendait à un quarteron de soudards hérissés de ferrailles homicides et de méchanceté, il ne trouve devant lui que trois voyageurs pacifiques, des pèlerins probablement, que les événements auront surpris en route. La question qui lui est posée porte à son comble son étonnement. Il réfléchit :

— Il y aurait de cela quinze ans, dis-tu ? Des Huns ? Un grand massacre de pucelles ? Je ne puis t'en donner témoignage car, vois-tu, je ne suis dans cette paroisse que depuis cinq années, pour ne rien te cacher on m'a mis là en punition afin d'expier certains péchés dus à une trop grande ardeur des sens, mais, en effet, il me revient qu'il court parmi le menu peuple d'ici une histoire qui pourrait bien se rapporter aux faits que tu évoques. Tu ne trouveras pas de témoin direct. D'abord, comme tu vois, ils ont tous fui par crainte des Alamans, et, de toute façon, cela se serait passé à quelque distance d'ici, en un lieu fétide et marécageux, pourri de miasmes, hanté par les bêtes féroces et, dit-on, par les spectres et les lémures, donc tout à fait désert.

« Il est bien vrai que des bandes de Huns, débris de la grande Horde d'Attila, erraient alors par les campagnes, massacrant, pillant et rançonnant les paysans, ou bien, solidement retranchés sur une île du Rhin, faisaient payer tribut à toute nef marchande demandant le passage.

« Mais ces temps sont révolus. Les armées du roi Sigebert et celles du roi de Thuringe ont nettoyé ces nids de brigands, massacré les Huns et rétabli partout l'autorité légitime... Quant à l'épisode des jeunes vierges martyres de la foi, il en est tant et tant de versions, toutes plus invraisemblables les unes que les autres, que je refuse de même en entendre parler.

Loup intervient :

— L'épisode commence pourtant à faire quelque bruit dans la chrétienté. C'est d'ailleurs pourquoi nous sommes venus nous recueillir sur les lieux de ce colossal holocauste, lieux, n'en doutons pas, imprégnés de sainteté en proportion du volume du sacrifice et dispensateurs de grâces à foison.

— A moins que ce ne soient contes de bonnes femmes et croquemitaines pour faire peur aux petits enfants.

— C'est une chance à courir. Peux-tu, du moins, dans la mesure du possible, nous indiquer l'emplacement approximatif de cet endroit ?

— Pour autant que je sache, cela pourrait s'être trouvé dans cette direction.

Il lève le bras. Otto, du regard, prolonge la ligne qu'amorce ce bras. Il sursaute :

— Mais... Par là, c'est Tolbiac !

— Ah, oui ? C'est bien possible, maintenant que tu m'y fais penser.

Loup n'en a pas terminé :

— Encore une question, seigneur curé. Crois-tu qu'il puisse rester, éparpillés par-ci par-là dans la région, quelques pauvres diables de Huns, mâles ou femelles, ayant vécu à l'époque de l'événement et ayant échappé au grand nettoyage ?

Le prêtre réfléchit.

— Je ne sais si ce sont de ceux qui furent témoins (ou acteurs) de la supposée affaire des onze mille vierges, mais, en effet, il reste quelques Huns, triste racaille, qui doivent bien dater de ces temps. Ce sont de misérables êtres, méprisés, honnis, qui vivent ensemble, en tribu, à l'écart de toute communauté chrétienne ou païenne, dans un dénuement terrible. On les dit sorciers, jeteux de sorts, vendus à Satan, lisant l'avenir dans la main, sacrifiant des petits enfants au diable, et aussi, ce qui est pire que tout, voleurs de poules.

— Où les trouve-t-on ?

— Eh bien, à ce qu'on m'a dit — Je n'y suis pas allé voir —, au milieu de ces marais puants dont je te parlais justement.

— Près du lieu supposé du grand martyre, alors ?

— Quelque part par là, oui.

Otto fait remarquer :

— On ne trouvera pas un chat. Ils se seront sauvés, comme tout le monde, par peur des Alamans.

Loup secoue la tête :

— Pas du tout. Eux n'ont rien à perdre, même pas la vie : ils s'en moquent. Ils se terrent. Ils attendent les Alamans. Quand ils seront là, ils se glisseront parmi eux pour tuer et piller... Au fait, et toi-même, seigneur curé, qu'attends-tu donc, dans ton temple vide, parmi ton village déserté ? Le martyre ?

— Sache que le martyre ne s'attend ni ne se provoque. Ni ne se désire. Car ce ne serait alors qu'orgueil et présomption. Disons que je n'ai pas envie de courir. Et aussi, peut-être, que cela m'amuserait de convertir un ou deux Alamans bien féroces aux Saintes Vérités.

VIII

Le village des Huns est un cloaque. Otto, Loup et Gwendoline y sont parvenus après bien des détours et des errances, à la nuit tombante, ce qui n'embellit en rien le point de vue. Les petits hommes jaunes échappés à la tuerie se sont construit des habitations suivant la tradition des steppes et des déserts d'Asie où l'homme digne de ce nom ne se fixe pas, ne cultive pas, n'érige pas pierre sur pierre, n'accepte pas de devenir l'esclave du sol. Il habite des yourtes légères, faites de feutre et de peaux tendus sur des arceaux de bois souple, que l'on monte et démonte prestement au gré des besoins en herbe de l'immense troupeau dont vit la tribu. La halte n'est qu'une étape d'un voyage sans fin.

Ces réprouvés ont donc construit des yourtes, comme le faisaient leurs pères. Hélas, ils ne sont plus d'insoucieux nomades galopant au flanc du troupeau, or la yourte veut la vie nomade. Ces yourtes-là n'ont plus bougé du marécage. Elles se sont avachies, effondrées, ont perdu les vives couleurs des bariolages sacrés tracés par les chamanes pour décourager les esprits mauvais, ont été étayées tant bien que mal, rapiécées avec des matériaux de misère, des morceaux de sacs, des lambeaux innommables, des claies de roseaux, des peaux non tannées, maintenant pourrissantes...

Des êtres, mâles et femelles, indiscernables sous l'informe entassement de loques, vaquent à on ne sait quelles languissantes tâches. Alentour, quelques bêtes étiques broutent çà et là, du bout des dents, les dures herbasses qui hérissent le sol spongieux. Tristesse infinie du nomade entravé. Poignante déchéance du ravageur de mondes devenu chapardeur de poules, du fléau de Dieu croupissant dans sa crasse et sa paresse.

Ces laissés-pour-compte de la grande ruée sauvage d'Attila n'ont cependant, au fond de leur misère, rien perdu de leur arrogance. Les sédentaires, les mâche-raves ont vaincu, ils n'en restent pas moins des mâche-raves, non des hommes. On ignore les trois survenants, forme suprême du mépris.

Il n'y a pas de chef chez les Huns. On n'élit un chef que lorsqu'on prépare une expédition, razzia, embuscade ou guerre. Autrement on n'en a pas besoin. Le chamane suffit.

Le chamane n'est pas un prêtre, il n'y a pas de dieux. Il y a les forces de la nature. Il y a l'esprit des morts. Le chamane sait leur parler. Il sait lire dans le futur, tracer les Signes, dire les Mots, danser les Gestes, se mettre en transe et voir l'Invisible.

Loup qui, cela va de soi, a, en ses enfances, appris la langue des Huns et arbore fièrement, sous sa tignasse fauve, pommettes de Hun et yeux bridés, réussit à forcer le silence et à se faire indiquer la yourte du chamane, un peu à l'écart des autres.

Ça pue très fort, là-dedans. Le chamane est noblement assis sur une natte de roseaux, en tailleur. C'est un vieil homme, pas si vieux que ça en regardant mieux, mais vraiment très abîmé. La chiche lumière rougeâtre de l'unique lampe à graisse qui l'éclaire par en dessous n'arrange rien. Dans l'ombre, derrière et autour de lui, se devinent des formes vaguement féminines : ses dames épouses. Elles sont encore plus mal éclairées que lui, suffisamment cependant pour qu'on prenne conscience de l'absence des pommettes mongoles, si aptes à capter la lumière, ainsi que celle des yeux bridés. Ces visages sont tout à fait occidentaux, ces chevelures n'ont rien des raides crins noir-bleu.

Otto, tout d'abord, s'étonne de cela, et puis il lui vient à l'idée que ce sont à coup sûr des captives raflées lors de la grande chevauchée d'Attila ou lors de rapines plus récentes, et qui, ayant été, de gré ou de force, « épousées » par les Huns, ne pouvaient plus guère espérer se caser chez ceux de leur propre peuple, alors, bon, autant s'accommoder de son sort. Sort qui ne semble pas pire que celui des épouses franques ou gallo-romaines, la misère mise à part.

Debout devant le chamane, Loup fait les gestes qu'il faut. Les deux autres l'imitent de leur mieux. Le chamane, de la main, les invite à s'asseoir. Ce qu'ils font, accroupis, face à l'homme qui parle aux Puissances.

Mais le vieil homme lève la main, pointe l'index sur Gwendoline, crache deux mots brefs. Loup traduit.

— Toi, non.

Il ajoute quelque chose, qu'il ponctue de son pouce dirigé derrière lui :

— Avec celles-là.

Ces derniers mots, il les a articulés en un francique tout à fait acceptable, si l'on ne tient pas compte de l'accent. Gwendoline sursaute, rougit, proteste :

— Je suis un homme. Un guerrier. Je sais me battre et tuer. J'ai tué. Dis-le-lui, toi, Loup.

On ne discute pas avec une femme. Le chamane, impassible, se met debout avec une souplesse qu'on n'eût pas soupçonnée et, tournant le dos, sans un mot, quitte la yourte, l'abandonnant à la racaille femelle et à ses marmailles.

Gwendoline n'en revient pas. Elle bondit sur ses pieds. Dans ses yeux fulgure la rage noire. Elle en oublie le francique, vitupère en britton d'Armorique :

— Vieux sagouin ! Vieux machin ! Comment a-t-il pu ? J'ai tout d'un homme, non ? D'un homme de guerre, même ! Je suis un guerrier ! Je vous le demande : comment a-t-il pu ?

Loup la calme :

— Il a pu. C'est un chamane. Il voit à travers les apparences. Il voit la réalité des choses. Écoute : ce n'est peut-être pas plus mal. Reste avec ces femmes. Fais-les parler. Nous, nous allons rattraper le bonhomme, mais je doute qu'il consente à nous apprendre quoi que ce soit.

Ainsi font-ils. En effet, le chamane, rejoint non loin de là, s'enferme dans un hautain refus d'évoquer le supposé massacre des vierges du temps jadis. La guerre flambe de nouveau tout près de là, il le sait, il sait aussi que la première impulsion où le désespoir porte les vaincus, comme aussi celle où l'allégresse du triomphe porte les vainqueurs, est de massacrer les Juifs, les Huns, les lépreux, les ariens là où ils sont en minorité [1], bref, tout ce qui fait tache dans la communauté et peut se massacrer sans remords comme sans péril, et même dans le confort et la facilité, vu que ces engeances sont commodément groupées sous la hache comme poussins autour de la mère poule.

Les deux envoyés spéciaux y perdent leur temps et leur salive. Fiasco total, donc. Ils se résignent à regagner, la queue basse, la yourte chamanique où ils ont laissé Gwendoline humiliée. Ça pue toujours autant, mais en plus ça caquette et ça papote, là-dedans, une vraie volière. A leur entrée, tout se tait. Ils cherchent des yeux Gwendoline, la découvrent enfin, enfouie au milieu d'un amas de haillons bariolés où luisent des paires d'yeux de toutes les nuances, du gris pâle au bleu intense, du vert lumineux de lac de montagne au brun pailleté d'or.

Otto hèle Gwendoline, qui, en réponse, lui intime, d'un ton suprêmement agacé, un « Chut ! » péremptoire, accompagné de ce battement véhément de la

1. Les Tziganes ne faisaient pas encore partie du paysage.

main qui, chez tous les peuples, impose le silence. Elle semble discuter ferme avec une toute jeune femme, presque une enfant. Les autres femmes n'ont pas l'air d'accord, essaient de faire taire la petite, deviennent menaçantes. Gwendoline lève haut le bras en appel de détresse et crie :

— Hé, vous deux ! Ne restez pas là comme des concombres attendant de mûrir ! Vous ne voyez pas que j'ai besoin de vous ? Allons, tirez-nous de là, dépêchez-vous !

« Nous », c'est Gwendoline augmentée de son interlocutrice, qu'elle serre bien fort dans ses bras et pousse devant elle, la soulevant du sol, s'en servant comme d'un coin pour écarter la barrière compacte des femmes. Loup et Otto ont vite fait d'élargir la trouée, rejetant à droite et à gauche l'une après l'autre les épouses indignées du chamane.

Ils jaillissent hors de la yourte. Les femmes s'arrêtent sur le seuil, crachant des injures, mais ne tentent pas de les poursuivre. Dehors, nul ne s'oppose à leur course. Le morne village, perdu dans ses marécages, affalé sur ses détritus, semble attendre, inerte, résigné, on ne sait quelle extermination. A peine si une poignée de gamins, nus dans leur crasse, les regardent passer, l'œil arrondi autour d'une très furtive curiosité.

Courir à toutes jambes en portant une femme, même menue, serrée à force de bras sur sa poitrine, ces bras et cette poitrine fussent-ils ceux et celle de Gwendoline l'indomptable, cela ne saurait durer toujours, pas même plus de quelques minutes. C'est pourquoi, sans cesser de courir, Otto arrache la jeune personne à l'étreinte gwendolinienne et se la balance, hop, sur l'épaule, comme un sac de farine, cul devant, tête pendant derrière. Comme ça, oui, on avance.

On avance, certes, mais vers où ? Pour l'instant, droit devant. C'est Loup, l'homme de raison, qui émet la suggestion qui s'impose :

— Si on s'arrêtait pour parler un peu de tout ça ?

J'aime bien comprendre ce que je fais, où je vais, pourquoi, comment... De ces choses, si vous voyez.

Il s'arrête net, à bout de souffle. Otto en fait autant et laisse tomber sa charge, sans trop de rudesse toutefois. Gwendoline, sur son élan, parcourt quelques toises de plus avant de se laisser tomber sur le sol spongieux qui fait « psch... ».

Le crépuscule, comme à regret, laisse la place à l'obscurité. Il faut de toute façon trouver un endroit à peu près sec où passer la nuit. Un bouquet d'on ne sait quels arbres chétifs couronne, à peu de distance, une levée de terre bien intéressante. Ils vont jusque-là. La captive marche en chantonnant un petit machin bizarre qui sent la steppe et le vent dans les herbes sans limite. Elle a mis sa petite main sale dans celle d'Otto. Gwendoline note cela.

Ils ont dévoré les vivres contenus dans la besace. Ils se sont assis en rond sous les arbres étiques, le dos appuyé à un tronc. La nuit est maintenant complète, là-haut les étoiles brillent, à l'horizon la lune se lève, croissant timide. Ils parlent.

C'est-à-dire, ils écoutent de toutes leurs oreilles la mignonne épouse du chamane — oui, débarbouillée, elle est plutôt mignonne, les yeux d'Otto le disent, la grimace de Gwendoline le confirme — qui leur conte par le menu toute la navrante histoire. Car elle la connaît, elle, pour l'avoir vécue. Et elle ne se tait pas, elle. Elle veut tout dire.

Elle s'exprime en celtique bel et bon, en celtique de Brittonie, s'il vous plaît, qui fut et reste sa langue maternelle, mais qu'elle a tendance à estropier quelque peu, la pratique quotidienne de la langue des Huns lui ayant à la longue gâté le vocabulaire et perturbé la syntaxe.

Voici son témoignage, tel qu'elle le confie à Loup, fils de Bouzil, et à Otto, fils de Sunno, tous deux chargés de mission par Grallon, roi d'Armorique, ainsi qu'à Gwendoline, auditeur non prévu par l'ordre de mission mais force de la nature à laquelle il serait vain de s'opposer. Tous trois entendent le celtique d'Armorique, qui est très proche encore de celui de l'autre côté de l'eau. C'est elle qui parle :

— Sachez tout d'abord que le roi de Brittonie eut grand'peine à réunir les onze mille filles pucelles qui devaient accompagner la princesse Ursule dans sa traversée vers le continent pour y épouser les onze mille jeunes seigneurs d'Armorique, leudes fidèles du prince Conan, fiancé d'Ursule.

Otto ne peut laisser perdre si belle occasion :

— Qu'est-ce qui faisait défaut ? Les filles ou les pucelages ?

Elle fronce son fin sourcil :

— Fille de Brittonie ne donne son pucelage à nul autre que son mari, la nuit de ses noces et non avant. Ne m'interrompts plus, s'il te plaît.

Otto grommelle que si on n'a plus le droit de s'instruire, alors..., mais se le tient pour dit. Elle défronce le sourcil, tempère la sécheresse de son ordre d'un bref sourire, tapote la main d'Otto. Gwendoline se sent de trop. Elle demande, histoire de se prouver à elle-même qu'elle existe :

— Si tu nous disais ton nom, pour commencer ?

La petite dresse le nez, très crâne :

— Je suis Matiline, fille de Tello.

— Eh bien, Matiline, vas-y. On ne t'interrompra plus.

— Je disais donc que onze mille filles de nobles hommes n'abondent pas comme escargots après la pluie. Les hérauts du roi parcoururent le pays, sonnant de la trompe et proclamant le royal dessein. Ils parvinrent avec bien du mal à réunir dix mille neuf cent quatre-vingt-dix-neuf jeunes filles de pur sang celtique non mêlé de saxon, mais il en manquait encore une, et le temps pressait. J'étais alors dans ma dixième année, je rêvais de tous ces princes charmants qui attendaient, les bras chargés de fleurs et le cœur débordant de baisers, sur le continent. J'échappai à mes parents, glissai deux pommes dans mon corsage et me présentai au héraut, disant que j'étais plutôt menue pour mon âge mais que je n'en étais pas moins fille bonne à marier. Le héraut fut trop content de l'aubaine, sa liste était enfin complète, la nef pouvait appareiller. C'est ainsi que je devins la onze millième vierge du cortège d'Ursule.

Elle marque une pause. Ce qu'elle vient de révéler vaut d'être médité. Loup la regarde bien en face et dit, posément :

— Avant l'embarquement, les onze mille filles ont toutes été marquées d'un signe ineffaçable, en un endroit secret de leur corps, afin que nulle gourgandine ne pût, par traîtrise ou assassinat, être substituée à l'une de ces nobles enfants. Sais-tu quel est ce signe ? Peux-tu le présenter ?

Elle se penche à l'oreille de Loup, lui parle tout bas. Il acquiesce :

— C'est cela même.

Elle rit :

— Quant à te le présenter, tu devras attendre le jour !

Otto intervient :

— Nous sommes deux à partager la confiance du roi, donc deux à convaincre. Tu devras présenter le signe à l'un et à l'autre.

— Trois, dit Gwendoline. La reine Galla m'a mise dans le secret.

Récit de la onze millième vierge :

— Donc, la nef voguait vers les côtes d'Armor, poussée par une brise printanière, et nous, les filles, nous chantions des cantiques en tressant des couronnes de fleurs des champs sous l'œil paternel des matelots. Déjà la terre était en vue, déjà nous entendions les cantiques de nos fiancés qui répondaient aux nôtres, lorsque, soudain, la brise se fit tempête, puis ouragan, arrachant voiles et cordages, brisant le mât comme fétu... Nous attendant à être jetés sur les récifs et à mourir sans recours, nous joignîmes nos mains et élevâmes vers le ciel une ardente prière... Mais les vents furieux, changeant de direction, nous emportèrent en rugissant vers une destination inconnue.

« Quand enfin ils se calmèrent et que l'équipage put, tant bien que mal, manœuvrer la nef bien endommagée, nous aperçûmes à l'horizon une ligne à peine visible entre ciel et mer. C'était une grève de sable, plate, grise, déserte, au-dessus de laquelle tournoyaient en criant des espèces de gros canards. Un fleuve s'y perdait en cent estuaires. « Le Rhin », dit le patron. Il ajouta : « C'est notre seule chance. Nous allons remonter le cours du fleuve. Si nous ne rencontrons pas de pirates saxons — lesquels, entre nous, doivent pour le moment se trouver fort occupés à panser les avaries infligées par la tempête —, nous trouverons bientôt des monastères, bien que nous soyons en pays franc, c'est-à-dire païen, mais le fond du peuple a reçu la Lumière de notre Divin Sauveur. Nous serons bientôt secourus. »

« Peut-être en effet eussions-nous rencontré des chrétiens charitables, si seulement nous avions pu remonter le fleuve assez loin. Mais nous tombâmes d'emblée sur un puissant parti de guerriers huns qui ravageaient la campagne, le fleuve et tout ce qui peut se ravager. A cette époque, la grande Horde du seigneur khan Attila, taillée en pièces, s'était éparpillée en bandes de ravageurs sans foi ni loi.

La petite s'interrompt pour se rafraîchir à la gourde. Loup en profite :

— Tout cela, nous le savons, ou à peu près. Ce que nous ignorons et qu'il nous faut apprendre, c'est où eut lieu le grand massacre, comment, toi, et toi seule, apparemment, en es réchappée, et surtout : que sont devenues les dépouilles d'Ursule et de ses compagnes, car telle est la mission à nous confiée par le roi Grallon.

Elle reprend, un peu vexée :

— Puisque vous ne vous intéressez qu'aux dépouilles, j'abrège. Les Huns — Ils étaient onze mille juste, figurez-vous ! Ça ne vous épate pas ? —, les Huns, donc, proposèrent à Ursule et aux autres de renier le nom du Seigneur Christ Jésus et de les épouser selon la coutume hunnique. Ursule refusa, les autres aussi, elles furent proprement empalées selon la coutume hunnique, et puis moururent, et puis voilà.

— Mais toi, tu n'as pas été empalée, toi, puisque te voilà ?

Elle rougit, baisse le nez, tortille une mèche de cheveux autour de son doigt. Loup sourit :

— Je vois...

Elle murmure :

— Je suis douillette.

Elle ajoute :

— Il était si mignon, mon petit Hun !

— Et puis, mourir à dix ans...

— Empalée...

— Ça fait mal.

— Et sans avoir connu l'amour.

— Ç'aurait été trop bête. Je ne te reproche rien.

— Tu es trop bon ! Mais je ne t'ai pas attendu. Moi non plus, je ne me reproche rien. Nous avons été très heureux. Et puis il a été tué, je suis devenue une des femmes du chamane, ce n'est pas fatigant, nous sommes beaucoup et il n'aime pas tellement ça.

Otto s'apitoie :

— Pauvre enfant ! Quel gâchis !

Gwendoline donne son point de vue :

— En somme, tu souffres d'un grand retard d'affection.

Elle réfléchit :

— A propos... Dis voir...

— Oui ?

— Tu en as épousé un, d'accord. Mais les dix mille neuf cent quatre-vingt-dix-neuf restants, comment ont-ils pris ça ?

— Eh bien...

— Empaler les petites crâneuses, sous le coup de la colère, ça soulage sur le moment. Mais ça ne comble pas le besoin de sentiment, si tu vois ce que je veux dire. Alors ?

Matiline baisse le nez.

— Eh bien...

— Tu as épousé les onze mille, c'est ça ?

— Ils étaient si mignons, tous !

— Voilà, voilà... Que sont-ils devenus ?

Elle éclate en sanglots.

— Tous tués. Par les soldats du roi Sigebert.

Otto s'écrie :

— Si jeunette, et déjà onze mille fois veuve !

Gwendoline propose :

— Eh bien, console-la ! Tu en meurs d'envie.

Loup estime que la conversation dévie vers la scène de ménage. Il prend sur lui de la ramener vers des objectifs plus immédiatement utilitaires :

— Matiline, es-tu capable de retrouver le lieu de la... heu... chose de l'empalement, et de nous y conduire ?

— Je crois, oui.

— Est-ce loin d'ici ?

— Pas très.

— Donc, demain à l'aube, nous nous mettons en route. D'ici là, dormons. Bonsoir !

Matiline scrute l'espace alentour. Elle dit :

— C'est ici. Aucun doute.

Otto s'attendrit :

— Comment pourrais-tu oublier le lieu où tu vécus de telles horreurs ?

— Comment pourrais-je oublier le lieu où, pour la première fois, j'ai aimé ?

— Première, mais pas dernière ! Onze mille fois, peste...

Ça, c'est Gwendoline, ça.

Matiline hausse les épaules, tourne le dos, scrute derechef, s'étonne :

— Normalement, il devrait pousser un champ de lis, ou au moins de roses blanches, là où gisent leurs saintes dépouilles. Une colombe devrait, en s'envolant à tire-d'aile droit au ciel, nous indiquer l'endroit précis de la sépulture d'Ursule.

Elle se signe. Otto remarque :

— Je vois que ton séjour parmi les Huns ne t'a pas fait oublier les rites et les merveilles de la religion du crucifié.

Loup s'impatiente :

— En fait de lis et de roses, je ne vois que ronces et orties !

Un corbeau, dérangé, s'envole, croassant de colère.

— C'est ça, ta colombe ?

Assez déroutée, mais pas contrariante, Matiline a un geste du bras :

— Après tout, c'était peut-être un peu plus par là. Tout se ressemble, ici.

Un peu plus par là, c'est un champ. Le blé, mûr à point, y érige bien haut ses épis drus, au grain serré. Un paysan gaulois les coupe à la faucille, au ras de la tige. Sa femme le suit, traînant un sac dans lequel il jette sa récolte.

Ils s'approchent du couple ruisselant de sueur. Loup, courtoisement, s'adresse à l'homme :

— Le bonjour sur toi, camarade.

— La paix du Seigneur Christ Jésus sur toi, étranger. Qu'y a-t-il pour ton service ?

— Un renseignement. Ne s'est-il pas trouvé, ici même, il y a de cela une quinzaine d'années, un grand rassemblement de Huns ?

— C'est tout à fait vrai. Mais il ne se trouvait pas

là où je vous vois chercher, toi et tes compagnons, depuis un bon bout de temps.

— Ah, non ? Où se trouvait-il, alors ?

Le bonhomme rit de toutes ses dents pourries.

— Sur mon champ, tiens donc !

— Tu veux dire là où tu fais pousser du blé ?

— Tout juste. C'était le camp des foutues damnées saloperies de Huns qui nous menaient la vie dure, à nous autres du pays. Jusqu'au jour où le roi Sigebert — que Dieu le protège, bien qu'il soit un païen — s'est senti assez fort pour en venir à bout une bonne fois pour toutes. Ça n'a pas traîné ! Les soldats ont tout liquidé, hommes, femmes, enfants, bestiaux, toute l'engeance, je te dis !

« Alors, moi, j'ai eu une idée. Je me suis pensé comme ça que c'était de la terre déjà toute défrichée, depuis le temps que les Huns la piétinaient, et en plus qu'elle était bien engraissée, vu que ces damnés païens se vidaient la tripaille là où ça les prenait, et comme ils mangeaient fort gras ils ne rendaient rien que du bon. J'ai tout bien nettoyé, tout bien retourné à la charrue. Figure-toi que c'était plein d'os, là-dessous. Mais alors, des milliers et des milliasses. Des os jolis, si tu vois. Des os, comme qui dirait, de jeunes filles. A mon avis, c'étaient des os de chevreuil, de daim, d'agneau, de gibier fin, quoi. Les Huns, on ne peut pas leur retirer ça, ce sont de fameux chasseurs. S'en empiffraient-ils, de la venaison, ces sauvages ! Paraît qu'ils mettent la viande à attendrir entre leur cul et le dos du cheval. Ça doit donner du goût. J'essaierais bien, sauf que j'ai pas de cheval. Enfin, bref, nous deux la Bathilde on a nettoyé bien bien toute cette saloperie, reste pas le plus petit bout d'osselet, vous pouvez toujours chercher, et puis on l'a brûlée, ça n'a pas été commode, vu que les os, ça brûle mal, mais on y est arrivés, et avec la cendre on a engraissé la terre. Il est pas beau, peut-être, mon froment ?

Loup et Otto s'entre-regardent. Une même déconvenue tire leurs visages vers le bas. Loup se penche, ramasse une poignée de terre.

— Crois-tu que la grâce sanctifiante puisse agir, ainsi éparpillée dans l'humus avec les vers de terre et les crottes de taupes ?

— La grâce ne se dilue pas. Le moine nous a enseigné qu'elle demeure toujours entière, même si la matière est divisée.

— Comment être sûr que cette poignée de terre-là contient ne serait-ce qu'une pincée de la cendre sanctifiante ?

— On ne peut pas. Sauf à la mettre à l'épreuve.

— Guérir un lépreux ? Exorciser un possédé ?

— Par exemple.

— Eh bien, prélevons çà et là dans le champ du bonhomme quelques poignées de terre. Ce serait bien le diable si, dans le tas, ne se trouvait pas la pincée nécessaire et suffisante pour que le total soit doué de la grâce attachée aux saintes reliques.

— J'ai mieux, dit Gwendoline.

Elle ouvre la main. Sur la paume repose une dent, une jolie incisive toute blanche.

— Une dent de sainte Ursule.

— Comment peux-tu le savoir ?

— Je le sais.

On ne contredit pas Gwendoline.

IX

Tolbiac. Clovis est soucieux. Rien ne se passe comme prévu. Les présages sont sinistres. C'est sa première vraie bataille, la guerre contre Syagrius n'ayant été qu'une entreprise de brigandage contre un allié trahi, contre une armée minée de l'intérieur et même en grande partie achetée. Clovis ne risque le combat que lorsque celui-ci est gagné d'avance, ainsi que l'en accusait Tubald. Cette fois, les événements lui ont forcé la main. Il n'aime pas ça. Dans son plan de rechange improvisé à la hâte, la part laissée au hasard se révèle maintenant trop grande. Il comptait tomber comme la foudre sur les arrières des Alamans occupés à poursuivre les Ripuaires en déroute, or il a trouvé devant lui, étiré sur la plaine d'un horizon à l'autre, un front inexpugnable de gaillards piaffant de méchanceté qui, sans même attendre que les Francs se soient regroupés, leur ont couru sus et en ont fait d'emblée un grand carnage.

Clovis, dressé sur ses étriers, s'efforce sans y croire de redresser une situation qui, irrésistiblement, tourne au désastre. En face, le roi des Alamans, lui-même juché sur un cheval blanc, dangereux privilège du chef, se taille à terribles coups, de la hache et de l'épée, un chemin sanglant dans la piétaille franque, droit sur Clovis.

Les impeccables bataillons carrés des légions, fierté

de Clovis, d'abord gardés en réserve, ont été jetés l'un après l'autre dans la mêlée, et l'un après l'autre dévorés. Les Francs se battent au corps à corps, n'ayant même plus assez de recul pour lancer la hache qui fracasserait casques et boucliers, ni pour projeter le court javelot, relié au poignet par une cordelette de cuir tressé, qu'on arrache ensuite du corps du transpercé en s'aidant du pied arc-bouté sur le ventre.

Il n'est plus question de tactique ni d'art militaire, d'aile droite ni d'aile gauche ! La fougue alamane enfonce partout les formations franques, réduites à la défensive, puis cédant le terrain pas à pas, puis perdant pied... Le combat devient abattoir, la déroute se dessine. Tel est le tempérament barbare : si le premier choc — terrible, il est vrai — n'a pas donné la victoire, le guerrier perd confiance. Clovis sait cela. Il sait aussi que les Alamans ne font pas de prisonniers, qu'un roi vaincu est un roi mort.

Clovis verse des larmes de rage impuissante. Il n'est guère porté aux actes de foi, mais il est des moments extrêmes où le plus ricanant des sceptiques se tourne vers l'ultime recours : les dieux. Le roi Clovis, les bras levés vers le ciel, ses armes ensanglantées aux poings, implore Ceux du Walhalla. Il y met toute sa ferveur. Mais Wotan n'envoie pas sa foudre, mais Thor, roi des batailles, n'écrase pas les Alamans sous son marteau divin. Le désastre s'amplifie, plus rien ne peut arrêter, ni même ralentir, la ruée finale.

Clovis, dans la confusion de ses pensées, se dit :

« Wotan et Thor sont aussi les dieux des Alamans. Pourquoi ne leur donneraient-ils pas la victoire plutôt qu'à moi, qui les ai trahis en mettant dans mon lit Clotilde, en la laissant introduire chez moi les prêtres de son dieu-cadavre ? »

Cependant l'ennemi est sur lui et le serre de si près que ses leudes fidèles saisissent la bride de son cheval, l'obligent à faire volte-face, l'entraînent dans leur fuite.

Clovis se laisse faire, tout à ses pensées, qui sont telles :

« Faisons se battre les dieux. Puisque Wotan est décidément contre moi, dressons contre lui le dieu de Clotilde. On verra bien qui sera le plus fort ! »

Alors tous peuvent voir le roi Clovis, dressé sur son cheval et tournant le dos au combat, lever derechef les bras vers les nuages et lancer au ciel, d'une voix qui s'entend par-dessus le vacarme des armes, les rugissements des tueurs et les cris d'agonie des mourants, cette prière :

— O toi, dieu que Clotilde, ma femme, adore sous le nom de Seigneur Christ Jésus, si vraiment tu es un dieu fort parmi les dieux, montre-le. Donne-moi l'occasion de renverser la situation et de flanquer la peignée à ces trous-du-cul d'Alamans et, j'en fais ici le serment solennel à la face de l'armée, je me ferai chrétien !

Le roi Clovis ajoute, mais si bas que nul ne l'entend :

— Sinon, gare à tes fesses ! Et, si j'en réchappe, tes évêques, tes nonnes, tes tonsurés, tes Remi et tes Geneviève, tu vas voir comme je vais te nettoyer ça vite fait !

Une pensée lui vient :

« Peut-être aurais-je dû implorer aussi le Seigneur Christ Jésus des ariens ? A tout hasard... »

Depuis un instant, Loup tend l'oreille. Il se décide à faire part aux trois autres de son inquiétude :

— J'entends au loin un vacarme. Cela vient par bouffées avec le vent.

Otto se laisse tomber à quatre pattes, colle son oreille au sol, relève la tête :

— Entrechocs d'acier, huées de carnage, râles d'agonie... Ça se bat, par là.

Du bras tendu, il indique la direction.

Gwendoline ne saurait demeurer en reste. Elle

agrippe à pleins bras le tronc d'un frêne étiré en hauteur, atteint le bouquet de branches qui s'évase au sommet, saute de branche en rameau comme un écureuil, s'installe sur une fourche, main en visière, scrute l'horizon, enfin se laisse glisser en bas plus vite encore qu'elle n'est grimpée. Elle rend compte :

— Il y a de la poussière, beaucoup. Il en sort des fers de lance et des enseignes, ça brille au soleil, ça cogne, ça braille, ça pleure.

— Tu as reconnu les enseignes ?

— Francs de Clovis, Francs de Sigebert, Alamans. Beaucoup, beaucoup d'Alamans. Ils courent après les Francs.

Loup sursaute :

— Des Alamans donneraient la chasse à des Francs ? Impossible !

— Si tu ne me crois pas, vas-y voir toi-même.

Otto saute sur ses pieds :

— On ne peut pas laisser faire ça !

— Tiens donc... Où sont tes belles résolutions ? Tu te battrais, à cette heure ? Pour voler au secours de Clovis l'infâme ? Et avec quelles armes, s'il te plaît ? Nous n'avons sur nous que nos scramasaxes, c'est un peu court. Surtout, puisque tu sembles l'oublier, nous sommes en mission pour le service du roi Grallon. Nous n'avons pas le droit de prendre des risques hors de cette mission, ce serait félonie.

La rumeur se fait d'instant en instant plus audible.

— C'est une grande bataille, on dirait.

— Que ce soit ce que ça veut, on ne s'en mêle pas.

Matiline, sans dire mot, s'est approchée d'une belle touffe de noisetier qui s'épanouit là, solitaire. Elle empoigne l'une après l'autre les jeunes tiges pleines de sève et les courbe à force de bras, comme pour évaluer leur souplesse et leur élasticité. Cela intrigue Loup, qui lui demande :

— Que fais-tu donc là ?

— Prête-moi ton couteau.

Elle choisit une branche droite et drue, la coupe, n'en garde qu'un tronçon d'un peu moins d'une toise de long, taille une encoche à chaque bout, plonge la main dans l'entassement de loques aux broderies fanées qui couvre sa mince poitrine, en ramène un peloton d'un certain fil fort mince, apparemment fait de fines lanières tressées, ajuste ce fil aux encoches : c'est un arc !

Tandis que les trois autres la regardent, fort intrigués, elle plonge encore une fois la main dans ce qui lui sert de corsage, en tire une petite sacoche de peau d'où elle fait tomber une demi-douzaine de menus objets d'acier aux sombres reflets : des pointes de flèches !

Elle fixe chaque pointe à un bâtonnet fourni par le complaisant noisetier, complète la flèche par un empennage fait de ces plumes d'oiseaux d'eau qui traînent un peu partout.

Otto n'y tient plus. Il persifle :

— C'est un arc ? Bon. Ce sont des flèches ? Bon. Et alors ? Ce n'est pas toi qui vas le tendre, il est beaucoup trop gros. Moi-même, je ne sais pas si j'y arriverais.

— Essaie.

Otto empoigne l'objet, tire sur la corde. A peine si elle bouge d'un demi-pied. Loup dit « A moi ! » et s'y met à son tour. Presque un pied. C'est mieux. Ce n'est pas assez.

La petite rit, ôte ses bottes mongoles aux bouts relevés, les pose soigneusement sur une racine saillante, s'assied dans l'herbe, dresse l'arc debout entre ses jambes, se renverse sur le dos, ramène ses genoux sur sa poitrine et, jambes pliées, saisit le bois de l'arc entre ses orteils qui s'y agrippent va savoir comment, enfin, des deux mains, tire sur la corde en même temps qu'elle allonge les jambes le plus qu'elle peut. L'arc se courbe aisément, la corde recule de près d'une demi-toise.

Un triple « Oh ! » admiratif s'arrondit dans l'espace. Otto, cependant, demeure sceptique sur un point qu'il estime essentiel, et il le dit :

— D'accord. Tu as gagné, j'en conviens de bon cœur. Dois-je te faire remarquer, cependant, qu'un arc, c'est fait pour envoyer des flèches, si possible sur une cible. Alors, dis-moi un peu : comment pourrais-tu viser, dans cette position ?

— Je peux. J'ai appris chez les Huns. Je n'aimais pas rester dans la yourte avec les femmes, à clabauder. Le chamane m'aimait bien, me laissait faire à mon gré. Les guerriers m'ont montré. Les Huns, à l'arc, sont les plus forts. Moi, je suis plus forte que le Hun le plus fort.

— Tu peux nous faire voir ?

— Tu as des pommes vertes, dans la besace. Prends-en une.

Otto prend la pomme. Matiline est toute rose d'excitation, et bien jolie, même. Otto remarque cela, ses yeux disent son plaisir. Gwendoline grommelle :

— Je me demande si j'ai bien fait de la débarbouiller...

La bataille s'est encore rapprochée. C'est un sinistre brouhaha de panique qui, maintenant, fait fuir les oiseaux. Loup s'inquiète :

— Si nous ne voulons pas être pris dans la mêlée, il faut foutre le camp d'ici, et vite !

Matiline, sur le dos, l'arc bandé, implore :

— Juste le temps de vous faire voir...

Elle ordonne à Otto :

— Lance ta pomme en l'air, aussi haut que tu peux !

Otto lance la pomme, l'arc se détend, dzouïnn..., la flèche vole, transperce la pomme, poursuit sa trajectoire, emportant la pomme autour de son fût, et va se perdre au loin.

Que dire, après cela ? Rien. Le silence stupéfait est le plus haut cri d'admiration. La petite saute sur ses pieds, toute fiérote bien que s'efforçant de n'en rien laisser voir, le Hun se doit de rester impassible dans le triomphe comme dans l'opprobre.

Tout à leur passionnante expérience, ils n'ont pas pris garde que la guerre est là, vraiment là, non plus tout près mais ici même, que des fuyards couverts de sang courent droit devant eux, que des haches s'abattent, que des épées tranchent des têtes, que des javelots s'enfoncent, que des crânes éclatent... C'est l'avant-garde de la déroute. Bientôt, ils seront environnés.

Un guerrier trapu, montant un cheval blanc, un chef donc, écrase sous les sabots de la bête folle d'épouvante ceux qui se trouvent sur son passage. Son casque tombe, frappé par la pierre d'une fronde. Loup serre le bras d'Otto, l'entraîne avec lui à terre :

— Clovis ! C'est le roi Clovis !

— Mais... Il fuit ?

— Comme tu vois. Où sont les filles ? Ah, vous voilà ! Il faut nous tirer de là. Les Alamans ne font pas le détail.

Une fois lancée, une flèche vit sa vie. Celle de Matiline, lestée de sa pomme, poursuit en sifflant son vol ailé sur une trajectoire très classiquement parabolique. Elle devrait se planter dans le sol suivant un angle bien défini qu'un mathématicien émule d'Aristote ou de Pythagore saurait déterminer avec précision, mais, le sol, elle ne l'atteindra pas. Un obstacle non prévu vient prématurément se jeter en travers du tracé de cette courbe à la pure élégance, l'interrompant net. Cet obstacle importun n'est autre que le mâle visage d'un cavalier alaman de haut parage, plus précisément son œil droit. La pointe soigneusement affûtée — Matiline a été à bonne école en ce qui concerne l'entretien de ses armes — pénètre sans effort dans le tendre de cet œil, poursuit son chemin plus avant, s'enfonce avec bonheur dans les matières molles qui se trouvent là derrière, matières qui, pour être aisément pénétrables, n'en sont pas moins essentielles en ce qui touche à la vie de leur propriétaire. Le cavalier meurt sur-le-champ en poussant un grand cri. Il s'écroule.

Aussitôt retentit un autre cri, cri d'horreur, cri d'incrédulité et de désespoir :

— Le roi ! Le roi est mort !

C'est un fait. Il est mort. Le pennon fait de plumes de sarcelle, de tadorne ou quel que soit le nom qu'on donne à ce genre de canard, s'agite gaiement au bout du fût qui vibre encore. La flèche s'est enfoncée tant qu'elle a pu, elle serait ressortie par la nuque si sa progression n'avait été bloquée par la pomme, laquelle s'est fichée dans l'orbite dont le diamètre semble avoir été calculé tout exprès pour qu'elle s'y fiche.

La nouvelle se répand. La joie alamane fait place à la terreur. Une haute clameur monte vers le ciel, clameur, cette fois, de désolation. La mort du roi en pleine bataille, c'est, pour ces peuples superstitieux, bien pis que la perte d'un chef responsable : un présage. Un présage funeste. Les dieux abandonnent les Alamans.

Le roi Clovis perçoit une altération dans le timbre de la clameur alamane. Ses soldats aussi. D'autant que les coups leur tombent dessus moins dru, et même s'espacent, et même cessent tout à fait. Les fuyards osent se retourner. Incroyable, et pourtant vrai : les Alamans courent dans le mauvais sens ! Ils fuient, mais oui ! Ce sont eux, les Francs, qui deviennent poursuivants !

Clovis avise un groupe de quatre leudes fidèles du roi ennemi, emportant avec eux ce qui semble bien être un corps sans vie. D'un coup de galop, il les rattrape. Il les reconnaît. Ce sont les fils et les neveux du roi des Alamans. Il reconnaît aussi le corps, indubitablement sans vie. C'est celui du roi en personne, dont l'œil droit est remplacé par une pomme verte prolongée par une tige garnie d'une touffe de plumes blanches.

L'allégresse, en flots puissants, se rue dans l'âme du roi Clovis. Ainsi, le dieu de Clotilde l'a exaucé ! Il a livré bataille à ses rivaux du Walhalla, et il a eu le dessus ! Pas de doute, il est le plus fort. Pour cette fois, du moins.

Du cœur de Clovis monte vers le ciel une fervente action de grâces : « Dieu de Clotilde, toi dont les noms sont Christ et Jésus, si je me souviens bien, sois remercié. Permets-moi cependant de te faire remarquer, en toute humilité, que tu y as mis le temps. Un peu plus, c'était trop tard. Wotan et Thor se sont montrés coriaces, c'est ça ? Enfin, bon, merci pour la flèche. Une flèche tombée du ciel, sans archer pour la lancer, c'est une chose de magie, une espèce de miracle, quoi ! Toujours excellent pour le moral des troupes... Mais, si je puis me permettre, pourquoi la pomme ? Il y a là un symbole que je ne comprends pas... Bof, Remi m'expliquera. »

Chez les Alamans aussi, le miracle de la flèche tombée du ciel produit un formidable effet, mais dévastateur, de ce côté. Partout c'est la débandade, alors que la victoire était acquise. Les Francs, qui avaient jeté leurs armes pour mieux courir, ramassent celles des Alamans et, à leur tour, sans rechigner à la besogne, fracassent, tranchent, percent et défoncent de bon cœur. C'est qu'aussi ils ont eu si peur !

De la voix, Clovis les excite à la tuerie. Il abat de sa hache, dans le dos, les dignitaires alamans porteurs de ce qui fut un roi et n'est déjà plus que charogne. Il ordonne qu'on coupe la tête du vaincu, qu'on la plante sur le fer d'une pique et qu'on la hisse à la vue de tous, enseigne terrible qui épouvantera au loin les Alamans et stimulera la nouvelle ardeur des Francs.

Il s'en est fallu de si peu que sa propre tête ne subisse le même sort, qu'à cette pensée un frisson le glace. La rage du carnage s'empare de lui. Il veut du sang, il veut plus que la victoire, il veut l'anéantissement.

Les Francs, menés par le roi Clovis, pourchassent à hauts cris les Alamans, qui fuient à toutes jambes, sachant qu'un sort unique est promis au vaincu qui se laisse prendre : la mort. Quant à se laisser tuer sur place plutôt que tourner le dos, c'est bon pour les chants héroïques que les bardes mettent au point, après coup, pour faire vibrer les dames.

Dans l'esprit agile de Clovis, la réflexion prend le pas sur la fougue vengeresse. Il interroge son cousin Ragnacaire.

— Où sont les Ripuaires ? Ont-ils donc couru si loin, ou bien sont-ils tous tués ?

— Cousin, ils se sont taillé un chemin vers l'occident, se sont égaillés chacun pour soi. Ils doivent être loin, à l'heure qu'il est.

— Sigebert ?

— Aucune nouvelle. Il n'a pas pu aller bien loin, dans son état. Il doit se terrer dans quelque trou. Il est même certainement mort, ne serait-ce qu'à cause du sang perdu.

— Je dois savoir. Trouve-le.

— Ce sera fait. Et j'envoie des estafettes à cheval pour rattraper les Ripuaires, les rassembler et les faire courir sus aux Alamans, qui seront pris en tenaille.

Clovis hausse les épaules, irrité d'être si peu compris :

— Les Alamans ne posent plus problème. Qu'on les pousse vers leur frontière, l'épée dans les reins, bien sûr, mais sans les massacrer plus qu'il n'est nécessaire. Les légionnaires y suffiront. J'ai une tâche plus urgente pour le gros de l'armée.

— Quoi donc ?

— Occuper le pays ripuaire, gros tas ! Les Alamans ont chassé les Ripuaires de chez eux. Nous chassons les Alamans, voilà le pays dégagé, mais il est vide. Où sont les Ripuaires ? Éparpillés à tous les diables s'ils ne sont pas morts, aplatis sur l'herbe tendre s'ils le sont. Nous, nous sommes là. Et nous y resterons. Tu ne te figures tout de même pas que nous allons nous retirer comme si nous étions venus donner un coup de main en passant, et bonsoir ! Sigebert n'a pas su défendre son bien, tant pis pour lui. D'ailleurs, comme tu disais, il doit être mort.

Clovis ajoute, parlant à sa moustache :

— S'il ne l'est pas, il faut l'y aider.

Reprenant sa voix de commandement :

— Bon. Ragna, vieille crapule, fais ce que je t'ai ordonné, et, surtout, trouve-moi le Sigebert.

— A tes ordres, cousin.

Les Alamans ayant tourné bride, la victoire ayant changé de camp et les poursuivis étant devenus poursuivants, le tumulte s'est éloigné de la clairière en bordure du champ de blé. Il est saccagé, le champ. Les deux pauvres diables de paysans contemplent, incrédules, le désastre. Loup et les autres émergent du creux où ils s'étaient tapis. Otto essaie de consoler le croquant :

— Dites-vous bien que vous avez sauvé vos peaux, c'est quand même l'essentiel.

Le vieux se rebiffe, révolté par tant de bêtise :

— Et qu'est-ce qu'on va manger, nous autres deux et les huit gosses, jusqu'à l'année prochaine ? On va crever, voilà. Et ça sera long, et ça fera mal. L'aurait mieux valu que ces bâtards casqués d'Alamans ou de je ne sais quoi nous tuent tout d'un coup, ah, mais oui ! Toi, tu causes, tu causes, les paroles ne te coûtent pas cher ! T'es qu'un vagabond, un oiseau de passage. La vie, tu n'y connais seulement rien.

Otto va pour répondre, outré qu'on lui renfonce ses consolations dans la gorge. Loup le calme :

— Il a raison. Quand on n'a que des mots à offrir, autant fermer sa gueule.

Et puis il avise la petite Matiline, bouche bée, son arc à la main, comme figée de stupeur. Loup la secoue par le bras :

— Oh, petite ! C'est fini, il n'y a plus de danger.

Elle le regarde, les yeux écarquillés :

— Tu as vu ? Vous avez tous vu, hein ? Ma flèche !

Ma flèche à moi ! J'en suis sûre, je l'ai reconnue, il y avait la pomme ! En plein dans l'œil du gars qu'ils ont mis au bout de la pique ! Un roi, mes enfants ! Ils gueulaient tous « Le roi ! Le roi est mort ! » Et c'est moi qui l'ai eu ! J'ai tué un roi ! Moi ! Moi toute seule !

Elle se tourne vers Loup :

— Quel roi c'était ?

— Celui des Alamans.

— Les Alamans, c'est les sales types, non ? Alors les Francs ont gagné ! Grâce à moi ! C'est qui, le roi des Francs ?

— Un certain Clovis.

— Tu crois que si je vais lui dire que c'est moi qui lui ai donné la victoire, il m'épousera ?

— Il est déjà marié.

— Moi aussi. Et alors ?

— Je sais : onze mille fois et des poussières.

— Pas tellement de poussières. Juste le chamane, et il était bien fatigué.

— Ça fait quand même beaucoup.

Elle tape du pied :

— Je suis une des onze mille vierges ! Je suis même la onze millième ! Je peux le prouver. J'ai le signe inscrit dans ma chair.

— Tu es celle qui a failli.

Elle se fait câline :

— Tu n'irais pas le lui dire, quand même ?

Otto intervient :

— Clovis n'est pas un mari pour toi.

— Ah, non ? Et pourquoi, s'il te plaît ?

— Parce que c'est un fourbe, un lâche, un brutal, un parjure, un avare, un assassin, un qui cogne quand il a bu, et il boit souvent... Enfin, un sale type, quoi.

— Mais il a gagné la bataille.

— S'il n'avait tenu qu'à nous, il l'aurait perdue.

— Vous ne l'aimez pas, hein ?

Tous trois en chœur :

— Nous le méprisons, nous le détestons, nous le haïssons et nous aurions voulu qu'il perde la guerre.

Elle réfléchit, fronce le nez :

— J'ai fait une bêtise, alors ? Vous ne m'aimez plus ?

Ses yeux s'emplissent de larmes. Otto s'empresse, l'entoure de ses bras si bien faits pour entourer.

— Ce n'est pas ta faute. Le hasard...

Elle se fait toute petite dans ses bras. Il la berce, effleure ses cheveux, comme sans y penser, de quelques baisers légers. Gwendoline, assise sur la mousse, les genoux entre les bras et le menton entre les genoux, dit, pensive, à Loup :

— Il est comme ça. On n'y peut rien. Je crois me voir il y a... il n'y a pas si longtemps. J'étais comme elle, moi aussi, n'est-ce pas ? Plus maigre qu'un chat maigre, capable de tendre des arcs gros comme des troncs et prête à sauter en croupe derrière n'importe quel Otto.

— Il n'y a qu'un Otto.

— Voilà.

Loup fait le point de la situation :

— Nous pouvons considérer que nous avons rempli notre mission. Nous avons conduit le frère Léon à bon port. Nous rapportons une dent de la future sainte Ursule, relique précieuse au-delà de tout...

— Heu...

— Comment ? Tu doutes ? Tu ris sous cape ?

— Eh bien, vois-tu...

— Otto, cette dent pourrait-elle, oui ou non, avoir resplendi parmi ses sœurs dans la bouche mignonne de la princesse Ursule ?

— Elle aurait pu, bien sûr, mais...

— Donc, à moins d'apporter la preuve formelle du contraire, c'est une dent d'Ursule. Elle accomplira des miracles, guérira les mal en point, attirera les pèlerins, fera pleuvoir les dons et les prébendes, et le roi Grallon sera content.

— Admettons. Tu n'en oublies pas moins l'un des objectifs de notre mission.

— Lequel ?

— La lettre tracée d'une élégante écriture sur un parchemin odorant par la reine Galla, lettre que nous devions remettre en mains propres au roi Sigebert.

— C'est pourtant vrai ! Eh bien, il ne nous reste qu'à rejoindre le roi Sigebert.

— S'il a survécu et s'il court aussi vite que ses Ripuaires, il doit avoir fait du chemin !

— Quelle est sa ville capitale ?

— Cologne. Comme si tu ne le savais pas !

— Je voulais te l'entendre dire. Cologne, donc. Ça tombe bien, Cologne est sur notre route. Nous y attendrons de ses nouvelles. S'il vit, il y retournera. S'il est mort, notre mission perd tout objet. Mes enfants, rejoignons la grand'route qui mène à Cologne.

Otto secoue la tête :

— Non. Pas la grand'route. L'armée de Clovis va s'y ruer, si ce n'est déjà fait, et s'emparer de Cologne. Je connais bien mon Clovis. Il n'a pas coutume de se fatiguer pour rien. Il va maintenant faire son possible pour arriver à Cologne avant Sigebert, faire proclamer son décès et se déclarer roi de tout le pays ripuaire. Et si Sigebert, qu'on dit blessé, n'est pas tout à fait mort, il s'arrangera pour qu'il le soit sans tarder.

— Tu as raison. Évitons la route, faufilons-nous par les sentiers de paysans, et si nous apercevrons des patrouilles franques, évitons-les.

C'est une hutte misérable, perdue au profond de la forêt dans une clairière, abri précaire de gens qui ont pour profession d'extraire la tourbe du marais et de la mettre à sécher. Loup, qui vient en tête, fait signe à ses compagnons de s'immobiliser. Ils observent. Des hommes sont là, pas des paysans tourbiers mais des guerriers en armes, des guerriers de haut rang d'après leurs vêtements et leurs parures. Ils semblent épuisés. Certains sont blessés. Ils entrent dans la hutte, en sortent, transportant des linges souillés, des récipients... Loup se tourne vers Otto :

— Des Ripuaires.

— Se pourrait-il... ?

— J'y pensais justement.

— Dis voir...

— Oui ?

— Tu crois qu'on peut tenter le coup ? Se faire reconnaître, je veux dire. Après tout, nous sommes des amis, des messagers d'un roi ami, ou bien je me trompe ? Et si, comme il semble bien, leur roi Sigebert est là, nous lui remettons sa lettre et nous sommes quittes.

Avant que Loup ait pu répondre, un formidable hurlement de mort, poussé à l'unisson par un concert de furieux gosiers, fait sursauter la forêt. Une bonne douzaine de Francs, indubitablement saliens et non moins indubitablement avinés, surgissent des buissons de l'autre côté de la clairière et, sans ordre, sans tactique, mais avec beaucoup d'ardeur, se ruent sur les Ripuaires. Surpris, ceux-ci tombent comme mouches. Loup s'indigne :

— Ils n'avaient même pas placé de sentinelles ! Tu parles d'une armée ! Pas étonnant que ça perde les guerres !

Ceux des Ripuaires qui ne sont pas tombés sous le premier choc ripostent et font des dégâts, soutenus par des collègues sortis en hâte de la hutte. Mais le combat est par trop inégal. Les brutes saliennes, que stimule la victoire, y vont de si bon cœur de la hache et de l'épée que les Ripuaires, l'un après l'autre, jonchent le sol et que déjà deux gros pères hilares se bousculent pour entrer dans la hutte, l'épieu en avant.

Loup et Otto s'entre-regardent :

— On ne peut pas laisser faire ça.

— Tout au moins tant que nous ne lui aurons pas remis la lettre.

— Après, dame...

— Ça ne nous concerne plus.

— En attendant...

— Eh, oui. On n'y échappe pas.

Ils s'élancent, ramassent au passage quelques armes parmi celles qui jonchent le sol — leurs courts scramasaxes feraient un peu mièvre —, mais voici que Gwendoline a eu la même idée, moins le temps perdu en dialogue, si bien qu'elle les a précédés et déjà tape dans le tas en blasphémant à mots fort orduriers pour se donner du cœur au ventre.

L'inégalité des forces change de camp. Il faudrait au moins vingt ruffians aguerris pour espérer tenir tête aux trois enragés. Or ceux-là ne sont plus que dix, les Ripuaires, avant de succomber, ayant pu en mettre deux hors de combat. Dix seulement, dont deux bêtement coincés dans l'ouverture de la hutte, aucun n'ayant voulu céder à l'autre le mérite d'être celui qui plongerait le premier son épieu dans la tripe auguste du roi Sigebert, exploit qui lui eût valu gratifications et avancement.

Dans ces conditions, le combat ne pouvait durer. Il ne dura pas. Otto, jetant un coup d'œil alentour et s'essuyant le front d'un revers de coude, fait le bilan :

— Tuer, toujours tuer. Je m'étais pourtant juré que, plus jamais...

Loup, sombrement :

— On finirait par croire qu'il existe un destin.

— Une sacrée ordure de destin farceur, tu veux dire... Bon. Tu as la lettre ?

— Dans un linge, sur ma poitrine.

— Alors, allons-y.

Gwendoline, qui berce tendrement la tête d'un Franc pas tout à fait mort en lui chantant une chanson celtique infiniment désespérée, remarque :

— Et moi ? On ne me dit pas merci, à moi ?

— Ce n'est pas l'habitude entre nous, Gwendoline.

— Vos habitudes ne concernent pas les dames. Faites comme si j'étais une dame.

Ils mettent chacun un genou à terre.

— Sois remerciée, dame Gwendoline.

— Eh bien, voilà.

Elle se penche sur son blessé.

— Tiens, il est mort.

Avec un soupir, elle laisse retomber la tête blonde — il est blond, très joli — et se relève, suivant de l'œil Loup et Otto qui se dirigent vers l'ouverture de la hutte. Elle pousse un cri. Un des corps jonchant le sol s'est à demi relevé sur un bras. De l'autre, il brandit une hache, vise la nuque d'Otto. Rien ne peut plus arrêter l'implacable trajectoire de l'acier. Et pourtant, si ! Un sifflement ténu, une flèche transperce le bras en plein élan, la hache, déviée, va se ficher dans le montant de la porte, un tronc de chêne qu'elle fend du haut en bas. Gwendoline crie de nouveau, mais ce n'est pas le même cri. Tous se tournent vers Matiline. Otto constate :

— On l'avait oubliée, celle-là.

Loup s'intéresse à l'aspect technique :

— Tu peux donc le faire sans pomme ?

Gwendoline demande :

— L'aurais-tu fait pour moi ?

La petite hausse les épaules, décroche posément la corde de son arc. Elle dit :

— Vous l'aviez mal tué. Qu'est-ce que c'est que ce travail ?

Quand les yeux des deux messagers se sont faits à la pénombre, ils distinguent dans un coin de la hutte une forme humaine allongée sur un matelas de feuillages : le roi Sigebert. Une servante terrorisée, sans doute quelque paysanne raflée par les gens de l'escorte, se plaque à la paroi de terre et de branches. N'ayant rien compris à tout ce tumulte, elle croit voir entrer les assassins qui vont achever le roi et, du même coup, la trucider.

Sigebert semble souffrir beaucoup. Il serre les dents, tourne vers les arrivants ses yeux où brille la fièvre. Loup salue brièvement de la tête. Otto l'imite.

Sigebert s'impatiente :

— Qu'attendez-vous ? Égorgez-moi, c'est le plus rapide. Mais peut-être craignez-vous de vous salir ? Il est vrai que le sang qui jaillit des deux grosses veines qu'on a par là cochonne tout. Il faut se placer par-derrière, empoigner le menton et tirer la tête en arrière pour bien tendre le cou, qu'il s'offre pour ainsi dire à la lame. Allons, qu'on en finisse !

Loup tend la missive :

— Seigneur roi, une lettre du roi Grallon, mon maître.

Sigebert, qui déjà tendait le cou à la lame, appuyant sa démonstration par l'exemple, a du mal à suivre les événements.

— Vous n'êtes pas des Saliens de Clovis ?

Loup met un genou à terre, approche son visage tout près de celui du roi.

— Seigneur roi, regarde-moi mieux.

Sigebert, faisant violence à la douleur, regarde attentivement.

— Tu es... Mais oui, tu es Loup, fils de Bouzil. Tu es le Hun blond.

— C'est bien moi.

— Mais alors... Tu n'es pas au service de Clovis ! Tu es même proscrit par lui. Ta tête est mise à prix... Et celui-là, c'est Otto, fils de Sunno. Savez-vous qu'une légende court sur vous deux, en pays ripuaire comme en pays salien ? Bon, vous n'allez pas me tuer. Je vais donc crever ici, à petit feu, en souffrant comme les trente-six diables. Je ne suis pas sûr de gagner au change.

— Seigneur roi, nous n'avons mission ni de te tuer, ni de te sauver. Pourtant, maintenant que nous t'avons vu, nous nous sommes mis en tête de te tirer d'affaire et de te rendre ton royaume. Otto en meurt d'envie.

— Beh..., dit Otto.

Loup, posément, expose son plan :

— Seigneur roi, Clovis, en ayant terminé avec les Alamans, va se diriger sur Cologne et s'y faire proclamer roi, réalisant ainsi l'unité de tous les Francs, saliens et ripuaires, sous son autorité, ce qui a toujours été son rêve. Cela ne peut se faire que si tu es réputé mort.

— J'ai un fils.

— Il ne pèsera pas lourd. Clovis aura séduit, c'est-à-dire acheté, les leudes. Seigneur roi, tu dois être à Cologne avant lui et te montrer au peuple. Pourrais-tu te tenir à cheval ?

— A grand'peine et grande souffrance, mais je crois pouvoir le faire mieux que je ne pourrais marcher.

— On te hissera sur un cheval, on te soutiendra. Tu dois y arriver.

— J'y arriverai.

Otto, qui a écouté avec attention, fait remarquer :

— Manque plus que le cheval.

— Tu veux dire : les chevaux.

Cette dernière réplique a été lancée à deux voix, depuis la porte. Deux voix à n'en point douter féminines. Dans l'ouverture étroite s'encadrent les visages, assez satisfaits d'eux-mêmes, de Gwendoline et de Matiline. Là-dessus, un hennissement bien réconfortant déclenche le double bond qui propulse Loup et Otto hors de la hutte. Il y a là trois chevaux, trois bêtes en pleine santé qui ne demandent qu'à rendre service.

Passé la première stupeur, Otto questionne :

— Qu'est-ce que... D'où viennent ces chevaux ?

Gwendoline répond :

— Moi, je n'ai fait qu'aider. Demande à celle-là.

Du menton, elle désigne Matiline. Laquelle, avec une modestie charmante, s'explique :

— J'ai appris chez les Huns. Ce sont de fameux voleurs de chevaux. Les meilleurs du monde.

Elle rougit :

— Et moi, je ne suis pas mauvaise.

Que répondre à cela ? Ceci :

— Et pour les selles ? Les brides ?

Elle est sincèrement étonnée.

— Des selles ? Des brides ? Pour quoi faire ?

Elle pose ses deux petites mains à plat sur la vaste croupe d'un cheval colosse, s'enlève, cuisses écartées, comme à saute-mouton, retombe, le cul bien assis juste là où il doit s'asseoir, agrippe la crinière, donne légèrement du talon. Le cheval part au petit trot. Elle fait claquer sa langue d'une certaine façon. Le trot s'allonge. Le cheval, tout fier, tourne dans la clairière comme au manège. Un autre claquement, c'est le galop. Elle pile des quatre devant les deux amis. Otto tire la conclusion qui s'impose :

— Si tu peux le faire, nous aussi. Le roi au milieu, bien calé entre Loup et moi-même, qui le soutiendrons des épaules. Et chacun une fille en croupe.

Gwendoline ricane :

— Ben voyons ! La croupe, c'est la place des filles... Eh bien, non, mon cher seigneur ! Ces chevaux-là, ils sont à nous, les filles. C'est nous qui les avons amenés. C'est vous qui monterez en croupe. Si ça ne vous plaît pas : à pied.

Gagner Cologne ne fut pas une mince affaire, avec le roi Sigebert gémissant à chaque pas de sa monture, soutenu à droite et à gauche par Loup et Otto que, finalement, la position en croupe laissait plus libres de leurs mouvements pour rattraper les amorces de chute du roi. Les filles menaient leurs bêtes bien doucement, plus attentives aux souffrances de Sigebert que n'auraient pu l'être les hommes avec tout leur bon vouloir.

Enfin, Cologne la superbe est atteinte. Aucun guerrier salien ne s'y montre. Clovis n'est donc pas encore arrivé. Sigebert a gagné ! S'il survit...

La nouvelle de la défaite des Alamans est déjà connue ici. Le flux désordonné des fuyards s'est inversé. La population ripuaire encombre de nouveau le pont, mais dans l'autre sens.

Gagner le palais à travers cette cohue pose problème. Mais à peine Loup a-t-il crié : « Place ! Place au seigneur roi ! », que Sigebert est reconnu, entouré, acclamé, pour ainsi dire porté jusqu'à l'édifice romain dont il a fait son palais.

C'est ainsi que lorsque le roi Clovis, glorieux vainqueur des terribles Alamans, fait son entrée dans la cité de Cologne, il y est accueilli, à son grand dépit, par son bon cousin le roi Sigebert en personne, souffrant fort de son genou blessé mais tenant à témoigner son éternelle reconnaissance à son bien-aimé sauveur.

Des réjouissances publiques marquent ce beau jour. Le peuple ripuaire profite de l'occasion pour clamer sa fidélité à son roi et son opposition à toute usurpation éventuelle.

Clovis n'insistera pas. Il sait reconnaître quand un coup est manqué. Remettant à des temps plus propices ses projets d'annexion du pays ripuaire, il remontera le cours du Rhin, achèvera de nettoyer villes et villages des derniers foyers de résistance alamane, accordera, à la surprise générale, au nouveau roi des Alamans un traité de paix débordant de mansuétude, puisqu'au lieu de massacrer méthodiquement toute la population alamane il se contentera d'annexer la partie qu'ils occupent à l'intérieur des limites du vieux *Limes* romain [1], puis il rentrera en ses foyers. Et voilà pour lui.

---

1. Certains voudront voir là l'influence émolliente de l'ermite chrétien Vaast, empressé à exploiter l'effet psychologique de la flèche à la pomme en la portant au crédit du Saint-Esprit, une espèce de frère jumeau du Seigneur Christ Jésus, à ce que crut comprendre Clovis.

La nuit s'avance à pas de velours. Un dernier reflet danse sur la crête des vagues paresseuses. Ils ont chevauché en voyageurs sans souci. La mer était au rendez-vous, au bout du fleuve qu'elle engloutit inlassablement.

Ils se sont accommodé un bivouac dans un creux de dune. Ils sont repus, de mangeaille et d'aventures. Otto, le premier, s'enveloppe dans son manteau, cadeau du roi Sigebert, et, couché sur le flanc, s'abandonne au sommeil. Mais voilà que son cœur bat, voilà qu'il cesse de respirer... Le corps menu qui se coule le long de son dos et se pelotonne contre lui n'est pas celui de Gwendoline. Il connaît les façons de Gwendoline. Les bras frais et ronds qui entourent son cou ne sont pas les bras de Gwendoline. La subtile odeur femelle qui affole ses sens n'est pas celle de Gwendoline... Pourquoi donc as-tu tardé, Gwendoline ? Et voilà : ta place est prise...

Gwendoline se tourne vers Loup :

— Elle en mourait d'envie.

Loup ne dit rien. Et que dire ?

Elle hausse les épaules.

— Et lui, donc ! Il en aurait eu regret toute sa vie.

Elle a un sourire, pose sa main à plat sur la poitrine de Loup :

— Couche-toi. Sur le côté.

Il le fait. Elle se colle à son dos, l'entoure de ses bras, pousse un soupir heureux.

— Moi aussi, je mourais d'envie de quelque chose.

— Tu sens bon, Gwendoline.

— Pour toi.

Il n'est nuit si longue qui ne prenne fin, ni heures si heureuses qui ne tombent dans le puits aux souvenirs et aux regrets. Le soleil est là, et aussi, à l'horizon, la voile espérée.

On se restaure, on papote. Gwendoline est de charmante humeur. Elle interpelle Matiline, perdue dans on ne sait quel rêve :

— Qu'allons-nous faire de toi ? Au fait, je sais. Tu es une des onze mille. Tu es même la onze millième, numéro insigne. En somme, tu es une relique vivante. C'est le roi Grallon qui sera content !

Ramenée sur terre, la petite se rebiffe :

— Hé là ! Je ne suis pas vierge !

— Ça, il en est, ici même, qui peuvent en témoigner... Mais la virginité tient-elle à ce petit bout de peau ? Ton âme est l'innocence même.

— Je n'ai pas subi le martyre ! J'ai cédé tout de suite.

— Subir le rut d'un Hun est en soi un martyre homologué. Alors, onze mille, tu penses !

— Ça n'a pas vraiment été un martyre.

Elle rougit. Gwendoline, décidément d'humeur taquine, la harcèle :

— Sais-tu qu'à toi seule tu es une véritable collection de reliques ? Loup, toi qui as lu des livres, combien y a-t-il d'os dans un corps de femme ?

— Deux cent quatorze.

— Tant que ça ? Deux cent quinze chez un homme, alors ?

— Non. Ce n'est pas un os. Hippocrate l'affirme. Désolé de te décevoir.

— Tant pis. Enfin, deux cent quatorze reliques, c'est déjà pas mal. Sans compter qu'on peut débiter les os longs en rondelles. Et il y a les cheveux, les ongles, les dents...

— Mais... Mais il faudrait me tuer, avant ?

— Cela va de soi.

Matiline se jette dans les bras d'Otto.

— Tu laisserais faire ça ?

Otto entre dans le jeu :

— Que veux-tu, une mission, c'est sacré. Mais peut-être que, pour le roi Grallon, un os suffirait. Un petit. Par exemple, un doigt.

Gwendoline est tout à fait d'accord :

— Un doigt, c'est bien peu de chose. Donne ta main. Loup, ton couteau !

Matiline n'est pas absolument convaincue que c'est là pur badinage. Elle cache ses mains derrière son dos, comme un gosse qui ne veut pas qu'on les lui lave... Mais qui voilà là ?

— Hello !

Toujours beau, toujours pâle sur son palefroi blanc, n'est-ce pas le chevalier britton aux blondes moustaches qui court le monde en quête d'on ne sait plus trop quoi ? Otto, courtois, rend le salut :

— Hello à toi, chevalier !

Loup va plus loin :

— Sire Lancelot du Lac je présume ? Tu cherchais quelque chose, si je me rappelle bien. L'as-tu trouvé, chevalier ?

— Je l'ai trouvé presque. Mais il a tombé et il a cassé. Ce n'était donc pas le Saint Graal. Le Saint Graal casser ne se peut pas.

— Ou alors ce ne serait pas le Saint Graal.

— Voilà.

— Donc, tu cours toujours le monde.

— Comme les onze autres chevaliers de la Ronde Table, oui.

Matiline se penche vers Gwendoline :

— Qu'il est beau !

— Très beau. Et de partout.

— Vraiment ? Tu...

— Je.

— Alors ?

— Ça ne peut pas se raconter.

— A ce point ?

— Indicible. Au-delà de toute comparaison terrestre.

— Et, ayant connu cela, tu peux te contenter d'Otto ?

— Otto, je l'aime.

— Loup aussi, tu l'aimes.

— Ma vie est un déchirement.

— C'est quoi, cette lueur bleue, très pâle, qui tremblote par moments au-dessus de la croupe du cheval ?

— Vas-y voir.

Il ne faut jamais défier Matiline. Un bond, la voilà derrière le cheval, les mains à plat sur la croupe. Un autre bond, elle est sur la croupe, jambes écartées, bien enfourchée. Un cri de surprise lui échappe. Elle a heurté quelque chose, quelqu'un, peut-être bien. Qu'on entend tomber, assez lourdement. La lueur bleue aussi est tombée, en jetant quelques étincelles qui suggèrent la contrariété. Matiline donne du talon. Le palefroi prend le petit trot. Sire Lancelot du Lac salue courtoisement ceux qui restent sur place.

— Enchanteur Merlin dit je trouve plus facilement le Saint Graal si j'ai une pucelle avec moi.

Gwendoline approuve avec chaleur :

— Tu ne pouvais mieux tomber, chevalier.

Otto soupire :

— Il arrive toujours au bon moment, celui-là.

Deuxième partie

REIMS

X

— Allons, seigneur roi ! Tu peux le faire.

— Je peux le faire avec ma bouche, certes. Mais je ne peux pas le faire avec ma tête. Ma bouche peut très bien dire que ton bonnet est vert, mais ma tête ne le peut pas, car mes yeux lui disent qu'il est violet.

— Ta tête a donc des yeux qui lui disent que Dieu est violet... euh, pardon... que Dieu n'est pas un seul Dieu en trois personnes ?

— Ma tête a les yeux de ma raison, qui lui disent qu'on peut être un ou trois, mais qu'on peut pas être un et trois.

— Ceci est vrai pour les créatures, pour toi, pour moi, qui sommes imparfaits.

— Je suis moins imparfait que toi. Je suis le roi.

— Certes, seigneur roi. Tu es une créature d'ordre supérieur...

— Ne l'oublie pas.

— ... cependant rien de plus qu'une créature, aux yeux de Dieu. Or Dieu, étant parfait, peut des choses que ni toi ni moi ne pouvons.

— Par exemple, être en même temps un et trois.

— Par exemple.

Le roi Clovis réfléchit.

— Dis-moi, évêque, qu'est-ce que ça veut dire, au juste, être tout à la fois un et trois ? Est-ce que ça veut dire qu'il a six bras, six jambes et trois têtes ?

Remi rit. L'ermite Vaast ne rit pas. Clovis fronce le sourcil.

— Ça te fait rire ?

— C'est cette façon toute grossière que tu as de te représenter les choses !

— Grossière ? Surveille tes paroles, évêque.

Le saint homme Vaast, que Clovis a fait quérir en son ermitage près de Toul pour l'aider à assimiler les prémices des Augustes Vérités, juge bon d'intervenir :

— Seigneur roi, veuille réciter, s'il te plaît, la réponse, que tu connais car je te l'ai fait réciter mainte fois, à la question fondamentale « Qu'est-ce que Dieu ? ».

Le roi Clovis est content. Cette réponse-là, il la sait par cœur. Il psalmodie, en se balançant d'avant en arrière :

— Dieu est un pur esprit, infiniment parfait, infiniment bon, éternel, incréé, créateur et maître de toutes choses.

— Très bien. Donc, Dieu, tu l'as dit, est un pur esprit. Un pur esprit n'a pas de ces limites matérielles qui font qu'une même substance ne peut pas se trouver ici et là-bas en même temps.

Clovis fait la moue :

— Un pur esprit, c'est une espèce de fumée. Une fumée peut sans doute être une et trois en même temps, puisque tu le dis. Mais une fumée ne pourrait pas avoir créé le monde et tout ce qu'il y a dessus. Une fumée n'aurait pas pu me donner la victoire à Tolbiac. Le dieu qui s'est montré plus fort que les dieux invoqués par les Alamans, lesquels dieux sont une multitude rangée derrière Wotan, Thor et Freyia, est un dieu puissant parmi les puissants. Son œil a visé juste, son bras a lancé la flèche qui a percé l'œil et tranché la vie du roi des Alamans, et ça, ce n'est pas une fumée qui pouvait le faire !

Clovis s'interrompt, mains aux hanches, regarde de haut tour à tour l'évêque et l'ermite, attendant l'objection. Les deux pieux personnages se recueillent. Ils mesurent la difficulté qu'il y a à faire passer un esprit essentiellement pragmatique du domaine de l'immédiate perception à celui du spirituel pur. L'ermite Vaast, après s'être recueilli en une courte prière, prend la parole. Il s'exprime en francique, langue de Clovis, étant lui-même franc de naissance, alors que Remi, fils d'Æmilianus, n'aborde l'exposé des choses sacrées qu'en langue latine. Clovis entend mal le latin, langue de vaincus et d'efféminés qu'il répugne à pratiquer.

— Seigneur roi, au-dessus du visible il y a l'invisible, au-dessus du palpable il y a l'impalpable, au-dessus de la matière il y a l'esprit. Quand tu évoques ces faux dieux que tu nommes Wotan, Thor ou Freyia, qui sont d'ailleurs ceux-là mêmes que les païens romains nommaient Jupiter, Mars et Vénus — et qui n'en sont pas moins des démons émanant du grand diable Satan — (il se signe avec vigueur, l'évêque en fait autant), quand, donc, tu les évoques, as-tu devant les yeux leur apparence charnelle, les vois-tu, peux-tu les toucher ?

— Je ne les vois ni ne les touche, mais je sais qu'ils sont derrière le nuage, sous l'écorce de l'arbre, dans la source murmurante. Je regarde le soleil et je sais qu'il est une des faces de Wotan, celle qu'il veut bien me laisser contempler. J'entends le tonnerre et je sais qu'à l'autre bout de l'éclair il y a le marteau de Thor. Quand s'irise l'arc-en-ciel, je sais que Heimdal m'annonce la fin de l'orage. Je vois tomber la tête de mon ennemi, je sais que dans mon bras il y a le bras de Thyr — Si mon ennemi m'abat, alors je sais qu'une Walkyrie, une fille de Wotan, m'a choisi et me désire, qu'elle m'attend, parée et parfumée, sur sa couche dans le Walhalla, et qu'elle a décidé pour moi cette mort de vaillant afin que je sois digne de son étreinte.

L'ermite Vaast sourit :

— Donc, tu ne les vois pas en personne, mais tu

sais qu'ils sont là car tu constates les effets de leur action.

— Cela va de soi. Je ne les vois pas parce qu'ils ne veulent pas que je les voie. Cependant ils sont bel et bien faits de chair et de sang comme moi, mais ils ont des pouvoirs que je n'ai pas. Il n'est pas question de vague fumée ni de trois-en-un...

« Et d'abord, pourquoi trois ? Quel est l'avantage ? Puisque ton dieu, que tu appelles « le Père », est tout-puissant, qu'a-t-il besoin, pour agir, de se diviser en trois (sans cesser d'être unique, note bien !) ? Pourquoi cette complication qui ne lui apporte aucun surcroît de puissance, puisqu'il en possède déjà la totalité, ni aucune commodité, puisqu'il est déjà partout, ni aucune science, puisqu'il sait tout ? On dirait vraiment que ton dieu fait tout pour compliquer les choses et se rendre plus invraisemblable, plus rebutant à admettre pour quiconque réfléchit un tant soit peu.

« C'est vraiment curieux, cette histoire des trois personnes. Il aurait aussi bien pu choisir d'être quatre, dix, cent... Qu'est-ce que ça a de spécial, trois, je vous demande un peu ?

L'évêque Remi lève une main apaisante :

— Trois est le chiffre sacré par excellence.

— Ah, oui ? Alors, il y a des chiffres meilleurs que d'autres devant ton dieu ? Puisqu'il est parfait, pour lui tous les chiffres se valent, il me semble. Moi, je crois qu'il n'a pas eu le choix. C'était trois et pas autre chose, voilà tout.

— Tu supposes par là un pouvoir supérieur qui lui aurait imposé d'être trois en un ? Ce serait blasphémer, si tu n'étais ignorant des choses saintes. Il n'y a rien au-dessus de Dieu, et il ne peut rien y avoir.

— Il était comme ça dès le début ? Je veux dire trois-en-un ?

— Il est ce qu'Il est de toute éternité. Il n'a ni commencement, ni fin. Il est Celui qui est.

— S'il a toujours été comme ça, il n'a pas choisi. Donc, quelqu'un a choisi et décidé pour lui. Quelqu'un qui était là avant lui, forcément. Je ne sors pas de là.

Le saint homme Vaast s'éponge le front. L'évêque se signe à tour de bras, sentant tout autour de lui, dans l'air épaissi de blasphèmes, battre lourdement les ailes velues de légions de démons ricanants. L'ermite décide qu'il est temps de trancher dans le vif.

— Seigneur roi, en ce qui touche aux choses divines, la raison n'a que faire et s'y casse les dents. Dieu est unique en trois personnes, c'est ainsi, nous appelons cela un mystère, le mystère de la Sainte Trinité.

Clovis caresse rêveusement sa moustache :

— Je t'écoute, homme de Dieu, et en même temps je me souviens. Je me souviens de ce que me disait, il y a peu, Lantechilde, ma sœur bien-aimée, qui est chrétienne, elle aussi, tu ne l'ignores pas, et qui n'est pas du tout de ton avis.

L'ermite fait la grimace, puis, avec componction, car il sent le terrain dangereux sous ses pas :

— Seigneur roi, le respect et l'amour que je dois à la sœur de mon seigneur et de mon roi ne peuvent me celer que la dame Lantechilde est chrétienne, certes, mais aussi qu'hélas elle a été instruite en la sainte religion par un sectateur de la regrettable erreur propagée par Arius et condamnée à Nicée aussi bien qu'à Chalcédoine, et...

— Et que son dieu, qui est aussi le tien, n'a pas, chez elle, trois personnes égales. Le Fils n'est qu'un fils, il a été envoyé par le Père se faire crucifier par ses créatures, drôle d'idée, entre nous, mais enfin tout ce qui touche aux dieux est mystère, tu l'as dit, n'insistons pas... Vois-tu, ce Fils-là me conviendrait assez. Il exige moins d'abandon de mon bon sens.

Clovis a dit cela comme innocemment. Il se délecte sous cape à voir l'effet de ses paroles sur les faces atterrées de ses deux professeurs. Il rit un bon coup, se tape sur les cuisses, tire la barbe de l'évêque :

— Allons, mon père, je te faisais marcher ! Ces histoires de trois personnes en une, égales ou non, ça me dépasse et, si tu veux savoir, je n'en vois pas l'intérêt. Pour te faire connaître le fond de mon cœur, disons que je m'en contrefous. La Clotilde fait ses délices de ces subtilités, je les lui abandonne bien volontiers. Ce sont amusements de clercs et passe-temps de bonnes femmes. Donc, vous deux, ne me cassez plus la tête avec ça.

« Parlons net. Il me faut un dieu qui me rapproche de ce peuple et de ces dignitaires gallo-romains qui me sont nécessaires et qui adorent une croix avec ce qui pend dessus. Surtout, il me faut un dieu qui me donne la victoire. Si ton crucifié à trois têtes est plus puissant que les dieux de mes ennemis, je suis preneur. Si la variété que vous priez, toi, lui, Clotilde, Geneviève et le menu peuple d'ici, est plus efficace que celle qu'adorent ma sœur Lantechilde, Alaric le Wisigoth, Gondebaud le Burgonde et tous ceux que vous flétrissez du nom d'ariens, je choisis la vôtre...

« Et puis, je t'aime bien, Remi, mon père. Tu es l'ami de la famille depuis bien avant ma naissance, tu ne m'as pas maudit ni excommunié [1] quand j'ai pillé et brûlé ta ville de Reims sous ton nez, et Clotilde aussi t'aime bien.

Clovis, attendri, prend l'évêque aux épaules et baise la belle barbe blanche. Le saint homme Vaast profite de l'occasion :

— Seigneur roi, je constate, hélas, que les patientes leçons de mon catéchisme n'ont guère su agir sur ta façon païenne de concevoir les choses. Tu vas récitant que Dieu est le seul dieu, et dans le même temps tu

1. Oui. On pouvait excommunier un païen, ou plutôt l'interdire. Aucun chrétien ne pouvait plus le servir, ni lui parler. Le tuer n'était pas un péché. Or, tout le peuple était chrétien...

raisonnes et calcules comme s'il n'était qu'un dieu parmi une foule d'autres dieux, les uns plus forts, les autres moins, tu les tâtes comme la ménagère tâte le cul d'un melon au marché, afin d'être certain de choisir le plus avantageux pour toi.

« Or, tu n'as pas le choix. Il n'y a qu'un dieu : Dieu. Reconnaître Son existence et se soumettre à Sa volonté, ce n'est nullement faire un marché. C'est s'abandonner à Lui. C'est, surtout, accéder à la vie éternelle, assurer à ton âme l'ineffable bonheur de contempler la face de Dieu.

— Ineffable, hé ? Et éternel ?

— Immortel, mon fils seigneur roi. Il n'y a d'éternel que Dieu.

— Et aussi le temps, non ?

— Dieu préexiste au temps. Il crée le temps au fur et à mesure.

— Ça risque de devenir monotone.

— Non, car ce bonheur est inépuisable. La satiété en est bannie. Il est toujours neuf.

— Contempler la face de Dieu... Mouais, c'est tentant... Contempler ce qu'il y a entre les cuisses d'une Walkyrie n'est pas mal non plus, vu d'ici.

— Blasphème et sacrilège ! Vade retro, Satana !

Là, c'est Remi qui calme le jeu :

— Mon fils, tu vois encore les choses avec tes yeux terrestres. Les yeux de la foi te les feront voir sous leur véritable aspect. Les épais plaisirs de la chair te sembleront alors infiniment méprisables, comparés au flamboiement de la joie de la présence divine.

— Je ne demande qu'à te croire, mon père. En attendant, tout en me préparant à goûter ce céleste moment qui nécessite que d'abord je meure, je ne saurais renoncer à ces plaisirs qui, pour épais qu'ils te semblent, me ravissent dans la plénitude du ravissement.

— Dieu n'interdit pas les joies terrestres. L'union chrétienne de deux êtres...

— Deux ? Devrais-je donc me contenter d'une seule épouse ? Toi-même, évêque, entretiens notoirement en ta maison deux femmes légitimes et plusieurs concubines, je ne sais plus combien au juste, tu as le goût capricieux. Moi, je suis un roi et un guerrier. Mon sang bout dans mes veines. Je ne saurais me contenter d'une Clotilde, aussi ardente à la chose soit-elle. Entre nous, elle pourrait cesser de prier pendant que... Passons. Elle fait de beaux enfants, c'est vrai, mais ils meurent un peu trop souvent. Le dernier né, celui que ton Seigneur Christ a bien failli laisser perdre comme le précédent, a une petite santé... Heureusement que j'ai mon Thierry, un gaillard, celui-là, et qui n'est pas né de Clotilde, mais d'une sacrée luronne de païenne [1]... J'en viens à me demander si le baptême n'affaiblirait pas le sang. Vois comme nous, enfants de Thor et de Wotan, avons facilement écrasé ces Romains et ces Gaulois, tous chrétiens. On dirait que l'eau du baptême où ils furent trempés les avait ramollis, en avait fait des trouillards et des femmelettes.

L'ermite bout sur place et s'arrache la barbe à poignées. Il s'écrie :

— Des femmelettes, les martyrs qui se laissèrent dévorer par les lions plutôt que d'abjurer ?

Clovis porte la main à la garde de son épée. Remi s'interpose. Tandis que le roi parlait, il affûtait sereinement ses arguments. Il énonce, à voix posée mais pleine d'autorité :

— Seigneur roi, mon fils, les voies du Seigneur Dieu sont impénétrables à nous autres, misérables créatures que nous sommes. Il est certain que, en dépit des leçons que ce saint ermite et moi-même t'avons prodiguées, la divine illumination de la foi ne t'a pas encore été donnée. Ainsi l'a voulu le Seigneur (il se signe). Cependant, tu

1. Thierry (Théoderic), est né, vers 485, avant le mariage avec Clotilde, d'une princesse ripuaire (Suavegunde) épousée en union légitime selon le rite païen. Il sera, après la mort de Clovis, roi d'Austrasie.

comprends bien que ton intérêt est de te convertir à la Vérité, même si tu ne la ressens pas dans sa plénitude. Tes rivaux, les rois barbares, se sont tous, dans leur orgueilleux aveuglement, donnés à l'exécrable hérésie d'Arius. Leurs peuples, qui sont de fervents catholiques, les subissent en les haïssant. Sois le seul roi germanique catholique, ils te vénéreront, déploreront que tu ne règnes pas sur eux, désireront t'appartenir et t'accueilleront comme un envoyé du Divin Sauveur le jour où tu auras décidé de mettre fin au règne impie de leurs oppresseurs. Tout cela, tu le sais fort bien. Tu sais aussi que c'est la seule voie qui s'offre à tes ambitieux et louables projets face à la formidable puissance des Wisigoths jointe à celle de leurs alliés, Ostrogoths et Burgondes. Ils ont les armées. Toi, tu auras les peuples. Les peuples sapent le sol sous le pied des chevaux.

« Tu viendras au vrai Dieu, croyant faire une bonne affaire. Et, certes, cette aubaine, tu l'auras de surcroît. Tu plongeras en ricanant dans l'eau du baptême, tu prononceras chaque jour, sans y croire, les paroles de la foi, tu en esquisseras les gestes, et, peu à peu, à ton insu, la foi naîtra en toi.

« Prie seulement, la foi viendra.

Clovis a écouté, pensif.

— Mon père, nos entretiens sont secrets. L'armée ni les leudes n'admettraient que je songe un seul instant à me convertir au culte de celui qu'ils nomment le « dieu-cadavre ». Renier les dieux des ancêtres est chose inadmissible. Les prêtres et les augures du vieux culte soulèveraient l'armée, qui me massacrerait. Cela ferait bien l'affaire de certains ambitieux que je connais.

— Il faudra pourtant bien que cela se fasse, et pas subrepticement, mais, au contraire, avec grand éclat, afin que tous les peuples gémissant sous les rois ariens l'apprennent et espèrent !

« Pour l'instant, garde-toi de répandre la chose trop abruptement. Tâte le terrain. Parles-en avec précaution à quelques proches en qui tu as toute confiance. Il en existe bien ?

— « Toute » ma confiance ? Je ne la donne jamais. Et moins qu'à quiconque aux membres de ma famille.

Il plisse le front, s'interroge longuement, finit par concéder :

— Ma garde personnelle, mes Antrustions, se ferait hacher pour moi, j'en suis à peu près sûr. Trois mille gaillards choisis un à un, élevés depuis l'enfance dans ce seul but : me servir, me protéger, au besoin mourir pour moi. Je pense que je peux, dans une certaine mesure, me fier à leurs chefs.

— Il serait bon, si tu me permets, mon fils, que tu accoutumes tout doucement ceux de ces chefs que tu estimes les plus sûrs à l'idée de te voir opter pour le vrai Dieu, et même que tu leur suggères de te suivre en cette voie.

— Ton conseil me paraît bon. Tellement bon que je pousserai les choses plus loin encore. Je persuaderai ces leudes fidèles d'amener à leur tour leurs hommes à en faire autant. Vois-tu ce que je vois, évêque ? Un gigantesque baptême ! Trois mille nouveaux convertis d'un seul coup !

— Ce sera une bien émouvante cérémonie, mon fils ! Et bien édifiante. Le peuple chrétien te bénira.

— Et pour fêter ce beau jour, un banquet comme on n'en a jamais vu ! Une orgie à tout casser ! Je ferai rafler tous les bœufs, les moutons, le vin, la bière, et toutes les femmes baisables, pucelles ou non, qu'on pourra trouver entre Rhin et Loire !

L'ermite se remet à arracher ce qui lui reste de barbe. L'évêque soupire :

— Respecte les nonnes, mon fils. Ce sont les chastes épouses du Seigneur Christ Jésus, le roi des Cieux, ton Dieu désormais.

— Cela va de soi. Je respecte les femmes des collègues.

La côte basse rentre en elle-même comme une bouche édentée. La mer s'enfonce au loin dans les terres. Le patron Raël annonce :

— C'est l'estuaire du fleuve Seine. Nous allons relâcher là pour faire de l'eau et trouver des vivres frais.

Otto est tout à fait d'accord :

— Ça nous changera de ton cidre qui fout la chiasse, de ton lard rance et de tes oignons pourris qui nous forcent à entonner le cidre par seaux.

— Vous pouvez en profiter pour descendre à terre vous dégourdir les jambes.

— Avec ou sans ta permission, c'est tout juste ce que nous allons faire.

Gwendoline scrute la côte déserte.

— J'ai envie de mordre dans une pomme. Une pomme verte. Tu crois qu'il pousse des pommes, par là ? Mordre dedans et sentir le bon jus aigre me hérisser les dents, le cul dans le sable, en regardant la mer sans être dessus, la regarder bouger comme une conne sans que moi je bouge, si tu vois ?

Les voilà arpentant les dunes, tous les trois, Gwendoline frottant sa pomme sur sa manche, c'est ce que font toujours les filles quand elles ont une pomme en main : elles la frottent sur leur manche. Même si la manche est absente, comme c'est le cas.

— Pourquoi ne mords-tu pas dedans ? Tu en avais tellement envie ?

— Toutes les conditions doivent être réunies. Rappelle-toi : le cul dans le sable, face à la mer qu'on voit danser, la conne. Et vous deux de chaque côté de moi, ça, je le rajoute. Sinon, c'est pas la peine.

— Il t'en faut, pour être heureuse !

— C'est comme ça. Mais alors, quand je suis heureuse, je suis heureuse, heureuse !

L'endroit idéal est enfin trouvé, non sans peine. C'est un creux entre deux dunes, adossé à une petite falaise qui protège bien du vent. Gwendoline mord dans sa pomme, le sable lui mord les muqueuses, chacun de ses bras est passé autour du cou, d'Otto à droite, de Loup à gauche, la voilà du coup manchote, les deux gars se relaient pour présenter la pomme à ses dents impatientes, humant avec délices le piquant parfum de ses jeunes aisselles aux touffes insolentes. Gwendoline regarde droit dans les yeux la grosse bébête aux blancs moutons... Le bonheur, mais oui.

Adossés à une falaise, fût-elle de faible hauteur, on est agréablement protégés du vent, mais on ne l'est pas de ce qui pourrait éventuellement surgir en haut de la falaise. Par exemple d'êtres humains aux intentions sinistres, munis d'un ample filet de pêcheur lesté de plomb qu'ils laissent soudain tomber avec une précision mûrement calculée de telle façon qu'il enferme dans ses mailles un ensemble de trois personnes intimement groupées dont la vigilance habituellement fort aiguë se trouve relâchée par un état provisoire de communion dans une tendre béatitude.

On s'écrie, on sursaute, on bondit, on s'agite, on s'étrangle d'un morceau de pomme verte, mais le filet infâme annule l'efficacité des efforts et gesticulations et donne ainsi le temps aux lâches gougnafiers d'en haut de laisser choir trois galets de bonne taille, un par tête, puis de sauter en bas récolter les fruits, désormais inertes et sans défense, de tant d'efforts, de patience et d'ingéniosité.

Loup reprend à grand'peine contact avec le monde et ses vicissitudes. Monde qui se réduit pour l'heure à une succession rythmée de chocs produits par quelque chose de dur et d'anguleux sur quoi son estomac s'écrase, et puis rebondit pour s'écraser à nouveau. Un fort violent mal de tête retarde son retour à la saine appréciation des choses. Ce n'est que peu à peu qu'il en vient à concevoir qu'il se trouve, plié en deux, jeté comme un sac par le travers de l'encolure d'un cheval qui trotte, l'estomac s'écrasant par secousses, au gré du trot, sur cet os protubérant que les chevaux ont par là. Ses mains pendent à droite, au bout de ses bras, ficelées par des lanières serrées à l'excès. Ses jambes pendent de l'autre côté, bien symétriques et non moins soigneusement ficelées. Situation humiliante au possible pour un commandant en chef de la garde personnelle du seigneur roi de toutes les Armoriques. Mieux eût valu la mort. Mais on ne lui a pas donné à choisir.

Ce cheval ne peut manquer d'avoir un cavalier. Loup peut s'assurer qu'en cela sa logique n'est pas en défaut par la présence, au ras de son nez, d'un genou à la rotule épaisse situé à la jonction d'une cuisse musculeuse et d'une jambe qui ne l'est pas moins, le tout recouvert de la rude braie teutonne maintenue contre le mollet par le traditionnel entrelacs de bandelettes de peau.

Le cavalier qui, à n'en pas douter, prolonge vers le haut l'ensemble jambe-genou-cuisse et a charge de la piteuse carcasse de Loup semble chevaucher en tête, si bien que le captif dodelinant ne peut se rendre compte qu'Otto et Gwendoline sont réduits à la même déshonorante condition. Cependant il finit par discerner, portées par le vent et mêlées au pataclop des sabots ferrés sur le sol durci, des volées de jurons aussi ingénieusement trouvés qu'épouvantablement obscènes qui le rassurent quant à la présence de Gwendoline parmi les vivants.

Loup aime bien comprendre ce qui lui arrive. Il tord la bouche de façon à ce que le son monte droit à l'oreille du chevaucheur, et il crie, aussi fort qu'il le peut :

— C'est quoi, ce cirque ? Qu'est-ce que vous espérez ? Nous sommes des pèlerins, nous avons fait vœu de pauvreté. Rien à tirer de nous.

De là-haut cascade un rire rocailleux :

— Rien à tirer, hé ? Tu es le Hun blond, l'autre est Otto, votre tête vaut de l'or, le petit père Clovis sera généreux. Quant à la sauterelle, elle fera notre petit dessert, ce soir à l'étape.

Aïe ! Que répondre à cela ? Loup, à tout hasard, questionne :

— Qui êtes-vous donc ?

— Ça ne se voit pas ? Des Francs, mon gars. Des Francs comme vous autres, sauf que, nous, on n'a pas craché à la gueule de notre roi. On est des fidèles, nous. Et total, Clovis nous donne la victoire. Tels que tu nous vois, on vient de mettre la pâtée à ces pourritures d'Alamans. Une sacrée pâtée, tiens ! De ce pas, on en revient tout droit, de Tolbiac. On rentre chacun chez soi. Ah, mon ami, si tu avais été là ! Tu aurais vu des choses, moi je te le dis.

Histoire de charmer l'ennui du voyage par les agréments de la conversation tout en tâtant le terrain, Loup avance :

— Je me suis laissé dire que, la pâtée, c'était Clovis qui la prenait, et qu'il n'a dû sa victoire, alors qu'il était déjà en fuite, qu'au dieu des chrétiens, qu'il a prié en lui faisant promesse de se convertir, et qui l'a exaucé en faisant périr le roi des Alamans...

Le cavalier, indigné, colle un bon coup de rotule sur ce qui se trouve à portée de genou, en l'occurrence la joue de son passager.

— Ça, c'est rien que des racontars de jaloux ! Jamais Clovis n'ira demander quoi que ce soit au dieu-cadavre de ces ploucs crasseux !

— Bon, bon. Moi, hein, ce que j'en disais...

— Tu feras aussi bien de la fermer. Tu auras bientôt l'occasion de demander toi-même au roi Clovis de te raconter Tolbiac. Il s'en fera un plaisir, tout en te sortant un à un les boyaux du ventre avant de te fendre en deux d'un coup de hache.

La conversation n'apportant décidément aucun réconfort, Loup décide de se taire. Et bon, on continue en silence. Quelques mots échangés entre les cavaliers laissent entendre qu'on se dirige vers Paris, séjour du roi Clovis. Il ne reste qu'à se résigner, tout en guettant l'occasion.

L'occasion ne s'est pas présentée. La petite troupe est arrivée sans encombre à Paris, où une déception attendait les vainqueurs de Tolbiac : le roi Clovis ne réside pas en sa bonne ville. Il séjourne de présent à Reims, où il aurait certains entretiens secrets, sous l'égide de son ami l'évêque Remi, le fin diplomate, avec les envoyés non moins secrets de plusieurs puissants voisins — on parle à mots couverts de Gondebaud, roi des Burgondes, de Théodoric qui, avec ses Ostrogoths, règne sur l'Italie et tient le pape en sa puissance. On avance même le nom de l'empereur de Constantinople, Anastase... On ne sait trop de quoi tous ces braves gens peuvent bien discuter. On suggère — on espère ! — une guerre définitive contre les insolents Wisigoths d'Alaric, qui en prennent un peu trop à leur aise sur la frontière de Loire, occupant Tours et Nantes comme leur appartenant... C'est pourquoi le secret s'impose lorsqu'il s'agit de se ménager en sous-main des alliances, à tout le moins des promesses de neutralité, qu'il faut payer d'autres promesses, cela va de soi.

Nul ne soupçonne que ce fameux secret couvre en fait les préliminaires de la conversion du roi Clovis au baptême chrétien.

Les six vétérans qui ont capturé le Hun blond et ses compagnons sont maintenant assez embarrassés de leur prise. La reine Clotilde qui, assure-t-on, participe de près aux affaires de l'État, se trouve elle aussi à Reims. Il ne reste à Paris que le fils aîné, Thierry, un gamin de treize ans.

Le leude chargé de la garde du palais accepte d'enfermer les prisonniers, jusqu'au retour du roi, dans les prisons souterraines, les ergastules des Romains, le palais royal n'étant autre que les Thermes monumentaux construits par l'empereur Constance et embellis par Julien. Le jeune Thierry, sans un mot, a regardé passer, chargé de chaînes, ce Hun blond jadis vénéré à l'égal d'un héros antique, aujourd'hui voué à l'exécration.

XI

Ragnacaire, roi de Cambrai — tout au moins tant qu'il plaira à Clovis de tolérer un roi à Combrai —, a fait le voyage de Paris, bien qu'il n'ait rien à y faire qui touche le service de son maître et neveu. Il s'y est accommodé sans tapage dans un logis discret des faubourgs, chez une noble dame gauloise qui fut nonne naguère et qu'il sut convertir, par la vertu des plaisirs qu'il lui fit découvrir et aussi par celle des pécunes dont il n'est guère avare, à la chère vieille religion de Wotan, chose plutôt rare en ces temps.

C'est un homme de puissante encolure, on peut dire un colosse, qui cache sous un trompeur embonpoint un solide paquet de muscles et, sous un front bas, plus d'une pensée tortueuse. Il est l'oncle du roi Clovis, bien qu'il lui donne du « cousin », peut-être pour se rajeunir.

Torche au poing, il accueille le visiteur qui, bravant l'heure crépusculaire, s'est aventuré jusqu'à sa tanière, modestement escorté d'un seul soldat en armes. Ce visiteur est un adolescent bien charpenté, aux yeux de jeune loup dévoreur de mondes : Thierry, le fils premier né du roi Clovis, l'enfant de Suavegunde, la belle princesse des bords du Rhin.

Le garçon ne se perd pas en formules et préambules.

— Tu m'as prié de venir. Me voici. Tu dois me faire part d'une chose d'importance. Je t'écoute.

Tout en parlant, il s'est assis sur un tabouret qui se trouve là. Ragnacaire lui avance une chaise de lames de fer, en forme de berceau, à dossier. Il refuse du geste. Ragnacaire s'empare de la chaise après l'avoir rapprochée, puis il frappe dans ses mains. Une esclave se montre, présentant sur un plateau de bois cruche mousseuse et gobelets. Thierry la rabroue :

— Je ne suis pas venu pour boire. Porte cela à mon serviteur, dehors. Et ne nous dérange plus.

Il se tourne vers Ragnacaire :

— Eh bien ? Cette affaire d'importance ?

Ragnacaire possède ce talent, qu'ont tous les fourbesnés, de fixer l'interlocuteur droit dans les yeux.

— D'importance, en effet. J'irai droit au but. Ton père est résolu à se faire chrétien.

Thierry hausse les épaules.

— Toujours la vieille rumeur. Laisse courir. Il ne le fera pas plus aujourd'hui qu'hier.

— Aujourd'hui n'est pas hier. Les incessantes exhortations de sa Clotilde ont fini par l'ébranler, sinon par le convaincre. Tolbiac a été le coup décisif. Non que Clovis croie que le dieu-cadavre lui a donné la victoire, mais l'effet a été tel sur l'armée et sur le peuple que c'est juste le bon moment pour faire avaler la pilule aux Francs.

— Mais, depuis Tolbiac, en dépit de son vœu et des prières de Clotilde, il a été battu, et sévèrement, deux fois de suite, par les Wisigoths.

— La victoire et la défaite ne sont que le bruit qu'on en fait. Les prêtres chrétiens, Remi en tête, ont su jouer de l'énorme effet de Tolbiac, le magnifiant comme une grande victoire remportée sur les païens, tout en passant sous silence les échecs devant les Wisigoths chrétiens.

— Ces prêtres sont très forts.

— Clovis, qui croit les utiliser, deviendra leur instrument.

Ragnacaire voudrait bien qu'on passe aux choses pratiques :

— Thierry, mon garçon, nous ne pouvons pas laisser faire ça.

— Mais est-ce vraiment aussi imminent que tu le dis ?

— L'affaire est faite. Remi a su persuader le roi que les peuples catholiques se donneront à lui s'il se fait baptiser selon le rituel de leur secte. Ils ont même fixé la date : ce sera le jour anniversaire de la prétendue naissance du dieu-cadavre.

— Ce jour qu'ils appellent « Noël » ?

— Tout juste. C'est pour eux une grande fête, tu le sais. Il nous faut agir d'ici là.

— Agir ? De quelle façon ?

— L'armée et les leudes sont fidèles aux dieux des Ancêtres, qui toujours nous ont donné la victoire sur les Romains, surtout depuis qu'ils ont abandonné leurs propres dieux pour se donner à ce crucifié venu d'Orient avec les Juifs dispersés. Clovis, en se faisant chrétien, pense s'appuyer sur ces Gaulois, ces Romains abâtardis dont nous avons pris les terres et fait nos esclaves. Nous, au contraire, appuyons-nous sur nos braves, sur nos vaillants, et invoquons les dieux du Walhalla, qui jamais n'ont trahi leurs enfants !

— Holà ! Tu proposes rien de moins que soulever l'armée ?

— Je propose qu'en ce jour maudit l'armée, déjà bien travaillée par des hommes dévoués à notre cause, se lève tout entière pour s'opposer au sacrilège, massacre Remi, Avit, Vaast, Geneviève et tous les mauvais conseillers qui grouillent comme vermine autour du palais, et enfin déclare Clovis inapte à régner sur le peuple franc.

— Tu veux tuer le roi mon père ?

— Qui parle de cela ? Nous le déposerons, le tondrons et l'enfermerons dans quelque couvent où il pourra tout à loisir vouer sa vie et ses prières à ce dieu qu'il préfère.

— Et qui mettrons-nous à sa place ?

— Qui ? Tu le demandes ? Mais toi, bien sûr ! Tu es le fils aîné, l'espoir de la race. Le royaume te revient de plein droit. L'assemblée des leudes te proclamera roi des Francs saliens et maître absolu de tous les territoires conquis par nous ou par nos pères, ainsi que des croquants gaulois, romains ou de toute autre espèce qui rampent dessus. Nous te hisserons sur le bouclier et te ferons acclamer par l'armée.

Thierry semble tenté.

— Je suis bien jeune.

— Tu auras mes conseils.

— Et mon demi-frère, l'enfant de Clotilde ?

— Sa santé est chétive. Autant en finir avec lui tant qu'il n'est pas sorti de la petite enfance. Ainsi n'auras-tu pas, plus tard, à affronter ces épineux problèmes de partage qui, toujours, se règlent dans le sang et dispersent les patrimoines à si grande peine assemblés.

L'adolescent hoche la tête, hésite, sachant que ce qu'il va dire n'est pas ce qu'on attend de lui.

— Et si nous échouons ? Le roi mon père a su se constituer une garde personnelle redoutable : les Antrustions. Ils sont trois mille. Chacun d'eux vaut quatre guerriers entraînés. Il entretient d'autre part un très efficace corps d'espions.

Ragnacaire prévoyait la question. Il tenait la réponse prête :

— Crois-tu donc que je n'ai pas pensé à tout cela ? J'ai minutieusement préparé l'affaire. Je t'en parle seulement aujourd'hui car il eût été superflu de t'alarmer alors que le résultat n'était pas absolument sûr. Tu es notre emblème, notre espoir. L'armée t'aime. Elle veut des victoires. Tu les lui donneras. Tolbiac, c'était bien, mais depuis...

Thierry est reparti. Le gros Ragnacaire s'affale sur sa chaise de fer, étend ses jambes massives, frappe dans ses mains. L'esclave accourt, précédée de son plateau garni.

— Fais venir ta maîtresse.

L'esclave repart, la maîtresse arrive. C'est une encore fort accorte brunette, dont les yeux vifs disent assez que l'union spirituelle avec le Seigneur Christ Jésus ne pouvait longtemps suffire à combler ses besoins temporels. Elle s'assied sur les genoux de son seigneur terrestre, lui tend un gobelet d'où déborde l'écume pétillante, prend le deuxième pour son propre usage, trempe ses lèvres, attend.

Ragnacaire se jette le contenu du gobelet au fond de la gorge, repose mâlement l'objet, comme on plante un drapeau, laisse s'épanouir dans l'air un rot glorieux et, s'étant torché le bec du dos de la main, s'abandonne aux confidences :

— Le petit n'est pas tout à fait mûr. Je l'ai surpris. Ça fermente dans sa tête. Il faudra hâter le mouvement, le mettre devant le fait accompli. Dommage que j'aie besoin de lui. Il se voit déjà paradant sur le bouclier ! Qu'il en profite, ça ne durera pas. C'est que ça mange goulûment, à cet âge ! Une indigestion est vite arrivée. Pauvre petit ! Si jeune, si beau, si aimé... Et le plus proche parent, c'est qui, ma colombe ?

La colombe, docile, roucoule :

— Toi, mon Ragnagna.

Le roi Clovis a pris place pour sa quotidienne leçon de catéchisme. Aujourd'hui, la reine Clotilde a tenu à être présente, l'évêque Remi lui ayant fait savoir qu'il avait une nouvelle de la plus haute importance à communiquer au roi et qu'il eût aimé qu'elle l'entende, cette nouvelle la concernant tout autant que le roi et que la chrétienté même.

La reine, qu'accompagnent deux filles de nobles hommes francs, ses suivantes, assiste donc à la leçon, impatiente d'en voir la fin pour prendre sa part de la fabuleuse nouvelle. Elle n'en écoute pas moins avec grande attention les questions formulées, sous l'œil vigilant de l'évêque, par un petit clerc fort ému dont les cheveux blonds bouclent autour de la tonsure centrale. L'adolescent suit du doigt, lettre à lettre, sur un parchemin aux caractères à demi effacés par tant de studieux frottements, les questions rituelles. Il les ânonne en psalmodiant du nez, ainsi qu'il est prescrit quand on déchiffre à voix haute.

Assise aux pieds du roi son frère sur un tabouret, la petite Alboflède, jusque-là élevée dans la religion de ses pères, concentre la force de son esprit afin de se bien pénétrer des Saintes Vérités, car, Clovis l'a décidé, elle doit être prête à recevoir le baptême le jour où il le recevra lui-même. Ce sera une belle cérémonie.

Le petit clerc questionne :

— Qu'est-ce que le mys-tè-re de la Ré-demp-tion ?

Clovis plisse le front, se caresse le menton. Il tient à montrer son savoir tout neuf.

— Ah, c'est bête ! Je le savais encore ce matin. Je l'ai sur le bout de la langue...

La reine Clotilde n'aime pas voir son seigneur époux en situation d'infériorité. D'autant que ça le met de mauvaise humeur pour le reste de la journée. Elle souffle, aussi discrètement qu'elle peut :

— La croix... Sur la croix...

Clovis énonce, triomphant :

— Le mystère de la... euh... Rédemption, c'est... euh... la croix, voilà. La croix.

Remi intervient :

— C'est très bien, seigneur roi. Tout à fait ça. Et qu'y a-t-il, sur cette croix ?

— Ah, ça, je sais ! Il y a le dieu-cadavre ! Euh... Je veux dire : le Seigneur Christ Jésus. Tu comprends, évêque, l'habitude...

Remi, qui a sursauté, se rassérène. Alboflède, sur son petit banc, pouffe derrière sa main. Clovis lui donne un coup de pied. Remi, respectueusement, reprend le roi :

— Tu dois lutter contre ces habitudes, mon fils. Dis-moi, maintenant : Pourquoi le Seigneur Christ Jésus a-t-il voulu mourir sur la croix ?

Clovis répond, d'un seul jet :

— Pour racheter les péchés des hommes.

Il ajoute, secouant la tête :

— Tu m'as expliqué cela mainte fois, mais je n'arrive pas à comprendre comment la mort d'un innocent peut racheter les coupables. Chez nous, le meurtre doit être vengé par le meurtre, mais dans la famille même du meurtrier, sans ça, ça ne compte pas.

— L'intelligence de ces choses te viendra avec la foi, mon fils. N'appelons-nous pas cela un mystère ? Allons, petit, passons à la question suivante.

L'adolescent plonge dans son grimoire :

— Qu'a souf-fert le Sei-gneur Christ Jé-sus pour ra-che-ter les hom-mes ?

Ici, la mémoire de Clovis bute visiblement. Il reste coi. La reine se penche pour lui souffler, mais Alboflède est plus prompte. Elle récite d'un trait, toute fiérote :

— Pour racheter nos péchés, le Seigneur Christ Jésus a souffert une cruelle agonie, a été trahi par Judas, flagellé, couronné d'épines, livré au bourreau par Ponce Pilate et cloué sur la croix sur laquelle il est mort.

Comme chaque fois, Clovis supporte mal l'épisode et, comme chaque fois, il s'indigne :

— N'avait-il donc pas d'amis ?

— Si fait. Les apôtres étaient là, et aussi les saintes femmes, ainsi que les disciples.

— Ah, oui ? Qu'est-ce que c'était, alors, que cette bande de couards ? Un dieu ! Et qui était leur copain ! Ils l'ont laissé fouetter et clouer sur ces bouts de bois sans rien faire ? (Il crache à terre.) Par le marteau de Thor, par Wotan aux couilles de fer, par la vulve cannibale de Freyia, si j'avais été là, moi, avec mes Francs, j'aurais foncé dans le tas et j'en aurais fait de la purée, de ces cloueurs de dieux !

La reine pince les lèvres. Alboflède se convulse de

rire, bascule de son tabouret et tombe en arrière, laissant voir aux pieux assistants son jeune sexe innocent, car elle ne porte rien sous sa longue robe, pas plus d'ailleurs que la totalité des femmes, tant romaines que barbares. L'évêque s'active à calmer Clovis :

— Seigneur roi, ta colère est celle d'un juste, ta compassion nous fait voir combien déjà tu participes aux circonstances du saint mystère. Mais tu dois bien te pénétrer de ce que ces souffrances et cette infamie devaient être subies afin que fussent accomplies les promesses des prophètes. Heu... J'aimerais, d'autre part, que tu cesses d'invoquer, fût-ce machinalement, les noms exécrés de ces faux dieux qui ne sont que des démons malfaisants.

Clovis répondrait bien par quelque impertinence, mais Clotilde le regarde d'un certain air, et bon, il remet ça à plus tard. Remi frappe dans ses mains :

— Nous avons assez étudié pour aujourd'hui. Laisse-nous, petit, nous avons à parler. Roule ton grimoire, range-le avec soin.

La jeune Alboflède suit l'adolescent, dont le reliquat de boucles blondes semble avoir éveillé chez elle un certain intérêt et qui n'a pas été sans noter chez le petit clerc un intérêt parallèle pour le bref aperçu de son intimité que révéla son rire dévastateur.

— Reste aussi, dame Alboflède. Cela te concerne également.

Alboflède, avec une grimace, regarde les deux suivantes de la reine quitter la pièce à la suite du clerc aux yeux chastement baissés.

Tous se font attentifs. L'évêque tire une clef de l'aumônière qui pend à son côté. Il s'en sert pour ouvrir un coffret de fer cerclé de lames abondamment rivetées qui n'attendait que cela. L'intérieur apparaît, tapissé de velours pourpre. Remi en tire, avec d'infinies précautions, une de ces fioles de cristal que savent tailler les artisans du lointain Orient et dans lesquelles les dames de l'aristocratie romaine enfermaient des parfums précieux. Elle étincelle de toutes ses facettes, laissant entre deux éclats entrevoir son contenu : un liquide huileux, de couleur ambrée. La fiole est minuscule.

L'évêque, entre le pouce et l'index, présente l'objet haut dans la lumière. Il met un genou à terre. A tout hasard, Clovis, Clotilde et Alboflède en font autant. Nul ne parle. Ils attendent. L'évêque prie en silence. Enfin, il se signe. Il dit :

— Cette nuit, un ange m'est apparu.

Alboflède frappe des mains. Ses yeux brillent :

— Un ange ? Un vrai ? Il était beau ?

Clovis demande :

— C'est quoi, un ange ?

— Tu l'as appris, seigneur roi.

— J'ai oublié.

— Eh bien, c'est une créature de Dieu, comme nous tous, mais voulue par Dieu plus près de la perfection que nous. Les anges sont habituellement invisibles, car ce sont de purs esprits.

— Des fumées, quoi.

Alboflède intervient. Elle a appris ses leçons, elle :

— Les anges ont des ailes dans le dos, très belles, de toutes les couleurs de l'arc-en-ciel. Et une lumière ronde autour de la tête. Et ils annoncent la naissance du Seigneur Christ Jésus. Et ils ne se nourrissent pas de choses grossières, comme nous, si bien qu'ils ne font jamais caca, ils n'en ont pas besoin.

Clovis apprécie :

— Ça, ce serait intéressant dans une armée, ça. Pas de latrines à creuser au cantonnement. Pas de bonshommes à décapiter parce qu'ils ont fait à côté... Avantageux. Crois-tu que ton dieu pourrait me prêter une ou deux légions d'anges, maintenant que je vais être des vôtres ?

— Les anges combattent, invisibles, au côté de qui se bat pour la vraie foi. Crois-tu donc qu'à Tolbiac tu aurais vaincu si les anges n'avaient combattu pour toi ?

— Ils auraient pu s'y mettre un peu plus tôt, entre nous. J'aurais eu moins peur.

La reine Clotilde trouve qu'on s'éloigne du propos :

— Mon père, un ange est venu te voir, disais-tu ?

— Un ange du Seigneur est venu me visiter, c'est vrai.

— En rêve ou en vrai ?

Ça, c'est Alboflède, bien sûr. L'évêque sourit :

— Quand un ange veut se rendre visible à nos yeux de chair, ce n'est quand même qu'une apparition dénuée de substrat matériel. Qui peut dire alors s'il dort ou s'il veille ? Et qu'importe, après tout ?

Alboflède est déçue :

— Alors, on ne peut pas le toucher ?

La reine s'impatiente :

— Alboflède, veux-tu enfin laisser le seigneur évêque nous conter tout au long pourquoi il a tenu à nous réunir ?

Alboflède hausse les épaules, enfonce son pouce dans sa bouche, le plus loin qu'elle peut, et se met en position d'écouter dans le confort. Remi reprend son récit là où il l'a laissé :

— Cet ange, m'ayant courtoisement salué, me parla ainsi : « Remi, Dieu t'aime car ton cœur est pur, ta foi ardente, et tu es fertile en bonnes œuvres... »

C'est plus fort qu'elle, il faut qu'Alboflède marque le coup :

— Il cause bien, Dieu. Un peu flatteur, hm ?

En même temps, elle lève les deux avant-bras devant son visage, comme une qui attend la gifle. Clotilde reste de marbre. C'est Clovis qui gronde :

— Tu vas l'avoir... Et toi, évêque, droit à l'essentiel.

Apparemment, cela suffit. Alboflède se tient coite, Remi abrège les préliminaires.

— Donc, l'ange m'apprit qu'il était descendu tout droit du ciel pour m'apporter une sainte d'ampoule venue de là-haut, que voici (il montre la fiole), et qui contient un saint chrême...

— Un quoi ?

Cette fois, c'est Clovis.

— Un saint chrême, seigneur roi. C'est, m'expliqua l'ange, une substance merveilleuse, provenant des régions célestes, et contenant une vertu spécifique qui procède tout droit de la divinité. Cette substance, ce chrême, appliquée sur ton corps suivant un rituel que m'indiqua l'ange, fera pénétrer en toi sa vertu extraordinaire, te reliera à l'essence même de la divinité, en un mot fera de toi l'oint du Seigneur, comme le furent autrefois les rois d'Israël et comme aucun roi, aucun empereur ne l'a plus été depuis.

Clovis est rêveur :

— Roi de droit divin... Quelle trouvaille !

— Quelle bénédiction, veux-tu dire ?

L'œil de Clovis s'allume. Il prend pleinement conscience de ce que cette fiole miraculeuse signifie pour lui :

— En somme, une fois oint de ce... de cette chose, je serai celui qui a été mis là par Dieu en personne. Contester mon pouvoir serait contester Dieu. Me faire la guerre serait faire la guerre à Dieu...

— Alors que les guerres que tu entreprendras ne pourront l'être qu'au service de Dieu et bénies par Dieu.

La reine Clotilde tombe à genoux aux pieds de son époux. Elle murmure, dans un grand élan de ferveur :

— O mon seigneur, mon cher seigneur !

Alboflède estime de son devoir d'en faire autant, c'est la moindre des choses. Son agenouillement est toutefois plus précautionneux, la ferveur peinte sur son visage plus mesurée. Il s'y mêle quelque chose qu'on pourrait appeler une prescience politique, peut-être ?

Le premier enthousiasme passé, Clovis entrevoit des restrictions à ce fabuleux pouvoir :

— Mais, mon père, cela ne pourra marcher qu'auprès des chrétiens, et encore, seulement s'ils sont catholiques.

Remi balaie l'objection :

— Tes peuples sont catholiques. Les peuples à conquérir sont catholiques. Tu seras le champion de la vraie foi, l'envoyé du Seigneur Christ Jésus.

— Qu'en dit le pape ?

L'évêque a un geste qu'on pourrait interpréter comme de dédain :

— Le pape n'est pour rien dans cette affaire. Le ciel, par son ange, s'est adressé tout droit à moi et, par moi, à toi.

Clovis fronce le sourcil :

— Évêque, soyons sérieux. Qu'en dit le pape ?

Remi fait la moue, baisse la tête et, tout tortillant, reconnaît enfin :

— Le pape mise sur toi. Il gémit, impuissant, quasi prisonnier, sous la botte de Théodoric l'arien et de ses Ostrogoths. Tu es son espoir, comme tu es le nôtre.

— Me voilà l'égal du pape !

L'évêque tique, s'efforce de n'en rien laisser paraître. Il rectifie, avec onction :

— Son bras armé, en tout cas... Et sache encore une chose.

— Laquelle ?

— Le saint chrême, m'expliqua l'ange, étant de nature surnaturelle, échappe par grâce toute spéciale aux lois que Dieu a établies pour régir la matière vulgaire.

— Ce qui veut dire ?

— Eh bien, entre autres, que le contenu de la sainte ampoule ne s'épuise ni ne diminue, quelle que soit la quantité qu'on en prélève pour le saint usage auquel elle est destinée.

— Attends, attends... Si je comprends bien, plus on en prend, plus il y en a ?

— En gros, c'est cela.

— Si bien que cette chose servira pour ceux qui viendront après moi ?

— Dans les siècles des siècles, oui.

— Et que par conséquent je fonde une dynastie voulue, imposée, inspirée et soutenue par Dieu en personne ?

— Et même la seule dynastie qui le soit au monde.

— Il ne me reste plus qu'à convaincre mes Francs.

— Je t'y aiderai. L'Église ne manque pas de fidèles zélés et persuasifs. Sache que l'acquiescement de ta garde personnelle, tes chers Antrustions, est d'ores et déjà pratiquement acquis. Ce sera pour eux un grand honneur que d'être baptisés en même temps que leur roi.

— Mais... Le catéchuménat ? Voilà des mois que tu me prépares. Y échapperont-ils donc ?

— Ils seront initiés de façon rapide, selon une version abrégée. Ils n'ont pas à être versés dans la connaissance des Saintes Vérités aussi savamment que toi, qui es l'élu de Dieu.

Alboflède traduit :

— Des chrétiens au rabais, quoi.

Cette fois, la gifle claque. La reine Clotilde secoue sa blanche main avec une grimace de douleur. La sale gosse ricane :

— C'est bien fait ! Tu t'es fait mal ! Moi, j'ai rien senti-i !

Remi ne croit pas devoir relever l'insolence. Clovis, tout à ses visions glorieuses, l'ignore et se réjouit :

— Mes trois mille braves baptisés d'un coup ! Quelle cérémonie ! Il faut que ce soit grandiose, que le monde soit frappé d'admiration devant tant de splendeur, en même temps que de respect devant ma puissance.

L'évêque sourit :

— L'Église s'en charge. Tu seras content.

XII

Loup change de position, ramène sous lui quelques poignées de paille, constate :

— J'ai connu des prisons pires.

Otto fait la grimace :

— Une prison est une prison. Et puis, il fait trop chaud dans celle-ci.

— On n'y peut rien. Tu sais bien que nous sommes sous les anciens thermes. Les Romains venaient y prendre des bains chauds, y faire fondre leur graisse dans la vapeur, et aussi y organiser des soupers fins qui se terminaient par des jeux amoureux dans l'eau tiède et parfumée. Clovis aime les bains, il a certainement remis en service une partie du système, et donc il y a quelque part dans ces caves un hypocauste où des esclaves entretiennent un feu constant afin que l'eau toujours brûlante coure et grimpe dans les murs jusqu'aux bassins et aux étuves.

— Ça nous fait une belle jambe ! Je répète : trop chaude ou trop froide, une prison est une prison, surtout quand on y attend le coup de hache définitif.

Du coin le plus sombre, parce que le plus éloigné de l'étroit soupirail, Gwendoline donne son avis :

— Vous avez fini, vous deux ? C'est bien le moment de geindre ou de disserter sur la technique du chauffage de l'eau chez les Romains du Bas-Empire ! Je comprends que vous en ayez assez de jouer aux osselets ou aux dés, de vous défier au bras de fer et de me faire l'amour quand vous ne savez plus quoi faire d'autre...

— Ah, non ! Ça, jamais, Gwendoline !

— Jamais assez avec toi ! Jamais, jamais !

— Seulement, la nature pose des limites...

— Qu'on ne saurait, hélas, dépasser.

— Mais le cœur y est.

— Pardon, mes chers petits. Je ne disais pas ça en reproche. D'ailleurs, moi-même... Bon, on ferait mieux de gueuler tous ensemble une bonne vieille chanson de marche, bien en chœur, ça nous remettra la tête en place, et après on réfléchira à un moyen de sortir d'ici avant que le Clovis ne soit revenu de Reims... Après tout, on a de quoi manger, on a de quoi boire, les gardes sont très gentils avec nous, bien emmerdés d'avoir à nous tenir enfermés, nous, les héros. Bref, c'est la belle vie. Profitons-en tant que ça dure.

— Ouais... Ce qui gâte le plaisir, c'est qu'on sait que ça ne durera pas. Et que ça finira mal.

— Bois un coup. Allez, on chante. Un, deux, tr...

A trois, un verrou claque, puis un autre, la porte grince et tourne sur ses gonds massifs, laissant passer le geôlier, qui s'efface, avec des marques de grand respect, devant un jeune homme de belle mine.

Le cavalier — il porte des bottes — cligne des yeux, le temps d'accommoder ses prunelles à la pénombre qui règne en ces lieux, avise enfin, vautrés sur la paille, les trois prisonniers, les examine brièvement et, apparemment satisfait, adresse au gardien, sans même se retourner, un de ces gestes tout à la fois négligents et impérieux qui invitent à quitter la place. L'homme obéit et referme la porte. Les verrous reclaquent.

Jambes crânement écartées, poings aux hanches, le cavalier demeure un moment silencieux. A mieux regarder, c'est vraiment un tout jeune homme, un adolescent dressé sur ses ergots pour se donner contenance. Il pointe l'index et énonce :

— Toi, tu es Loup, fils de Bouzil, plus connu comme le Hun blond.

Son doigt change de cible :

— Toi, tu es Otto, fils de Sunno, l'inséparable.

Il pointe enfin vers Gwendoline :

— Toi, je ne te connais pas. Je puis cependant imaginer que, si tu fais équipe avec ces deux-là, c'est que tu es de la même trempe. Quel est ton nom, compagnon ?

Gwendoline, d'abord un peu surprise, prend conscience de ce qu'elle porte toujours les grossiers vêtements d'homme qu'elle portait sur la nef : tunique sans col, trop grande pour elle, serrée à la taille par le large ceinturon de cuir pourvu de crochets d'où devraient pendre l'épée et la hache, vastes braies plaquées sur les mollets par des croisillons de lanières de peau. Sa tignasse nouée en queue-de-cheval sur le sommet de la tête, à la manière des guerriers barbares au moment du combat, complète l'illusion, la pénombre aidant, et aussi l'apparente absence de ces protubérances mammaires si fascinantes qui précèdent la femme et proclament son sexe avec arrogance, les deux petites pommes aigres qui en tiennent lieu chez Gwendoline s'effaçant dans les plis profonds de la tunique. Amusée, elle décide de ne pas détromper le visiteur. D'une voix de rogomme, elle annonce :

— Je suis Gwendaël, fils de Yann le Britton. Ceux-là sont en effet mes amis et mes pairs. Ce que l'un de nous entreprend engage les deux autres. Succès et déboires, coups à donner ou à recevoir, nous mettons tout en commun.

L'adolescent soupire :

— J'aimerais avoir des amis tels que vous. Comme on doit se sentir fort ! Jusque dans le malheur.

Loup compatit, mais il a pour l'instant d'autres soucis. Il questionne, un peu rudement :

— Qu'es-tu venu faire ici ? Nous narguer ? Nous annoncer que l'heure est venue ?

Il souligne ces mots d'un geste tranchant de la main qui dit bien ce qu'il veut dire. Sans attendre qu'on l'y invite, en personnage qui est partout chez lui, le jeune inconnu rassemble posément quelques poignées de paille et s'installe dessus en tailleur. Lorsqu'il estime être à l'aise, il dit, à voix couverte :

— Ce que j'ai à vous confier doit rester secret. Rapprochez-vous, je vais parler bas.

Otto se laisse aller au ressentiment d'être dérangé, dans un tel moment, par un freluquet qui se croit tout permis :

— Enfant, qui que tu sois, tes affaires ne sont pas les nôtres. Parle haut, parle bas, hurle ou murmure, peu me chaut. Je n'écouterai pas. Alors, laisse plutôt nos oreilles en paix.

Ayant dit, il se tourne sur le côté, les genoux repliés, présentant ses fesses à l'importun. Loup, plus attentif aux circonstances, se dit qu'un gamin capable de se faire ouvrir les cachots du roi Clovis et d'avoir des conversations privées avec des condamnés à mort doit être quelqu'un dont les confidences valent au moins la peine qu'on y prête l'oreille. Lequel gamin, justement, laisse tomber de ses lèvres souriantes ces paroles non dénuées d'intérêt :

— Vous n'écouterez pas ? Même si je vous apporte la vie sauve et la liberté ?

Voilà certes des mots qui n'ont pas à être répétés. A peine sont-ils prononcés que trois têtes attentives entourent à la toucher la tête juvénile. Otto s'exclame en un souffle, ce qui n'est pas chose facile :

— Tu pourrais faire ça ?

L'autre répond, sur le même ton :

— Vous le proposerais-je si je ne le pouvais ?

— Qui es-tu donc ?

— Thierry, fils de Clovis.

Il précise :

— Son premier fils. L'aîné. Celui d'avant Clotilde.

Loup se frappe le front :

— Mais bien sûr ! Tu es l'enfant de Suavegunde, la princesse ripuaire que Clovis épousa en ses jeunes années... Ce que c'est que de se tenir loin de tout ! Otto, rappelle-toi... Quel beau bébé c'était !

Otto grogne :

— Il a beaucoup changé.

Gwendoline trouve qu'on se perd dans les nostalgies et attendrissements sur le bon vieux temps. Elle se racle la gorge afin de parler bas sans quitter son rôle de mâle rugueux, son instinct lui suggérant que ça peut toujours servir.

— Oh, les gars ! Si nous en venions au fait ?

Thierry est tout à fait d'accord :

— Peu de gens sont dans le secret, mais c'est d'ores et déjà chose certaine : mon père, le roi Clovis, se prépare activement à recevoir le baptême. Remi et les autres évêques catholiques, et aussi Geneviève de Nanterre, bien entendu, bref, toute la hiérarchie travaille avec ardeur pour faire de cela un grand événement politique. Les farouches Antrustions de la garde royale sont déjà gagnés et suivent les leçons du catéchuménat. Ils se feront plonger avec enthousiasme dans l'eau magique à faire des chrétiens le même jour que le roi. Je sais que ma sœur Alboflède s'est laissé gagner, cela ne lui coûte guère, elle a une cervelle d'oiseau et croit aux fées.

« L'armée, elle, je le sais, n'est pas du tout d'accord. C'est bien pourquoi on la tient dans l'ignorance. Pour les guerriers, pour les chefs de clan, il n'est absolument pas question de délaisser les puissants dieux du Walhalla, qui nous ont toujours donné victoire, pillage, gras territoires, or à foison et femmes splendides, pour un dieu pleurnicheur et sanguinolent accroché à deux bouts de bois...

Loup l'interrompt :

— Toi, qu'en penses-tu ?

— Je partage le sentiment de l'armée. Renier les dieux des Ancêtres pour se prosterner devant le dieu des vaincus est imbécile et méprisable. A quoi bon les avoir vaincus ? Adopter leur dieu, c'est s'abaisser à leur niveau. La rude et belle race germanique y perdra sa pureté, se métissera avec les Gallo-Romains dégénérés, adoptera leurs mœurs et leurs lois, perdra sa langue et parlera la leur, s'abâtardira comme Rome s'est abâtardie lorsqu'elle renia ses dieux tutélaires pour s'abandonner aux morbides renoncements du dieu-cadavre.

— Et que comptes-tu faire ? Soulever l'armée ?

— M'appuyer sur elle pour convaincre mon père de renoncer à cette trahison, et, au besoin, pour l'y forcer.

— Ambitieux projet ! Tu as donc assez d'influence sur l'armée, c'est-à-dire sur ses chefs, les leudes, pour la faire agir d'un seul bloc ?

— J'ai l'adhésion des principaux leudes.

— Tu les as vus en personne ?

— Eh bien... Pas tous, bien sûr.

Loup prend soudain Thierry aux épaules, l'oblige à le regarder droit dans les yeux.

— Thierry, qui t'a soufflé ce beau plan ?

— Personne n'a eu à me souffler quoi que ce soit ! Je hais les chrétiens, je veux garder notre sang pur et ardent, je ferai tout ce qu'il faudra pour y parvenir.

— Y compris tuer ton père, s'il faut en arriver là ?

— Oui. Car il serait alors l'ennemi du peuple franc.

— Thierry, tes sentiments sont spontanés, j'en suis sûr. Je flaire cependant une influence. A qui t'es-tu confié ? Qui t'a poussé à passer à l'acte ? Qui t'a promis l'adhésion de l'armée ?

L'adolescent se vexe :

— Me crois-tu donc incapable de concevoir un plan et de le mener à bien ? Sache que j'ai, très prudemment, pris des contacts, éprouvé des fidélités...

— Des noms.

— Ce serait trahir.

— Un seul, pour que je me fasse une idée.

— Tu seras muet, même sous la hache ?

— Comme une bûche.

— D'accord. Je t'en citerai un, pas plus.

— J'écoute.

— Ragnacaire.

— C'est le nom que j'attendais. Si tu me permets, je pense que tu serais bien en peine d'en citer un deuxième.

— Rengaine tes ruses. Je ne t'en dirai pas davantage.

— Inutile. J'en sais assez. Maintenant, une question innocente. Pourquoi es-tu venu nous confier ces choses où il y va de la vie et de la mort, à nous qui devons mourir et que rien ne peut sauver, pas même la dénonciation de ta petite affaire au seigneur roi, lequel te ferait discrètement égorger, ainsi que Ragnacaire et les autres, sans nous faire grâce pour autant. Je connais l'oiseau !

C'est précisément là où Thierry voulait en venir. Heureux que Loup lui offre l'opportunité d'ouvrir son cœur, il lance, tout d'un trait :

— Pourquoi ? Parce que tu es le Hun blond. Parce que tu es, pour moi, pour l'armée, plus qu'un héros : un symbole. Parce qu'avec Otto vous avez osé, seuls entre tous, vous dresser contre mon père lors du partage de Soissons et du lâche assassinat de Rigomer, perpétré à la face des troupes pour complaire à l'évêque Remi.

— Cette fameuse affaire du vase qui nous valut d'être à perpétuité des morts en sursis !

— Mais aussi d'être des exemples pour les jeunes guerriers et des remords pour ceux qui n'eurent pas votre courage.

— Mettons. Alors ?

— Eh bien, joignez-vous à nous, nous sommes sûrs de vaincre ! Votre seul nom enflammera les convaincus, décidera les hésitants...

— ... et te portera au pouvoir.

Thierry, naïvement, confirme :

— Voilà.

— Voilà... Et Ragnacaire, dans tout ça ?

— Ragnacaire sera le premier après moi. Ensemble, nous ferons de grandes choses. A commencer par interdire le christianisme dans mes États, puis par conquérir les territoires que tiennent les Wisigoths et les Burgondes, ces chiens vendus au dieu-cadavre.

— Oh, oh... Voilà certes de grands projets ! Mais, dis-moi, tu as parlé, tout au début de l'entretien, de nous rendre la liberté. Précise un peu, veux-tu ?

— Très simple. Vous me jurez par les dieux du Walhalla de me servir fidèlement en cette entreprise, je vous fais sortir aussitôt. Il me suffit de dire aux gardes que j'agis sur ordre du roi Clovis et que je vous emmène à lui, qui veut vous interroger.

— Tu devrais plutôt dire : « ... qui veut jouir tout à loisir de notre supplice. » Ce serait plus convaincant.

— Êtes-vous prêts à jurer ?

— Ça demande réflexion.

— Comment ? Entre une mort ignominieuse et un brillant avenir — car vous serez les premiers dans mon royaume et dans mon cœur —, vous hésitez ?

— Réflexion n'est pas hésitation. Nous devons, avant de nous engager, prendre conseil entre nous quant à la sûreté de nos proches, car nous avons des attaches qui ne doivent pas souffrir à cause de nos engagements. Tu es jeune, tu n'as pas de telles brides. Tu dois cependant nous comprendre.

— Le temps presse. Aurez-vous « réfléchi » d'ici à demain ?

— Tu peux y compter.

— Puis-je au moins espérer... ?

— Tu le peux.

— Bien entendu, d'ici là, le secret.

— A qui pourrions-nous parler ?

— C'est vrai. Bon, eh bien...

— Une petite faveur, seigneur prince.

— Oui ?

— Depuis que nous sommes enfermés ici, nous n'avons pas connu de femme. Or, cela nous pèse. Cela tourne à l'obsession, notre jugement même en est altéré. Toi qui peux tout, ou presque, voudrais-tu être assez bon pour nous faire envoyer trois luronnes choisies parmi les esclaves du palais de ton père afin de nous tenir chaud au ventre cette nuit ?

Le garçon rit de bon cœur.

— On m'avait bien dit que, sur ce point aussi, il ne fallait pas vous en promettre ! Je vais m'arranger avec les hommes de garde. Je vous enverrai Radegonde, c'est elle qui m'a enseigné comment un garçon et une fille passent le temps ensemble, mais elle a tendance à s'imaginer des choses. Ça la remettra à sa place. Et aussi Gutrude. Et puis Irène, qui est chrétienne, fait la chose en criant « Merci, mon Dieu ! » et court se confesser après.

Otto, d'abord surpris par ce subit appétit de tendresse qui est venu à Loup, a fini par comprendre qu'il y a anguille sous roche et qu'il faut pousser à la roue. Il lève le doigt :

— Moi, j'en veux une longue et mince. Même maigre, à la rigueur. Que veux-tu, c'est comme ça que je fonctionne, et pas autrement.

Thierry semble beaucoup s'amuser.

— J'y veillerai. Il m'en vient une à l'idée, longue et sèche comme un jour sans pain. Et haute... A peu près comme toi, tiens.

Gwendoline, si prompte d'ordinaire à entrer dans le jeu, est, cette fois, restée en carafe. Elle regarde tour à tour les deux affamés de chair fraîche, va pour s'écrier, oubliant qu'elle est ici un homme : « Et moi, alors, je ne vous conviens plus ? », reçoit juste à temps le coude pointu d'Otto là où ça fait le plus mal, comprend subitement qu'il y a quelque chose à comprendre, et se tient coite. Comme Thierry, la mine réjouie, frappe du poing pour qu'on lui ouvre la porte, Loup lui lance :

— Dis bien au chef geôlier que nous les renverrons avant l'aube.

Gwendoline boude. Otto lisse ses moustaches en les humectant de salive et peigne de ses doigts écartés ses longs cheveux dénoués. Loup délace posément les lanières de peau croisillonnant sur ses mollets. Gwendoline attaque :

— Dis-moi si j'ai bien compris. Tu veux que nous allions nous battre pour ce merdeux, mais auparavant tu veux tirer un coup avec une salope qui sent l'eau de vaisselle. A quoi ça rime, tout ça ?

— Ce merdeux nous apporte l'occasion sur un plat d'argent. Je n'allais pas la laisser nous passer sous le nez.

— Alors, pour sortir d'ici, tout ce que tu trouves, c'est de prendre du service dans une armée de va-nu-pieds ?

— Comment peux-tu croire ? Jusqu'ici, Gwendoline, tu avais plutôt confiance en moi.

— Jusqu'ici, tu m'expliquais. Quand on m'explique les choses, je comprends.

— Explique-lui, Otto.

Otto-qui-a-compris, lui, soupire et lève les yeux vers ce qui sert de ciel à cette cave. Gwendoline s'énerve :

— Oh, ne prends pas tes grands airs, s'il te plaît ! Moi aussi, des fois, je pourrais t'expliquer des trucs que tu n'as pas compris.

Elle tourne le dos, croise les bras, hausse les épaules, se donne un mal de chien pour avoir l'air tout à la fois humiliée et méprisante. Otto condescend :

— On fait venir des filles.

— Ça, j'avais compris, figure-toi ! Vous en faites même venir une pour moi, c'est gentil tout plein, mais vous la consommerez aussi, en vous forçant un peu. Tant qu'à faire, j'aurais préféré le petit merdeux, mais on ne me l'a pas proposé. Enfin, bon, vous vous tapez les filles, sous mon nez. Ça nous mène à quoi, ça ? Du point de vue tactique, je veux dire.

— Tu me laisses parler ? Bien. Compte sur tes doigts. Trois filles, trois gars. Trois filles entrent ici, trois filles en ressortent.

— Ben, oui. Et les gars restent.

— Faux. Trois filles sortent, trois filles restent.

— Ah, oui ? Tu peux répéter ça ?

— Écoute bien. Trois filles passent devant les gardes, enveloppées dans leurs grands manteaux de filles, leurs longues robes dépassant en bas, leurs têtes mignonnes enfoncées dans leurs grands capuchons, telles d'honnêtes filles dont ce n'est pas le métier ordinaire d'aller se faire... oui, par des taulards, telles enfin que les gardes les avaient vues passer dans l'autre sens. Et trois filles restent sur la paille, à poil parce qu'il n'y avait de robes de filles et de manteaux de filles que pour trois et parce qu'elles ne peuvent pas s'habiller en gars car les vêtements de gars ont été débités en lanières pour les ligoter et les bâillonner.

Gwendoline ouvre tout grands les yeux, se mord les lèvres, bat des mains, s'écrie :

— J'ai compris ! Oh, les coquins !

Et puis son front se plisse. Elle vient de comprendre encore plus loin :

— Mais, avant de les ligoter, les filles, vous allez les baiser ?

— La nuit va être longue. Il faudra bien tuer le temps jusqu'à peu avant l'aube.

— Vous pourriez les assommer tout de suite, les ligoter, tout ça bien soigneusement, et puis attendre tranquillement qu'il soit l'heure. Je vous raconterais de jolies histoires que vous ne connaissez pas. Des avec des korrigans.

— Mouais... On pourrait.

— On pourrait, bien sûr...

— Ça va, j'ai compris. Et qu'est-ce que je vais

faire, moi, pendant que vous... Pendant tout ce temps-là ?

— Tu pourrais nous raconter des histoires.

— Des avec des korrigans. Beaucoup de korrigans.

Trois silhouettes incontestablement féminines se glissent furtivement le long du mur qui fait face au poste de garde, cachant leur honte sous l'ample capuchon qui ne laisse rien voir de leur visage. A peine si un bout de tresse blonde ou rousse dépasse ici ou là. Les deux gardes de service de nuit rigolent sous cape et lâchent quelques grasses allusions, pas trop fort, toutefois, le seigneur prince Thierry, en dépit de son jeune âge, sait se faire respecter. L'une des trois filles, long échalas sans relief, leur semble tout à fait cocasse et aussi peu incitante que possible aux jeux pour lesquels on l'a fait venir. Celle qui vient en queue de la procession est fluette mais pourvue d'une chute de reins intéressante que moule étroitement l'épais tissu. Le garde moustachu qui leur tient la porte ouverte n'en peut plus de convoitise. Il allonge la main vers la trop tentante croupe, en épouse de la paume la mirifique courbure, remonte doucement... Un cri, une gifle retenue à temps, la petite pousse et bouscule l'échalas qui la précède, les voilà dehors.

Gwendoline commente l'épisode :

— Le porc ! Heureusement que c'était moi la dernière, et heureusement que je suis une vraie fille, moi ! Imaginez, si c'était à l'un de vous deux qu'il ait peloté les fesses...

Loup conclut bien volontiers :

— C'était foutu.

Otto ramène tout le monde sur terre :

— Et maintenant, quel est le mouvement suivant ? Nous sommes dehors, c'est déjà ça. Cependant je me permets de vous rappeler que nous sommes vêtus en bonnes femmes, et qu'à cette heure, même les ribaudes ne se risquent pas dans les rues.

Gwendoline suit en ronchonnant. Quelque chose lui a déplu dans le déroulement des opérations et l'a mise de mauvaise humeur. Il lui faut trouver matière à critiquer. Elle trouve :

— Nous aurions dû assommer gentiment les deux gardes et prendre leurs vêtements. Il n'y en avait que pour deux, mais moi je peux rester en femme, après tout j'en suis une, un peu, il vous arrive même de vous en apercevoir.

Loup n'est pas d'accord :

— Trop risqué. Il aurait suffi qu'un de ces deux cornichons ait eu le temps de pousser un cri, nous avions aussitôt toute la garnison du palais sur le dos. Crois-moi, ce n'était pas à faire.

Otto ajoute :

— Et puis, aucun des deux n'était à ma taille.

Rasant les murs dans la nuit encore totale, ils sont parvenus à gagner la grève, tout près du pont de bois qui relie l'île, l'antique berceau de Lutèce, à la rive droite du fleuve. A chaque extrémité du pont, côté île aussi bien que côté campagne, un fortin de rondins barre le passage. Sur le pont même, une sentinelle fait les cent pas, lance sur l'épaule.

Accroupis dans l'ombre d'une vieille barge échouée là, les trois fugitifs font le point. Otto confie :

— Sais-tu que j'ai bien failli croire que tu marchais dans la combine du petit ?

— Il nous fallait avant tout sortir du trou, non ? Je lui ai laissé croire que nous étions prêts à accepter, de façon à obtenir un délai jusqu'au lendemain, ce qui nous laissait la nuit pour nous tirer de là.

Gwendoline juge le moment venu de donner son avis. Sa voix ne déborde pas d'enthousiasme.

— Pas mal, le coup des ribaudes.

Otto proteste :

— Ce ne sont pas des ribaudes, mais d'honnêtes filles. Des esclaves de bonne maison, ça se voit rien qu'à l'éducation. Elles faisaient de leur mieux, avec une naïveté charmante. Je peux même dire que j'ai senti, chez la grande, une espèce de tendresse à mon égard. Ça ne trompe pas. Même, elle a versé quelques larmes quand j'ai dû la ligoter et qu'elle a compris que, de ma part, ce n'était pas vraiment un sentiment durable.

Gwendoline esquisse un sourire au vinaigre :

— Se leurrait-elle tellement ?

Loup reprend la direction de l'entretien :

— Vos scènes de ménage, vous les gardez pour plus tard. Dans l'immédiat, je vous le signale, nous avons à résoudre d'autres problèmes. Premièrement, trouver des vêtements d'homme. Deuxièmement, passer l'eau. Troisièmement, trouver des chevaux. Quatrièmement, décider de ce qu'on va faire.

— Et si on commençait par le quatrièmement ?

— Enfin, la bonne réponse ! Je voulais juste savoir si vous m'écoutiez ou si je parlais dans le vide.

Gwendoline n'allait pas laisser passer ça.

— Je t'écoutais, bel enfant. Je peux même te redire tous tes premièrement et tes deuxièmement à la mords-moi-le-nœud. Je boude, c'est tout. C'est mon droit, non ?

Loup ouvre les bras, Gwendoline s'y jette. Elle a trois gros sanglots, puis pleure doucement, à petits cris de souris. Otto lui prend la main, la tapote, « Là, là... » A Loup :

— Donc, quatrièmement ?

— Nous voilà, bien malgré nous, en possession d'un secret.

— D'un secret terrible, d'un secret épouvantable, que j'eusse préféré que nous ne sachions point.

— D'un secret embarrassant, cela suffira bien. Moi aussi, j'eusse préféré... Mais voilà, le mal est fait : nous savons. Et nous aurons aux trousses, d'ici à quelques heures, non seulement les gens du roi, mais aussi, et beaucoup plus acharnés, ceux de Thierry et de Ragnacaire.

— Ce qui fait beaucoup. A propos de Ragnacaire...

— Oui ?

— J'ai cru déceler, à travers certaines réticences du discours du petit — arrête-moi si je fais fausse route —, que le véritable instigateur de tout ce micmac ne serait pas tellement Thierry, mais bien le gros Ragnacaire. Ce que t'en penses ?

— Ça crève les yeux. Ragnacaire se sert du gosse pour donner un prétexte légitime à la rébellion. On est en droit de penser que le roi Thierry ne jouirait pas longtemps de sa royauté.

— A peine sur le pavois, aussitôt par terre. Et même en terre.

Gwendoline, du bas de sa longue robe, sèche ses larmes, torche la morve qui barbouille son charmant visage — Qui oserait dire que la morve est inséparable des larmes, même chez la plus délicate des jolies femmes ? Pourtant, c'est un fait —, se mouche un bon coup et dit d'une petite voix :

— C'est même pas sûr qu'il y montera, sur le pavois. Ils l'auront tué avant. Pauvre enfant, si jeune, si joli...

Otto semble réfléchir intensément.

— Loup, je pense à une chose. Crois-tu que le Ragnacaire était d'accord pour que Thierry vienne nous demander d'entrer dans leur petite affaire ?

— J'y pensais. Je parierais le contraire. Je dirais même que le petit est venu nous trouver en cachette, ayant appris que nous étions enfermés là, parce qu'il n'a pas une confiance excessive en son sacripant d'oncle et serait rassuré de nous avoir à ses côtés.

— Loup, il se prépare de grands massacres. Clovis ne se laissera pas détrousser comme un pèlerin au coin d'un bois. Il sait parler à l'armée. La guerre fratricide est mille fois plus horrible que la guerre étrangère. Le petit se leurre d'illusions entretenues par cette grosse loche imbécile et prétentieuse de Ragnacaire, aussi fourbe qu'il est lâche. Le peuple chrétien se soulèvera, prendra parti pour Clovis, excité par Remi et tous les prêtres catholiques. Les Wisigoths, toujours à l'affût de l'occasion, passeront en masse la Loire, les Burgondes la Seine... Ce sera le grand dépeçage.

— Je te vois venir. Allons, tous en chœur :

— On ne peut pas laisser faire ça !

XIII

Le roi Clovis a regagné sa bonne ville de Paris, ainsi que la reine Clotilde et toute la petite famille. L'espiègle Alboflède a retrouvé avec joie son neveu Thierry. Elle aime bien Thierry. Elle lui décrit avec force détails les futures merveilles du baptême du roi, du sien propre, de celui des trois mille Antrustions et de beaucoup d'autres personnages d'importance. Thierry s'efforce d'écouter sans que sa répulsion soit par trop visible. Mais la petite, toute à son enthousiasme, n'y porte pas attention. Cet enthousiasme même attise la rage de Thierry, surexcite son désir d'agir, d'agir vite, bien à fond, de balayer une bonne fois toute cette pouillerie chrétienne, de rendre le peuple franc à la pureté de ses origines et à ses glorieuses destinées.

Il prend soudain conscience que la petite a changé de ton. Elle s'est faite mystérieuse, parle bas, le tire par la manche. Docile, il se penche, tend l'oreille. Elle murmure :

— Je ne devrais pas te le dire, c'est un secret. Mais je n'en peux plus, moi, il faut absolument que je le dise à quelqu'un, c'est tellement fantastique, ça m'étouffe ! A toi, je sais que je peux. Tu ne me trahiras pas.

Elle secoue son bras.

— Tu ne me trahiras pas, hein ? Jure-le !

— Par quoi veux-tu que je jure ? Ton nouveau dieu n'est pas le mien.

Elle réfléchit.

— Jure par Wotan et les dieux du Walhalla. C'est encore valable. Je ne serai chrétienne qu'après le baptême.

Il rit, lève la main, jure. Intérieurement, il prie : « Pardonne-moi, Wotan. C'est pour ton peuple que je le fais. » Il feint l'impatience :

— Alors, ton secret ? J'ai juré. Tu dois me le dire.

Alboflède pose un doigt sur ses lèvres, jette alentour un regard suspicieux. Enfin assurée de leur solitude, elle souffle :

— Écoute. Un ange, avec des ailes comme un arc-en-ciel, est descendu de là-haut — elle montre « là-haut », de son index dressé — tout exprès pour apporter au seigneur Remi un coffret de fer avec dedans une petite bouteille, vraiment toute petite, très jolie, avec dedans une chose magique dont on oindra le roi et qui fera de lui un roi plus roi que les autres rois, beaucoup plus, plus roi même que l'empereur qui est à Constantinople, parce que, tu comprends, c'est une chose unique, que personne d'autre ne possédera, une chose qui contient en elle une force de magie très puissante que le Dieu des chrétiens y a mise pour mon frère le seigneur roi Clovis, ça fait qu'il sera presque l'égal du Seigneur Christ Jésus et deviendra l'envoyé de Dieu sur la terre, et personne n'aura le droit de dire le contraire de ce qu'il dira. C'est ça qu'il y a dans la petite bouteille, même que plus on en prend, plus il y en a, c'est une chose comme ça, elle ne s'use jamais.

Voilà qui éveille l'intérêt de Thierry. Il questionne :

— Cette bouteille, tu l'as vue ?

— Parfaitement, seigneur mon neveu ! Je l'ai vue comme je te vois maintenant. Elle est vraiment très jolie.

— Grande comment ?

— Oh, disons... Comme mon pouce, à peu près.

— Et cette chose magique qu'il y a dedans, ça ressemble à quoi ?

— Eh bien, on ne voit pas très bien, parce que la petite bouteille est taillée dans le cristal comme ces pierres précieuses que les Romains faisaient venir d'Orient, si tu vois. Ça fait qu'elle a plein de facettes qui brillent comme des petits soleils, alors on n'est jamais tout à fait sûr d'avoir bien vu. Des fois on croit qu'elle est pleine, et la fois d'après on ne sait plus.

— Enfin, ta chose magique, elle a bien une couleur ?

— Ça, oui. Elle est comme de l'ambre.

— C'est quelque chose qui coule, forcément, puisqu'on la met dans une bouteille. As-tu pu te rendre compte si ça coule ?

— Maintenant que tu m'y fais penser, à ce qu'il me semble on dirait une espèce d'huile. Voilà : une huile un peu épaisse. Et ça sent bon ! Tu ne peux pas savoir. Même à travers le cristal bien clos de la bouteille, on sentait l'odeur. C'est l'odeur du Paradis, j'en suis sûre. On voit bien que ça vient du Ciel.

— Et tu dis que cette... huile magique donnera au roi mon père des pouvoirs surnaturels ?

— Tu peux appeler ça comme ça. Si j'ai tout bien compris, elle fera de lui le seul roi au monde qui sera l'envoyé de Dieu sur la terre, je te le répète.

— Ce ne sera donc pas un simple baptême, mais quelque chose de plus.

— Attends... Le seigneur évêque Remi a employé un mot que je ne connaissais pas. Il a dit que ce serait un « sacre », comme autrefois celui des rois des Juifs.

— Hum... Le dieu des Juifs n'a rien fait pour empêcher leur malheur.

— Ça, je sais pourquoi. Je l'ai appris au catéchisme. C'est parce que les Juifs n'ont pas voulu le reconnaître quand il est venu sur terre parmi eux comme Seigneur Christ Jésus pour effacer leurs péchés. Alors, Dieu les a abandonnés. C'est bien fait !

— Évidemment, dit comme ça...

— Enfin, bon, le seigneur évêque veut que ce soit une très grande cérémonie, avec beaucoup de pourpre et de doré, afin que ces chiens de Wisigoths, d'Ostrogoths, de Burgondes, d'Alamans et tous les autres qui font tant les fiers sachent bien que leurs rois ne sont que de mauvais rois abandonnés de Dieu puisqu'ils adorent les faux dieux, qu'on appelle des idoles, ou bien insultent le nom du Seigneur Christ Jésus en l'adorant selon le rite maudit des sectateurs d'Arius, lequel, en vérité, n'est autre qu'un diable ayant pris forme d'évêque afin de mieux tromper les hommes et les précipiter dans l'hérésie, qui est un vilain défaut.

— Et où donc le seigneur évêque range-t-il cette fiole miraculeuse ?

— D'abord, on ne dit pas « une fiole ». On dit « une ampoule ».

— C'est la même chose.

— Les mots ont un pouvoir en eux-mêmes.

— Surtout quand il s'agit de choses magiques.

— On dit « des choses saintes », quand il s'agit de la magie venant du Seigneur Christ Jésus.

— D'accord. Je ferai attention. Eh bien, où la range-t-il ?

— Tu veux dire : où range-t-il le coffret de fer qui contient la sainte ampoule ?

— Cela va de soi, puisque l'un contient l'autre.

— Alors, là, c'est encore plus secret. Tellement secret que seul le seigneur évêque Remi le sait... Mais, dis-moi, pourquoi veux-tu le savoir ? Tu me fais peur ! Oh, je n'aurais pas dû te parler, je le vois bien, maintenant.

— Tu n'as rien à craindre. Un secret est un secret.

Étendu sur un lit de repos à la romaine dans la chambre éloignée qui est la sienne, Thierry réfléchit. Ses réflexions sont telles :

« Une huile magique, hé ? Qui leur vient tout droit

de leur dieu ? Certainement, pour l'appliquer, faut-il faire certains gestes, prononcer certaines paroles sacramentelles sans se tromper afin que la magie de l'huile agisse, cela va de soi. L'ange — au fait, c'est quoi, un ange ? — aux ailes d'arc-en-ciel a dû expliquer tout cela à Remi, puisque c'est Remi qui devra exécuter le travail. Et alors, voyez-vous ça, une fois oint, le roi n'est plus seulement le roi, il est quelque chose de plus ! Il est le très cher ami du dieu. Son représentant, en somme. Le dieu le protégera, lui donnera l'invincibilité sur ses ennemis et la domination sur les peuples... Ces chrétiens sont très forts. Ils ont un dieu qui sait y faire. Peut-être me ferai-je chrétien, moi aussi... Mais pas avant d'avoir accompli le Plan. Les leudes et l'armée sont mûrs, prêts à se soulever au nom des dieux des Ancêtres. C'est donc au nom de Wotan que je dois me mettre à leur tête. Après, on verra bien. (Voilà une chose que je ne dirais pas à voix haute, Wotan pourrait m'entendre.) Au fait, pourquoi n'envoie-t-il pas des fioles d'huile magique à ceux qui l'adorent, Wotan ? C'est ça qui serait utile ! Et équitable. A armes égales, dieux contre dieux, et que le plus fort gagne !

« Il ne faut pas que mon seigneur père Clovis soit oint de cette huile. Une fois oint, il serait trop tard : invincible ! Mais puisque le dieu-cadavre a besoin d'une huile spéciale pour faire descendre sa magie dans le corps et dans l'esprit de mon père, c'est tout simple : confisquons l'huile. Ça, c'est une bonne idée ! »

Thierry est content de lui. Il a bien déblayé le terrain. Il s'accorde une lampée de cervoise mousseuse, se retourne sur l'autre flanc parce que le bras fatigue, et se met en devoir de pousser ses réflexions jusqu'à l'étape suivante :

« La fiole — pardon, la “sainte ampoule” — se trouve à Reims, enfermée dans son coffret de fer et bien cachée par l'évêque. Moi, je suis à Paris, censé être transporté de joie par le retour de mon père. Je ne peux pas filer à Reims, ça se remarquerait. Peut-être même mon père, flairant du louche, enverrait-il des sbires à ma poursuite. Que faire ? Charger quelqu'un de trouver l'ampoule à ma place ? Bien obligé. Mais en qui pourrais-je avoir assez confiance ? Il y faudrait un autre moi-même. »

Nouvel arrêt, cervoise, changement de flanc. Perplexité. Et soudain l'évidence :

« Mais bien sûr ! Mais j'y suis ! A quoi donc avais-je la tête ? Il est là, sous ma main. Wotan m'a exaucé ! Merci, Wotan. Le Hun blond, voyons ! Ce cher vieux Loup ! Je l'envoie là-bas seul, je retiens ses deux amis prisonniers en un lieu secret que je sais, je lui accorde une semaine — non, deux — pour me rapporter le machin, s'il échoue ou s'il s'enfuit je les fais égorger. Je les connais : ces deux-là, c'est Oreste et l'autre pédé, là... Il réussira. Je ne sais pas comment il s'y prendra, et d'ailleurs je m'en fous, mais il réussira. Il réussit toujours.

« Eh bien, voilà ! Une bonne chose de faite. Je dois le tirer de l'ergastule, vite, vite, avant que mon père ne le sache là. J'y cours de ce pas. »

Excellente résolution. Une réflexion qui débouche sur l'action est une bonne réflexion.

C'est alors que s'entend sur le dallage du corridor un éperdu claquement de sandales, que la peau de buffle fermant la porte se voit impétueusement soulevée et qu'apparaît, rouge et à bout de souffle, le geôlier en chef de l'ergastule royal. Thierry saute à bas de sa couche, saisit le bonhomme à deux poings par sa tunique et s'exclame :

— Tu tombes bien, toi ! Je ne sais pas ce que tu viens faire ici, mais tu tombes tout à fait bien. Suis-moi !

L'homme, aussi ahuri qu'essoufflé, cligne des yeux :

— Te suivre ? Où ça ?

— Voir les gars de l'ergastule, tiens donc ! Allons, écarte-toi de la porte. Qu'est-ce qui te prend de rester là, inerte, bouche bée ?

Il est de fait que le geôlier fait masse devant l'ouverture. Entre deux halètements, il avoue, piteux :

— Les gars de l'ergastule, seigneur Thierry ? Oui, bien sûr... Les gars de l'ergastule... Bon, ben, autant te le dire, les gars de l'ergastule, ils n'y sont plus, dans l'ergastule.

— Qu'est-ce que tu racontes ?

— Je te dis ce qui est, seigneur. Ils sont partis. Enfuis. Envolés. Pfuitt...

C'est au tour de la bouche de Thierry de béer.

Le geôlier tente d'expliquer les imparables circonstances, met tout sur le dos des trois filles, qui n'y pouvaient rien, les pauvres, mais leur présence dans la geôle sous-entend une faiblesse coupable de la part du seigneur Thierry. Lui, geôlier, n'accuse personne, surtout pas les gens haut placés, simplement, il se couvre, n'est-ce pas...

Les circonstances, Thierry s'en fout. Les filles seront fouettées, pour la forme, puis vendues à un bordel de l'armée. Les geôliers, eux, seront ménagés, et même récompensés : jamais le moindre Hun blond n'a séjourné dans les locaux placés sous leur surveillance, c'est bien compris, nous sommes d'accord ?

La brillante réflexion de Thierry aura été réfléchie pour rien. C'est dommage. Pourtant, elle était bonne, vraiment. Et revoilà Thierry revenu au même point, seul devant son problème. Il s'aperçoit alors, avec une amertume redoublée, que son idée comportait un deuxième avantage, non exprimé, mais, il s'en rend compte après coup, bien présent depuis le début dans un recoin obscur du dedans de sa tête : elle laissait de côté Ragnacaire. Thierry doit bien se l'avouer, il n'a pas envie de partager son secret avec l'oncle Ragnacaire. On ne fait pas toujours ce qu'on veut...

— Seigneur oncle, voilà. Maintenant, tu en sais autant que moi-même.

Ragnacaire accueille la révélation avec toute la gravité qu'elle mérite. Il hoche le chef, plisse les rides de son front, se cale le menton dans le poing. Thierry se demande s'il va faire bouger ses oreilles, pensée futile qu'il chasse aussitôt. L'heure n'est pas à la rigolade.

Ragnacaire pense : « Petit con, si tu savais quoi en faire, de ton secret, tu ne serais pas venu me le débiter. Tu aurais dérobé l'ampoule pour ton propre usage et, une fois le Clovis expédié, tu te serais dépêché de te faire chrétien afin d'être oint de leur magie. Et l'oncle Ragnacaire aurait fini dans un coin noir, la gorge ouverte, dévoré par les chiens. Mais un secret, ce n'est pas tout. Encore faut-il pouvoir l'exploiter. Toi, tu ne peux pas. Moi, je peux. »

Ragnacaire sort de sa méditation. Il pose une main ferme sur l'épaule de Thierry et, les yeux dans les yeux, dit avec chaleur :

— Neveu, seul, tu ne peux pas exploiter ce secret. Moi, je peux.

Il marque un temps et, avec encore plus de chaleur :

— Donc, nous pouvons.

— Tu m'as fait mander, seigneur roi ?

Celui qui vient de parler est un sec vieillard, de taille plutôt médiocre, soigneusement rasé à la romaine, crâne compris. Il est vêtu d'une tunique de laine — les nuits sont fraîches — descendant à mi-cuisse, sans le moindre ornement, et d'un méchant manteau à capuchon dont le pan est rejeté par-dessus son épaule. Nulle arme visible, ce qui tendrait à le classer parmi les esclaves ou les gens de peu de race gallo-romaine, l'homme libre de race franque ne se concevant pas sans une bonne grosse épée lui battant le flanc ou du moins un léger scramasaxe passé dans la ceinture.

Ragnacaire examine le petit homme.

— Personne ne t'a vu ? Personne n'a su où tu allais ?

Le nouveau venu a un mince sourire :

— C'est bien ce que tu m'avais recommandé ?

— Je sais. Inutile de te dire les choses deux fois. Mais, vois-tu, aujourd'hui, il y va de la vie. La tienne, la mienne, celle de beaucoup d'autres.

— Je n'ai pas deux façons. Il y va toujours de la vie. De la mienne, en tout cas.

— Viens.

Ragnacaire tourne les talons, franchit une porte basse. Le vieil homme le suit. Les voilà dans une pièce retirée, sans fenêtre, une espèce de cellier pour l'instant peu encombré. Ils se tiennent debout. Ragnacaire semble encore hésiter à parler. L'autre attend, impassible. Ragnacaire se décide :

— Vois-tu, Vulpus, si je pouvais me passer de tes services, en cette occasion, je le ferais.

— Mais tu ne le peux pas.

— Je ne suis ni un maître espion, ni un spécialiste du cambriolage.

— Ce que je suis, moi, dans les deux cas.

— Soit dit sans t'offenser.

— Ce n'est pas offense, c'est compliment. Tu paies, je fais le travail. Si c'est contre Clovis, je te fais un prix. Si c'est contre les chrétiens, je le fais pour rien.

— C'est tout à la fois contre Clovis et contre les chrétiens.

— Tu me combles !

— Tu n'en seras pas moins payé.

— C'est trop !

S'ensuit un conciliabule à voix basse, et puis Vulpus s'en va, comme il est venu : il passe la porte et se fond dans la nuit.

Le jeune diacre aux bonnes joues entre sans s'annoncer, va droit à l'évêque, se jette à ses pieds, saisit convulsivement la main vénérable entre les deux siennes, porte l'anneau à ses lèvres, et puis reste là, serrant cette main, ne la lâchant plus, répandant sur elle les larmes qui maintenant jaillissent de lui au rythme violent de ses sanglots. Le seigneur évêque essaie de libérer sa main, le petit s'y cramponne. Remi voit bien qu'il y faut d'autres moyens. Ce que veut le jeune homme, c'est faire comprendre qu'il a sur le cœur quelque chose d'énorme à avouer, une grosse grosse bêtise, qu'il sollicite d'avance l'indulgence de l'évêque et se soumet au châtiment. Il ne parlera pas le premier, il ne sait que sangloter. C'est donc à Remi de prendre l'initiative. Et bon, il soupire et demande :

— Tu as péché, Sylvanus ?

Pour réponse un sanglot, qu'on peut interpréter comme un acquiescement.

— Eh bien, il faut aller te confesser.

Sylvanus secoue la tête avec véhémence.

— Tu ne veux pas aller trouver ton confesseur ordinaire ? Je peux en tenir lieu, j'ai un peu de temps devant moi, ça tombe bien. Tu m'es très proche, je te connais aussi à fond que ton directeur de conscience. Allons, viens là où je pourrai m'asseoir.

Sylvanus se fait plus inerte et plus sanglotant, ses mains plus convulsivement serrées sur leur proie. L'évêque est contrarié. Pourquoi cet enfant ne veut-il pas se confesser ? Redouterait-il que lui soit refusée l'absolution ? Oh, oh ! Quel genre de péché est-ce là ? Comme s'il pouvait exister des limites à la compréhension, à l'indulgence divines ! C'est jeune, ça se fait une montagne d'une taupinière ! Sans doute a-t-il entrevu la jambe d'une nonne qui s'était troussée pour franchir quelque flaque... Ah, l'ardillon de la chair ! Peut-être même s'est-il souillé ? En tout cas, il importe avant tout de le rassurer.

L'évêque, de sa main libre, caresse la joue du diacre, tandis qu'il prononce des paroles d'apaisement.

— Sylvanus, mon fils, le Seigneur Christ Jésus (il se signe) a donné à ceux qui le représentent sur terre le pouvoir de remettre les péchés par le sacrement de la pénitence. Encore faut-il que ces péchés soient librement reconnus. Allons, je vais t'aider, bien que ce soit hors confession régulière. As-tu péché par concupiscence ? As-tu formé des pensées impures ? As-tu... Hé ! Tu n'as pas pratiqué la fornication, quand même ?

A chaque suggestion, Sylvanus, sans interrompre le flot saccadé de ses sanglots, a fait « Non » de la tête. La dernière, le ton dont elle est formulée, surtout, provoque une réaction plus tranchée. Il hausse les épaules, lève des yeux noyés vers le visage de l'évêque, hoquette :

— J'ai péché par négligence, mon père.

L'évêque sourit, rasséréné. Ah, ces âmes trop pures !

— Eh bien, conte-moi cela. Négligence est péché véniel.

— Une très grosse négligence, mon père.

Il hésite, puis précise :

— Une négligence qui vous concerne, mon père.

Une sourde inquiétude altère les nobles traits épiscopaux.

— Qui me concerne, dis-tu ? Tu ne veux pas dire...

— Voilà, c'est cela, seigneur ! Tout juste ça !

— Quoi, cela ? Je n'ai rien mentionné.

— Ça ne pourrait pas être autre chose, seigneur. Vous n'avez confié à ma garde que cela.

L'évêque enfin mesure l'étendue du désastre. Il s'agit bien de péché, véniel ou mortel ! Il dégage violemment sa main, empoigne le devant de la dalmatique, soulève le diacre de terre et, visage à visage, grince :

— Tu... Jamais je n'aurais été imaginer cela ! Tu as égaré le coffret de fer ?

Sylvanus, écrasé de culpabilité, fait « Non » de la tête.

— Eh bien, quoi, alors ? On te l'a volé ?

Cette fois, le diacre hoche d'arrière en avant, ce qui veut dire « Oui ». L'évêque est atterré.

— On te l'a volé ? Comment cela a-t-il pu se faire ? Tu soupçonnes quelqu'un ?

— Hélas, non, seigneur. Sans quoi, tu penses bien... Personne n'était au courant. Je n'en ai dit mot à qui que ce soit. Il était là où tu l'as mis toi-même, dans ma cellule, sous la dalle. La dalle est toujours là, je la soulève par acquit de conscience, le coffret de fer n'y est plus, voilà.

Une nouvelle vague de sanglots secoue l'infortuné diacre. L'évêque met promptement ses deux mains hors de portée d'un éventuel regain de contrition. La mine sombre, il se laisse aller à penser tout haut.

« Il faut donc que j'aie été suivi, à mon insu... Mais qui savait ? Personne, en dehors du roi, de la reine et d'Alboflède. Aucun de ceux-là n'aurait intérêt à... Non, c'est quelque voleur. Quelque esclave à l'affût d'un mauvais coup, qui ne se doute pas de la fantastique valeur de ce qu'il a dérobé... »

Et voilà que la mémoire lui revient, à Remi. Il se rassérène, cesse de lancer ses réflexions au vent et poursuit son monologue muet.

« Ouf ! J'ai bien failli oublier ! Oublier que j'avais prévu le cas. J'ai eu le nez fin, hé, hé. Pauvre petit voleur d'occasion qui n'a volé qu'une boîte vide ! Tu me fais pitié... C'est égal, j'ai eu chaud ! »

C'est d'un pas assuré que, laissant à ses tourments le malheureux diacre, le seigneur Remi, évêque de la noble cité de Reims et de son diocèse, gagne certaine chapelle de son église métropolitaine, mise à sac en 486 par les armées du jeune Clovis envahissant la Gaule romaine, reconstruite et ornée depuis par les largesses du même Clovis.

Le Saint-Sacrement est exposé. L'évêque esquisse une génuflexion, mouline un rapide signe de croix, se redresse et va droit à l'autel. Le tabernacle, une colombe d'or — plutôt de métal doré, rectifie l'évêque, mais qui s'en doute, à part moi ? —, pend par trois chaînettes à sa crosse au-dessus de l'autel[1].

1. Au ve siècle encore, le tabernacle où l'on gardait les hosties consacrées consistait en un récipient de métal précieux (souvent en forme de colombe) ou même en un sac contenu dans un entrelacs de fils d'or, et il était suspendu à une potence en forme de crosse plus ou moins richement travaillée.

Un peu anxieux, tout de même, juste ce qu'il faut pour ressentir bien à plein le délicieux soulagement de la constatation de l'inanité de la crainte, Remi soulève la colombe d'or aux ciselures naïves afin de la décrocher de la crosse, dépose l'objet sacré sur le linge d'autel avec cette dévotion devenue chez lui une seconde nature, s'agenouille, se signe, adresse au Ciel une brève mais fervente prière d'action de grâces, soulève le couvercle qui ferme le dos de la colombe au moyen du petit bouton prévu pour cela, pose le couvercle, plonge ses doigts dans l'ouverture ainsi démasquée, les fait aller de-ci de-là dans les entrailles de la colombe, s'étonne, s'inquiète, s'affole, ne veut pas y croire, finit par empoigner l'oiseau à deux mains, le retourne, le secoue en tremblant au-dessus de la nappe d'autel... Il en tombe un gracieux vol de blanches hosties fraîchement consacrées par ses propres soins le matin même et donc toutes pleines de joyeux petits bons dieux heureux de vivre, et rien d'autre. Il élève le tabernacle à hauteur d'œil, en scrute l'intérieur, d'abord avec stupeur, puis avec épouvante, puis avec désespoir.

Une panique aux ailes de suie tourbillonne et se cogne aux parois de son crâne : « Qu'y a-t-il de plus sacré qu'un tabernacle ? Qui aurait pu imaginer que j'irais cacher quoi que ce soit là-dedans, et surtout la sainte ampoule ? Qui n'a pas été abusé par ma ruse de cacher le coffret de fer en un autre endroit ? Qui, nom de Dieu, qui ? »

Qui, seigneur évêque ? Vulpus, tiens donc !

XIV

Une mince ligne rose colore l'horizon à l'orient. Le jour se lève, sans vaine hâte. Des formes, peu à peu, émergent, se font précises : nefs et barges massives, ancrées dans le lit du fleuve, car la berge qui se prolonge loin sous l'eau en pente douce interdit l'accostage aux gros bâtiments, et aussi piles de bois de charpente dressées selon les règles, montagnes de futailles, pyramides de sacs crevant de froment, de fèves et de pois secs, d'oignons, de raves... Dans les flancs d'une barge un bœuf meugle longuement, déclenchant le meuglement formidable du troupeau entier. La Seine coule, tranquille, puissante, offrant son vaste dos aux besoins des hommes.

Les trois fugitifs, tassés sur la berge dans l'ombre du chaland échoué, devisent de l'étape suivante de leur évasion. Loup suggère, sans grande conviction :

— Nous pourrions gagner le pont par-dessous, grimper par la pile et ramper sur les poutres entrecroisées jusqu'à la rive d'en face.

Otto fait la grimace :

— Trop tard. Il fait déjà beaucoup trop clair. Même en admettant que les gardes, sur le pont, ne nous voient pas, il y aura foule pour nous contempler bien à l'aise depuis les berges. Et n'oublie pas que nous portons des vêtements de femme, ce qui n'arrange rien.

En effet, nautes et débardeurs, le traditionnel bonnet

de laine posé de guingois sur l'oreille, commencent à se montrer, pas encore bien réveillés, ne manquant pas, au passage, d'aller se jeter au fond de la gorge un gobelet ou deux de vin de Suresnes, histoire de se décrasser les yeux, dans un des cabarets misérables qui fleurissent ici et là.

Gwendoline n'a encore rien dit. Les nuits blanches lui réussissent mal. Son humeur s'en ressent. Elle s'étire à s'arracher les bras, bâille que c'en est pitié. Tout en terminant sa toilette par un énergique frottement d'yeux de ses deux poings fermés, elle remarque :

— Avant tout, il nous faut des loques de bonshommes. Tout au moins à vous deux. Vous faites tache dans le paysage, surtout toi, la grande perche. Ça grouille de sbires, dans le coin. Le palais n'est pas loin. Et de sbires spécialement commis à notre recherche, je vous signale. Je vous rappelle aussi qu'il y a, non pas un, mais deux ponts à franchir, pour passer de l'autre côté... Et d'abord, pourquoi vouloir tellement passer de l'autre côté ?

Loup, patiemment, explique :

— Parce que nous voulons rentrer à la maison et que la route d'Armorique se trouve de l'autre côté, voilà pourquoi.

— Ah, bon ? Il fallait le dire. J'en étais restée, moi, à « On ne peut pas laisser faire ça ! »

Otto regarde Loup. Loup regarde Otto. Ensemble, ils haussent les épaules et concluent en chœur :

— C'est pourtant vrai. On ne peut pas laisser faire ça.

Gwendoline, tout en dessinant du bout du doigt des choses dans le sable souillé de la grève, se fait conciliante :

— Remarquez, nous ne sommes nullement obligés. Même pas concernés. Que les Francs se trouvent divisés, l'armée coupée en deux moitiés s'étripant au nom de Wotan ou au nom du Christ, que la guerre civile ravage la Gaule, que les croquants soient massacrés par milliers — ce sont toujours les croquants qui trinquent —, leurs filles violées puis éventrées, leurs gosses écrasés contre les murs, que Thierry vainqueur persécute les chrétiens ou Clovis les païens, qu'en avons-nous à faire ? Ce ne serait jamais que changer un Clovis pour un autre Clovis, peut-être encore bien pire, car j'ai vu dans les yeux de ce Thierry des choses qui font peur... Mais tout ça, après tout, c'est l'affaire de Clovis. Qu'il s'en démerde ! D'autant que, si nous l'aidons, il ne nous en aura nulle gratitude et nous fera de toute façon couper la tête, car chez un Clovis le besoin de vengeance est plus fort que l'ambition même.

Les yeux toujours baissés, elle ajoute une queue à son cochon dans le sable — c'est un cochon, oui, maintenant on le reconnaît, avec sa queue tortillée. Gwendoline a toujours eu une tendresse pour les cochons — et met la touche finale à son discours :

— Pourvu que notre chère petite Armorique soit préservée et nos petites familles à l'abri, n'est-ce pas...

Otto commence à trouver qu'elle en fait un peu trop. Il empoigne la sale gosse aux épaules, la plaque à terre sur le dos et lui dit dans le nez, aussi calmement qu'il lui est possible :

— Oui, bon, ça va. N'en rajoute pas. On l'a dit, on ne peut pas laisser faire, on n'y revient plus. En attendant, voilà qu'il fait grand jour. Et nous sommes toujours attifés en putes.

Elle pouffe.

— Vous n'auriez pas beaucoup de clients ! Par contre, moi... Écoutez. Vous voyez cette bicoque en planches, sous le pont, appuyée à la pile ? Bon. Depuis un moment, je la guette. Ça doit être une espèce de bureau où le scribe attitré du port inscrit les mouvements des nefs et des marchandises et perçoit les taxes. Pour l'instant, elle est vide. Les scribes, ça ne se lève pas de bonne heure. La porte ne ferme certainement pas, qu'y aurait-il à voler ? Si nous la trouvons malgré tout fermée, elle ne doit pas être trop difficile à forcer. Alors, écoutez bien.

Elle lève l'index, requérant leur attention. Ils écoutent, bien.

— Vous vous tenez dans la baraque, de chaque côté de la porte, une trique au poing. Moi, je me charge de vous apporter les vêtements.

— Ah, oui ? Où les auras-tu pris ? Et pourquoi les triques ?

— Parce que, dans les vêtements, il y aura leurs occupants. Les triques, ce sera pour les persuader d'en sortir.

Otto s'inquiète :

— Tu crois que tu trouveras ma taille ?

Ainsi ont-ils fait. Gwendoline a d'abord fendu sa jupe sur le côté à la manière des courtisanes de haute volée, jusqu'à la ceinture, rabattu le haut du corsage de manière à laisser à nu les épaules et à donner à croire qu'il y aurait quelque chose de passionnant à voir par-devant s'il était un tant soit peu rabattu davantage — illusion habilement suggérée, mais pure illusion. La coiffure a posé problème. Dompter ce paquet de tignasse pour en faire une invite à l'amour charnel s'étant révélé hors des possibilités locales, elle s'est contentée de la réunir en botte serrée droit au-dessus de sa tête, l'entortillant, pour lui donner un air de fête, de colliers et de chaînettes tintinnabulant de pendeloques prélevés avec le reste sur les trois mignonnes fournies par Thierry. De même provenance est le rouge de cinabre dont elle s'est généreusement empâté les lèvres et enluminé les joues. Le résultat fait s'arrondir les yeux et les bouches des deux spectateurs. Otto gémit :

— Gwendoline ! Je suis dans un état... Tu ne nous as jamais offert ça, à nous !

Elle a un sourire canaille, la main sur la hanche,

la fesse provocante, la jambe hors de la jupe, cuisse comprise.

— Vous n'avez pas besoin de ça, mes agneaux. Vous m'aimez pour moi-même, vous.

Otto a de la chance. Le premier amateur que ramène Gwendoline est un échalas aux cheveux rouges qui, apercevant l'aguichante créature, laissa choir sur la grève les deux énormes sacs de blé qu'il coltinait sur son dos et entama sur-le-champ les préliminaires à une affaire où chacun était censé trouver son compte. L'accord, apparemment, s'étant fait à la satisfaction des deux parties, Gwendoline avait glissé sa petite main sous le bras du grand gaillard et l'avait conduit tout frétillant jusqu'à l'intérieur de la bicoque. La suite s'était déroulée suivant le plan prévu.

Pour son deuxième client, Gwendoline avait décidé de ne pas se laisser mener par les caprices du hasard. Ayant choisi avec soin, elle avait jeté son dévolu sur un jeune gars trapu, confortablement vêtu de lainages par ce matin frisquet, et dont les frusques aussi bien que la morgue dénotaient un rang social légèrement au-dessus du niveau des nautes et des débardeurs du port. La taille et la carrure lui ayant semblé correspondre parfaitement à celles de Loup, elle l'avait abordé. A son grand dépit, ses charmes si savamment mis en valeur n'avaient pas semblé opérer d'immédiat miracle. Dure à la peine, elle s'était acharnée, avait déployé un éblouissant numéro de séduction, et enfin, peut-être de guerre lasse, avait pu amener sa proie où elle avait décider de l'amener, c'est-à-dire à portée de gourdin. Aucun problème n'était venu compliquer la phase suivante des opérations.

Cette fois-là, elle avait eu un regard attendri pour sa victime, étendue sans connaissance. Un beau jeune homme, vraiment très beau. Elle avait soupiré, avait dit :

— Celui-là, j'aurais bien aimé lui donner un peu de bonheur, avant.

Elle s'était agenouillée, avait doucement baisé les lèvres inertes, et puis s'était relevée. Elle avait ajouté :

— Je crois que ça suffira comme ça. C'est trop méchant, ça me brise le cœur. Et puis, je vais finir par me faire remarquer. D'autant que j'ai aperçu deux ribaudes, des vraies, sans doute les gagneuses attitrées du coin, et qui pourraient bien finir par s'amener par ici... Moi, je reste en femme. Finalement, j'aime bien.

Otto, vêtu de frais, frise sa moustache. Du bout des doigts, il fait tourner Gwendoline devant lui, comme s'il achetait une esclave. Il dit :

— Je ne déteste pas non plus.

Enfin vêtus, et même armés — l'un des détroussés portait à la ceinture, outre l'inévitable scramasaxe, un solide couteau de chasse, à quoi il convient encore d'ajouter les deux gourdins qui furent à la peine —, et même non dépourvus de pécune — l'homme au couteau avait escarcelle bien garnie —, capuchon baissé, les traits brouillés par une barbe de dix jours, les fugitifs s'éloignent, en forçant l'allure, de ces lieux où leurs exploits récents, ajoutés aux griefs anciens, leur vaudraient la corde sans jugement. Gwendoline, tout en restant vêtue selon les usages de son sexe, s'est faite moins voyante.

Ils n'ont pas tenté de passer les ponts, n'en discernant pas la nécessité dans l'immédiat. Ils arpentent donc la rive gauche de la Seine, s'éloignant du port et de la grève vers l'amont, soit en direction de l'orient. La berge devient bientôt marécage et puis forêt, cultures et constructions cessant net aussitôt passé les collines couvertes de vignes de cette rive bien ensoleillée.

Lorsqu'ils se jugent suffisamment écartés des derniers faubourgs, ils font halte au cœur d'un épais hallier de coudriers qui les dissimule entièrement.

Conseil de guerre. Loup parle le premier, vieille habitude :

— Nous voilà donc en possession d'un secret. Un secret d'État, même.

Otto parle en second, autre vieille habitude :

— Des secrets d'État, nous en détenons tellement que nous ne savons plus où les mettre. Un de plus, un de moins...

— C'est vrai. Mais celui-là, déjà fort dangereux à connaître de par son existence même, nous avons, de surcroît, l'intention de faire opposition au projet criminel qui en constitue le cœur.

— Eh, oui. Nous sommes comme ça, nous autres.

— Bien. Maintenant, s'il vous plaît, comment ferons-nous pour nous opposer au complot de Thierry, ou, pour mieux dire, de Ragnacaire ?

— Je t'arrête. Tu mets la charrue avant les bœufs. Tu abordes la question des moyens avant celle des principes.

Gwendoline bat des mains.

— C'est très beau, ce que tu viens de dire ! Ça s'appelle de la logique. Ou peut-être de la rhétorique. Quelque chose de très beau, en tout cas.

Loup s'arme de patience.

— D'accord. Parlons des principes.

Otto compte sur ses doigts.

— Premièrement. Clovis est notre ennemi, notre ennemi mortel. Pour des raisons toutes personnelles de sa part, car il nous hait. Pour des raisons hautement morales de notre part, car c'est un abominable tyran, un faux jeton, un tueur, un dévorant.

« Deuxièmement. Son fils Thierry et son oncle Ragnacaire veulent abattre Clovis pour des raisons certes peu louables mais qu'il ne nous est pas donné de juger.

« Troisièmement. Les ennemis de nos ennemis sont nos amis. Thierry et Ragnacaire, devenant les ennemis de notre ennemi Clovis, deviennent par cela même nos amis. Dis-moi où je me trompe. Et nous irions faire la guerre à nos amis ?

Gwendoline se jette sur Otto, le couvre de baisers.

— Tu es magnifique ! Tu es un lion ! Tu peux redire ça, juste pareil ?

Otto reçoit ces louanges avec une modestie exquise. Loup se racle la gorge, c'est à son tour de parler :

— A ce principe, séduisant, certes, de par l'harmonie quasi musicale de sa symétrie, mais, à mon sens, un peu trop sèchement mathématique, j'en opposerai un autre, fondé, celui-là, sur l'empirisme le plus trivial, et qui s'énonce ainsi : Entre deux maux, il faut toujours choisir le moindre.

Gwendoline fait la moue :

— Ça manque de panache.

Otto fait le mauvais joueur :

— Et le moindre mal, ce serait Clovis ?

— Ragnacaire, c'est un Clovis aggravé de la guerre civile. Si la guerre est le pire des maux, la guerre civile est le pire du pire.

— Admettons. N'empêche que combattre le Ragnacaire, c'est donner un coup de main à Clovis... Tu auras beau dire, ça laisse un drôle de goût.

— Clovis n'en saura rien.

— Clovis sait toujours tout.

Gwendoline estime que la discussion a tendance à se perdre dans le labyrinthe des spéculations philosophiques. Elle le dit :

— Mes chéris, je considère comme dépassée, et donc oiseuse, la phase préliminaire de l'examen des principes de l'action. Le temps est venu de passer à l'action elle-même, c'est-à-dire aux moyens à employer.

Loup ne demande pas mieux.

— Allons-y ! Je commence. Que faire pour empêcher les émissaires de Thierry et de Ragnacaire d'effectuer leur travail de sape dans l'armée des Francs ?

— N'oublions pas que, de leur côté, les évêques travaillent activement les leudes pour leur faire accepter le baptême du roi et, si possible, les amener eux-mêmes au baptistère.

— Ils vont se crêper le chignon !

— C'est justement ce qu'il ne faut pas. Ce pourrait être l'étincelle qui allumerait la guerre civile tant désirée par Ragnacaire.

— Attends un peu, tu veux... Si j'ai bien suivi, au bout de tout ça nous allons aider Clovis à se faire chrétien ?

— Le moindre mal, toujours.

— Mouais... Tu parles d'une cause exaltante, pour des sans-dieu !

Gwendoline menace de l'index :

— Vous voilà repartis dans les paradoxes et les stérilités ! Arrivés à ce point, ce qu'il convient de se demander, c'est : « Comment allons-nous nous y prendre ? »

Otto, qui, au fond, n'objectait que pour le plaisir de la controverse, suspend les hostilités :

— D'accord. Je demande : « Comment allons-nous nous y prendre ? », et j'attends ta réponse.

Gwendoline s'illumine du sourire de la maîtresse d'école qui s'entend enfin poser la bonne question. Elle répond, en toute simplicité :

— Ça tombe bien, je l'ai.

Bien sûr, ils s'attendaient à quelque épate. Ils connaissent leur Gwendoline. Ils savent combien elle raffole des coups de théâtre. Ils savent aussi qu'elle n'épate pas avec du vent. Ils savent que, si elle le dit, c'est vrai. Elle affirme avoir la solution, donc elle l'a. L'air tout à fait détaché mais bien en chœur, ils articulent :

— Explique.

Ce n'est pas l'heure des coquetteries. Elle y va d'entrée de jeu :

— Les Bagaudes.

Ils se regardent, ils la regardent, sourcils haut levés, et, toujours en chœur :

— Les Bagaudes ?

— Eh bien, oui, les Bagaudes ! Vous ne savez plus qui c'est ? Vous les avez oubliés, on dirait[1].

— Disons qu'on a un peu perdu le contact. Le temps qui court trop vite, le service, les gosses... Tu sais ce que c'est.

— C'étaient vos amis.

— Ils ne le sont plus ?

— Quand ils le sont, c'est à tout jamais, vous le savez. Ils ne vous ont pas oubliés, eux. Ils voient en vous des héros. Quelque chose comme une légende vivante.

— Comment le sais-tu ?

— Je n'ai pas perdu le contact, moi. Je vais aux assemblées secrètes. Aux cérémonies. Je rends des services. Quand un coup se prépare, ils me font prévenir. Ils m'aiment bien, je crois. Surtout Vulpus.

— Vulpus !

— Vulpus, oui.

— Il est toujours là ?

— Plus que jamais.

— Il doit être bien vieux.

— Il faisait trop vieux quand il était jeune, aujourd'hui il fait plutôt jeune.

— Toujours bon pied, bon œil ?

— Et le reste !

— Cette vieille crapule !

— Cette chère vieille crapule, tu pourrais dire.

— On dirait que tu l'admires.

— C'est vrai, je l'admire. Et je sais pourquoi.

---

1. Les Bagaudes furent, dès le début de la conquête romaine, des bandes de paysans gaulois dépossédés, réfugiés dans les forêts, qui harcelaient le pouvoir et menèrent même de grandes insurrections, se rendant maîtres de provinces entières. Plusieurs fois écrasée, toujours vivace, la Bagaude sévit pendant tout l'Empire, fut réactivée par les Invasions puis, devenue société secrète, ici païenne, là chrétienne dévoyée, harcela longtemps les tenants du pouvoir (voir *Le Hun blond*).

— Tu proposes donc de faire appel aux Bagaudes ?
— C'est déjà fait.
— Quand cela ?
— Tout à l'heure.
— Ah, oui ? Nous ne nous sommes pas quittés. Je n'ai rien vu.
— Quand vous étiez dans la cabane, sous le pont, à attendre que je vous envoie de quoi vous rendre convenables.
— Quand tu faisais la pute, tu veux dire ?
— La fausse pute, si ça ne te fait rien.
— Oui, bon. La « fausse » pute. Alors ?
— Alors, j'ai repéré un frère. Un Bagaude.
— Ça se repère à quoi ?
— Vous avez vraiment tout oublié, l'un et l'autre, hein ? Ingrats... Ça se repère aux signes secrets.
— Tu as raison. J'ai oublié. Otto aussi. N'est-ce pas, Otto ?
— Beuh... Attends. Je crois me rappeler un truc... Ah, oui, voilà. On porte sur soi quelque chose à l'envers. C'est ça ?
— Bravo ! C'est un des signes, oui.
— Et ce gars l'avait ?
— Il portait un bonnet. Un bonnet de laine...
— Ils en portent tous !
— Tu me laisses finir ? A son bonnet, sur le côté, il avait accroché un bel épi de seigle. L'épi était tourné sens dessus dessous.
— A l'envers, donc.
— Voilà. J'ai cherché autour de moi. Il y avait là une cruche cassée, abandonnée sur le sable. Le gars me regardait...
— Il faut dire que tu étais quelque chose, comme spectacle !
— ... alors j'ai ramassé la cruche et je l'ai plantée le cul en l'air, en le regardant droit dans les yeux.
— A l'envers, la cruche !
— Comme tu dis.

— Il a compris ?

— Il a eu un sourire et a esquissé le signe de vérification.

— C'est-à-dire ?

— Je ne devrais pas vous révéler les signes, c'était à vous de ne pas les oublier.

— Nous sommes bagaudes de cœur, tu le sais bien, et puis, qu'aurais-tu à craindre de nous ?

Elle hausse les épaules :

— Votre bêtise, votre étourderie, votre manque de mémoire... Vous êtes des enfants. Enfin, bon, celui-là, je vous le rappelle. Le garçon a passé lentement, comme distraitement, l'ongle de son pouce gauche sur sa lèvre d'en bas, de droite à gauche. J'en ai fait autant. Nous savions alors ne pas nous être trompés, nous nous étions reconnus frère et sœur, enfants de la Grande Bagaude, compagnons du nuage qui va.

— Dommage que nous l'ayons laissé derrière nous. Et retourner là-bas serait trop risqué.

— Inutile. Il va nous rejoindre. Je l'attends.

— Comment cela ? Tu lui as fait le signe...

— Je lui ai fait le signe qui veut dire : « Suis-nous discrètement et rejoins-nous. » Il m'a répondu par le signe d'acquiescement. Et le voici.

Le voici. Nul bruit ne l'a annoncé, nul froissement de feuillage. Il se tient devant eux, surgi d'entre les taillis, comme sorti de terre. C'est un gaillard de taille moyenne, râblé, au poil châtain, aux yeux d'ardoise qui dénotent l'ascendance celtique. Il porte sur l'oreille le bonnet des nautes, orné — ils le remarquent, maintenant qu'ils sont prévenus — d'un épi de seigle planté à l'envers. Il a un chaleureux sourire pour Gwendoline, dévisage tour à tour Loup et Otto, lesquels ne croient pas pouvoir moins faire qu'esquisser le signe de l'ongle sur la lèvre censé dissiper toute équivoque. Le jeune gars rit :

— Ce n'était pas la peine. Je sais qui vous êtes. Mais ça fait quand même plaisir.

Il s'assied souplement sur la mousse, attend qu'on lui dise ce qu'on désire de lui. Il porte en bandoulière une mince courroie à laquelle pend une gourde de peau. Il boit le premier, comme le veut l'usage, afin de bien faire voir qu'il n'y a pas de poison, tenant haut à bout de bras la gourde d'où jaillit un mince filet qu'il s'envoie droit dans la gargamelle. La gourde passe à la ronde. Quand chacun a bu, on peut parler.

Le garçon se présente :

— Ingmar, fils de Rathaulf.

Gwendoline, à son tour :

— Gwendoline, fille de qui on veut.

Elle désigne les deux autres :

— Ceux-là, tu les as reconnus.

Il acquiesce d'un hochement de tête. Gwendoline va droit au but :

— Nous devons rencontrer Vulpus. Vite.

Ingmar ne montre nul étonnement. Il dit seulement, d'une voix égale :

— Tout enfant de la Bagaude rencontre Vulpus quand il le veut.

— Encore faut-il savoir où il se trouve.

Ingmar les regarde tour à tour, semblant peser le pour et le contre avant de prendre une décision. Il relève enfin la tête :

— Je vais vous mener à lui.

Peu avant de se diviser en deux bras pour envelopper l'île de Lutèce, cœur antique et vénérable de la fière cité des Parisii, la Seine reçoit les eaux de la Marne, noble et opulente rivière qui, avant de condescendre à s'unir au grand fleuve, fait la coquette, hésite, s'attarde sur la plaine en méandres nonchalants. L'un de ces méandres, le plus étiré, forme une boucle circulaire presque complète, que seule une infime ondulation de terrain empêche de se fermer. Jules César voulut supprimer cet obstacle afin d'éviter à ses nefs chargées de troupes et de ravitaillement d'avoir à parcourir en vain ce long périple qui les ramenait quasi à leur point de départ. Il ordonna donc de creuser, entre les deux points les plus rapprochés, un fossé navigable qui fit de cette presqu'île une île[1].

Deux bonnes heures de marche par les sentiers de la vieille forêt sauvage au cœur de laquelle se tapit le minuscule hameau de Vincennes, puis la traversée de la Marne sur une barque qui se trouvait là bien à point, invisible sous d'impénétrables retombées de ronces hérissées d'épines, ont amené les quatre compagnons au cœur même de la boucle fluviale. Là, perdues dans un fouillis de végétation exubérante où se laissait à peine deviner l'ancienne ordonnance de vergers et de cultures retournés depuis longtemps à la friche, ils ont trouvé les ruines de ce qui avait été vraisemblablement un monastère et qui n'était plus que pans de murs effondrés et enchevêtrement de poutres calcinées. Leur guide avait démasqué, à ras de terre, une ouverture bien cachée. S'y amorçait un escalier mangé de mousses et de fougères s'enfonçant dans le sol vers ce qui avait été une crypte ou, peut-être, une cave à vin.

Ils étaient descendus derrière Ingnar. Loup et Otto toute vigilance aux aguets, Gwendoline en totale insouciance, sautant à cloche-pied de marche en marche et chantonnant quelque berceuse celtique bien lugubre.

Une voûte puissante, crevée par endroits, des piliers trapus émergeant d'éboulis de pierrailles... La ruine et l'abandon. Toiles d'araignées pendant en lourds sacs noirs, vol de velours des chauves-souris dérangées dans leur sommeil, rats et crapauds... Toute une faune des décombres, des ténèbres et des suintements.

— Eh oui, c'est là tout ce qui reste de la florissante

---

1. Ce « fossé » était un canal, réaménagé plusieurs fois au cours des siècles, et qui donna son nom à la localité occupant le centre de la boucle : Saint-Maur-des-Fossés.

communauté mystique que la Horde massacra bien méticuleusement avant de mettre le feu aux bâtiments.

La voix a retenti quelque part derrière eux. Ils se retournent, un peu trop vivement, peut-être, pour des gens qui voulaient impressionner par leur flegme et leur désinvolture. Un homme est là, un vieux petit homme au crâne rasé, sans barbe ni moustache, vêtu d'une courte tunique de laine écrue qui pourrait être plus propre et où quelques accrocs laissent entrevoir des échantillons de peau brune tendue sur une sèche musculature. Cet homme a passé son bras autour des épaules de Gwendoline, il la serre tendrement contre lui et, ma foi, elle semble s'y prêter sans aucun déplaisir.

Tranquille, il s'avance, poursuivant son exposé :

— Je dis « la Horde », comme le veut la tradition. En fait, le seigneur Attila ni sa Horde ne sont jamais passés par ici. La trajectoire de leur course forcenée vers Orléans tirait beaucoup plus au sud. Ils n'ont jamais été une menace pour Lutèce, en dépit de ce que prétendent les adulateurs de dame Geneviève. Je tiens pour infiniment plus vraisemblable que les moines furent massacrés par d'autres chrétiens, d'une variété légèrement différente. Enfin, bon, on en a fait des martyrs, on en fera un jour des saints, la foule a besoin de beaux sacrifices.

Il se tait, content de lui. Ils l'ont écouté sans tenter de l'interrompre, connaissant fort bien l'oiseau. Il lâche Gwendoline, fait un pas, ouvre grands les bras. Tous deux s'y jettent.

Ils sont assis en rond autour d'un feu où achèvent de rôtir quelques venaisons. Ils sont repus, ils sont reposés, c'est ce que voulait Vulpus avant toute autre chose. Maintenant, on peut causer. Vulpus promène de l'un à l'autre un regard chargé de tendresse.

— Mes petits, vous avez besoin de Vulpus. C'est bien. Ainsi ai-je le bonheur de vous voir. N'y voyez nul reproche. Moi-même, je ne me suis guère manifesté. Je sais tout de vous. Celle-ci — il désigne Gwendoline, qui lui tire la langue — me tient au courant. Ne perdons pas de temps en excuses, regrets et salamalecs. Nous n'avons pas à nous dire que nous nous aimons, nous le savons, nous le vivons jusqu'au fond de la moelle. Ne déplorons pas les occasions manquées, réjouissons-nous de celle-ci, qui nous rassemble. Donc, puisque vous voilà, vous êtes sur un coup, peu importe lequel, et vous avez besoin de moi. Vive la Bagaude, je suis tout à vous, corps et âme, tripes et boyaux ! Allons, racontez-moi ça. Commence, toi, Loup.

Loup se sent maintenant tout à fait à l'aise. Il tranche dans le vif :

— Avant tout, Vulpus, nous devons savoir une chose.

— Je crois savoir laquelle. Mais dis toujours.

— Es-tu encore au service du roi Clovis ?

Vulpus a son sourire de renard. C'est un tic. Il prend le temps de boire un coup.

— Ça dépend.

— Ah, non, Vulpus ! Pas de ces simagrées. On y va franchement. Tu l'es, ou tu ne l'es pas ? Quelle que soit ta réponse, rien ne sera changé entre nous. Simplement, nous devons savoir, pour la suite.

— Quand je dis « Ça dépend », ça signifie : « Ça dépend aux yeux de qui. »

— Explique-nous un peu ça.

— Très simple. Aux yeux de Clovis, je suis à son service sans restriction, je suis son maître espion, son agent provocateur, son exécuteur des hautes et basses œuvres, son ambassadeur secret, son âme damnée, sa chose... A mes propres yeux, je n'appartiens à personne, je travaille pour qui me paie ou pour qui me plaît, je trahis qui me dégoûte, je change d'avis et de camp lorsque l'envie m'en prend. Je me suis un jour fait un serment : Quoi que je fasse, quoi qu'il puisse m'arriver, je n'aurai, dans mon for intérieur, jamais honte de moi, je ne me mépriserai jamais, je ne me haïrai jamais.

« Maintenant, que suis-je à tes yeux ? A toi de me le dire.

C'est Gwendoline qui répond. Elle le fait tout d'un élan :

— Tu es le père de la Bagaude. Notre père à tous. Cela me suffit.

Loup et Otto se regardent, hésitent, finissent par convenir avec ensemble :

— Si ça lui suffit, ça nous suffit.

— Voyons cette affaire.

— Clovis se prépare activement au baptême.

— Quelle nouvelle ! C'est le secret du pucelage de Messaline[1] !

— Peut-être, mais ça ne plaît pas à tout le monde.

— Ça non plus, ce n'est pas une révélation. Ils renâclent, mais ils marcheront. Clovis n'en demande pas davantage.

— Un complot est en train. Du sérieux.

— Le petit Thierry et tonton Ragnacaire ? Laisse-moi rire !

— Ah, tu savais ?

— Je suis Vulpus.

— D'accord. Tu es Vulpus, tu sais les choses avant même qu'elles ne soient décidées. D'accord, d'accord... Et nous sommes de petits enfants.

— Ne te vexe pas. J'ai des moyens que vous n'avez pas, c'est tout... Allons, suivez-moi. Je vais vous montrer quelque chose.

Vulpus se lève, agile comme un homme dans la force de l'âge. Ils le suivent. Pas très loin. Une ouverture arquée en plein cintre débouche sur une volée de marches de pierre disjointes qui plongent vers une cave plus profonde et plus petite que la première mais mieux épargnée des injures du temps. Dans un angle, une

1. Nous dirions aujourd'hui : « Le secret de Polichinelle ».

couche de paille faisant litière, un bloc de bois pour oreiller, une cruche et une écuelle posées à même le sol, le long du mur un étroit et long coffre de bois grossier, sans couvercle, d'où dépassent et se bousculent quantité de rouleaux de papyrus. Rien d'autre, sinon un étui de bois contenant de quoi écrire.

— Vous voilà chez moi.

Otto s'étonne :

— Je t'ai connu aimant assez tes aises, et même t'entourant d'un certain luxe. Or tu vis ici plus durement que ces ermites ascètes chrétiens qui offrent leurs macérations à leur dieu.

— On change. Vois-tu, pour moi, ce ne sont pas là macérations ou austérités purifiantes, mais tout simplement la façon de vivre qui me convient, me laisse libre de tout souci domestique, et donc me comble d'aise.

Il plonge le bras dans une fissure du mur, sans avoir à chercher, en ramène quelque chose qu'on ne peut voir. Dérangée dans ses méditations, une grosse araignée porte-croix court sur son bras. Il la saisit délicatement, la pose avec courtoisie sur une saillie de la muraille, la salue, tend à Loup son poing fermé.

— Sais-tu ce qu'il y a, là-dedans ?

Loup comme Otto ne peuvent que mimer leur commune ignorance, ainsi que leur bien vive curiosité. Vulpus desserre la main. Sur sa paume large ouverte, un minuscule bloc de cristal curieusement taillé allume une grappe de petits soleils.

— Qu'est-ce que c'est ?

— Une fiole. Rien qu'une fiole, une de ces babioles dans lesquelles les riches Romaines enfermaient les parfums et les onguents de jeunesse dont elles usaient avec excès.

Otto se penche :

— Il y a quelque chose dedans. De l'huile, on dirait.

— Mes chers petits, je vous prierai de donner à cette fiole, avec le plus grand respect, le nom consacré de « sainte ampoule », et à ce qu'elle contient celui de « saint chrême ».

— Drôles de saints ! C'est donc quelque chose qui a à voir avec les micmacs des chrétiens ?

Vulpus se fait quelque peu solennel.

— Dans cette fiole, il y a le destin de Clovis, qui n'attend que l'occasion de prendre son envol. Peut-être aussi le destin du monde... J'en connais plus d'un qui donnerait tout ce qu'il possède et bien au-delà pour savoir où se trouve en ce moment cet objet.

— Bigre ! A ce point-là ? Et comment cette... ampoule se trouve-t-elle entre tes mains ?

— Comment ? C'est mon affaire. Je ne divulgue pas mes façons de faire et tours de main. La bonne question est : pourquoi ? Or, ce « pourquoi » se rattache de façon fort curieuse à l'affaire qui cause votre tourment.

— Tu veux dire la conspiration de Thierry et de Ragnacaire ?

— Précisément. Le jeune Thierry a appris, va savoir comment, que le dieu des chrétiens...

Otto aime par-dessus tout la précision :

— Celui qu'ils appellent le Seigneur Christ Jésus ?

— Celui-là, oui, ou plutôt le Seigneur son Père qui est aux cieux, mais c'est le même bonhomme, ne cherche pas à comprendre, et surtout ne m'interromps plus, si ce n'est pas trop demander. J'essayais donc de dire que le dieu des chrétiens a fait parvenir tout spécialement à l'évêque Remi, par l'entremise d'un de ces messagers célestes qu'ils nomment « anges », cette sainte ampoule contenant le mystérieux saint chrême, baume unique élaboré dans les officines des cieux, onction magique qui donnera à celui qui en sera oint selon les rites quelque chose que n'ont pas les autres hommes, quelque chose qui fera de lui l'enfant bien-aimé de la divinité, son envoyé sur la terre avec tout pouvoir sur les autres hommes.

Vulpus se donne le loisir de boire un coup. Otto en

profite, ce n'est pas interrompre, et il tient à montrer combien il est bon élève :

— Accessoirement, si j'ai bien compris, cette onction fera de lui l'enfant bien-aimé des évêques et des prêtres, des diacres et diaconesses, des moines, moinesses et moinillons par toute l'étendue de la chrétienté, lesquels le feront vénérer du menu peuple catholique comme une émanation de leur dieu même, le soutiendront en tout ce qu'il lui plaira de décider et feront appliquer ses décisions. C'est bien cela ?

Vulpus ne peut qu'opiner. Ce qu'il fait de bon cœur.

— C'est bien cela. Le pape seul pourrait s'élever contre l'oint du Seigneur et annuler l'effet magique du saint chrême, mais bien sûr il ne le fera pas, puisque ce roi sera son plus ferme soutien, son bras temporel. Le roi oint sera au-dessus des rois hérétiques, au-dessus même de l'empereur qui, depuis sa Constantinople du bout du monde, émet la prétention de s'opposer au pape.

— Et cette sainte ampoule, c'est toi qui l'as.

— Comme tu vois.

— Que veux-tu en faire ? Tu ne crois tout de même pas à son prétendu pouvoir ?

— Mon fils, son pouvoir est bien réel. Seulement, il n'est pas là où l'on croit, et il n'a rien de magique. Savez-vous pour qui je l'ai dérobée ? Ou plutôt : savez-vous qui croit que je l'ai dérobée pour lui ?

Loup n'hésite pas :

— Thierry, cela va de soi.

— Bien deviné. Et que crois-tu que Thierry veuille en faire ?

— Se faire oindre par Remi, après baptême.

— Toujours exact. Et quel est le gros malin qui se figure qu'en réalité c'est pour lui qu'agira en fin de compte la magie du chrême ?

— Ragnacaire, qui éliminera son neveu Thierry, tout comme Thierry aura éliminé son père Clovis.

— Tu fais des progrès. Eh bien, voilà. Tout cela est enfermé dans cette babiole.

Vulpus fait sauter la « babiole » dans sa main.

— Et cette babiole, c'est moi qui en suis le maître. Le destin du monde tient dans le creux de cette main.

Tous demeurent silencieux, mesurant l'énormité de ce qui vient de leur être révélé. Loup, pensif, prend la parole, comme à regret :

— Vulpus ?

— Oui ?

— Tu ne comptes pas nous faire avaler cette farce de l'ange descendu du ciel avec sa petite bouteille ?

— C'est ce qu'a rapporté l'évêque Remi.

— Remi est un prosélyte enragé, une tête politique et un fameux manieur d'hommes. Il est aujourd'hui bien vieux. S'il pouvait, avant de mourir, connaître la joie suprême de baptiser Clovis et d'envoyer ce loup enragé, devenu chrétien, démolir le pouvoir des rois barbares ariens afin d'établir le triomphe de la secte catholique sur tout l'Occident, s'il pouvait assister à cela, il mourrait heureux. Idée fixe de vieillard, oui, mais d'un vieillard acharné et retors, d'ailleurs encouragé dans son délire et activement secondé par la femme Geneviève, qui elle-même tient la reine Clotilde sous l'emprise de son mysticisme sans concession.

— Tout cela, je le sais. Où veux-tu en venir, Loup ?

— A ceci que tout, là-dedans, pue le truquage à plein nez. Chacun dupe chacun et personne n'est dupe. L'évêque Remi et son ampoule magique, Clovis qui feint d'y croire, Thierry puis Ragnacaire qui s'amènent par là-dessus... Je ne vois là, moi, que jeux de princes, simagrées pour émerveiller et endormir les petits enfants, c'est-à-dire le bon peuple, le rendre docile à la main, trimant de bon cœur, payant l'impôt sans rechigner et se faisant crever la paillasse avec enthousiasme puisque c'est pour la bonne cause, celle de son roi et de son dieu.

« Vois-tu, nous nous sommes mis en route avec le dessein d'empêcher la guerre civile que préparent Thierry et Ragnacaire, car nous ne voulons plus que le sang des petits coule pour l'ambition des grands. Je crains que nos projets ne concordent pas. Dis-nous clairement, si tu le peux, quels sont les tiens.

Vulpus ne répond pas tout de suite. Il promène tout autour de lui un regard qui semble découvrir l'existence des choses pour s'en bien pénétrer. Il tient serré contre sa poitrine le poing qui enferme l'ampoule sacrée. Il lève l'autre bras, décrit un ample geste circulaire, comme pour faire apprécier l'état des lieux à d'éventuels visiteurs, et dit :

— Vous voyez ici ce qui reste, paraît-il, d'un monastère détruit par les Huns d'Attila, en réalité, je vous l'ai dit, par des chrétiens qui ne pensaient pas tout à fait de la même façon en ce qui concerne l'égalité du Père et du Fils au sein de la Trinité. Ce qu'on omet de préciser, c'est que ce monastère lui-même avait été construit sur d'autres vestiges.

Vulpus marque un temps. L'auditoire est attentif. Gwendoline, le pouce dans la bouche, a posé sa joue sur la cuisse du vieil homme.

— Quels vestiges ? Ceux d'un sanctuaire rustique voué au dieu inconnu, au dieu qu'il y a derrière tous les dieux, au dieu qui crée les dieux et qui les annule, au dieu que chaque être humain porte en lui, au dieu que les penseurs de la Grèce avaient su déceler, au dieu qui s'appelle raison, inquiétude, insatisfaction, besoin de savoir, besoin de comprendre, besoin de s'émerveiller... Qui honorait ce dieu ? Les meilleurs d'entre les Bagaudes. Ils ne le priaient pas, ne chantaient pas ses louanges, ne lui offraient pas de sacrifices, ne lui dédiaient pas de cérémonies, n'obéissaient à aucun rituel. Ils se réunissaient en ces lieux afin de comparer le fruit de leurs travaux, car chacun était expert en une branche du savoir, quelques-uns en presque toutes. Un seul dominait l'ensemble et en faisait la synthèse.

« Cependant les bandes bagaudes semaient le désordre et la terreur parmi les tenants de l'ordre oppresseur, qu'ils fussent les armées et les fonctionnaires de l'empereur romain aux temps du paganisme comme aux temps du triomphe du crucifié ou qu'ils soient les barbares chevelus surgis des immensités arides qui nous oppriment aujourd'hui. Paysans spoliés, esclaves en fuite, légionnaires déserteurs, ribaudes, filles violées, enfants abandonnés, tous les éplorés, tous les désespérés rejoignaient la Grande Bagaude. Ces bandes devinrent des armées. Armées de destruction, jamais de conquête. Non qu'elles détruisissent pour le plaisir de détruire, comme faisaient les Huns, mais pour instaurer un empire sans empereur, un ordre des choses sans une hiérarchie de profiteurs avec un despote tout en haut.

« La Bagaude connut de grandes victoires. Elle eut des provinces à elle, où elle supprima la monnaie, distribua les terres et imposa sa seule contrainte : la liberté. Elle fut vaincue à la fin, tout au moins sous son aspect combattant. Vous vous trouvez ici au cœur de ce qui fut sa capitale et devint son ultime bastion. Ici même, dans la boucle de la Marne[1], furent massacrés par les légions d'Aetius des dizaines de milliers de nos frères retranchés entre l'eau et l'eau. En n'importe quel endroit de ce lieu, il suffit de remuer la terre du bout du pied pour faire apparaître un crâne.

— Tu veux venger la Bagaude ?

— Je veux voir les loups se dévorer entre eux. Sauvagerie barbare contre fourberie romaine, violence chrétienne contre violence païenne, fanatisme catholique contre fanatisme arien... Je veux voir se déchirer à belles dents ces brutes sanglantes qui se valent toutes, les Clovis, les Ragnacaire, les Clotilde, les Geneviève, les Remi... Cyniquement avides ou pleines de bonnes intentions, toutes, au fond, ne veulent qu'une chose :

1. Historique.

le pouvoir. Imposer aux autres, à tous les autres, sa loi, sa foi, son dieu à soi et sa façon de le prier... Pieux prétextes qu'ils se donnent à eux-mêmes ! En vérité, ils ne sont mus que par une seule force : le besoin féroce de vaincre, de dominer, par la persuation, par le fer et par le feu, suivant tempérament.

« En me dévoilant l'existence et le rôle de l'ampoule, Ragnacaire et Thierry m'ont donné le pouvoir sur Clovis et sur eux-mêmes.

Tant de véhémence n'est pas dans les habitudes de Vulpus. Ils l'ont écouté sans mot dire. Dans le silence qui suit, Loup intervient :

— Comment comptes-tu t'en servir ?

— Ce qui est sûr, c'est que je ne la livrerai ni à Thierry, ni à Ragnacaire, qui l'attendent avec impatience. D'autre part, Remi, à l'heure actuelle, sait qu'elle n'est plus en sa possession. Il n'a pas encore osé en aviser Clovis. Il la fait chercher, mais il sait fort bien qu'elle a été volée. Il se demande par qui et dans quel dessein.

« Je vais faire savoir à Ragnacaire — c'est lui la vraie tête de l'association — que Clovis ne sera pas l'oint du Seigneur Christ. Ce gros païen est superstitieux comme tous les païens. Il croit que les dieux autres que les siens existent, sont rivaux des siens et luttent contre eux. Il croit à la magie que les dieux mettent dans les choses...

— Les chrétiens aussi, puisqu'ils croient aux vertus de l'eau bénite, des signes de croix, des reliques, et, là, du chrême.

— Eh oui. La tendance au magique est une dégénérescence de la foi dont aucune religion n'a pu se garantir. J'en reviens à Ragnacaire. Sachant que Clovis ne peut plus être protégé par le chrême de l'ampoule, il va sans attendre déclencher dans l'armée la grande sédition au nom des dieux du Walhalla. Comme l'ampoule sera restée en ma possession, je pourrai le menacer bien à mon aise de la restituer à Remi. Ce gros imbécile croira dur comme fer que, si je fais cela, la magie contenue dans l'ampoule, mise de nouveau au service de Clovis, se retournera contre lui.

— Bref, tu veux la guerre civile.

— Appelle ça comme tu voudras. C'est peut-être une chance pour la Bagaude.

— Avec toi comme chef.

— La Bagaude n'a pas de chef.

— Appelle cela guide, mentor, inspirateur... Ce ne sont pas les synonymes qui manquent. Sacrée soif du pouvoir ! Tu pervertis à leur insu les meilleurs d'entre nous.

Loup sent l'abandonner sa vénération quasi filiale pour Vulpus. Il se campe devant le vieil homme qu'anime maintenant une exaltation inquiétante, le prend aux épaules, se fait implorant, et puis impérieux :

— Vulpus, je ne crois en rien, et surtout pas aux dieux, quels qu'ils soient. Je suis simplement las des tueries et des calamités dues à la soumission du plus grand nombre exploitée par l'ambition de quelques voraces. Je n'ai pas la prétention de changer les loups en agneaux. Je sais qu'il faut prendre les êtres tels qu'ils sont, ne rien exiger au-delà de leurs possibilités et se contenter d'obtenir le moindre mal, au coup par coup.

« Tu veux mettre la Gaule, déjà exsangue et bien malade, à feu et à sang. Tu sais fort bien que l'incendie gagnera tout l'Occident, et même plus loin, car Wisigoths, Ostrogoths, Burgondes, Alamans, Thuringiens, Saxons et autres se jetteront sur le cadavre encore palpitant pour le dépecer, et s'y entre-détruiront. De proche en proche, le carnage gagnera les nations barbares éloignées. Le temps exécrable des massacres de peuples entiers et des destructions recommencera... Eh bien, cela, je ne le veux pas. Je sais pouvoir affirmer qu'Otto et Gwendoline ne le veulent pas.

« Que les hommes soient païens, qu'ils soient chrétiens, qu'ils croient en la Trinité ou n'y croient pas, qu'importe ? Ce sont de pauvres êtres, comme nous-mêmes, qui errent, perdus dans la nuit, qui ont peur, qui ne comprennent pas la mort, la souffrance et l'horreur de leur vie, qui refusent l'inconnu et se cherchent des pères tout-puissants qu'ils puissent prier ou engueuler.

« S'assurer le pain de chaque jour est déjà presque au-delà des forces humaines... Tout, tout, plutôt que la guerre !

Il tend la main, paume ouverte bien à plat :

— Donne.

Vulpus secoue la tête, sans un mot. Il se lève, recule, serrant son poing de toutes ses forces sur la fiole. Dans le mouvement, la tête de Gwendoline, soudain privée de l'appui du giron de Vulpus, heurte le sol. Elle fait « Aïe ! », saute sur ses pieds, donne un coup sec du tranchant de la main sur l'avant-bras de Vulpus, qui, à son tour, fait « Aïe ! », desserre le poing, laisse tomber la chose étincelante, que Gwendoline, preste comme un chat attrapant un oiseau au vol, happe au passage. D'un bond la voilà hors de la crypte, d'un autre elle se propulse loin du tas de ruines, et puis disparaît dans le fouillis végétal.

Vulpus, hébété, contemple sa main vide. Il se secoue, plonge le bras dans l'échancrure de sa tunique, en tire un maître poignard à la lame affûtée de frais. Il le tend, manche en avant :

— Tue-moi, Loup.

— Qu'est-ce qui te prend ?

— Il me prend que, cette fois, la Bagaude est bien morte. C'était sa dernière chance. Je ne veux pas lui survivre.

Loup n'en revient pas. Il éclate de rire.

— Vulpus, je te savais fier. Je ne te connaissais pas orgueilleux jusqu'au délire. Mourir enveloppé dans les plis de la Bagaude ! C'est de la tragédie grecque, et pas de la meilleure ! Allons, ne sois pas ridicule, range ça.

XV

Du haut d'un roc escarpé qui s'avance loin dans la mer, toujours agitée en cet endroit, le roi Grallon laisse son regard errer sur l'étendue onduleuse. Il a établi son séjour dans cette baie grande ouverte sur le large afin d'y attendre le retour de la nef du patron Raël, de ses précieux passagers et de son encore plus précieuse cargaison des reliques de la bienheureuse Ursule et de ses mignonnes compagnes. Il s'est attribué pour palais royal quelques-unes des cellules du monastère fondé là par saint Briomac'h[1], s'accommodant sans façon de cette austère rusticité qui est le train-train des moines. Chaque jour, le roi Grallon, parfois accompagné de la reine Galla, pousse sa promenade jusqu'à ce rocher que battent les vagues, et il se tient là, à guetter l'horizon.

Il commence à perdre patience, le roi Grallon. Il se laisse aller à rêver naufrage, mutinerie, feu à bord, pirates saxons — ces salauds ne respectent la fraternité pirate que lorsqu'ils ne peuvent vraiment pas faire autrement —, perfidies des sirènes et autres monstres marins... Enfin, ce matin-là, une voile monte à l'horizon, grandit, pointe droit sur la côte. Un roi d'Armorique se doit d'avoir des yeux de gabier. Le roi Grallon reconnaît bientôt la nef, d'autant qu'elle arbore à la

1. D'où le nom de la ville qui s'élèvera en ces lieux : Saint-Brieuc.

pomme du mât les couleurs convenues. Il ne sied pas à la majesté royale d'accueillir ses hôtes au débarqué, comme une fiancée éplorée. Le roi regagne donc ses appartements dans le monastère, tandis que la nef accoste en eau profonde à l'appontage de bois et que débarquent équipage et passagers.

On a débusqué pour le roi et la reine deux sièges à haut dossier qui servent au père abbé quand il reçoit le seigneur évêque ou quelque envoyé du seigneur pape. Le garde en armes qui se tient à la porte s'efface pour laisser entrer un moine. Le moine annonce :

— Le patron Raël.

C'est lui, en effet, mais un patron Raël amputé de l'allure conquérante du loup de mer foulant le méprisable plancher des vaches. Le patron Raël, pour la première fois sans doute, ne fait pas sonner haut ses talons sur les dalles. Le patron Raël baisse le nez. Pis que tout : le patron Raël est seul.

Le roi Grallon, sourcil froncé, se lève à demi et prononce les mots qui s'imposent :

— Que veut dire cela ?

Un homme de mer sait faire face au destin calamiteux aussi bien qu'au vent contraire. Le patron Raël ne tourne pas autour du pot, ne cherche pas à nier l'évidence. Il annonce :

— Seigneur roi, je suis seul.

Admirable franchise, qui ne fait qu'irriter le roi.

— Je le vois bien, que tu es seul ! Je voudrais seulement savoir pourquoi. Où sont les chefs de mes gardes ? Qu'en as-tu fait ? Les as-tu perdus comme on perd son bonnet ? Se sont-ils noyés ? Ont-ils déserté pour rempiler dans les armées de Clovis ? Ont-ils été charmés par les sirènes au chant perfide ? Ont-ils été dévorés par Léviathan[1] ? Se sont-ils entre-tués en duel ? Ont-ils trépassé du mal d'entrailles ? N'osent-ils

1. Nous dirions aujourd'hui : « ... par le Grand Serpent de Mer » ?

pas se présenter devant moi parce qu'ils ont échoué dans la mission sacrée par moi à eux confiée ? Et mes reliques ? Où sont mes reliques ? Tu ne portes nulle caisse contenant nulle relique... Parleras-tu, enfin ?

La reine Galla, très pâle, ses blanches mains crispées sur son cœur, a tressailli à chacune des terribles éventualités suggérées par son seigneur époux. Le patron Raël profite de ce que le roi reprend haleine pour répondre d'une seule phrase à toutes les questions à la fois :

— Seigneur roi, ils ont été enlevés par trahison, sur le chemin du retour, par des soldats du roi Clovis, alors qu'ils étaient descendus à terre pour se dégourdir un peu les jambes.

Il ajoute, écartant les bras en grand navrement :

— Nous n'avons rien pu faire.

Le porteur de mauvaises nouvelles n'est jamais au bout de ses peines. Annoncer la pénible chose au roi Grallon constituait certes une dure épreuve. Elle n'est cependant que menue contrariété auprès de celle qui vient juste après : l'annoncer à la famille.

Voilà. C'est fait. Il y eut moins de cris et de sanglots qu'on eût pu craindre. Cette famille n'est pas de celles où l'on crie et sanglote à grand bruit. On s'y renferme sur ses chagrins, on se les garde pour soi, tant pis pour les voisins. Tant mieux pour le patron Raël qui, ayant tout raconté par le menu, du moins tout ce qu'il sait, et estimant que prolonger sa présence ne ferait pas retrouver les disparus, gagne la porte à reculons, sans même avoir, ainsi que l'exige la bienséance, vidé son gobelet de cidre.

Émeric, le fils premier né de Loup, celui qui arbore, sur le visage d'un noir profond qu'il tient de sa mère Sassa, les larges pommettes mongoles et les yeux bridés transmis, par-dessus une génération, par le Hun Bouzil, premier époux de sa grand'mère Waldrude, berce la peine de sa mère, qu'il tient enlacée dans ses jeunes bras. Sassa pleure sans bruit. Les trois sœurs, Helminthe, Ingwinthe et Galwinthe, filles de Waldrude et de Gunther, dont les âges maintenant s'étagent de dix-sept à vingt-deux ans, se tiennent bras ballants, bouleversées, ne sachant que faire. Le vieux Gunther — il a passé les soixante-cinq printemps — voudrait dire des choses, il ne sait trop lesquelles. Émeric rompt le silence :

— Nous savons qu'ils ont été capturés dans l'estuaire du fleuve Seine. A coup sûr, ceux qui les ont pris — une bande de ces gens de guerre licenciés après la bataille de Tolbiac, d'après le patron Raël — l'ont fait pour, les ayant reconnus, les livrer au roi Clovis afin de toucher la prime. Ils les ont donc emmenés à Paris, où le roi réside. Or, je tiens de la reine Galla que sa sœur Clotilde, épouse, comme chacun sait, du roi Clovis, lui a fait savoir que le baptême tant souhaité du roi serait décidé et qu'il s'y prépare activement sous le catéchuménat de l'évêque Remi, à Reims. Si le roi est à Reims, il n'est pas à Paris. On peut raisonnablement penser qu'aucune décision concernant mon père et l'oncle Otto ne sera prise en l'absence du roi, qui, tel que nous le connaissons, ne voudra laisser à personne d'autre qu'à lui-même le plaisir de tenir en son pouvoir le Hun blond et son ami, de les faire torturer devant ses yeux et, pour finir, de leur fendre la tête de sa propre main, c'est un raffinement dont il raffole.

Sassa, à travers ses larmes, s'étonne :

— Tu es en commerce intime avec la reine Galla ?

Il rougit.

— Disons que je connais bien les esclaves du palais.

— Une en particulier, je suppose ?

— Et quand cela serait ? Mais laissons cela, ma mère, là n'est pas notre propos. Il y a une chance de sauver mon père et l'oncle Otto. Je veux la saisir. Je pars donc pour Paris.

— Et là-bas, que feras-tu, pauvre petit ?

— J'aviserai.

— Ils te tueront toi aussi, comme ils tueront ton père, comme ils ont tué ton grand-père Bouzil. Ces Parisii sont des bêtes féroces et des lâches. Clovis est la pire.

— Je sais tout cela. Ai-je le choix ? N'essaie pas de me retenir. Je pars.

La grand'mère Waldrude, dont la soixantaine proche n'a en rien altéré l'arrogante beauté, vient se ranger au côté d'Émeric, entoure ses épaules de son bras.

— Tu ne peux moins faire que ne ferait ton père s'il s'agissait de toi, tu ne peux moins faire que ne fit ton grand-père Bouzil quand il s'agissait de moi. Pars.

C'est un fier cavalier, aux yeux de basalte noir étincelant dans un visage noir comme la peste noire, qui se présente, arrivant par la grand'route des Armoriques, au pont reliant la rive nord de la Seine à l'île où se tasse l'antique noyau de la cité des Parisii. Le corps de garde placé à la tête du pont de bois l'arrête, lui demande d'où il vient, où il va, ce qu'il compte faire en ces lieux. Il répond volontiers qu'il est soldat de fortune et vient chercher de l'embauche dans les armées du roi Clovis, voire dans le corps d'élite des Antrustions. On le laisse passer et l'on fait signe aux gars du poste à l'autre bout du pont que tout est en ordre.

Le cavalier ténébreux, évitant les ruelles à coupe-gorge, traverse l'île de part en part sur la rue rectiligne qui joint d'un jet les deux ponts et, reliant ainsi les deux rives du fleuve, relie du même coup l'Europe du Nord à celle du Midi, le monde des brumes à celui du soleil[1].

Ayant franchi sans anicroche les postes de garde du

1. C'est la grande voie nord-sud, qui deviendra « rue Saint-Jacques » quand s'instaurera le pèlerinage à Saint-Jacques-de-Compostelle.

deuxième pont, le cavalier prend pied sur la rive gauche.

Émeric, fils de Loup, malgré la fatigue du voyage, piaffe de commencer ses recherches. Il laisse son cheval chez un maquignon qui accepte de le prendre en pension et se vêt de nippes grossières, ne conservant comme arme que le couteau des nautes et des débardeurs de la grève. Il promène son apparente nonchalance sur la rive gauche, par les sentiers bordés de vignes et de chais qui abondent autour de ce qui fut le colossal édifice des thermes de Julien, désormais promu palais royal.

Il débouche d'une sente traversière lorsqu'il rencontre, gravissant lentement la pente assez raide qui grimpe vers le sommet du Mons Cetard[1], une sinistre procession. Des guerriers francs lourdement armés entourent et serrent de près un pauvre hère qu'on mène pendre. La corde de chanvre lui enserre le col, tenue à l'autre bout par un gaillard aux formidables bras nus émergeant d'une tunique de fourrure dépourvue de manches. Un moine, capuchon rabattu, chemine au côté du condamné, lui présente un crucifix devant le nez et psalmodie des choses qui ne semblent guère avoir d'effet sur le moral de son client.

Tout près d'Émeric, quelqu'un, une femme, s'apitoie à mi-voix :

— Pauvre diable !

Sur le même ton, il demande :

— Qu'a-t-il donc fait ?

Il se tourne vers la femme. C'est une belle fille, attifée en servante de bonne maison, fraîche et accorte. Elle a un sursaut devant le visage d'ébène, sursaut vite réprimé : dans la ville capitale d'un roi puissant se rencontrent des figures de toute sorte. Les nègres même n'y sont plus si rares, esclaves enlevés d'Afrique

1. Le Mons Cetard est aujourd'hui la montagne Sainte-Geneviève, que couronne le Panthéon.

par les Romains et ayant fait souche, ou bien cadeaux envoyés en hommage par les nobles Vandales, seigneurs au pays des Maures... Elle a un sourire. C'est qu'il est beau gosse, cet inconnu, dans le genre ténébreux. Et si jeune... Elle en tâterait bien, rien que pour y goûter. Elle explique volontiers :

— C'est le geôlier de l'ergastule du palais. Il a laissé s'échapper des prisonniers très importants. Alors le roi Clovis le fait pendre, voilà [1].

Elle pose une main timide sur son bras.

— Tu sais, ça a été une drôle d'histoire. Je peux en parler, j'y étais. J'ai même eu drôlement peur, tiens ! Figure-toi qu'on est venu nous chercher, moi et deux copines, pour tenir compagnie à trois pauvres prisonniers qui s'ennuyaient, soi-disant. Moi, j'ai bon cœur, j'ai dit oui. Attention, je ne suis pas une ribaude, hé là, ne va pas croire ! Bon. J'ai vu tout de suite qu'il y avait du louche. Figure-toi qu'un des trois hommes était une fille. Oui, oui, je t'assure. Elle avait beau être habillée en homme, j'ai l'œil, moi. D'abord, elle était plus petite, alors que les deux autres, pardon... L'un était une grande perche avec des mains comme des battoirs à linge, l'autre un costaud trapu avec des yeux tout plissés, tu vois, comme ça...

Du bout des doigts elle tire la peau de ses paupières vers les tempes.

— ... et la fille, elle avait beau avoir des nichons tout petits tout petits, elle les avait bel et bien... Mais si tu veux, tu viens chez moi, je te raconterai tout, juste comme c'était.

Émeric a dressé l'oreille à la mention d'une garce délurée vêtue en homme, puis à la description des deux autres prisonniers. S'il veut en savoir davantage ? Comment donc ! Et puis la fille est vraiment mignonne,

---

1. Il semble bien que le secret de Thierry a été éventé, tout au moins en ce qui concerne le séjour de Loup et des autres dans l'ergastule, puis leur fuite...

elle s'est animée en parlant, ça lui fait des joues roses et des yeux brillants... Et puis Émeric a vingt-deux ans ! Et puis, et puis...

La soupente est étroite, mais fort propre. Gutrude — elle s'appelle Gutrude, oui —, nue, se blottit contre Émeric, nu. Blanc sur noir. Avec un peu de rose, très peu. S'ils se voyaient, ils s'admireraient... La paille blonde tout autour.

Les heures ont passé, comme elles passent. Émeric se souvient qu'il est venu pour tout autre chose. Gutrude ne tient pas à ce qu'il se souvienne. Elle pressent que cette aventure qui fut en partie sienne et qui coûte aujourd'hui la vie au geôlier n'est pas sans lien avec la présence en son logis du merveilleux amant noir. Elle craint que, son besoin de savoir satisfait, l'amant noir tombé du ciel ne la quitte pour courir vers des destins qu'elle pressent sinistres.

Mais il questionne. Docile, elle raconte :

— Ce fut d'abord très agréable, très doux. Des hommes qui nous aiment, je veux dire qui se soucient de nous, qui pensent à notre plaisir avant le leur, des hommes que notre seule présence rend déjà heureux... Je m'exprime mal. Des lions qui seraient aussi des petits enfants, si tu vois.

Elle prend sa main entre les siennes, la baise avec ferveur.

— Comme toi.

Émeric se dit, les larmes aux yeux, que c'est à son père qu'elle le compare, qu'elle l'égale. Il lui vient un grand élan de tendresse pour ce corps dont son père a connu la merveilleuse jeunesse, pour ces lèvres dont il a goûté la fraîcheur, pour ce ventre qu'il a pressé contre son ventre, pour ces odeurs qu'il a humées comme lui-même les hume, pour ces sucs qu'il a bus comme il les boit, à longs traits, avec adoration.

S'ensuit une interruption de la narration, ponctuée de soupirs et de cris de haut plaisir, et suivie d'un long silence comblé. Mais Émeric est homme de devoir. Vient l'instant où il questionne derechef. Avec un soupir, Gutrude reprend son récit :

— Ce ne fut pas agréable, ce fut merveilleux. Et voilà que, tout soudain, le mien, je veux dire le trapu aux yeux comme les tiens, lève la main et dit : « Maintenant ! » Aussitôt, bien ensemble, mais sans brutalité, ils nous ligotent avec leurs propres vêtements déchirés en lanières, nous bâillonnent, nous ordonnent de rester bien sages, se vêtent de nos frusques de femmes — j'ai compris alors pourquoi la grande Ermelinde, qui n'est pas des plus jolies, faisait partie du lot : le grand type maigre ne pouvait entrer que dans ses vêtements, et bien juste, encore !

« Ils ont frappé à la porte, on leur a ouvert avec des plaisanteries sales, ils se sont faufilés dehors en rasant le mur, enveloppés dans leurs capuchons comme des femmes honteuses de ce qu'elles ont fait, et voilà, ils s'évadaient.

« Quand la chose s'est découverte, nous avions grand'peur d'être punies, fouettées, pendues, peut-être. Mais non. On s'est contenté de nous dire de nous taire. Pour le geôlier, il n'en a pas été de même, on dirait.

— Qui est ce « on » ?

— Je ne peux pas le dire.

Elle a blêmi. La peur est dans ses yeux. Émeric n'insiste pas.

Ils se sont évadés. Bon. Ils ne sont pas morts. C'est déjà ça. Où sont-ils allés ?

Émeric descend à la grève. Il regarde s'activer tous ces gens qui vivent du trafic du fleuve. Il ne peut s'ôter de l'idée que son père est passé par ici. Pourquoi pas — autant ça qu'autre chose — questionner prudemment quelque habitué des lieux, par exemple une servante de cabaret ? Il s'y décide, lorsqu'une main se pose sur sa manche. C'est une femme, plus très jeune, lourdement fardée, les cheveux haut coiffés décolorés à la potasse à la manière des Franques, les gros seins qu'on devine flasques serrés l'un contre l'autre et jaillissant hors de l'échancrure de la tunique, les jambes dévoilées jusqu'à mi-cuisse par la fente de la robe. Il n'y a pas de telles femmes au pays du roi Grallon, pourtant Émeric la reconnaît pour ce qu'elle est : une prostituée, une ribaude. Elle murmure :

— Tu n'es pas un esclave. Ni un affranchi. Tu es un homme libre, un guerrier, malgré tes frusques. Tu cherches une femme. Tu l'as trouvée. Viens chez moi, tu seras content. Viens, seigneur de la brûlante Afrique.

Il dégage son bras. Il entend, tout près, un cri de douleur, puis d'autres, et des bruits de coups. Des cris de femme. Il voit alors, devant une cabane de bois édifiée contre la pile du pont, un fort gaillard, vêtu avec recherche d'une tunique de soie et de braies de laine fine, des colliers au cou, des bagues aux doigts, des breloques d'or un peu partout, en train de rouer de coups de poing une femme qui, visiblement, exerce le même métier que celle qui vient de l'aborder. Elle hurle, ruisselante de sang, le visage en bouillie, finit par s'écrouler sur le sable souillé d'immondices. L'homme ne cesse pas pour autant, il la bourre de coups de pied, ramasse une douve de chêne qui traîne là et cogne comme un furieux. Furieux, il l'est, d'une fureur muette et concentrée. Ses yeux font peur.

Émeric veut s'élancer. La femme, des deux mains, se cramponne à son bras, lui soufflant à l'oreille :

— Ne t'en mêle pas ! Tous les maquereaux de la grève te tomberaient dessus et te tueraient. Elle a manqué à son homme, elle paie. C'est juste.

— Manqué ?

— Paie-moi un verre, je te raconte. Après, on fera affaire ou on ne fera pas. A toi de voir.

Émeric n'aime guère le vin. Il préfère le cidre, il y est habitué depuis l'enfance. A Paris, on boit du vin, rien que du vin, le vin suret des vignes de la rive gauche. Et bon, à Paris comme à Paris !

La fille fait honneur au pichet. Elle pose son gobelet, claque de la langue, fait « Ah ! », se penche, histoire de mettre en valeur la marchandise qui déborde de son corsage, prend un air qu'elle juge mutin et qui dit « Vraiment pas ? ». La moue d'Émeric répond « Vraiment pas. » Sa bouche dit :

— Raconte.

Elle soupire :

— Si tu y tiens. Hier, ce gars s'est fait salement avoir. Il y avait sur la grève une espèce de salope, arrivée par ici va savoir comment, qui s'amène comme une fleur et nous fauche les clients. Sous notre nez ! Ça, alors !

— Elle était comment ?

— Peuh ! Une sauterelle plate comme ma main, noire de poil, rien que du sec, de l'os avec pas grand' chose autour, tu vois le genre... Oui, ben, cette araignée-là nous soulevait les michetons, fallait voir. La nouveauté, n'est-ce pas ? Les hommes sont cons, mais cons... Je voyais le manège. Elle les embarquait dans la cabane du fonctionnaire du port, qui n'est jamais là tôt le matin. Marcus — c'est le gars qu'on cause de, Marcus, en fait c'est un déserteur burgonde, il s'est collé un nom latin pour faire riche, tu parles ! — Marcus, donc, qui est l'homme de Lucinde, avise l'entourloupe, aborde la grenouille, se fait passer pour un client avec l'idée de savoir si la môme avait un homme ou pas, puis de régler ça avec l'homme ou, sinon, d'atteler Madame à sa propre charrette. Il suit donc la grenouille dans la baraque, et là, surprise — on l'a su après —, deux gros durs lui tombent dessus, lui cabossent la tête et, pendant qu'il naviguait dans les pâquerettes, lui fauchent ses loques et se barrent avec. De quoi l'avoir mauvaise, non ? A ton avis ?

— Ce n'est pas une raison pour battre cette pauvre fille.

— Elle n'avait qu'à ouvrir l'œil et mettre son homme au courant. Moi, tiens, je l'avais bien vu qu'il y avait du pas clair. Cette sauterelle faisait la pute, mais c'était pas son métier, ça crevait les yeux. Et puis, hein, quand l'homme est contrarié, sur quoi veux-tu qu'il cogne, pour se soulager les nerfs ? Sur sa femme, t'as raison. C'est fait pour ça.

— Les deux gros durs, tu les as vus ?

— Juste aperçus. Un long, un trapu.

Émeric, dans sa tête, fait le décompte : Otto, Loup, Gwendoline. Allons, il y a de l'espoir !

La fille se lève, dit : .

— Alors, c'est non ? Tant pis. Ça doit être spécial, avec toi. Je t'aurais fait un prix. Bon, ben, faut que j'y aille, mon homme doit commencer à se poser des questions. Merci pour le coup à boire.

Elle s'en va. Émeric vide son gobelet, avec une grimace. Ce n'est pas parce qu'on n'aime pas le vin qu'on doit laisser perdre la marchandise, il a été élevé dans les bons principes. Et puis, le vin bu jusqu'à la dernière goutte, il retourne le gobelet de terre cuite sur la table, cul en l'air, vieille coutume celte qui proclame qu'on a assez bu comme ça.

Un jeune gars, assis sur l'autre bout du long banc à l'autre bout de l'unique longue table de sapin brutal, a remarqué le geste. Il porte sur l'oreille un bonnet décoré d'un épi de seigle renversé. Il se lève, enjambe le banc, vient jusqu'en face d'Émeric, enjambe le banc dans l'autre sens, se rassied, vide le gobelet qu'il a apporté avec lui et le retourne d'un geste martial, cul en l'air, sur la table, tout en fixant Émeric droit dans les yeux. Émeric sourit. Un pays ? Il lui demande, en celtique d'Armorique :

— Tu es de par chez nous, camarade ?

L'autre n'a pas l'air d'avoir compris. Il se passe légèrement l'ongle du pouce sur la lèvre, ce qui donne à Émeric des démangeaisons au même endroit. Émeric, de l'ongle, se gratte la lèvre. Le gars, en face, s'épanouit. Il dit, en un latin rocailleux mêlé de francique de caserne :

— Tu cherches quelque chose, frère ?

Émeric, habitué à la simplicité de mœurs des landes d'Armorique, ne s'étonne pas de la question. Il répond en toute simplicité, sans toutefois se livrer plus qu'il ne faut :

— Ça se pourrait, camarade.

L'autre a le sourire entendu de celui qui comprend les choses avant qu'on les lui dise.

— Si je te disais que je sais ce que tu cherches, et que même je sais où ça se trouve ?

— Je dirais que tu lis dans ma tête, camarade.

Le gars se lève, enjambe le banc :

— Suis-moi. Je t'y mène.

Émeric, encore sous le coup des confidences de la ribaude, voit la ville grouillante d'aigrefins, de coupe-jarrets, d'assommeurs... Il tente une épreuve :

— En admettant que je cherche quelque chose, de combien d'objets pourrait se composer ce quelque chose ?

Le jeune homme n'hésite pas :

— Trois. Un long, un trapu, un fendu.

« Un fendu » ! Cela fait sourire Émeric. En tout cas, l'épreuve lui semble suffisamment concluante. Et puis, au point où il en est, autant cette piste-là qu'une autre. Il dit :

— Tope là, camarade. Je te suis.

Deux heures de marche à travers bois les ont amenés dans la grande boucle de la Marne, aux abords du sanctuaire secret de la Bagaude. Le jeune gars à l'épi de seigle — son nom est Ingmar, Émeric vient de l'apprendre —, qui, jusque-là, a marché d'un pas gaillard, suivant sans hésiter d'invisibles sentiers, se fait soudain circonspect, puis s'arrête. Quelque chose ne va pas. Il arrondit ses deux mains en conque autour de sa bouche et lance à voix ténue le cri du chat-huant. Un chat-huant chassant en plein jour, ça se remarque ! Nul cri ne lui répond. Il se tourne vers Émeric, le doigt sur les lèvres, lui fait signe de se déplacer sans bruit. Émeric sait faire cela. Son père et Otto l'ont formé à toutes les ruses de la guerre, de la chasse, de l'embuscade. Courbés à ras de terre, ils parviennent à l'orée de la clairière où se dressent les ruines du monastère. Ingmar, soudain, abaisse la main. Émeric se fige sur place, regarde à ses pieds. Un cadavre. Hérissé de flèches.

Ingmar s'aplatit au sol. Émeric l'imite. Ils écoutent, longuement. Nul autre bruit que le sifflet des merles, que le vent dans les ramures. Ils avancent en rampant, tous sens en alerte, parmi les ronces et les armoises, jusqu'au trou d'accès à la crypte. Là, plusieurs corps gisent dans l'herbe ou sur les marches de l'escalier, des corps qui n'ont pas eu le loisir de se défendre, massacrés tous d'un seul coup, par surprise. Les assassins devaient être nombreux et fort bien renseignés. Le sol est piétiné, les buissons alentour saccagés. Le sang a giclé haut et dru. Il éclate sur les vieilles pierres en soleils écarlates, dégouline en longues stries verticales jusque dans la terre qui le boit avidement.

Ils découvrent Vulpus en dernier, dans la plus profonde des cryptes, celle qu'il désignait comme sa « cellule ». Il a vu venir les tueurs. Il n'a pas tenté de résister. Il gît sur le dos, les yeux clos, suprêmement serein. Un maître coup de hache lui a défoncé la poitrine, broyant les côtes, mettant le cœur à nu.

Ingmar n'a pas un cri, pas un mot. Ses poings sont blancs tant il les serre. Sur son visage, la rage l'emporte sur le chagrin. Une rage terrifiante, qui lui crispe les mâchoires à les briser, une rage impuissante qui ne sait contre qui se tourner.

Émeric demande :

— Qui était-ce ?

— On l'appelait Vulpus.

— Mon père m'a parlé de lui.

— Vulpus mort, la Bagaude est morte.

— La Bagaude ?

— Ton père ne t'a pas tout dit. Pourtant, tu connais les signes.

— Les signes ?

— N'en parlons plus. Je dois savoir qui a fait ça. Et puis je vengerai Vulpus.

— Mon père est un des trois que tu as aidés. Le « trapu ».

— Je m'en doutais. Un air de famille, malgré la couleur. Cherche s'il est là-dedans. Je vais t'aider. Mais attention, il peut rester des salopards embusqués dans les ruines.

Ils cherchent. Émeric n'avait encore jamais été confronté à un cadavre humain. L'horreur peu à peu le submerge, et puis l'épouvante quand il prend conscience que c'est son père et ses amis qu'il cherche parmi ces morts. A chaque corps découvert une angoisse lui broie le cœur, il n'ose le regarder au visage. Il le faut, pourtant.

Quand tous les recoins ont été visités, ils doivent bien convenir que ni Loup, ni Otto, ni Gwendoline ne figurent dans cet abattoir. Ce qui ne prouve nullement qu'ils sont vivants. Peut-être sont-ils allés se faire égorger ailleurs... Émeric chasse cette pensée. Ils sont venus ici, c'est certain, puisque Ingmar les y a accompagnés. Sans doute en sont-ils partis avant le massacre ? C'est cela qu'il faut se dire, à cela qu'il faut se cramponner. Il passe son bras autour des épaules d'Ingmar.

— Camarade, je dois te quitter. Il me faut retrouver mon père.

Le jeune gars, comme tiré d'un cauchemar, le regarde sans comprendre, et puis, reprenant pied, il répond :

— Il faut que je te dise. Tu sais que j'ai amené ton père et ses amis ici. Ils voulaient rencontrer Vulpus. Je les ai laissés seuls avec lui. Je ne craignais rien : il les a accueillis tous trois en amis tendrement chéris, je dirais comme ses propres enfants. Cependant je suis resté à portée de voix. Vulpus a coutume de ne rien me cacher. J'ai donc entendu leur conversation. Il s'agissait d'une espèce d'objet fétiche, un flacon contenant un liquide magique sans lequel le baptême du roi Clovis ne pourrait avoir lieu, ou, en tout cas, ne serait qu'un baptême ordinaire, qui ne mettrait pas Clovis au-dessus de tous les autres rois comme le fils bien-aimé du dieu des chrétiens et son représentant sur la terre, je ne sais pas si j'ai tout compris. Des trucs de politique, tu vois... Vulpus avait l'objet, il l'avait subtilisé à l'évêque Remi, à Reims, et devait le remettre au seigneur Ragnacaire, qui est l'oncle du roi Clovis. Ton père a réussi à le persuader de n'en rien faire mais, au contraire, de le lui confier pour qu'il s'en aille le rendre à Remi afin d'éviter la guerre civile et de grands malheurs pour le menu peuple du royaume franc. Vulpus a fini par se laisser convaincre. Je n'en sais pas plus. Je suppose que ton père et ses amis ont aussitôt pris la route de Reims. Moi, j'étais reparti pour la grève où je gagne mon pain à charger et décharger les nefs marchandes.

— Enfin ! Un indice ! Je cours reprendre mon cheval et je galope vers Reims. C'est bon de savoir quoi faire !

— Ça, c'est bien vrai ! Il n'y a rien de meilleur !

Émeric sursaute. Ce n'est pas Ingmar qui a dit cela !

Eh, non. Ce n'est pas Ingmar. C'est un puissant bélître à la panse arrogante, richement vêtu, ruisselant de clinquaille d'or et de pierres qui brillent, surgi va savoir d'où en même temps qu'une trentaine d'estafiers de mauvaise mine, tous puissamment armés de ferrailles diverses uniformément dégouttantes d'un sang qui commence à se prendre en noirs caillots. Le même sang imbibe leurs tuniques et leurs braies, barbouille leurs hures, leur fait jusqu'aux coudes des gants vermeils qui déjà virent au brunâtre et s'écaillent.

Émeric, d'un bond, s'adosse au mur croulant, couteau au poing. Trente lames ensanglantées convergent aussitôt vers sa poitrine et son tendre ventre. Le gros pendard éclate de rire.

— Mieux vaut te tenir tranquille, petit. Personne ne te fera de mal sans ma permission. Or, je n'ai pas l'intention de la donner. Vois-tu, vous venez d'avoir, ton ami et toi, une conversation bien intéressante. Je désespérais de mettre la main sur cette sacrée fiole, et voilà que vous me rendez l'espoir et la joie de vivre !

« Ainsi donc, ton propre père, c'est-à-dire ce Hun blond qui fut fameux en son temps mais qui trahit vilainement son roi et mordit la main qui le nourrissait, ton père bien-aimé, disais-je, détient présentement la sainte ampoule. Que voilà une excellente nouvelle !

« Écoute ça. Ton père a l'ampoule, et moi je t'ai. Je sais combien l'esprit de famille est fort, chez vous. Je ne doute pas qu'entre l'ampoule et toi, ton père ne fasse le bon choix. Ce choix sera tel : ou bien il me restitue cette ampoule, ou bien je t'égorge devant ses yeux. A la réflexion, je pourrais aussi prendre le loisir de te découper en petits morceaux, ce serait amusant. Un doigt, puis l'autre, puis le nez, puis un œil... Jusqu'à ce que papa décide que ce qui restera de toi vaut encore la peine. Sinon, j'irai jusqu'au bout. Que veux-tu, il faut de la suite dans les idées, sans quoi on n'arrive à rien, dans la vie.

La situation se trouvant ainsi clairement exposée, Émeric ne voit pas ce qu'il pourrait ajouter. Il estime cependant qu'il importe de river son clou à ce porc chamarré.

— Je connais mon père. Il ne cédera pas. Autant m'égorger tout de suite, ou me découper, puisque tu as l'air d'aimer ça, grosse enflure.

Un des gougnafiers lui laisse tomber sur la joue un vicieux coup du plat de l'épée.

— On dit « seigneur roi » quand on cause au seigneur roi Ragnacaire.

— Merci pour le renseignement. Eh bien, sache que

je t’emmerde, seigneur grosse enflure Ragnacaire. Finissons-en. Tue-moi ou ne me tue pas, mais sache que, pour m’avoir seulement menacé, tu auras au cul pour toujours la vengeance du Hun blond.

Ayant ainsi conclu avec panache, Émeric veut savourer l’effet de ses mâles paroles sur le visage admiratif d’Ingmar. Il regarde à droite, à gauche. Mais d’Ingmar, point. Il a disparu.

XVI

Deux cavaliers galopent sur la vieille voie romaine qui, partant de Paris, gagne Reims, Metz, Strasbourg et, par-delà le *Limes* du Rhin, la vieille Germanie. Ils ont contourné Senlis, ils ont contourné Soissons, grosses villes fortifiées où il leur aurait fallu montrer patte blanche. Ils ont traversé des bourgs et des villages encombrés de porcs, de volaille et de gosses piailleurs... En fait, s'il y a bien deux chevaux, ils sont montés par trois cavaliers, soigneusement emmitouflés malgré le temps clément, dont un en croupe. C'est ce dernier qui, d'une voix que rythme le galop, donne à ses compagnons la primeur de ses impressions de voyage :

— S'il manque un cheval et qu'il faut que l'un de nous monte en croupe, la croupe est pour moi, à tous les coups ! Eh bien, je peux vous dire, au cas où vous ne le sauriez pas, qu'on est fort mal, en croupe. Surtout une fille. Or, il m'arrive d'en être une, quand ça vous arrange. Sachez qu'on se tale les fesses, qu'on s'écartèle les cuisses — ça a un gros cul, un cheval, un très énorme gros cul, je vous l'apprends —, et qu'on s'écrase sauvagement les parties délicates que nous avons par là, nous, les filles. Il se pourrait que chevaucher en croupe rende les filles inaptes à l'acte de chair, savez-vous bien ? Si vous devez un jour enlever une belle princesse, posez-la devant vous, entre selle et encolure, surtout pas en croupe.

— Tu n'es pas une princesse, Gwendoline.

— Et ce n'est pas le roi ton père qui nous court au cul, mais les sbires de Ragnacaire.

— Quels sbires de quel Ragnacaire ? Pourquoi nous courraient-ils sus ? Qui sait que nous transportons... ce que nous transportons ?

— Si ce ne sont ceux de Ragnacaire, les sbires du roi Clovis y suffisent bien. N'oublie pas qu'en pays franc nous sommes partout des proscrits, des félons... La bosse sur mon crâne me le rappelle à chaque cahot qui la fait heurter mon casque.

— N'empêche qu'on pourrait me laisser monter en selle, de temps en temps. Toi, Otto, tes grandes tiges de sauterelle se prêtent sans peine à l'écartement de la croupe.

— Oui, mais, sans étriers, mes pieds traînent par terre. Ça freine.

— Tes mignonnes parties délicates n'auront plus longtemps à souffrir, Gwendoline. Reims n'est plus loin.

— Quel bonheur ! Mais il y a quelque chose de plus près encore. Regardez un peu droit devant.

Gwendoline a des yeux de chat sauvage. En écarquillant les leurs, Loup et Otto finissent en effet par repérer une certaine masse indistincte en travers de la route, loin devant. Ils mettent leurs chevaux au pas. La masse encore informe semble alors se mettre en mouvement, avançant vers eux. Gwendoline annonce :

— Il y en a autant derrière, mais plus près.

Ils se tournent. Une autre masse barre la route en arrière, celle-là parfaitement distincte en ses éléments constitutifs. Ce sont gens de guerre lourdement montés, férocement armés, serrés au botte à botte sur de puissants chevaux aux sabots entortillés de chiffons et de paille. Tous se taisent. Tous ont des gueules sinistres. Ce joyeux petit monde est sans doute sorti de l'ombre propice d'un bosquet de cornouillers dont le léger feuillage frissonne encore.

Loup constate :

— Eh bien, tu as ta réponse, Gwendoline.

— Attends, attends... Tu vois tout de suite le pire. Qui te dit qu'ils sont là pour nous ?

Les deux groupes de cavaliers sont maintenant tout contre. Quelques-uns d'entre eux s'avancent de part et d'autre de la chaussée, effectuant la jonction des deux moitiés de ce qui constitue, on n'en peut plus douter, une seule embuscade. Dans le mouvement, les chevaux du premier rang se sont écartés, découvrant une ouverture par laquelle s'avance un corpulent cavalier, copieusement garni sur toute sa vaste personne de cette abondance d'or et de joyaux qui désigne un Franc de haut rang. Loup murmure :

— Ragnacaire.

Eh, oui. Ragnacaire en personne. Qui prend la peine de rectifier :

— Le seigneur roi de Cambrai Ragnacaire, si ça ne te fait rien. Tu galopes bien, Loup, mais, avec une femelle en croupe, tu vas quand même beaucoup moins vite que moi, qui ne crains pas de crever les chevaux des relais royaux et qui n'ai pas à contourner les villes et à me cacher des postes de guet. Je suis arrivé avant toi, largement à temps pour recruter sur place ces bons bougres qui te tiennent de présent en respect, Hun blond, sale renégat. (Il crache.) Tu tiens tête à quatre bonshommes, paraît-il. Otto de même. A mon avis, vous devez être un peu rouillés, mais admettons. Cela fait huit en tout, si je sais compter. En voici vingt. Qu'en penses-tu ?

Ce n'est pas vraiment une question. Loup ne juge pas utile d'y répondre. Gwendoline compte sur ses doigts. Elle n'est pas d'accord avec l'arithmétique de Ragnacaire, et le dit :

— Tu m'oublies, grosse vache. Mets-en six de plus, ce qui fait quatorze.

Ragnacaire goûte la plaisanterie. Il rit à pleine

gueule, imité par les vingt terribles. Impassible, Gwendoline ajoute :

— Compte le double si nous sommes en colère.

Le succès est plus modéré. Le public commence à se blaser. Ragnacaire esquisse un rictus de pure politesse, pressé d'entrer dans le vif du sujet.

— Hun blond, tu as en ta possession une chose qui devrait être en la mienne. Pour le juste équilibre, j'en ai une qui devrait être en la tienne.

Loup s'attend à quelque rodomontade. Tel qu'il connaît le gros prétentieux, celui-ci ne peut se contenter de tuer le monde et de se servir. Il faut qu'il fasse le malin, qu'il dandine son fessier massif en lançant ce qu'il estime être des mots d'esprit. Loup prend patience, se dispose à employer le temps perdu en calembredaines pour étudier les positions et combiner une tactique, on ne sait jamais, histoire de voir si vraiment il n'y aurait pas moyen de voir à voir... Mais, aujourd'hui, Ragnacaire ne joue pas le jeu. Sans un mot, il tire sur une bride dont il tenait le bout dans la main, à l'autre bout de la bride il y a un cheval, un cheval qui, docile, fait un pas en avant, un cheval sur lequel...

Sur lequel se tient le plus magnifique échantillon de croisement afro-asiate réussi, ficelé comme saucisson [1], redressant le dos, bombant le torse et portant haut la tête, mais la mine fort piteuse malgré un pauvre essai de sourire.

Loup ne s'exclame pas, ne gémit pas, ne tressaille même pas. Otto gémit, tressaille et s'exclame pour deux. Au point que Gwendoline, qui, elle, sait se tenir, lui donne du coude, qu'elle a pointu, dans les côtes, là où ça coupe le souffle. Ragnacaire est un peu déçu. C'est Loup qui était censé pâlir et donner les signes extérieurs d'un sentiment violent. Émeric, de son côté, n'a même pas crié « Papa ! ». Rien. Juste ce pauvre

1. Le saucisson existait, si si !

sourire, très digne, d'ailleurs. Ces gens sont des gâche-plaisir. L'atavisme mongol, ce doit être ça. Ragnacaire passe donc à la phase deux, celle des négociations.

— Tu sais maintenant quelle chose t'appartenant est en ma possession. Voici ce que je te propose. Tu me rends ce qui m'appartient...

— Ce qui ne t'a jamais appartenu.

— Ce qui doit m'appartenir, disons. Moi, je te rends ce bel enfant. Sinon, je l'égorge devant toi.

Loup regarde Otto, qui hausse les épaules, puis Gwendoline, qui en fait autant, avec plus d'effet, elle a les épaules plus pointues. Il regarde Émeric, qui ne sourit plus. Il a seulement l'air penaud, mais penaud... Il ne peut même pas se jouer la comédie de l'héroïque sacrifice, genre « Ne cède pas, papa ! Je meurs avec joie pour la cause ! », car il sait fort bien que ça ne servirait à rien, que de toute façon Ragnacaire tuera tout le monde dès qu'il aura obtenu ce qu'il veut... Au fait, pourquoi n'a-t-il pas commencé par là, Ragnacaire ? Pourquoi ce micmac d'échange ? Patience, Ragnacaire s'en explique :

— Pourquoi suis-je si bon, te dis-tu ? Je pourrais, c'est vrai, te tuer, vous tuer tous et récupérer mon bien, vite fait bien fait, ce serait simple et de bon goût, juste un peu de sang à essuyer sur l'objet. Mais voilà... Mon bien cher neveu, le petit Clovis, tient à vous fendre la tête de sa propre main, avec sa propre hache. Après vous avoir régalés de quelques menues agaceries, je suppose. S'il venait à apprendre que je l'ai frustré de ce plaisir, il m'en voudrait à mort. Quand Clovis en veut à mort à quelqu'un, c'est vraiment, littéralement, à mort.

Ragnacaire devient rêveur.

— Un jour viendra où l'inimitié de Clovis ne sera plus un épervier faisant des cercles au-dessus de nos têtes, mais, jusque-là, tenons-nous à carreau... Pour l'affaire qui nous occupe, voici comment je vois les choses. Nous reculons, chacun de notre côté, toi, moi et tous ces braves gens, de façon à laisser entre nous un espace libre de trois ou quatre toises. Tu tires l'objet du repli où tu le tiens caché et tu le présentes en l'air bien en vue afin que je puisse constater que tu ne cherches pas à me tromper. A ce moment, je laisse aller ton fils — je te fais cadeau du cheval, je suis comme ça, quand je commence à être bon je ne peux plus m'arrêter. Dès qu'il est parvenu à mi-distance, tu me lances la fiole, gentiment, c'est fragile, et moi, hop, je la reçois, voilà. Vous n'avez plus, toi et les tiens, qu'à vous livrer aux doux épanchements des retrouvailles et à suivre votre destin... A ta place, je lui collerais quand même une paire de calottes, à ce grand dadais, pour s'être laissé prendre aussi bêtement.

— Avant tout, détache-le.

— Pardon ?

— Détache-le, qu'il puisse guider le cheval.

— Oh, il se débrouille très bien avec les genoux.

— Détache-le.

Ragnacaire fait signe à l'un de ses hommes de main, qui se met en devoir de dessaucissonner Émeric. Loup, la tête basse, se tourne vers Otto et Gwendoline.

— Je dois reconnaître que, entre sauver le monde et sauver mon fils, je choisis lâchement mon fils.

Ni l'un ni l'autre ne répond, trop attentif au signe discret que Loup a fait en même temps.

Loup plonge la main dans l'échancrure de sa tunique. Il en tire un paquet grossier, entortillé de chiffons. Il écarte posément les chiffons, amenant au jour un éclat de soleil qu'il saisit entre pouce et index puis élève droit vers l'autre soleil, celui d'en haut. L'objet né de la main d'un ange jette des feux qu'irise un arc-en-ciel. Un sourire de pure extase fend la vaste hure de Ragnacaire. Il en oublie le programme. Loup le rappelle aux réalités :

— Alors ?

Ragnacaire lâche la bride, donne une tape sur la fesse du cheval, qui s'avance, tranquille. Lorsqu'il est à mi-distance, Ragnacaire crie : « Arrête ! » Émeric tire sur la bride. Le cheval s'arrête. Ragnacaire explique :

— Je compte jusqu'à trois. A trois, tu me lances la chose — en visant bien, attention ! —, en même temps, ton fils bondit jusqu'à toi.

— Et tes estafiers nous tombent dessus.

— D'abord, ce ne sont pas *mes* estafiers. J'ai embauché ces braves gens pour un petit travail, un extra. Je les ai payés d'avance, ils ont fait le travail, nous sommes quittes. Chose promise, chose due, dès que j'ai l'objet, je tourne bride, je ne m'intéresse plus à vos remuantes personnes. Ce que feront alors ces gars ne me regarde pas. C'est votre affaire, à vous autres têtes folles. S'il se trouve qu'il y a une prime à gagner pour quiconque vous livrera à Clovis, et si l'appât d'un gain supplémentaire incite ces honnêtes travailleurs à faire ce qu'ils estiment judicieux de faire pour toucher cette prime, vous devez bien convenir que je n'y suis pour rien.

« Allons, assez parlé. Je compte. Une... Deux... Trois !

D'un coup de genou, Émeric enlève son cheval, qui bondit pour atterrir au côté de celui de Loup. Dans le même mouvement, mais en sens inverse, le bras de Loup décrit un ample moulinet, à l'apogée duquel sa main s'ouvre, libérant le fragment de soleil qui prend son vol et décrit une impeccable parabole dont l'aboutissement est la main large ouverte de Ragnacaire.

Rien n'est plus capricieux que le destin, même quand les jeux sont pratiquement faits, les carottes cuites à point et les trajectoires à la géométrie parfaite pour ainsi dire tracées d'avance en pointillés sur fond de ciel bleu. C'est alors que le destin se plaît à donner en ricanant un coup de pied en vache dans l'impeccable enchaînement des causes et des effets, bousculant l'ordre trop prévu des choses et donnant au philosophe pensif l'occasion de formuler d'amers aphorismes.

De sur le côté droit de la chaussée — pour qui

regarde vers Reims — jaillit un météore blanc, un assez considérablement massif météore blanc, qui traverse l'espace entre Loup et Ragnacaire comme le ferait un éclair — n'en serait-ce pas un ? — hurlant — un éclair hurleur ? — « Ça, Graal ! », tandis qu'émerge brièvement du tourbillon immaculé un appendice en forme de petite main, blanche aussi, qui happe, preste, en plein vol, la fiole miraculeuse.

Ragnacaire éructe :

— *Teufel !*

Loup hasarde :

— J'ai cru reconnaître...

Otto opine :

— J'ai cru aussi, mais c'est allé trop vite...

Gwendoline assène :

— Moi, j'ai reconnu.

Déjà le météore blanc disparaît à l'horizon, déjà Ragnacaire, piquant des deux, s'est lancé à sa poursuite, déjà les estafiers de louage, se désintéressant d'une affaire qui, leur employeur en personne vient de l'affirmer, ne les concerne plus, resserrent leur cercle autour des trois... Des trois qui sont maintenant quatre. Quatre contre vingt. D'après les calculs de Gwendoline, les chances se trouvent égalisées.

Au centre du cercle menaçant, les trois chevaux sont en un clin d'œil disposés en étoile, de façon à faire front dans toutes les directions. Gwendoline rouspète :

— Si j'étais sur l'encolure, au lieu d'être bêtement en croupe, je pourrais au moins remuer le bras sans être obligée de me pencher sur le côté.

A quoi Otto réplique avec bon sens :

— Si je t'avais devant moi sur l'encolure du cheval, c'est moi qui ne pourrais plus remuer les bras. Et cesse de râler, ce n'est pas le moment !

— Ça s'est fait peut-être trop vite pour vous, mais moi j'ai très bien vu : elle était assise *sur* l'encolure, *devant* le chevalier.

— Possible. Mais, ne l'oublie pas, c'est une princesse, elle, une vraie.

Loup s'en mêle :

— D'ailleurs, la croupe était occupée. La lueur bleue qui dansait au-dessus, je l'ai vue, celle-là.

Gwendoline marmonne quelque chose, et puis se tait. Le travail commande : les chasseurs de prime, ayant suffisamment observé et calculé, se décident à passer à l'attaque.

Otto trouve encore le temps de jeter, par-dessus l'épaule :

— Le gros père n'a pas fini de courir !

— Tu parles ! Va rattraper un cheval-fée, toi !

Et c'est le choc. Les épées sonnent comme enclumes, les haches volent et s'abattent, crevant casques et boucliers, ouvrant crânes et thorax, faisant jaillir hors leur contenu. Gwendoline, un bout de longue rose serré entre les dents, œuvre à l'horizontale, cramponnée de tous ses orteils à la vaste panse, un coup à droite, un coup à gauche, prenant bien garde de blesser Otto, serrant les mâchoires ou crachant des « Tiens ! Prends ça ! » suivis d'un coup au but.

Émeric, de son côté, fait merveilles. Son père, tout en frappant et en esquivant, le surveille du coin de l'œil. Il n'est pas mécontent, le petit s'en tire bien, pour une première fois. Loup craint seulement qu'il n'y prenne goût. Cette première fois, qui leur fut imposée, doit être aussi la dernière.

Quatre comme eux contre vingt comme les autres, Gwendoline l'a calculé, c'est équilibré. Sauf colère, qui double la mise d'un seul côté. Or, la voici, la colère. Elle monte du profond de leurs entrailles, elle hurle dans leur sang, elle bout dans leurs crânes, elle multiplie leurs bras, ils ne sont plus, les quatre, qu'un tourbillon d'éclairs, un éblouissement d'acier, un vacarme d'apocalypse qui épouvante les oiseaux loin aux alentours.

L'équilibre des chances étant ainsi rompu, les choses

vont très vite. Bientôt les assaillants gisent çà et là sur les somptueuses dalles romaines, plus ou moins morts. Les éclopés regardent, hébétés, leur sang vermeil s'écouler lentement vers les interstices entre les dalles disposées en *opus incertum*, où la terre avide le boit. Deux tristes hères, qui ont compris à temps, galopent vers les lointains bleus, semant au vent les lambeaux sanglants de leurs tuniques déchiquetées. Les chevaux des vaincus, indemnes, broutent l'herbe tendre comme si de rien n'était. Loup et les siens ont toujours souci de ne pas blesser les chevaux, créatures innocentes des intentions malfaisantes des hommes.

On fait le bilan. Du côté de la morale et du bon droit, rien de bien méchant. Quelques coupures, quelques talures, un certain nombre de bosses. Les rebuts d'arrière-garde ramassés à la hâte par Ragnacaire ne faisaient décidément pas le poids. Otto tire la morale de l'affaire :

— Peuh... A vaincre sans péril, on triomphe sans gloire.

Gwendoline, occupée à panser une éraflure qu'elle a récoltée au bas du ventre, ce qu'elle ne pourrait faire sans se trousser fort haut et donc sans dévoiler à la face du ciel certaines secrètes intimités qui troublent fort le sensible Émeric, Gwendoline laisse filer un long sifflement admiratif :

— C'est beau, ce que tu viens de dire ! Tu devrais demander à Loup d'en prendre note.

— Je suis comme ça. Je n'arrête pas.

On badine, quoi. On a eu très peur, on exorcise.

C'est alors que, arrivant de la gauche, cette fois, pour quiconque est tourné vers Reims, surgit un météore blanc, probablement le même que tout à l'heure, qui balaie la chaussée dans toute sa largeur en criant « Ça, pas Graal ! » et disparaît de l'autre côté, pataclop pataclop, ridiculisant la vitesse de l'éclair, terme de comparaison bien mesquin en l'occurrence.

Au passage, le météore a laissé choir sans douceur

quelque chose. Quelque chose d'assez informe, au premier abord. Doué de vivacité, en tout cas, puisque ça saute sur ses pieds, ça a donc des pieds, plutôt mignons, et même des jambes, et même des bras, qui se terminent par des poings dont la crispation exprime une rage véhémente, et même un visage, furieux mais charmant, où s'ouvre une bouche imprécative.

Émeric n'est pas habitué. La stupeur fait tomber sa mâchoire. Les autres sont blasés. Otto explique pour le petit nouveau :

— C'est Matiline. On t'expliquera. L'autre peau de vache l'a virée. J'ai très bien vu la lueur bleue.

Loup ajoute :

— Une lueur de ricanement.

Gwendoline, qui a des yeux de chat sauvage, tient à préciser :

— Une lueur de ricanement de méchanceté.

Matiline se secoue et conclut :

— La salope !

Otto demande, l'air détaché :

— C'était bien ?

Matiline n'a pas encore digéré sa rage.

— Bien ? Je me suis talé le cul, oui ! J'aurais pu me faire très mal. Pourtant, assise devant, je ne gênais personne. L'autre, la légitime, avait toute la croupe pour elle toute seule, vraiment pas de quoi se plaindre ! Mais non, jamais contente.

— La jalousie, Matiline. Les fées aussi la ressentent. Je dirais même que, chez elles, elle est pire. Et comme elles ont des moyens... Tu n'es pas jalouse, toi ?

— Oh, tu sais, quand on a été l'épouse de onze mille bonshommes... Et des Huns, en plus ! Je ne sais pas si tu connais, mais, ceux-là, faut pas leur en promettre !

Loup, la bouche pincée, dit :

— Je connais.

Otto insiste, tourmenté par une inquiétude :

— Quand je t'ai demandé si c'était bien, je voulais dire la chose, le truc, toi et lui, lui et toi, l'un sur l'autre, l'autre sur l'un, tagada... Enfin, tu comprends, quoi...

— Ah, l'amour, tu veux dire ? Eh bien, dis-le.

— Je le dis. Et je te demande : c'était bien ?

Les yeux de la petite se noient dans les extases. Elle soupire. Elle joint les mains comme pour prier. Ses seins enfantins palpitent. Elle pâlit, elle rougit, elle balbutie. Enfin, elle parvient à articuler :

— Plus beau que n'importe quoi au monde ! L'apothéose. Le Paradis. Le Père, le Fils et le Saint-Esprit, bras dessus, bras dessous et en pleine forme. L'archange Gabriel avec tous ses copains. L'incroyable. L'inconcevable. La crème de la crème. L'inouï de l'inouï. Le ciel bleu tout entier dans mon ventre, avec tous ses nuages et ses arcs-en-ciel. Le...

— Mieux qu'avec moi ?

Matiline répugne à blesser. Elle a un petit sourire indulgent, voile son regard de ses cils, parle d'autre chose.

— C'était sire Lancelot du Lac, vous l'avez reconnu ?

— On n'a pas eu beaucoup de temps, mais disons que nous nous sommes doutés que c'était lui. Et puis, te voilà. Vous n'avez même pas pris le temps de dire bonjour.

— Il fallait faire vite ! Quand il a vu le truc briller dans ta main, Loup, il a cru que c'était le Graal, tu sais, ce machin qu'il est condamné à chercher dans le monde entier, avec sa fée Viviane qui ne le quitte pas — quelle teigne, celle-là ! Et ça se croit invisible, comme si tout le monde ne voyait pas sa ridicule flamme bleue... Et vous savez quoi ? Elle a un gros vilain cul. Parfaitement. Toute fée qu'elle soit. Quand elle est assise en croupe, le cheval ne passe plus par les portes des villes. Et c'est tout mou...

— Tu nous parlais du Graal, Matiline.

— Oui. Pauvre Lancelot, il a cru voir le Graal, parce que ça brillait tellement, vous comprenez, alors il m'a dit « Attrape ! ». Moi, il me dit « Attrape ! », j'attrape. Sa Viviane ne pourrait pas, avec son gros cul, baguette magique ou pas. Le gros pas beau qui nous courait aux fesses, il a voulu sauter la rivière, juste comme nous venions de le faire, mais lui, il est tombé dedans.

— Ragnacaire ?

— Si c'est comme ça que tu l'appelles, moi j'ai rien contre. Et puis, quand sire Lancelot, tout content d'avoir fini sa quête, comme il dit, et de pouvoir retourner s'asseoir sur sa chaise à lui autour de la Table Ronde, s'est mis à examiner ce truc, la fée Viviane — non, mais, quelle charogne, celle-là ! — a éclaté de rire et lui a dit que ce n'était pas le Saint Graal, pas du tout, rien qu'une bouteille avec dedans une espèce d'huile pour graisser les rois, un truc nouveau qui venait juste d'être inventé, utile, je ne dis pas, mais, en fait de Graal, zéro.

— Du coup, cette bouteille, il l'a jetée ?

— Ah, non. Il a dit « Puisque ce n'est pas le Graal, je vais le reporter là où je l'ai pris. » Sire Lancelot, c'est l'honnêteté même.

— En plus du reste.

— Dis donc, tu ne serais pas jaloux, toi ?

— Moi ? Et de qui ?

— Du seigneur sire Lancelot du Lac.

— Quelle idée !

— Tu fais des allusions.

— On n'est pas maître de ses allusions. C'est comme des vents.

— Des vents, ça se retient, devant les dames.

— J'essaierai.

— J'aime mieux. Parce que, vois-tu, jetée comme une vieille savate par sire Lancelot, j'ai beaucoup de chagrin, moi, j'ai besoin qu'on m'aime, pas qu'on me fasse des allusions.

— Je t'aimerai.

— Les autres aussi ?

Loup dit :

— Je n'ai jamais cessé de t'aimer, Matiline.

— Tu n'y as pas de mérite, tu n'es pas jaloux. Et ce grand beau garçon noir comme un ange noir qui n'a encore rien dit ?

Émeric se sent quelque peu dépassé. Gwendoline vient à son secours :

— Nous t'aimons tous, Matiline. Mais, pour l'instant, l'urgence commande. Nous devons absolument savoir ce que sire Lancelot a fait de l'ampoule.

— Tu appelles ça une ampoule ? Après tout, pourquoi pas ? Ce que sire Lancelot en a fait ? Mais je viens de vous le dire. Il vous l'a rapportée.

— Ah, oui ?

— Bien sûr. L'honnêteté même. L'ennui, c'est qu'il vous a envoyé l'emballage avec la chose, et l'emballage, c'est moi.

Elle éclate en sanglots. Ils restent cois, respectant ce terrible chagrin. Elle hoquette :

— Vous dites que vous m'aimez ? Alors, consolez-moi ! Qu'est-ce que vous attendez ?

Ils s'élancent. Mais c'est dans les bras d'Émeric, qui n'a pas bougé, qu'elle court se blottir. Il la berce, assez gauchement. Les sanglots s'espacent. Elle ronronne.

Gwendoline la remet dans le droit chemin, celui du devoir :

— Tu es l'emballage, dis-tu. Donc, cette ampoule...

— Ah, oui, bien sûr. L'emballage est autour, l'ampoule est au milieu. Un instant, je vous prie.

Souriant à l'aimable assistance, elle plonge la main entre ses seins menus, plonge très profond, jusqu'à la ceinture de ficelle qui serre à la taille l'étoffe grossière. Son bras disparaît jusqu'au coude, jusqu'à l'épaule, on voit sous la toile ses doigts courir, chercher, tâter, rassembler des choses éparses, enfin remonter au jour, crispés sur quelque chose d'assez misérable. Elle promène sur l'assemblée un regard piteux.

— Ce doit être quand il m'a jetée à bas du cheval. Je ne me suis pas rendu compte.

Chacun redoute de comprendre. Loup parle pour tous :

— Elle... Elle est cassée ?

Pour toute réponse, la petite ouvre la main. Quelques éclats de verre poisseux y font triste figure.

Le nez de Matiline se fronce, ses lèvres frémissent, elle va pleurer. Gwendoline la prend dans ses bras, un peu rudement, peut-être.

— Ne pleure plus ! Surtout, ne pleure plus ! Je ne le supporterais pas.

Loup, sombre mais résigné, fait le point de la situation :

— Il ne nous reste plus qu'à porter les morceaux à l'évêque. Au moins saura-t-il que personne d'autre ne pourra se prévaloir d'être l'oint du Seigneur. Allons, Matiline, il n'y a pas de quoi pleurer.

— Qu'est-ce que vous croyez ? Je ne pleure pas pour votre saleté d'ampoule. Je n'ai rien à voir là-dedans, moi. Je pleure parce que je ne connaîtrai plus le bonheur dans les bras de sire Lancelot du Lac.

Et la voilà repartie ! Otto se demande s'il sera désormais possible qu'on parle d'autre chose. Il fait le bonimenteur de foire :

— Visitez sire Lancelot du Lac, son paradis, ses arcs-en-ciel, ses coups de pied au cul pour prendre congé !

— Tu vois, tu fais des allusions !

Le seigneur Remi, évêque de Reims, a bien volontiers accepté de recevoir la vaillante petite bande dès qu'il eut appris de quoi il retournait. Les voici tous les cinq devant lui, à genoux, ainsi que le veut le rituel. Remi questionne à mots prudents :

— On me rapporte que vous auriez quelque nouvelle de certain objet que nous avons égaré et auquel nous avons la faiblesse de tenir.

— Seigneur évêque, nous apportons l'objet lui-même. Hélas, il est cassé.

Ce disant, Loup déploie un carré de tissu au milieu duquel s'étalent les morceaux huileux de ce qui fut l'ampoule venue du Ciel. Un parfum d'une grande suavité — un peu violent, peut-être — emplit la pièce. L'évêque considère le désastre, hoche la tête, dit :

— Évidemment, c'est dommage.

Loup et Otto échangent un regard perplexe. Ils s'attendaient à une explosion de désespoir, à une émotion bouleversante à la mesure de l'énormité de la perte. Ne s'agit-il pas d'un gage divin, d'une nouvelle arche d'alliance, émanant de Dieu en personne, capable de prodiguer des pouvoirs supra-humains et désormais perdu à tout jamais ?

Loup tient à exprimer sa contrition et celle de ses amis devant l'irréparable.

— Seigneur évêque, bien qu'il n'y ait point de notre faute en ce malheur, nous sommes prêts à nous soumettre à ce que ta sagesse jugera bon pour...

L'évêque, d'un geste, l'arrête. Il se lève, leur fait signe de le suivre. Il va à un coffre de bois précieux [1], l'ouvre, en tire un coffret de fer cerclé et clouté, l'ouvre à son tour, y prend entre deux doigts un minuscule flacon de cristal merveilleusement taillé — pas tout à fait semblable à l'autre, cependant —, l'élève dans la lumière, disant avec un bon sourire :

— Ne vous mettez pas en peine à cause de l'ampoule brisée, mes petits. La Divine Providence avait prévu le cas. L'ange m'en avait donné une de rechange, pour le cas où.

---

1. Armoires, buffets, bahuts, placards et autres meubles à portes ne sont pas encore en usage. Tout se range dans des coffres à couvercle.

Otto est songeur :

— Puisqu'il est si facile aux anges de produire cette huile miraculeuse, pourquoi donc l'ont-ils faite et donnée une fois pour toutes en la rendant inépuisable, alors qu'il leur serait aisé de descendre du ciel avec une nouvelle dose toute fraîche à chaque avènement d'un roi nouveau ? Ça aurait l'avantage de maintenir le contact entre ceux d'en haut et ceux d'ici-bas. Des relations de bon voisinage, en somme. Enfin, bon, les desseins des dieux...

— ... Sont impénétrables. Alors, laissons les dieux et leurs fidèles s'en accommoder.

Gwendoline a son idée sur la question :

— Quand le seigneur évêque a soulevé le couvercle de son grand coffre, le coin de mon œil a accroché, oh, sans le vouloir et tout à fait par hasard, certaine pièce d'étoffe précieuse qui se trouvait là et dont un coin s'est brièvement levé, entraîné par la vaste manche pendante de la dalmatique, et j'ai cru apercevoir, dans l'ombre, luire doucement la panse rebondie d'une de ces petites bonbonnes de terre cuite vernissée dans lesquelles les gens des pays du Midi conservent l'huile d'olive dont ces croquants sont fort friands. Ceci dit, je n'insinue rien.

Matiline, qui a écouté avec attention, dit à son tour :

— Tu dois te tromper. Je n'ai rien vu de tout cela, moi. Il faut dire que mes yeux n'étaient guère vigilants, tous mes sens s'étant concentrés dans mon nez. Pourquoi ? Parce que mon dit nez, soudain attiré par certaine odeur qui, déjà, l'avait charmé tout récemment, s'est laissé guider par cette odeur qui nous a entraînés, lui et moi, jusqu'en un discret recoin d'alcôve où, sur une planchette fixée sous un miroir, se trouvait étalé tout un lot de charmants petits pots d'onguents et de crèmes variés, des fioles minuscules de cristal taillé ou de verre bizarrement contourné. Tout cela exhalait de suaves ou puissants parfums qui se mêlaient dans l'air en une harmonie tout à fait céleste.

— Tu veux dire...

— Je m'en garde bien ! Si les desseins des dieux sont, comme vous l'avez dit, impénétrables, ceux de leurs prêtres ne le sont pas moins.

— Allons boire un coup, dit Otto.

Loup se torche la moustache et, songeur, remarque :

— C'est loin, l'Armorique.

— Surtout en croupe, remarque Matiline, se frottant l'os que l'on a là où les bêtes ont une queue.

Gwendoline, silencieuse, réfléchit. Elle émet prudemment :

— Supposons... Je dis bien : supposons...

— D'accord, supposons.

— Ne me coupez pas ! Supposons que le patron Raël nous attend toujours là où il nous a perdus.

— Depuis tout ce temps ? Allons...

— Je ne dis pas qu'il serait resté ancré sur place, il faut bien qu'un pirate gagne sa vie. Mais, tel que je le connais, notre perte lui est restée sur le cœur, et je parierais une pomme verte contre un hareng saur qu'il patrouille dans le secteur et passe de temps en temps jeter un œil, poser des questions...

— Donc ?

— Donc, rendons-nous là-bas. Parlons aux gens du coin. Et attendons.

Ils s'entre-regardent. Loup hausse les épaules.

— Pourquoi pas ? Tu as toujours eu de la jugeote pour ces choses. Tu serais même un peu sorcière que ça ne m'étonnerait qu'à demi. On fait comme ça.

Ainsi firent-ils, et firent bien.

Et — mais oui ! — un beau matin, une voile surgit de la brume, la voile carrée de la nef du patron Raël. Peu après, ils touchaient la côte d'Armor.

Qui fut bien content ? Le roi Grallon.

XVII

Le 25 décembre de l'an 499 [1] de la naissance du Seigneur Christ Jésus, la ville épiscopale de Reims resplendit d'une pompe extraordinaire. Ce n'est pas seulement l'anniversaire de la naissance du Sauveur que l'on fête en ce jour, mais aussi le baptême solennel du seigneur roi Clovis, souverain des deux Belgiques et de la Gaule du Nord jusqu'aux rives du fleuve Loire, bien-aimé de Dieu, protecteur des chrétiens qui suivent la voie juste.

Toutes les fenêtres des maisons de la cité sont ornées de feuillages toujours verts, tels que buis, houx, lauriers et branches de sapins, à l'exception du gui voué aux exécrables divinités des druides. Ainsi a-t-on pallié l'absence de fleurs due à la saison hivernale. Des tapis et des linges de couleur pendent aux façades des mai-

1. Ce n'est qu'en 540 qu'un moine obscur, Denys le Petit, eut l'idée de fixer l'origine des dates à la naissance du Christ. Divers calculs l'amenèrent à la conviction que Jésus était né dans la 754e année de la fondation de Rome. Il fallut attendre l'an 800 pour que Charlemagne impose officiellement cette origine des dates. Depuis, on s'est aperçu que Denys s'est trompé de quatre ans — en moins. L'auteur, ici, pour la commodité du récit, anticipe légèrement en datant selon ce système.

D'autre part, en dépit de la célébration à grand fracas, en 1996, de l'anniversaire du baptême de Clovis, « acte fondateur de la nation française » (*sic !*), il est certain que le baptême ne put avoir lieu qu'en 499, ainsi que le démontre clairement Michel Rouche dans son *Clovis* (éd. Fayard).

sons des riches. Des vélums bariolés ombragent places, forums et carrefours. Les églises sont tendues de blanc virginal, couleur qui plaît au Seigneur Christ Jésus ainsi qu'à sa très Sainte Mère.

Les terribles blessures infligées à la ville martyre par la grande ruée germanique de 406, puis par les Huns d'Attila en 451, enfin par Clovis lui-même lorsqu'il envahit par traîtrise et ravagea le royaume romain de Syagrius en 486 — la grâce, alors, ne l'avait pas encore touché —, ces blessures, en bien des endroits toujours béantes, se cachent derrière l'arrangement savant des tentures et des feuillages.

Le cortège s'est rassemblé hors les murs afin de pénétrer en ville avec toute la majesté que peut conférer le passage par une porte en forme d'arc de triomphe. Viennent d'abord des enfants graves, pénétrés de la solennité de l'instant, balançant des encensoirs d'où s'échappent des volutes parfumées, puis différents clercs compassés, portant haut le labarum de Constantin et aussi, sur diverses bannières, les effigies symboliques du Seigneur Christ : poisson, agneau, bon pasteur, alpha-et-oméga..., puis des seigneurs abbés et des seigneurs évêques accourus de toute la Gaule soumise au roi Clovis, et même des diocèses sur lesquels règnent des rois ariens. Ces évêques en escapade sont reconnus et acclamés comme des martyrs par la foule que contiennent avec peine, de leurs lances tenues par le travers du bois, les légionnaires chrétiens hérités de Syagrius.

Et voilà le roi Clovis, pieds nus, en chemise de grosse laine, un manteau jeté sur les épaules car le froid est vif. Il marche avec componction, mains jointes, yeux baissés, s'essayant à l'humilité comme à un jeu nouveau, heureusement bref. Voici la jeune Alboflède, sœur du roi, en chemise elle aussi et qui grelotte sous le vaste manteau à capuchon, et maintenant Lantechilde, autre sœur de Clovis, déjà baptisée mais dans le rite arien hérétique, et qui sera simplement confirmée, cette fois dans le bon sens.

La reine Clotilde rayonne. Elle parvient mal à vêtir de gravité, encore moins d'humilité, la satisfaction que lui apporte sa victoire. Ce baptême est l'œuvre de sa vie, le couronnement d'années de patience, de ténacité, d'intrigues, de complaisances. Elle marche, altière, entourée de ses enfants que portent des nourrices au sein généreux.

Viennent enfin les Antrustions, ces guerriers farouches, élevés à part, ne connaissant que le roi et leurs chefs, phalange formidable, ruissellement de crinières fauves et de moustaches démesurées, eux aussi quasi nus sous leurs capes d'uniforme, car eux aussi ont été instruits des saintes vérités et ont voulu être baptisés en même temps que leur maître.

La tête du cortège débouche sur le parvis de la basilique dédiée à la Très Sainte Mère du Seigneur Christ Jésus. La foule s'y presse, maintenue par les légionnaires de façon à laisser libre l'espace que doit parcourir la procession.

Un homme jaillit de cette foule, un énergumène en haillons d'une prodigieuse maigreur, l'œil ardent, le geste véhément, l'air d'un de ces prophètes de la Bible annonciateurs de calamités. Il se met à lancer à voix puissante des malédictions formidables qu'emporte le vent.

— Malheur sur toi, Babylone ! Malheur sur toi, peuple de Dieu ! Les jours sont comptés. La fin est proche, toute proche. Quelle fin ? La fin de toute chose et de tout être, la fin de ce monde perverti, le jour du Grand Jugement. L'an qui vient verra ces choses. Les Pères de l'Église l'ont dit. Les Saints Évangiles le disent à qui sait les lire. Que disent-ils ? Ceci : « Avant le Grand Juge viendra l'Antéchrist, et il régnera sur la terre. » Eh bien, il est là, l'Antéchrist ! Il est là, l'hypocrite ! Il s'avance, les yeux chastement baissés, les mains jointes. Le loup vêtu en agneau. Mais ses mains le trahissent. Ses mains sont rouges ! Ses mains sont ruisselantes de sang ! Le sang des crimes qu'il a commis. Le sang des crimes qu'il commettra. Voyez-le ! Il a refusé qu'on coupe ses cheveux. Ses cheveux, gages de son appartenance à Wotan et à Thor, qui sont des princes parmi les démons ! Il n'a pas voulu qu'on les coupe, car en eux est sa magie, sa puissance diabolique !

« Ouvre les yeux, peuple de Jérusalem ! Les temps sont proches ! Purifie-toi pour paraître devant Ton Créateur. Arrache de toi le mal et jette-le au loin ! Démasque Satan ! Tue Clovis ! Tue ! Tue !

L'homme est promptement entouré par les légionnaires, assommé, emmené va savoir où. Son discours, cependant, a été entendu. On en discute dans la foule. L'idée de Clovis Antéchrist n'est pas nouvelle, elle fait son chemin dans les esprits. La fin du monde imminente est prêchée par de très orthodoxes dignitaires de l'Église. Le nombre des élus sera infime. Des monastères se sont constitués afin de se préparer à en être... Ces images de cataclysme ont jeté une ombre sur la fête.

Clovis a fort bien entendu le « prophète ». Il note maintenant le flottement parmi les âmes simples. Clotilde s'approche de lui.

— Je te l'avais bien dit que garder tes cheveux serait mal vu. Mais toi et ta tête de mule...

— Holà, tout doux... Remi était d'accord, oui ou non ? C'était à lui de préparer le peuple à cette idée. Et puis, si ce n'avait été ça, ils auraient trouvé autre chose... Bon. Je ne veux pas qu'on me gâche mon baptême. Tous ces jaloux seraient trop contents ! De la politique, tout ça. Et tu veux que je te dise ? Je sais fort bien d'où ça vient. Mais patience, tout se paiera.

Clovis fait un signe discret à on ne sait trop qui. Toujours est-il que, dans l'instant, un autre prophète de plein vent, mais bien nourri, celui-là, et même plutôt rubicond de trogne, enveloppé dans une chaude robe de moine, se dresse à son tour et se met à interpeller la foule à voix puissante :

— Frères, mes frères en Jésus, il y a du vrai dans ce que vous venez d'entendre. Il y a du vrai, et il y a du faux. Un peu de vrai, beaucoup de faux. Ce que vous nommez « faux » est ce que nous nommons « erreur ». *Errare humanum est*. Le vrai, d'abord. Les temps sont proches. Qui pourrait le nier ? Augustin l'a dit, Origène l'a dit, Hilarion l'a dit, Lactance l'a dit. Ce sont gens qui ne parlent pas pour ne rien dire, j'espère. Continuons. Avant la fin de tout doit venir le règne de l'Antéchrist. Toujours d'accord. Mais ensuite commence l'erreur. Qui est ce fameux Antéchrist ?

Il marque un temps, parcourt la foule du regard, mains sur les hanches, comme sollicitant une réponse. Qui ne vient pas. Bouche bée, ils préféreraient qu'il la leur donne.

— Je vais vous le dire.

La foule fait : « Ah... »

— Je vais vous le dire, mais il faut que vous m'aidiez. Voyons un peu. Qui s'est indûment approprié l'Empire ? Qui est un hérétique puant ? Qui tient le pape prisonnier à Ravenne ? Qui persécute les vrais croyants catholiques ? Qui prétend mettre le monde entier à sa botte ? En un mot, qui porte les signes du véritable Antéchrist ? Allons, répondez !

Le petit peuple rémois n'est pas tellement versé dans les arcanes de la haute politique. Mais, là, il connaît la réponse. Une voix unanime monte de la foule :

— Théodoric !

L'homme à la robe de bure est satisfait. Il poursuit :

— Très bien. Et qui est l'ennemi mortel de ce Théodoric, chef des Ostrogoths hérétiques et prétendu roi d'Italie ?

Tous :

— Le seigneur roi des Francs Clovis !

Il ne reste plus qu'à asséner la conclusion :

— Donc, l'ennemi de l'Antéchrist, l'ennemi du mal

incarné, ne peut être que le défenseur du bien, c'est-à-dire de la vraie foi. Le seigneur roi Clovis est celui-là.

Charmée par l'élégance du raisonnement, la foule acclame l'orateur. Il ne faut pas la laisser refroidir :

— Et je vais vous dire. Pas de fin du monde sans Antéchrist. L'Écriture est formelle. Donc, si l'Antéchrist est vaincu, il n'y aura pas de fin du monde. Mes frères, en vérité je vous le dis, vous pouvez tranquillement labourer et semer pour la moisson prochaine. Vous pouvez tailler la vigne, le raisin profitera. Priez seulement de tout votre cœur pour la victoire du seigneur roi Clovis et la défaite de l'Antéchrist Théodoric [1].

Devant la basilique s'ouvre le baptistère. On y accède par une volée de marches descendantes que le roi Clovis franchit sans regarder ses pieds, ce qui nuirait à sa royale dignité — il s'est exercé. Dans la cuve baptismale, splendide ouvrage de bronze orné de scènes sculptées de la vie du Christ, clapote une eau limpide. Clovis pense : « Elle va être glacée, c'est sûr ! » Il y risque un orteil. Elle est tiède. Remi connaît son monde.

Un diacre ôte la chemise du roi. Clovis enjambe la cuve, s'accroupit dans l'eau. Elle lui arrive aux épaules. Remi, tout en marmonnant du rituel, prélève de l'eau dans une patère d'or — il faut ce qu'il faut —, puis la verse solennellement sur la tête chevelue en prononçant la formule sacramentelle qui fait d'un être quelconque un chrétien pour l'éternité :

— Je te baptise, au nom du Père, du Fils et du Saint-Esprit.

Il est ému, l'évêque Remi. Lui aussi a travaillé dur

---

1. En fait, les choses ne sont pas aussi simples. Théodoric, roi d'Italie et futur rival de Clovis, est aussi son beau-frère : il a épousé Audoflède, autre sœur de Clovis (à ne pas confondre avec Albofléde).

pour en arriver là. C'est son apothéose. Emporté par l'émotion du moment, il rallonge un peu la formule :

— Courbe la tête, fier Sicambre ! Dépose tes amulettes. Brûle ce que tu as brûlé... Euh... Brûle ce que tu as adoré, adore ce que tu as brûlé.

Clovis, un peu étonné, prend en main le médaillon qui pend à son collier.

— Mes amulettes ? Sicambre ? On ne nous appelle plus comme cela depuis Jules César...

Il tend le collier. Remi s'en empare, disant :

— Tes amulettes, oui. Ces choses sont vouées à Wotan, ne nie pas. Et je te nomme « Sicambre » parce que ça sonne bien, moi je trouve. « Franc » est un peu sec.

Vient ensuite le moment tant attendu, celui de l'onction par le saint chrême miraculeux descendu du Ciel qui fera du roi des Francs l'élu de Dieu, son représentant sur la terre, l'égal du pape, en somme, dans le domaine temporel. Remi procède avec componction, prenant grand soin de suivre les prescriptions d'un rituel qu'il vient lui-même de mettre au point en se basant sur le peu que dit l'Ancien Testament concernant l'onction sacrée des anciens rois d'Israël. Cela fait, Remi, qui tient à marquer que ce roi est son œuvre, prononce à voix haute et claire les paroles qui lient à tout jamais :

— Clovis, promets-tu de défendre en toute occasion la sainte religion du Seigneur Christ Jésus, Fils de Dieu et Sauveur des hommes, de veiller sur le peuple chrétien, de combattre les faux dieux et l'hérésie, de protéger de toutes tes forces la Sainte Église et ses biens terrestres sans jamais chercher à lui nuire, enfin de rendre à chacun la justice qui lui est due ?

— Je le promets.

— Je te déclare donc, au nom de Dieu tout-puissant, roi et seigneur légitime des Francs ainsi que de toutes les créatures de Dieu qui peuplent et peupleront les territoires se trouvant sous la puissance actuelle ou future dudit peuple franc.

L'assistance choisie, présente dans le baptistère, pousse un « Hosanna ! » que reprend à voix formidable la foule massée sur le parvis.

Le roi Clovis est alors vêtu de la chemise blanche consacrée dont les longs plis se brisent sur les dalles de pierre.

Puis vient le tour d'Alboflède, qui rit parce que l'eau la chatouille dans le cou, puis celui de Lantechilde, l'autre sœur, qu'on dispense de l'immersion, le baptême arien étant considéré comme valable, une confirmation suffit.

Pendant ce temps, à quelque distance, sur l'ancien forum hérité des Romains, on a baptisé les Antrustions. Trois mille hommes à la fois, cela fait beaucoup. D'autant que certains ont femmes et enfants, qui tiennent à ne pas se montrer moins empressés que papa à fayoter. On a donc disposé cent grands cuveaux de bois remplis d'eau tiède qu'on renouvelle par le contenu de cent bassins de cuivre chauffés sur cent brasiers disposés tout autour. Prêtres et diacres s'activent, baptisent à tour de bras, arrosant les tignasses et abrégeant les paroles sacramentelles. Il n'a pas été possible de réunir les milliers de chemises immaculées qu'exige le rituel, alors, par permission expresse de l'évêque, on s'en est passé.

Quand paraît Clovis, un cantique l'accueille. Un cortège se forme, bannières et labarum en tête, afin d'accompagner le roi et sa famille jusqu'en leur logement à l'évêché. Ragnacaire, roi de Cambrai, n'a pas l'air aussi réjoui qu'on pourrait s'y attendre. Clovis l'interpelle :

— Eh bien, cousin, qu'en penses-tu ? Cela ne te donne-t-il pas envie de te faire chrétien ?

— Si, par malheur, cela m'arrivait, je voudrais que

la cérémonie soit rehaussée par la présence de toute l'armée, et pas seulement de celle de ma garde personnelle et des légionnaires renégats de Syagrius.

— Cousin, ce n'est que prudence. L'armée est comme toi : cramponnée aux vieilles superstitions. Elle voit mon baptême d'un mauvais œil. Elle ne comprend rien à rien. Plutôt, ce sont ses chefs qui ne comprennent rien. La sagesse commandait de les tenir à l'écart, dispersés dans leurs garnisons.

— Ainsi donc, tu te méfies de l'armée ? De tes leudes ? De tes Francs ? Tu leur préfères ces Gallo-Romains dégénérés et leur cadavre en croix ?

— Mesure tes paroles, cousin. Je suis désormais le champion de ce Dieu que j'ai juré de défendre.

— Grand bien lui fasse, cousin. Et à toi de même.

C'est un jour faste pour le roi Grallon. Ses deux émissaires sont de retour, saufs et à peu près sains si l'on excepte quelques estafilades, bosses et horions divers qui ne se remarquent pas au point de déparer la brillante garde royale dont ils sont le plus viril ornement. Le roi Grallon, qui est bon, se réjouit de cela. Il n'oublie pas pour autant la raison de leur longue absence, c'est-à-dire les missions par lui à eux confiées. La première, faire escorte au moine Léon jusqu'en une contrée barbare où grouillent des âmes païennes à amener au Seigneur Christ Jésus, a été remplie avec plein succès, Loup et Otto lui en ont fait un compte rendu détaillé. Ils ont cru judicieux de passer sous silence la part décisive qu'ils prirent, bien malgré eux, à la victoire des armes franques à Tolbiac, pressentant que la montée en puissance de l'insatiable Clovis ne peut qu'inquiéter le souverain de la petite Armorique.

Quant à l'autre mission, la secrète, celle qui tient tellement à cœur au roi Grallon que trépigne en son âme une impatience qu'il a peine à celer, les deux messagers semblent moins empressés d'y venir. Au point que le roi doit prendre sur lui pour la leur rappeler :

— Mes amis, vous fûtes en cette affaire du moine Léon efficaces comme à l'ordinaire, je tiens à le proclamer. Je ne doute pas, vous connaissant, qu'il en ait été de même en ce qui concerne l'autre affaire, sans quoi vous n'auriez pas l'audace de vous présenter devant ma personne. Allons, contez-moi un peu cela ! Et d'abord, où avez-vous laissé les précieuses reliques ? Dans la cale de la nef du patron Raël ? Dans mes entrepôts royaux ? Onze mille squelettes complets, fussent-ils de jeunes filles, cela fait du volume et de l'embarras. J'imagine bien que vous n'avez pu vous charger du tout, mais même la moitié me comblera d'une joie fort grande. Allons, conduisez-moi à ce trésor ! Vous me raconterez en route.

Otto regarde Loup, qui, justement, le regarde. Il faut que quelqu'un se décide. Ce sera Loup :

— Seigneur roi, pour dire le vrai, nous avons effectivement retrouvé, après bien des tracas dont il serait oiseux de t'infliger le récit, les restes de la princesse Ursule et des onze mille vierges, ses chastes compagnes...

— Dix mille neuf cent quatre-vingt-dix-neuf.

Ce fut lancé d'une petite voix, timide mais forte de la justesse de son calcul.

Le roi Grallon fouille des yeux cette pénombre que ne percent pas les torches au-delà d'un rayon d'une toise ou deux. Il discerne deux silhouettes fluettes, vaguement féminines. C'est l'une de ces ombres qui vient de parler.

Le roi n'est pas des plus ferrés en arithmétique, audelà des additions de nombres d'un seul chiffre il compte sur ses doigts. Il lui semble néanmoins qu'on essaie de lui carotter une unité. Il fronce son royal sourcil.

— Qu'est-ce à dire ? Et qui parle ?

Loup fait passer la petite Matiline au premier rang et se charge des présentations :

— Seigneur roi, celle-ci est Matiline, princesse de Brittonie, une des compagnes de la princesse Ursule, exactement la onze millième vierge.

Le roi n'en croit pas sa chance :

— Vivante ? Tu survécus au martyre ? Pauvre enfant ! Mais, j'y songe, tu es une relique vivante !

Matiline pourrait abuser de la situation. Son honnêteté comme sa modestie l'en dissuadent, et aussi la perspective de finir ses jours dans une châsse. Elle avoue, rougissante :

— Vivante, oui vraiment, seigneur roi. Mais pas relique.

— Pas relique ?

— Pas relique parce que pas martyre.

— Je n'ose comprendre.

— Ose, seigneur roi. J'ai cédé.

— Comment ? Alors que toutes tes saintes compagnes, et Ursule la première...

— Hélas, seigneur roi !

— Malheureuse ! Tu as donc choisi...

— ... le mariage hun, seigneur roi.

— Toi seule, donc.

— Moi seule, seigneur roi. Les autres moururent dans des supplices affreux, en chantant des cantiques.

— Et toi, toi...

— Moi, je suis douillette, seigneur roi.

— Mais enfin, ces Huns, tous ces Huns...

— Onze mille tout juste, seigneur roi. C'est une coïncidence.

— Et toi toute seule !

— Toute seule, seigneur roi.

— Eh bien...

— En effet, seigneur roi.

Un silence s'ensuit, riche de sentiments divers.

Matiline conclut, car elle ne perd jamais le fil :

— Cela fait donc, puisque la onze millième vierge,

c'est-à-dire moi-même, ne fut pas martyrisée, un total de dix mille neuf cent quatre-vingt-dix-neuf vierges, ainsi que je te disais, seigneur roi.

Il n'est pas bon d'avoir raison contre plus puissant que soi. Le roi bougonne, et puis trouve moyen d'avoir le dernier mot :

— Mouais... Une vierge de plus ou de moins, ça ne se sentira pas beaucoup dans le total. Allons, aux reliques !

C'est au tour d'Otto de monter au créneau. Il y va bravement :

— C'est que, seigneur roi...

— Quoi encore ? Eh bien, parle !

— Voilà. Nous avons retrouvé les restes d'Ursule et des autres, c'est vrai.

— Alors ? Où est le problème ?

— Nous aurions tant voulu te rapporter de beaux squelettes entiers, seigneur roi ! De beaux crânes, de beaux tibias de jeunes filles... Ou même des morceaux tout petits ! Des os des doigts de pied, qui sont si mignons...

Le roi perd patience.

— Parleras-tu, à la fin ? Tu ne vois pas que ton roi bout ? Que ton roi désespère ? Que ton roi va pleurer ?

— J'y viens, seigneur roi. La vérité, c'est qu'il n'y a plus aucun os, plus le moindre petit bout. Tout a été brûlé bien minutieusement. Tout n'est que cendre, et cendre si intimement mêlée à l'humus et à la boue qu'il n'y a qu'humus et boue.

Loup tient à préciser :

— Et merde de cochon, aussi. Les Huns mangent beaucoup de cochon. Or, le cochon produit énormément, par ce côté-là.

Le roi Grallon fait peine à voir.

— Vous ne rapportez donc rien ?

Matiline — décidément, c'est son jour — plonge une petite main sale dans l'inépuisable échancrure de sa tunique, fouille longuement à droite et à gauche

— cela fait danser ses seins menus —, amène enfin au jour un objet d'ivoire de faible volume qu'elle présente galamment au roi, un genou à terre.

— Seigneur roi, le Ciel a permis que le feu, qui dévore tout, épargnât ceci qui, si tu daignes l'examiner, t'apparaîtra comme une dent de jeune fille en bonne santé et fort soignée de sa personne. Une dent incisive, je précise, ce sont celles qui rendent éclatant le sourire. Cette dent sans défaut provient, n'en doutons point, d'Ursule elle-même et de nulle autre, car pourquoi le Ciel eût-il fait un miracle en faveur d'un objet vulgaire et sans signification ? Et c'est encore le Ciel qui a guidé mon œil et ma main, à moi indigne, vers cette dent miraculeuse, invisible à tout autre. C'est le Ciel, je le vois bien aujourd'hui, qui m'inspira de faire ce qu'il fallait faire et de subir ce que je subis afin d'échapper au martyre et de pouvoir porter témoignage de l'intransigeante chasteté de ces nobles filles, mes compagnes. Il se cache là, n'en doutons point, un symbole d'une haute portée, que mon entendement infirme ne perçoit pas clairement, mais que toi, seigneur roi, éclairé par les lumières dont le Ciel dote les rois, tu as déjà déchiffré, j'en suis sûre.

Le roi Grallon, dévotement, saisit l'objet, le tient à bout de bras — même la vue des rois, passé la première jeunesse, connaît la presbytie sournoise — et, plissant les yeux, demande :

— Vous pouvez m'assurer qu'à part cette sainte dent aucun fragment identifiable du corps de ces saintes filles n'en a réchappé ?

Tous, d'une seule voix :

— Nous te l'assurons, seigneur roi.

— Donc, nulle église, nul monastère ne pourra se targuer de posséder la moindre relique d'Ursule ou de ses compagnes. Nous en aurons l'exclusivité. Nous deviendrons un grand centre de pèlerinage. Merci, mon Dieu !

Il va pour quitter la place, se souvient, a un petit geste de la main :

— Et merci à vous.

On rentre à la maison. Matiline, qui chemine en tête, sa petite main sale dans la main d'Otto, en fredonnant une joyeuse ronde celtique où il est question, sur un rythme de danse funèbre, de petits enfants dévorés tout crus par les korrigans, pousse soudain un cri. Gwendoline vient de la pincer sauvagement en un endroit créé tout exprès pour faire très mal quand on le pince. Gwendoline ne fait rien sans raison, ni sans exposer clairement les raisons de ses actes.

— Petite vermine ! Sale voleuse ! C'est donc toi qui l'avais, cette dent que j'ai tant cherchée !

— Vermine toi-même ! Ta dent, tu n'avais qu'à en prendre soin. Tu l'as perdue, je n'y peux rien, moi. Et d'abord, je n'ai rien volé. La dent que j'ai donnée au roi, c'est celle d'un petit cochon que j'aimais beaucoup et qui a été mangé par le loup. Je n'en ai retrouvé que ça : une dent.

Elle renifle, au bord des larmes, hoquetant :

— Tu pourrais t'excuser, ce sont des choses qui se font.

Gwendoline hausse les épaules, crache à terre, visant un joli caillou qui se met à briller dans le soleil.

— Peuh...

Troisième partie

VOUILLÉ

XVIII

— Seigneur roi, mon frère d'amitié Otto et moi-même avons servi de notre mieux le seigneur roi, ton illustre père. Nous lui avons constitué une garde personnelle, qui est désormais la tienne, que même le roi Clovis, en dépit de ses fameux Antrustions, t'envie. Nous avons conçu et instruit, à ta demande, une cavalerie de guerre formée à la manière des Huns qui fait de ton armée une puissance redoutable. Nous avons rempli maintes missions dangereuses ou délicates à la satisfaction, j'ose le dire, du seigneur roi ton père et à la tienne. Aujourd'hui, l'heure du repos est venue pour nous. Les jeunes chefs que nous avons éduqués piaffent de prendre notre suite. Il est dans l'ordre des choses que l'âge cède la place à la jeunesse. C'est pourquoi nous te demandons de nous dispenser désormais du service, nous tenant toutefois prêts à tout moment à répondre à ton premier appel.

— Je ne puis y croire. Vous voilà devant moi, vifs et ardents, l'œil brillant, le dos droit, la taille étroite, le geste prompt. Je vous vois, à l'exercice, aussi forts, souples et rapides que jamais... Allons, vous vous moquez !

— Seigneur roi, je n'en ai pas moins atteint l'âge où les années ne se comptent plus en printemps, mais en hivers. De ces hivers-là, il m'en pèse cinquante-cinq sur les épaules. Même si, comme tu viens de m'en faire compliment, je les porte avec une certaine allégresse, elles n'en sont pas moins là. Des fils blancs de plus en plus serrés parsèment ma tignasse. Je ne serai bientôt plus le Hun blond, mais bien le Hun gris. Otto et moi-même sommes tombés d'accord sur ce point que nous désirons mener les jours qui nous restent à vivre selon notre guise et fantaisie, profitant au mieux de ce reste de vitalité que tu as bien voulu reconnaître en nous. Avec ta permission, cela va sans dire.

— Je ne vous cacherai pas que j'y ai quelque dépit. Vous n'avez pas formé que ma garde et ma cavalerie, vous m'avez formé moi-même. J'ai pour vous deux une grande affection, et j'aurai toujours besoin de vos avis.

— Ils ne te manqueront pas.

— Dans votre sagesse, vous avez soigneusement préparé votre succession, des chefs de valeur vous secondent déjà aux postes de commandement. Je ne vois pas ce qui, en dehors de mon chagrin de vous perdre, pourrait m'inciter à vous refuser votre congé. Considérez donc l'affaire comme faite. Je vous demande seulement de rester à vos postes le temps de passer la main.

Tous deux s'inclinent.

— Sois remercié, seigneur roi.

— Une bonne chose de faite... Tu sais quoi ? Je vais me laisser pousser la barbe.

— J'allais justement te dire la même chose.

— On se la regardera pousser mutuellement, ça nous occupera.

— Tu en es déjà à chercher de quoi t'occuper ?

— Eh bien, tu vois, le service, j'en avais ras la crête. Et je m'aperçois que, hors du service, je ne sais pas quoi faire.

— C'est le changement trop brusque. N'oublie pas que nous sommes fermiers, désormais. Les terres que le roi nous a données, il faut les faire fructifier.

— Et commencer par les défricher. Gunther va nous forger les outils qu'il faut.

— Nous manquons de main-d'œuvre. Le service ne nous a guère enrichis. Le roi nous a donné la terre, qui ne lui coûte rien, mais pas d'esclaves ni de bœufs pour la travailler.

— Émeric nous donnera bien un coup de main, quand son service dans la garde lui laissera des loisirs...

— ... et qu'une paire de nichons ne l'occupera pas ailleurs.

— Quant à nos femmes...

— ... il n'y faut plus compter. Waldrude est toute cassée, Helminthe, Ingwinthe et Galswinthe sont des fontaines à marmots et Sassa fait la grand'mère.

S'ensuit un silence. Que Loup finit par rompre :

— Je sais à quoi tu penses.

— A qui, tu veux dire.

— Mettons. Je me trompe ?

— Je ne pense pas souvent, mais quand je pense, c'est à elle.

— Elle reviendra. Elle revient toujours.

— Oui, mais quand ?

— On ne peut pas savoir. Elle est comme ça.

— Cette sauterelle !

— Elle pense à toi.

— Ses épaules pointues !

— Tout à coup, elle sera là.

— Ses petits nichons comme des pommes aigres !

— Tellement vivants.

— Mon cheval n'est pas complet si je ne l'ai pas en croupe, voilà où j'en suis.

— Et à moi, tu crois qu'elle ne me manque pas ?

— Ses yeux, tiens, ses yeux, on ne sait même pas de quelle couleur ils sont, ses yeux !

— Tu crois qu'ils ont une couleur ? Je n'y avais jamais pensé.

— En ce moment, juste en ce moment, elle est en croupe derrière le godelureau au Graal, tu crois ?

— En croquant un navet cru.

— Ou un oignon.

— Ou bien elle fait l'amour avec le roi des Tritons, au fond de l'océan ?

— Elle est foutue de rester debout sur un pied en haut d'une colonne pendant cent sept ans, comme l'autre cinglé, j'ai oublié le nom.

— Mais, elle, ce serait pour pisser sur les gens.

— Allons boire un coup, ça la fera venir.

— Beuh... Du cidre ? Tu crois ?

— Au fait, qu'est-ce qui nous a pris de quitter le service ? Rappelle-moi.

— Tu l'as dit : l'âge.

— Garde ça pour le roi. Je n'ai jamais été autant pétant le feu. Et toi aussi, je le sais bien.

— Disons que, depuis quelque temps, la politique prend un tour qui ne nous plaît pas trop. Alors, nous prenons nos distances.

— C'est tout à fait ça. Rappelle-moi les détails.

— Souviens-toi. En l'an 504 — il y a trois ans, donc —, il s'est passé quelque chose.

— Et comment ! Les armées de Clovis sont venues porter la guerre en Armorique et se sont fait proprement démolir par les nôtres.

— En particulier par notre cavalerie.

— Cette cavalerie dont nous venions tout juste, toi et moi, de faire une arme formidable.

— Nous-mêmes n'avons pas pris part à la bataille, refusant de porter les armes contre les Francs, ce que le roi a fort bien admis.

— Battu deux fois de suite, et à plate couture, par les cavaliers d'Armorique, Clovis conçut pour eux un grand respect. D'autant que, question cavalerie, les Francs, c'est pas leur truc. Le chef à cheval, les autres à pied, c'est tout ce qu'ils connaissent. A la suite de quoi, Clovis a signé un traité de paix et d'alliance avec le roi d'Armorique.

— La paix, c'est bon. L'alliance, c'est le piège.

— Justement. Clovis, maintenant, a une cavalerie : la nôtre. Entre nous, je ne sais pas si tu l'as remarqué, mais, quoi que nous fassions, toi et moi, ça tourne toujours à l'avantage de ce salaud. Il est certain que, d'un jour à l'autre, Clovis va déclencher la guerre contre les Wisigoths d'au-delà de la Loire. Tous les rapports des espions le confirment. Il masse des troupes autour de Tours, la ville sacrée de saint Martin, qui lui appartiendrait, dit-il. Ça va craquer, c'est sûr. La cavalerie armoricaine, notre cavalerie à nous, crèvera le front wisigoth et galopera sans s'arrêter jusqu'aux Pyrénées et même plus loin... Or, toi et moi, nous en avons assez de la guerre et des tueries, tu es bien d'accord ? Alors, voilà, nous nous retirons sur la pointe des pieds, d'abord pour ne pas tuer, ensuite pour ne pas aider davantage l'infâme Clovis. C'est bien ça ?

— Tout à fait. J'ajouterai seulement ceci : l'infâme Clovis cultive toujours, dans un recoin du dedans de sa tête, cette petite rancune tenace qui l'inciterait à nous faire des choses désagréables, à toi comme à moi.

Le roi Clovis, la reine Clotilde et la sainte femme Geneviève sont réunis en petit comité dans une salle du palais aux dimensions modestes. Chose surprenante, la pièce jouit d'une agréable tiédeur, en ces premiers jours d'un printemps rétif, bien que ne s'y remarque nulle cheminée centrale, nul brasero sur pied dévorant son contingent de bûches. C'est que l'ingénieux système romain de chauffage par des conduits d'air chaud circulant dans l'épaisseur des murs à partir d'un hypocauste situé en sous-sol est toujours en fonction. Des torches plantées dans des anneaux de fer scellés aux murs tombe une chiche lumière rougeâtre qui danse avec les flammes et noircit la voûte. Clovis préfère cet éclairage brutal aux lampes à huile, plus civilisées.

Le visage du roi reflète son indécision. Il est au bord d'un grand dessein. Comme toujours avant un coup décisif il prend conseil des deux maîtresses femmes en qui il a placé, du moins en partie, sa confiance. Geneviève est une puissance par elle-même. Clotilde en est une par Clovis interposé. Le roi parle :

— Jamais l'occasion n'a été aussi belle. On croit les Wisigoths forts ? Ils ne le sont que de la force de leurs cousins Ostrogoths, avec leur Théodoric qui, parce qu'il tient l'Italie et le pape, se prend pour un nouvel empereur d'Occident. Or l'empereur, le vrai, celui de Constantinople, redoute la puissance croissante et l'arrogance du Théodoric, lequel n'osera pas se priver d'une partie de ses braves au profit des Wisigoths d'Alaric, tant il craint que l'empereur n'en profite. Mes espions me rapportent que Théodoric aurait envoyé des messagers aux rois des Hérules, des Thuringiens et d'autres nations au nord du Rhin afin qu'ils m'attaquent en masse au cas où je passerais la Loire, ce qui me mettrait en grand péril car je ne pourrais pas diviser mes troupes, et, si je le faisais, je ne pourrais de toute façon pas courir de la Loire au Rhin avant qu'ils n'aient envahi tout le pays franc.

« Je sais aussi que Théodoric travaille au corps Gondebaud et ses Burgondes, lesquels, c'est un fait, font peser une terrible menace sur toute la longueur de mon flanc gauche. Telle se présente la situation sur le terrain.

« Or, au-delà de la Loire, on m'attend, on m'espère ! Le peuple catholique et ses évêques me préparent des arcs de triomphe. A Tours, on parle de miracles suscités par ma prochaine venue. L'ordre que j'ai donné à l'armée de s'abstenir de tout pillage aux dépens des chrétiens catholiques, répété de village en village, m'a acquis la sympathie de tous. Le coup est risqué, très risqué. Si je perds, je perds tout, même la vie. Mais si je réussis ! Si je réussis... Qu'en penses-tu, mère vénérée ?

Geneviève, plus émaciée que jamais, pâle fantôme qu'enveloppe comme un linceul la vaste robe dont un pan lui couvre la tête — elle vient d'avoir quatre-vingt-cinq ans —, répond, d'une voix un peu cassée où sonnent cependant les accents qui fustigèrent les Parisii fugitifs aux jours sanglants d'Attila :

— Gondebaud ne bougera pas, je puis te l'assurer. Ou plutôt, il attendra et volera au secours de la victoire. Cette « terrible menace » n'est que fumée.

« Les Thuringiens et les autres peuples d'au-delà du Rhin discuteront, demanderont des délais et des garanties. Si tu fais vite, tout sera terminé avant qu'ils ne se soient décidés.

« Quant à Théodoric, d'abord il est trop loin pour agir assez vite, ensuite je puis t'annoncer que son cousin Thrasamund, roi des Vandales d'Afrique et de Sicile, n'attaquera pas Constantinople par mer, ainsi qu'il le lui avait promis. Par conséquent, Théodoric n'osera pas dégarnir son front d'Orient.

— D'où sais-tu cela ?

— Je le sais.

— As-tu vraiment commerce avec les anges ?

Geneviève ne répond pas. Clotilde se signe. Clovis se lève. Sa décision est prise. Il n'est plus que calme et détermination. Il explique :

— Alaric, en ce moment même, masse ses Wisigoths près de Poitiers. Il a déjà pratiquement sacrifié Tours. Il sait donc que l'attaque partira de là. Je lancerai contre ses Alains mes cavaliers armoricains. Je chargerai avec eux. Je dois le briser au premier choc. Je confie l'infanterie à mon fils Thierry. Ce sera son premier grand commandement. J'attends de lui des merveilles. Je sais qu'il ne me décevra pas. C'est un fils de roi. C'est un roi.

Si Clovis, tout à sa vision des choses à venir, n'a rien remarqué, Geneviève, elle, n'a pas manqué de noter la fugace crispation des traits de la reine aux dernières paroles de son époux. Elle loge cela dans sa tête, se promettant d'étudier la chose plus avant. Se levant à son tour, elle pose la main sur l'épaule du roi :

— Tu sais que le Ciel m'éclaire de Ses lumières. Alors, écoute. Si tu fais vite, la victoire est à toi. N'attends pas. Aux noms du Seigneur Christ Jésus et de la très Sainte Trinité, frappe comme la foudre ! Extirpe l'hérésie ! Dieu est avec toi.

— Tu as demandé à me parler seule à seule, très chère mère ?

— Ma petite Clotilde, je suis inquiète. A tort, j'espère. C'est à toi de me rassurer.

— Si c'est en mon pouvoir, très chère mère, tu sais que tu peux compter sur moi. Parle donc.

— Pardonne ma brutalité. Je n'ai pas l'art des préambules. Voici. Je ne peux pas ne pas avoir remarqué ton hostilité envers Thierry, le fils aîné de ton époux Clovis, cet enfant qu'il eut d'un premier mariage.

— Hostilité, dis-tu ? Cela se voit donc ?

— Peut-être pas pour de moins attentifs que moi.

On ne feint pas, on n'esquive pas sous le regard de Geneviève. On joue franc jeu, fer contre fer. Geneviève, Clotilde. L'affrontement de deux volontés qui, en sous-main, font et défont les empires.

— Soit. Je me défie de Thierry. Il a conspiré contre la vie de son père. Je le tiens de source sûre.

— Je le sais aussi. Peut-être de même source. Il y a bien longtemps de cela. C'était alors un adolescent, presque encore un enfant. Une canaille sans scrupule le manipulait. Depuis, le baptême l'a transformé. Thierry est aujourd'hui un homme pleinement responsable, tout dévoué à Dieu et à l'Église, un fils respectueux, un guerrier de grande valeur. Son père a pour lui une profonde affection.

Clotilde constate, non sans amertume :

— Il n'est pas le seul, à ce qu'il paraît. Tu sembles

lui avoir réservé une place de choix dans ton cœur, toi aussi, très chère mère.

— Il la mérite. Je l'ai vu naître et grandir. Je parle en connaissance de cause. Il sera le digne successeur de son père. Il est intelligent, il sait prendre des risques lorsqu'il le faut. Il poussera la conquête des Gaules à son terme ainsi que la réunification du peuple chrétien, débarrassé des rois hérétiques, sous la sainte autorité du seigneur pape.

— Tu parles de lui comme s'il était le seul fils de mon époux. Tu oublies ceux que j'ai portés, nés d'une légitime union chrétienne, eux, alors que ce Thierry n'est que le bâtard craché par les entrailles d'une concubine.

— Le ressentiment t'égare. La mère de Thierry n'était pas une concubine — ce qui d'ailleurs n'eût en rien diminué les droits de son fils —, mais la femme légitime de Clovis, épousée régulièrement selon les rites du mariage franc, par le sou d'or et le denier d'argent. La loi franque est formelle : ce garçon jouit de plein droit de toutes les prérogatives d'un fils premier né.

— Mère, en m'épousant, Clovis renonçait à prendre d'autres épouses. J'y ai mis bon ordre. Au prix d'une vigilance de tous les instants, car le roi est fort sensible au charme féminin. Il m'a aussi fallu combattre l'effet des ricanements de ses parents mâles qui, baptisés ou non, collectionnent les épouses à pleins gynécées, sans compter les concubines notoirement affichées, toute cette débauche de stupre conduisant à un grouillement de marmots, futurs héritiers qui se couperont la gorge au moment des partages. J'ai même écarté de la domesticité les petites esclaves aux seins fripons et au ventre fécond, assumant seule le devoir conjugal bien qu'il m'en coûte souvent car, je te le dis en confidence — mais ta sainte chasteté peut-elle comprendre ces tourments ? —, le roi Clovis est sur ce point fort ardent et fort exigeant, et il m'a fallu bien souvent avoir recours à la prière pour supporter sans rechigner la brutalité et la fréquence de ses assauts — « assauts » est le mot qui convient — auxquels je ne prends nul plaisir, crois-le, surtout quand il a bu plus que de raison.

« Et j'aurais supporté tout cela pour voir mes enfants, les fruits de ma chair et de mes sacrifices, supplantés par ce garçon qui ne m'est rien, qui n'a que la supériorité d'être né d'une femme qui m'a précédée ?

— Songe, ma fille, que si Clovis, au lieu de s'obstiner dans la vieille loi barbare des Francs, s'était rallié, ainsi que l'y incitait Remi, à la loi romaine de primogéniture, Thierry seul succéderait à son père et recevrait ses biens en héritage. Telles que sont les choses, tes fils hériteront à parts égales avec Thierry. Qui sait même si Thierry ne les préservera pas de s'entre-déchirer ?

— Thierry ! Toujours Thierry ! Le sage, le vertueux Thierry...

La vieille femme scrute l'indomptable visage.

— C'est donc bien là le nœud de l'affaire... Prends garde, ma chère fille, cela ressemble fort à de la haine et pourrait le devenir.

Clotilde ne répond pas tout de suite. Contenant les sentiments violents qui l'agitent, elle s'agenouille, joint les mains, se signe et dit, presque humblement :

— Ma mère, veuille ne voir là que paroles qui volent au vent. J'ai choisi d'être l'épouse. J'en assumerai les amertumes aussi bien que les triomphes.

— Je sais ce que tu as choisi. Va, ma fille, et puisse ton âme trouver la paix en Jésus-Christ, notre Sauveur.

Dans sa cellule du monastère de Nanterre, la sainte femme Geneviève gît sur la couche de terre semée de cailloux aux aspérités cruelles qui lui sert de matelas. Elle est nue sous sa longue chemise, pauvre carcasse dépourvue de chair, vieil oiseau déplumé dont les os légers pointent sous la toile de chanvre grossièrement tissée. Il fait froid, la fenêtre est grande ouverte sur le crépuscule. Une bûche sous la nuque, les mains jointes, prie-t-elle ? Arrange-t-elle quelque savante combinaison politique pour la plus grande gloire du vrai dieu ?

La porte n'a pas de battant. C'est une simple ouverture sur le monde. Ainsi Geneviève est-elle à tout moment accessible, disponible, offerte aux besoins de tous.

Une toute jeune nonne s'encadre dans l'ouverture, n'osant troubler la prière ou la méditation de la prophétesse aimée de Dieu. Geneviève l'a perçue.

— Qu'y a-t-il, petite ?

— Révérende mère, un homme est au portail, qui dit que tu l'attends, qu'il a des choses à te communiquer, des choses qui ne peuvent attendre, c'est ce qu'il a dit, révérende mère.

— Rien d'autre ?

— Si fait, révérende mère. Il a remis ceci à la sœur tourière, qui me l'a remis pour que je te le remette.

Geneviève tend la main. L'enfant pose quelque chose dans la paume parcheminée : un petit coquillage marin marqué de l'esquisse du labarum, le signe sacré du Christ.

— C'est bien. Fais-le entrer dans l'écurie. Je l'y rejoins.

L'écurie ouvre directement sur l'extérieur. Elle se trouve donc située hors les murs du monastère proprement dit. Un homme peut y entrer sans transgresser la règle. Celui-ci est vêtu en batelier, le bonnet des nautes posé sur l'oreille à la mode canaille. Il s'incline quand Geneviève paraît. Elle questionne, d'emblée :

— Alors ?

Il s'approche, parle à voix couverte :

— Tu avais raison, mère, il y a anguille sous roche.

— Précise.

— Cinq. Cinq gaillards. Des Antrustions. Tout dévoués à la reine. Ils ont reçu dix sous d'or chacun[1]. Ils en toucheront autant une fois le coup fait.

---

1. Soit environ 50 000 francs actuels.

— C'est pour quand ?

— Pas de date. Suivant opportunité.

— Il y a donc urgence ?

— Pas tellement. La guerre est imminente. Le seigneur Thierry ne quitte plus l'armée, parmi ses leudes et ses soldats. L'affaire serait ardue, et trop risquée. Les assassins n'échapperaient pas.

— Je vois. C'est bien. Continue à veiller. Tiens-moi au courant. Va.

— Laissez ça là.

Les deux moines à la puissante carrure sortent, sans un mot, comme ils étaient entrés. « Ça », c'est une longue fille aux épaules pointues, aux seins de fillette à peine pubère qui courent, drus comme pommes vertes, sous la loque couvrant à la diable sa sèche sveltesse. Une tignasse en désordre retombe devant deux yeux qui luisent, à l'affût, par les interstices. La créature ne bouge ni ne parle. Elle attend, bête sauvage prise au piège, guettant l'occasion, prête à bondir. Geneviève l'examine. Elle finit par dire :

— C'est donc toi.

Pas de réponse. Une brève lueur d'attention dans les yeux qui ne cillent pas.

— Toi seule peux convenir. Ils te croiront, toi. Je n'ai pas oublié. Toi non plus, j'en suis sûre.

La fille sauvage parle enfin :

— Il y a vingt ans.

— Il y a vingt ans, c'est cela.

— J'étais encore fillette.

— Une fillette qui promettait !

— C'est pour m'infliger un sermon que tu m'as fait enlever ?

Geneviève a un mince sourire.

— Toujours insolente. Tu m'amuses. Non, pas de sermon. Les sermons glissent sur toi comme l'eau sur les plumes d'un canard.

— Alors, tu as besoin de moi.

— J'ai besoin de toi.

— Je peux refuser ?

— Tu ne refuseras pas quand je t'aurai dit de quoi il s'agit.

— Voyons cela. Auparavant, dis-moi : comment m'as-tu trouvée ?

— J'ai toujours su où vous étiez, les uns et les autres. Je t'aurais trouvée à n'importe quel moment.

— Mais alors tu n'avais pas besoin de moi ?

— Voilà.

— Tandis qu'aujourd'hui... Bon. Je t'écoute.

S'ensuit un assez long conciliabule.

XIX

Ils sont barbus, jusqu'aux yeux vers le haut, jusqu'au poitrail vers le bas. Torse nu dans l'humide vent d'ouest aux senteurs océanes, ils s'évertuent du pic et de la hache à extirper les souches noueuses agrippées au sol coriace comme les mains avides d'un avare colossal. Otto pose sa pioche, s'essuie le front d'un revers de coude, passe voluptueusement la main dans sa soyeuse barbe blonde et constate :

— La barbe, au début, ça surprend, et puis on s'y fait. Je te vois, là, devant moi, tu n'as plus de visage, rien qu'un hérisson de poils fauves avec un rien de gris, tu pourrais être n'importe qui. Mais les yeux, pardon ! Tout a disparu, ne restent que les yeux. Alors, forcément, il n'y en a que pour eux. Les tiens sont verts comme... Comme quelque chose de très vert, laisse-moi chercher, je vais trouver.

— Ohé, le poète ! Les tiens sont bleus comme ceux d'un feignant de barbare qui saisit tous les prétextes pour poser la pioche. Allons, donne-moi un coup de main pour cette saloperie de souche. On l'a presque. Bien ensemble ! Oh, hisse...

Mais le feignant de barbare aux yeux bleus ne met nul empressement à prendre sa part de l'effort commun. Main en visière, bouche bée — cette caverne noire dans cet océan fauve ! —, il scrute les lointains, les lointains d'où parvient un pataclop-pataclop que

Loup finit par percevoir. Les voilà tous deux mains en visière, regardant grossir un point d'abord minuscule auquel poussent bientôt des pattes, quatre, et puis deux têtes superposées, une de cheval, une d'être humain, pour autant qu'on en puisse juger.

La distance diminuant, il devient de moins en moins téméraire de supputer qu'on a affaire à un cheval et à son cavalier, hypothèse qui se mue en certitude lorsque ledit cheval freine des quatre pieds à ras des barbes des deux compères. Et là, une fois la poussière retombée, le doute n'est plus permis.

— Gwen... Gwen... Gwendoline !

Il en bafouille, Otto. Pas elle.

— Qui veux-tu que ce soit ? C'est quand même curieux : chaque fois que j'arrive, tu as l'air de ne pas y croire.

— Dix ans, Gwendoline.

— Tant que ça ? Tu crois ?

— Et justement...

— ... tu pensais à moi.

— Comment le sais-tu ?

— Comme si tu pouvais penser à autre chose !

— C'est pourtant vrai. Je le disais tout à l'heure à Loup...

— Je sais ce que tu lui disais. Tu lui parlais de moi. Au fait, c'est bien toi, ce barbu qui me serre comme un ours et va me faire tomber de cheval au lieu de me déposer gentiment à terre ?

— C'est autant moi que tu es toi.

— Je te dis ça, histoire de dire que j'avais remarqué que tu te l'étais laissée pousser, parce que, te reconnaître, tu penses, même au milieu d'une meule de paille je t'aurais reconnu ! Et cet autre, là, c'est bien l'autre ?

— Tu en doutes, Gwendoline ?

— Idiot !

Elle rit, s'arrache aux bras d'Otto pour se jeter dans ceux de Loup, et ils sont tous trois heureux comme c'est pas permis, elle sans en faire une histoire, eux s'essayant au naturel et n'y parvenant pas, mais justement, c'est comme ça qu'elle les aime.

Il n'osent poser la question dont la seule existence non formulée ternit déjà le pur cristal de leur bonheur. C'est elle qui y vient :

— Nous revoilà ensemble pour un bout de temps, mes petits.

« Mes petits »... Ils ronronnent, les barbons ! Ils en redemandent. Du haut de ses acides vingt-huit ans qu'on fourrerait dans une poche, elle sait la manipuler, l'engeance !

— Je suis passée par la maison. J'y ai trouvé Sassa la toute belle, elle m'a dit où vous étiez, et bon, quoi... Alors, vous voilà paysans ? Vous faites pousser la légume ?

— Pour l'instant, tu vois, nous défrichons. C'est toujours par là qu'on commence.

Les yeux d'Otto brillent.

— Sans une explication ? Hop là ! Tête baissée ! Comme au bon vieux temps ?

Ils sont attablés devant un monceau de saucisses et un tonnelet de cidre. Sassa chasse à coups de balai de genêt les poules et la marmaille, l'oreille attentive aux propos. Elle est jalouse, un peu, Sassa, pas trop — comment être jalouse de Gwendoline ? —, elle sait que la survenue de l'imprévisible sauterelle signifie le départ de ses hommes, leur retour en piteux état — et peut-être pas de retour... Elle sait aussi que, derrière leur barbe, l'ennui sournois a commencé à grignoter leur âme. Ce sont coureurs de chemins, chevaucheurs de chimères. Labourer la terre n'est point leur fait. Sassa goûte l'amertume des séparations parce qu'elle prélude à l'ivresse des retrouvailles.

Loup risque, à tout hasard :

— On peut savoir...

Elle le coupe, la bouche pleine :

— Rien du tout. Vous saurez quand il faudra. Pas par moi.

— Oh, oh... Tu fais dans le secret d'État ?

— Quelque chose comme ça.

— Où va-t-on ?

— Ça, je peux vous le dire. A Paris. Plus précisément, à Nanterre.

— Tiens donc !

— Ne me demandez plus rien, je ne vous répondrai pas. Faites-moi plutôt la cour.

— Te voilà donc, fils.

— Pour te servir, mère.

— Je n'ai jamais embrassé un homme à barbe.

— Désagréable ?

— Je ne dirai pas cela. Te voilà aussi, Otto.

— Cela t'étonne ?

— Cela me comble. J'ai besoin de vous deux.

— Nous voici.

— Avant toute chose, il faut vous débarrasser de ces toisons d'ours. C'est de vos visages que j'ai besoin. Je dois savoir s'ils ont changé.

— Ils ont pris quelques rides, mère. Je les crois cependant reconnaissables.

— Nous verrons cela. Allez vous faire raser. Revenez vite.

— Nul besoin de barbier. Nous pouvons nous raser ici même.

Otto s'esclaffe.

— A condition de trouver un rasoir dans un monastère de femmes !

Geneviève sourit.

— Il peut arriver à des femmes d'avoir à se servir d'un rasoir.

— J'aurais dû y penser : les poils aux pattes.

— Je n'aurais pas dit cela comme ça. Je vous fais apporter le rasoir.

— Vous voilà donc, tels qu'il y a... disons, assez longtemps. Eh bien, mais, vous n'avez pas tellement changé ! Ça devrait faire l'affaire.

— Tu as demandé à me voir, chère mère ? Il te suffisait de venir. Je suis toujours disponible pour toi, et avec joie, tu le sais.

— C'est que je ne suis pas seule, ma fille.

— Tes amis sont les miens. S'agit-il de ces deux hommes qui se tiennent derrière toi et que je discerne mal, dans l'ombre ?

— Tu les reconnaîtras, je pense. Vous deux, avancez dans la lumière.

Les deux silhouettes font trois pas en avant. La lampe à six becs les éclaire de face. La reine Clotilde hésite, au bord du souvenir, et soudain pâlit. Elle se tourne vers Geneviève, déjà sur la défensive.

— Qu'est-ce à dire ?

— Donc, tu les as reconnus. Et, j'en suis certaine, tu te rappelles quand et en quelles circonstances tu les as rencontrés pour la première fois.

— Pourquoi ce ton accusateur ? Pourquoi cette mise en scène ? Certes, je reconnais ces hommes, j'en conviens bien volontiers. Ce sont les deux messagers envoyés à Genève par le roi Clovis pour apprécier sur pièces si j'étais digne de devenir son épouse. Je vivais alors là-bas, chez les Burgondes, près du couvent fondé par ma sœur Chrona... Et puisque nous avons ouvert la boîte aux souvenirs, je crois savoir que, depuis, ils ont trahi la confiance de leur roi, se sont rebellés comme traîtres et félons, et que leur tête est mise à prix. Je vais d'ailleurs appeler mes gardes afin de livrer ces renégats à la justice du roi mon époux.

— Si tu m'en crois, tu n'en feras rien. Ces hommes sont sous ma sauvegarde, je puis ameuter tout Paris en un instant... Tu vas plutôt écouter ce que j'ai à te dire.

Loup et Otto préféreraient être ailleurs. Geneviève s'est bien gardée de leur expliquer quel est leur rôle en cette affaire, ni même de quelle affaire il s'agit. Ils entrevoient des choses qui ne leur plaisent guère. Et puis, le visible désarroi de la reine les émeut à pitié. Se trouver en situation d'éprouver de la pitié pour une reine est fort gênant. Et dangereux... Geneviève parle :

— Ce que j'ai à te dire, tu t'en doutes. Il suffit de te regarder... Je serai brève. Tu n'es pas Clotilde. Tu es l'autre. Tu es Chrona[1]. Seuls au monde, ces deux hommes connaissent la vérité. Et aussi la vraie Clotilde, cela va de soi. Et enfin moi, qui lis sur les visages et sonde les âmes. Personne de ceux-là n'a jamais songé à t'inquiéter. Il n'y a aucune raison pour que ça ne dure pas.

Geneviève marque un temps. La reine, bras croisés, attend la suite. Celle-ci tardant, elle prend sur elle :

— Tu déraisonnes, mère. Le respect et l'amour que je te porte m'empêchent seuls de te faire jeter hors. Je n'en entendrai pas davantage.

Elle fait un pas vers la porte. Geneviève l'arrête d'un mot :

— Thierry.

Clotilde se fige. Geneviève poursuit :

— Je vois que tu m'as comprise. Ne perdons pas de temps en vaines paroles. Tu hais Thierry. Tu veux que l'héritage entier du roi Clovis revienne aux seuls fils sortis de ton ventre. Tu as engagé des assassins. Ils guettent le moment favorable. Peut-être l'ont-ils trouvé, à l'heure qu'il est. Peut-être Thierry n'est-il déjà plus qu'un cadavre baignant dans son sang. Dans ce cas, sache-le, tu es perdue. Le roi Clovis saura, avec preuves et témoins à l'appui — du menton elle désigne Otto et Loup —, qu'il a été dupé, qu'il n'a pas épousé celle qu'il croyait, qu'on s'est moqué de lui comme d'un bouseux à la foire, qu'il a engrossé une nonne, une épouse du Seigneur Christ Jésus...

Droite, d'un bloc, toute rage et orgueil, la reine reste

1. Voir *La Hache et la Croix*.

muette. Ses yeux parlent pour elle. Geneviève continue :

— Rappelle tes hommes de main. Vite. Prie pour qu'il en soit encore temps.

Clotilde ne nie plus. Elle laisse tomber :

— Qu'est donc ce Thierry pour toi ?

— Je l'aime, c'est tout simple. Comme un fils. Comme le seul des enfants de Clovis qui soit capable de maintenir l'empire que laissera son père.

— C'est faire bien peu de cas de ses autres fils.

— J'en fais le cas qu'ils méritent. Je les ai jugés. Ils ne sont que fausse soumission, hypocrisie, violence, sournoiserie, égoïsme forcené. Ils ne pourront que détruire et massacrer.

— Tu parles à leur mère.

— Je ne l'aurais pas fait si tu ne m'y avais contrainte. Mais assez perdu de temps. Cours arrêter le bras des assassins !

— C'est que...

— Cours, te dis-je ! Sinon, moi, je cours chez le roi. Et pas seule.

— Laisse-moi donc parler ! Thierry n'est plus ici. Il a quitté Paris, il y a trois jours de cela, pour rejoindre l'armée, à Tours. La guerre est imminente, ne le sais-tu pas ?

— Et, bien sûr, les assassins l'ont suivi ?

Clotilde hausse les épaules. Comme s'il était besoin de poser la question !

— Loup ?

— Oui ?

— Explique-moi.

— J'allais te demander la même chose. Tu m'ôtes les mots de la bouche. Vas-y. Après, tu m'expliqueras.

— Voilà : que sommes-nous en train de faire, juste maintenant ?

— Pas dur : nous galopons.

— C'est bien ce qu'il me semblait. Nous galopons. Vers où, s'il te plaît ?

— Vers Tours, noble et opulente cité sanctifiée par Martin, dit « saint Martin », lequel, par un sacrifice fameux, coupa son manteau en deux et en donna une moitié à un pauvre.

— Il aurait pu le donner entier. Qu'ont-ils bien pu faire, l'un comme l'autre, d'une moitié de manteau ? Mais passons... Je continue : qu'allons-nous faire à Tours ?

— Rejoindre l'armée que le roi Clovis rassemble là afin de passer la Loire et de fondre sur le pays des Wisigoths. Nous y joindrons le prince Thierry, à moins que nous ne l'ayons joint en route.

— Et tout cela, nous le faisons pourquoi ?

— Pour empêcher que Thierry ne soit assassiné.

— Jusque-là, je comprends. Voyons la suite. Cette armée que nous allons rejoindre, c'est bien celle des Francs du roi Clovis, de ce même roi Clovis qui a juré de nous fendre le crâne de sa propre main, à toi comme à moi ?

— C'est bien elle.

— Ce prince Thierry, c'est bien celui à qui nous jouâmes un tour cruel en nous évadant des prisons de son papa, déguisés en femmes afin de tromper sa candide confiance, et qui, de ce fait, pour peu qu'il ait la rancune aussi tenace que d'autres membres de sa famille, est censé ne nous vouloir aucun bien ?

— C'est bien lui.

— Donc, nous galopons ventre à terre au-devant d'un double trépas car, même si l'un nous fait grâce eu égard au service rendu, l'autre ne nous ratera pas. Il me semble que notre conduite présente est contraire à tous les principes d'une saine logique ainsi qu'à cette impulsion salvatrice purement animale qu'Aristote nomme si joliment « instinct de conservation ».

— Platon.

— Ce n'est pas impossible. Ils ont dit tant de choses, l'un et l'autre. A toi.

— Je dois tout d'abord te faire remarquer que tu devais poser une question. Or ta dernière phrase n'en était pas vraiment une, ni par l'intonation — tu n'as pas élevé la voix sur la dernière syllabe —, ni par l'écriture, qui n'eût pas nécessité de point d'interrogation. Ceci dit, ma question sera sensiblement une même que la tienne, à ceci près que je la formulerai dans les règles de la syntaxe, tant parlée qu'écrite : Que foutons-nous là ?

— Non. A cela, tu as déjà répondu. La vraie question, c'est : Pourquoi ?

Ils galopent botte à botte, pourtant c'est de l'avant que jaillit la réponse :

— Parce que je vous l'ai demandé. Vous ne vous rappelez pas ?

Tiens, c'est elle ! Elle galopait en tête, elle a senti que ça mollissait derrière, elle s'est laissé rattraper. Ils répondent en chœur :

— Ah, mais bien sûr ! Maintenant que tu le dis !

— Alors, en avant ! Sus ! Sus !

— D'accord, d'accord, Gwendoline, sus, sus ! Il y a quand même un point que nous tenons à préciser.

— Sans ralentir, alors.

— Cela va de soi. Quoique le heurt saccadé du cul sur la selle hache la parole et rende l'élocution hasardeuse.

— Tu élocutes très suffisamment.

— Tu te souviens qu'Otto et moi-même nous nous sommes juré de ne plus faire couler le sang, sauf nécessité impérieuse.

— Gonzesses !

— Possible, mais c'est comme ça. Sauver ton Thierry, d'accord. Mais sans avoir à tuer.

— Qui parle de tuer ? Il suffit que nous arrivions à le prévenir à temps. Il saura prendre ses précautions tout seul. Un grand garçon comme ça !

Pataclop, pataclop !

Tours s'est laissé prendre en douceur. Le menu peuple tourangeau acclame l'armée franque, acclame le roi Clovis, baise la trace des pas de son cheval. Qu'on imagine : il a interdit à quiconque de ses guerriers de molester en quoi que ce soit les chrétiens des pays pris ou à prendre aux Wisigoths, pourvu, bien sûr, qu'ils ne soient pas gangrenés par la sale hérésie d'Arius. Il a décrété : « Prélevez seulement, pour vos chevaux, l'herbe des prairies et l'eau des rivières. » Afin de bien montrer qu'il ne plaisante pas, il a fait pendre bien en vue un effronté qui s'était emparé d'une bottelée de foin, prétextant que ce n'était que de l'herbe sèche, donc permis. On n'avait jamais vu ça !

Femmes et filles osent, timidement, pointer le nez dehors, les plus hardies allant jusqu'à offrir, en rougissant, du lard salé sur des tranches de pain bis aux soudards caracolants.

Au fur et à mesure de leur arrivée, Clovis dispose les éléments de son armée en vue du passage de la Loire et de l'assaut général qui s'ensuivra. Alaric, roi des Wisigoths, n'ayant pas cru devoir défendre Tours, Clovis a trouvé là une excellente plate-forme de départ.

Dans la campagne tourangelle brillent les feux de bivouac des bandes franques, ceux, bien rangés, des légions romaines ralliées, et aussi, à l'écart, comme faisant bande à part, ceux des Ripuaires menés par Chlodéric, le fils de ce roi Sigebert qui ne peut refuser un coup de main à celui qui lui sauva la mise à Tolbiac. Les escadrons de la fameuse cavalerie armoricaine alliée cantonnent, eux, très à l'écart, répugnant à se mêler à ces Francs qui ressemblent par trop aux Saxons, leurs mortels ennemis, et qui de leur côté tiennent ces gens du bout du monde pour des sauvages baragouinant un informe sabir.

Le roi Clovis a interdit le viol. Il n'a rien dit en ce qui concerne la fleurette que l'on conte. Son fils

Thierry promène, loin des grossièretés du bivouac, le romantisme de ses vingt-deux ans au bras d'une jouvencelle aux nattes blondes qu'il entraîne, tout en versant dans son oreille mignonne de charmeuses paroles, vers l'ombre des taillis que parfume le printemps. Ils s'assoient gentiment, main dans la main, sur l'herbe du talus, si fraîche aux cuisses nues. La Loire paisible à leurs pieds miroite.

Les feux d'une armée au repos scintillent enfin devant eux. Ils sont à bout de forces, couverts de l'écume de leurs chevaux. Gwendoline fait le bilan.

— Chou blanc sur toute la ligne. Il a été plus rapide que nous.

— Il avait trois jours d'avance.

— Il n'avait pas à fouiller les taillis, ni à questionner les paysans.

— Pas d'excuses. Nous devions le rattraper.

— En tout cas, « ils » ne l'ont pas tué. Nous aurions trouvé du remue-ménage.

— Pas sûr... Bon. Il faut maintenant aller dans le camp demander si le prince Thierry est arrivé, et où l'on peut le trouver.

— Pas nous, Gwendoline, tu sais bien.

— D'autant qu'étant chef de la moitié de l'armée, il doit occuper une tente près de celle du roi.

— C'est vrai... Il y a un gars qui s'amène, là. Je vais lui demander.

Elle met pied à terre. Le gars qui s'amène, là, répond sans se faire prier que le prince Thierry, ça tombe bien, il vient juste de lui passer tout près, au prince Thierry, il s'en allait avec une jeunesse, bras dessous, bras dessous, par là, vers la Loire. Il allonge le bras et tourne la tête vers ce « par là », mouvement qui lui offre une soudaine vue plongeante sur certains détails anatomiques qui lui révèlent qu'il n'a pas vraiment affaire à un spécimen mâle de l'espèce.

Le roi Clovis, certes, a interdit le viol, mais la nature

est la nature et le troupier est en manque. S'ensuit une double plongée vers le sol, tout à fait à la bonne franquette, le gars tient la fille serrée contre lui tandis que son autre main fait sauter la fibule qui tient ses braies fermées. Son prolongement sentimental soudain libéré se déploie dans sa splendeur et se pousse du nez vers l'étroit passage que lui ouvre un genou faisant coin entre deux tendres cuisses.

Gwendoline ne crie pas. Ce n'est pas le genre. C'est le galant qui, tout à coup, hurle à la lune. Il a eu le tort d'oublier qu'une fille, ça possède deux mains. L'une d'elles a pu se glisser jusqu'à l'organe conquérant, saisir ce qui pend là-dessous et tordre bien à fond, comme on tord du linge après rinçage.

Gwendoline saute sur ses pieds, un peu plus en loques qu'avant. Loup et Otto ont fini par soupçonner qu'il se passait quelque chose. Ils accourent, avisent le bonhomme se tordant à terre et beuglant. Loup dit :

— Ce brave ami va finir par ameuter la garde.

Otto ne dit rien. Il a ramassé une branche tombée. Il en donne un coup sur la tête du braillard, juste ce qu'il faut. Peut-être un peu plus, quand même. Il n'aime pas qu'on viole Gwendoline, Otto.

Oui, mais... Oui, mais la précaution arrive un peu tard. Les hurlements du soupirant frustré dans ses espérances — et probablement écouillé à tout jamais — ont fait vibrer avec violence l'air alentour et, se propageant à la vitesse du son, ont atteint l'oreille de Thierry, lequel se préparait à mener à bonne fin une semblable union d'organes complémentaires, mais en douceur, finesse et poésie, lui, et avec l'agrément et même la participation active de la personne du sexe opposé impliquée dans cette affaire.

Chez un guerrier exercé dès l'enfance à faire face aux périls imprévus, l'ouïe lance l'alerte, le corps réagit à une vitesse dont le croquant ordinaire n'a pas idée. Au premier hurlement Thierry est sur pied, abandonnant la jouvencelle dans la position adéquate à certains desseins auxquels sa parole charmeuse avait su la faire consentir ! Dans la même infime fraction de temps, la poignée de sa bonne épée saute d'elle-même dans sa main tandis que la lame jaillit du fourreau et brille, cruelle, gourmande de carnage.

Ce n'est pas tout. Le cri du violeur imprudent déclenche bien d'autres conséquences. Cinq silhouettes de mauvais augure se dressent d'un coup, qui hors d'une touffe de roseaux, qui hors d'un buisson épineux, disposées en un arc dont la Loire forme la corde et Thierry le centre. Thierry crie « Trahison ! » et court, l'épée haute, vers l'arsouille le plus proche. En même temps, sans avoir à se concerter, Loup, Otto et Gwendoline se répartissent la besogne et courent chacun à leur gibier. L'embuscade devient bataille rangée. Ce ne peut plus être de l'assassinat mené avec finesse et discrétion. Le coup est manqué. Ce que constate le chef des spadassins, qui ordonne :

— Foutu pour cette fois ! Fuyons !

Aucun ordre, jamais, ne fut plus promptement exécuté. Personne n'ayant jugé opportun de poursuivre les fripouilles, on cause. Otto avance :

— On dirait que nous sommes arrivés à temps.

— Ces gars-là allaient faire son affaire à cet autre.

Cet autre s'approche, l'épée en avant.

— Êtes-vous aussi des assassins ?

Gwendoline, qui sait voir les choses qui se cachent derrière les choses, réplique tac au tac :

— Es-tu gibier d'assassins ?

— Je ne le savais pas, mais il semble bien que oui. Ceux-là voulaient me tuer. Je crois comprendre que vous n'êtes pas de la même bande. Pourquoi avez-vous crié ? Pour me prévenir ?

Gwendoline sait aussi voir passer l'occasion et l'empoigner aux cheveux :

— Et pourquoi d'autre voudrais-tu que ce soit, bel enfant ?

— Je suis le comte Thierry, fils du roi Clovis.

— Eh bien, te voilà sauf pour cette fois, seigneur comte. Cela ne veut pas dire qu'il n'y en aura pas d'autres.

— Ah, oui ? Qui donc pourrait vouloir ma mort ?

Loup va pour répondre. Gwendoline lui plante au bon endroit son coude si pointu. Loup fait « Ouf ! » et se plie en deux. Gwendoline a pour principe de ne pas semer la zizanie dans les familles. Elle dit, haussant les épaules :

— Va savoir... Quelque espion d'Alaric, qui redoute l'effet de ta valeur guerrière dans le combat qui se prépare.

— Hum... En tout cas, il me faudra être plus prudent, dit Thierry, qui semble préoccupé.

Il demande :

— Ta voix ne m'est pas inconnue. Où l'ai-je entendue, camarade ?

— Il y a quelques années de cela. Cherche bien !

Loup ajoute :

— La mienne ne te dit-elle rien ? Cherche !

Otto ne demeure pas en reste :

— Et la mienne, hein ? Cherche, seigneur prince et comte, cherche !

Thierry se prend le menton dans la main, fronce le sourcil, tire un bout de langue, se gratte le cuir chevelu. Cette gymnastique doit être efficace, puisqu'il s'écrie :

— Ça y est ! La prison ! L'ergastule sous le palais ! Toi, là, tu es le Hun blond. Ah, vous m'avez bien possédé !

— Tu nous en veux toujours ?

— Écoutez. Vous m'avez peut-être évité une grosse bêtise.

— Ragnacaire ?

— Chut ! Pas de noms. Sachez seulement que l'épisode m'a ouvert les yeux.

— N'en parlons plus.

— Êtes-vous à l'armée ?

— Nous n'appartenons plus à l'armée franque. Le

roi ton père, tu le sais, nous a décrétés hors-la-loi. Pour te dire le vrai, nous nous sommes mis en grand péril afin de veiller sur ta vie.

— Comment ? Vous n'étiez pas là par hasard ?

— Nous sommes mandatés par Geneviève, qui t'aime très fort et veut te protéger.

— Geneviève ? Elle sait donc que je suis menacé ? Comment cela se peut-il ? Y aurait-il un complot ? Parlez !

— Geneviève ne nous a pas donné d'explication. Elle reçoit des avis tout droit depuis le Ciel. Et nous, quand Geneviève a besoin, nous sommes là. Sache que les assassins ne renonceront pas. Peut-être aurait-il été plus sage de les poursuivre et de les tuer sur place. Vois-tu, l'âge venant, on répugne à verser le sang.

— Et puis, nous sommes bien fatigués.

— Je vous prends sous ma sauvegarde. Venez au camp.

— Je ne voudrais pas te blesser, seigneur comte, mais ta sauvegarde serait de bien peu de poids contre l'envie de vengeance de ton père. Ne t'occupe pas de nous. Fais tes préparatifs militaires. Entraîne tes hommes au combat. Nous veillerons. Si tu dois être tué, que ce soit en pleine bataille, pas sous les coups d'un assassin. Va.

Que redire à cela ? Rien. Thierry salue de la tête, et puis s'en va. Pas très loin. Pas plus loin que le nid fleuri où l'attend, dans la position exacte où il la laissa, la jouvencelle aux blondes nattes et aux blanches cuisses. Tout en se mettant en mesure de reprendre les choses au point où elles en étaient, Thierry demande, très fils de roi :

— Belle enfant, ne trouvas-tu pas insupportablement longue mon absence ? Ne te languis-tu pas de la charmante besogne qu'il nous fallut interrompre ?

Adorable autant que patiente, elle répond, avec son plus frais sourire :

— Oh, non, seigneur comte ! J'eus de la compagnie.

Trois soldats, l'un après l'autre, qui allaient à l'eau, me trouvant si bien prête à la chose, mirent à profit l'occasion et, je dois dire, firent merveilles et te préparèrent la voie. Mais ce n'étaient que valets d'écurie. Un fils de roi fera cent fois mieux. Viens, mon beau prince !

Loup dit :

— Nous avons bien fait de les laisser filer, tout bien pesé. Il aurait suffi que l'un d'eux, pour avoir sa grâce, révèle à Thierry d'où venait le coup...

Gwendoline, tout en s'ôtant la terre d'entre les doigts de pied au moyen d'un petit bâton, occupation qui lui procure toujours un vif plaisir, opine gravement :

— La famille, c'est sacré. N'empêche, cette Clotilde, quelle salope !

XX

Tandis qu'aux environs de Tours le comte Thierry, à la tête d'une partie de l'armée, dont la fameuse cavalerie armoricaine qu'il vient d'accueillir, attend un signal pour franchir la Loire, le roi Clovis et le gros des troupes rejoignent tranquillement, à Orléans — il s'agit d'arriver frais et dispos pour la bataille —, la rive droite du fleuve, qu'ils longent par la chaussée romaine jusqu'à Amboise, où l'eau peut aisément être passée.

Les Francs foulent désormais la terre wisigothe. Thierry, prévenu, passe à son tour sur l'autre rive. Les deux tronçons se rejoignent et marchent sur Poitiers. Chose surprenante dans une armée barbare, la discipline de fer imposée par Clovis fait régner un semblant d'ordre dans l'habituelle cohue. Les légions romaines héritées de Syagrius ouvrent la marche, musique en tête, donnant d'emblée un air de romanité qui ne peut que rassurer ces populations nostalgiques de l'ordre césarien. Vient ensuite le roi Clovis, précédé, entouré et suivi de ses Antrustions farouches. Suivent les Francs ripuaires, commandés par Chlodéric, fils du roi Sigebert. Les Francs saliens de Clovis ferment la marche, afin de garder un œil sur leurs alliés, toujours plus ou moins suspects. A leur tête caracole le comte Thierry.

Nul ne sort des rangs pour piller, nul ne se permet

d'allonger le bras pour caresser le menton d'une fillette. Or elles sont nombreuses, les fillettes, et aussi leurs grandes sœurs, et aussi leurs mamans, accourues pour acclamer l'armée libératrice du grand roi Clovis, seul souverain catholique, venu les délivrer du joug odieux des Wisigoths et de leurs prêtres hérétiques.

L'armée entonne à plein gosier les vieux chants teutons qui rythment si bien la marche. Clovis eût préféré des cantiques, qui eussent mieux illustré ses intentions de missionnaire du Seigneur Christ, mais il lui faut bien reconnaître que, pour donner au troupier du cœur au ventre, les chants sauvages des Ancêtres sont plus efficaces que les miaulantes mélopées des catéchumènes.

L'armée a le moral. Saint Martin n'a-t-il pas, en personne, à Tours, sa ville, envoyé un présage de bon augure pour les desseins du roi Clovis ? Et les présages succèdent aux présages. Les Wisigoths ayant détruit tous les ponts, les bacs et les nefs qui permettraient le passage de la rivière Vienne, l'armée se voit contrainte d'en remonter le cours, sans grand espoir, y perdant son temps, ses forces et sa confiance. Clovis alors entre en prière, suppliant le dieu de Clotilde de lui venir une fois encore en aide, et voilà que, devant ses yeux, une biche jaillit des taillis, entre dans l'eau et traverse la rivière en trois bonds, sans se mouiller plus haut que les genoux. Miracle ! L'armée aussitôt prend le même chemin, clamant jusqu'aux cieux des actions de grâces.

Le roi Alaric a établi son camp près de Poitiers, en un lieu nommé Vouillé. C'est un bon retranchement, appuyé sur la rivière Auxances qui court, capricieuse, entre deux lignes de hauteurs. La vue s'étend au loin vers le nord, d'où surgira l'ennemi.

L'armée wisigothe piaffe et ronge son frein. Les chefs voudraient attaquer sans attendre, courir à la rencontre de ce misérable Clovis et démolir ses lourdes brutes issues des forêts du Rhin. Alaric, lui, sait trop bien ce que recouvrent ces rodomontades. Une armée sans élan, déshabituée des fatigues de la guerre pendant ces trop longues années passées à s'engraisser sur le dos du croquant gallo-romain. Des chefs présomptueux, vaniteux, ne cherchant que l'exploit isolé qui vous couvre de gloire, trop bêtes pour comprendre l'ampleur terrifiante de l'enjeu de la lutte.

Alaric ne parvient plus à les contenir, ces fiers-à-bras inconscients. Ils en sont aux injures, aux insinuations de couardise, voire de trahison... Il sait, lui, qu'attaquer maintenant serait courir au désastre. Il n'a plus d'espoir — et bien mince ! — qu'en Théodoric, le roi des Ostrogoths, le maître de l'Italie, qui traite d'égal à égal avec l'empereur Anastase. Les Ostrogoths sont les frères des Wisigoths, ils sortent d'une même souche, ils parlent une même langue, ils se sont toujours soutenus.

Théodoric a promis une armée. Mais voici que Théodoric est lui-même menacé à l'orient. L'empereur Anastase, sans doute gagné à la cause de Clovis par Remi et les autres évêques catholiques, sans doute aussi inquiet de la formidable montée en puissance de cet Ostrogoth qui affiche des allures et des prétentions d'empereur d'Occident, a jeté une flotte considérable sur les rivages adriatiques de l'Italie et ravage méthodiquement ports et villes côtières. Théodoric, ainsi obligé d'improviser une défense sur ses arrières, pourra-t-il se démunir de troupes pour les envoyer à Vouillé secourir Alaric ? Et si oui, le pourra-t-il à temps ? Le cas avait pourtant été prévu, les Vandales d'Afrique, maîtres de la mer, devaient cingler sur Constantinople et empêcher la flotte d'Anastase de quitter ses mouillages. Apparemment, il n'en a rien été.

D'autre part, Gondebaud avait promis l'entrée en force de ses Burgondes en pays franc, prenant ainsi Clovis à revers et l'obligeant à surseoir à l'invasion des Aquitaines. Alaric se dit avec amertume que Gondeband en a certainement promis autant à Clovis et qu'il ne bougera que lorsque le premier choc aura décidé du sort des armes... Seuls sont venus le rejoindre les Arvernes, commandés par un Apollinaire, le propre fils du grand Sidoine, ainsi que quelques minces contingents de Burgondes insoumis qui ont compris quel danger recèle l'appétit d'ogre de Clovis.

Alaric attend. Alaric guette. Toujours pas d'Ostrogoths, ni de Burgondes. L'armée se démoralise. L'espoir fuit d'heure en heure.

Enfin les enseignes d'une armée paraissent à l'horizon : les Francs.

Pour les trois compagnons, esclaves de la promesse faite à Geneviève, le problème s'exprime ainsi, parfaitement résumé par Loup :

— Comment veiller sur le comte Thierry, tout en se tenant à l'écart de la bataille et en évitant d'autre part d'être reconnus et livrés à la vindicte tenace du roi Clovis ?

— Le premier soin d'un sauveur est de veiller à sa propre sauvegarde.

— Aristote ?

— Non. Mon grand-père. Juste avant de tomber dans le ravin. Il aurait mieux fait de se taire et de regarder où il posait le pied.

— Mais alors il nous aurait privés de cette magnifique démonstration par l'exemple.

Gwendoline n'ajoute pas son grain de sel, pour l'excellente raison qu'elle n'est pas là. Elle s'en est allée, nez au vent, sans rien dire à personne. Les deux éléments mâles du trio commencent à s'inquiéter lorsque, soudain, elle apparaît, à califourchon sur un âne et en tirant deux autres par la bride. Elle saute à terre, soulage l'un des ânes d'un paquet de hardes qu'elle jette dans l'herbe, disant :

— Voilà, mes chéris. Équipez-vous. Allons, pressons !

Même pas le temps d'exprimer leur soulagement de

la revoir... Ils déploient les hardes, ce sont trois robes de moine, avec ceinture de corde et capuchon. Otto fait la moue :

— Tu veux encore une fois nous déguiser en mâchouilleurs de patenôtres ? Tu n'as rien trouvé de mieux ?

— J'aurais aimé vous habiller en nonnes, mais je n'avais sous la main qu'un monastère d'hommes.

Loup, pas trop réjoui non plus, remarque, résigné :

— Il faut reconnaître que, dans ce grand tohu-bohu guerrier, il n'y a que deux états possibles pour qui tient à ne pas se faire remarquer : soldat ou moine. Soldat, nous ne le voulons ni ne le pouvons. Reste moine, eh oui ! Il faut nous y faire.

Otto grogne :

— La bure, ça gratte. Et en plein été ! On va crever, là-dedans !

La voix étouffée de Gwendoline sourd de sous l'épaisseur de la robe grossière qu'elle est en train d'enfiler par-dessus ses haillons :

— L'âge vous a rendus bien délicats, mes tout-petits. J'ai sauté sur ce que j'ai trouvé. J'ai couru la campagne, moi, tandis que vous restiez à vous dandiner sur place, attendant je ne sais quoi. Que les assassins viennent bien gentiment vous manger dans la main, peut-être ?

Ces dernières paroles, assez caustiques, il faut bien dire, elle les lance d'une voix soudain redevenue claire et même claironnante, car le haut de sa personne fait irruption hors de la robe, qui n'est guère qu'un tube, une espèce de sac ouvert aux deux bouts. Otto sursaute. Loup pâlit. C'est une face inconnue qui apparaît au jour, la face d'un homme qu'encadre une barbe hirsute et tricolore, et qui éclate de rire.

— Si vous m'en croyez, laissez-vous pousser la barbe, vous aussi. Cela ira moins vite que pour la mienne, que j'ai faite des poils qui forment la touffe qu'il y a au bout de la queue des ânes.

— Mouais... Seulement, tes trois bourricots sont de trois couleurs différentes. Ta barbe aussi. Ça fait bizarre.

— Tu te serais contentée d'une seule queue, nous aurions chacun une barbe.

— Une queue, cela faisait vraiment maigrichon. Pas très crédible. Vous autres, vous avez la chance que les queues d'âne vous poussent naturellement sur les joues.

— Il y faut le temps.

— Voilà une semaine que vous ne vous êtes pas rasés, gros paresseux. Déjà vous commencez tout doucement à disparaître derrière vos hérissements de chaumes. Encore quelques jours, on ne vous verra plus. Quand vous vous serez coupé la moustache, ce sera parfait.

Deux indignations se fondent en un seul rugissement.

— Touche pas à nos moustaches !

— Vous préférez vous retrouver le crâne fendu, mais avec moustaches ? Une armée en campagne, ça grouille d'espions. Vous êtes un peu trop reconnaissables, même pour des blancs-becs qui, s'ils ne vous ont jamais vus, vous ont abondamment entendu décrire. Maintenant, hein, vous faites comme vous voulez. Simplement, moi, je ne travaille pas avec des amateurs. Heureuse de vous avoir connus. Salut !

Elle s'en va, cahotée de droite à gauche par la croupe de l'âne. Elle s'en va, mais oui, sans un regard en arrière.

— Non mais, tu as vu ça ?

— Une pisseuse qu'on a ramassée, le cul plein de merde, les cuisses croûteuses de vieux foutre !

— Elle ne faisait pas la fière, ce jour-là !

— Et si, elle la faisait. Souviens-toi. Sale à faire vomir, dévorée de vermine, puante, sanglante, paillasse à ruffians, vide-couilles, bête de somme, souffre-douleur... N'empêche, arrogante comme une fille d'empereur... Elle avait, quoi ? Dix ans, à tout casser[1].

— Les salopards liquidés, elle n'avait pas eu un merci. Pas voulu qu'on l'aide. Je la revois fichant le camp sur son âne, droite dans ses haillons...

— Comme aujourd'hui.

Deux gros soupirs. Deux discrets essuyages d'yeux.

— Passe-moi ton couteau, il est mieux affûté.

— Non. Je te les coupe, tu me les coupes.

— Ça marche.

Leurs feux sont déployés sur l'horizon. Ils attendent, se rassemblent, posément, sûrs de leur coup. Ils savent que les Wisigoths sont désormais réduits à eux-mêmes. Ils connaissent l'état exact de l'armée. Ils se sentent portés par le vœu des populations.

Ils sont arrivés avec les dernières lueurs du crépuscule. Avant de disparaître derrière l'horizon, le soleil, comme chaque soir en cet endroit, a lancé un ultime rayon qui, réfléchi par un vitrail du clocher de Saint-Hilaire de Poitiers, s'épanouit en un intense éclat de lumière, un bref instant illuminant le ciel. Les gens de la région connaissent bien le phénomène. Clovis ne le connaît pas, ses Francs pas davantage. On cria : « Miracle ! » Clovis fit dire dans l'armée que, par ce prodige, saint Hilaire en personne faisait savoir qu'il combattrait au côté des Francs contre les Wisigoths hérétiques. Il s'ensuivit un grand enthousiasme, une démangeaison d'en découdre au plus vite. C'est-à-dire le lendemain.

Dans ses retranchements bien protégés, Alaric veut encore croire que Théodoric ne l'a pas abandonné, que l'armée ostrogothe est en route, qu'elle avance à marches forcées, qu'elle est là, tout près, qu'elle va arriver d'un moment à l'autre.

---

1. Voir *La Hache et la Croix.*

Toute la nuit, les leudes se succèdent dans la tente du roi, exigeant, menaçant, prêts à la révolte ouverte. Eux, les inconscients, ne veulent pas de l'aide ostrogothe, ni d'aucune aide. Ils ne veulent pas partager la victoire, sûrs d'écraser les Francs au premier choc. Ils veulent toute la gloire pour eux. Les Francs maudits sont là, à portée de flèche, ils sont venus s'offrir à la tuerie, il faut attaquer sans retard, on n'en fera qu'une bouchée, puis la route sera ouverte vers Paris, vers le Rhin ! La vérité, ils refusent de la voir. Ils délirent, portés par la vieille arrogance gothique.

A l'aube, Alaric cède. L'armée ostrogothe n'arrivera plus. La mort dans l'âme, il envoie un héraut défier Clovis en bonne et due forme, c'est l'usage. Il somme l'envahisseur d'avoir à libérer le sol wisigoth ou, sinon, de défendre sa cause les armes à la main. L'antique rituel du combat singulier s'applique aux batailles rangées, en faisant de véritables jugements de Dieu : que le bon droit l'emporte !

Le combat s'ouvre par une avancée des archers francs. Clovis veut ainsi tâter l'adversaire. Parvenus à distance propice, ils font pleuvoir sur les rangs ennemis des volées de flèches très denses et très meurtrières. L'infanterie wisigothe plie d'abord sous l'orage, mais se reprend aussitôt, serre les rangs, bouche les trous et ne bronche pas. Les leudes, à cheval, courent sur le front des troupes, voudraient foncer au galop et tout écraser. Alaric réussit avec peine à contenir ces furieux. « Laissons venir ! » crie-t-il.

Enfin, « ils » viennent. Les rangs bien ordonnés des légions romano-franques s'écartent, laissant le passage aux terribles cavaliers armoricains. Les fringants leudes wisigoths galopent à leur rencontre, et c'est le choc.

Les nobles Wisigoths aux brillantes parures n'ont même pas le loisir d'établir le contact. Les haches francisques, lancées en plein galop, fracassent torses et boucliers, fendent casques et crânes avec une précision terrifiante, jettent à bas chevaux et cavaliers tandis que les flèches continuent de pleuvoir, empêchant tout ralliement. Peu de cavaliers wisigoths parviennent à engager un combat singulier avec un cavalier ennemi, ainsi que le commande l'honneur guerrier des barbares, qui conçoit la bataille comme une somme d'engagements d'homme à homme. Point de cela ici. Le combattant isolé est assailli par un essaim tourbillonnant, frappé de tous les côtés à la fois, bientôt à terre, aussitôt achevé.

La cavalerie wisigothe éliminée, la rage des Armoricains vient buter contre le mur que forme l'infanterie d'Alaric, qui ne se laisse pas rompre. Il y faut de nombreuses charges furieuses pour que le mur commence à flancher. C'est alors que Clovis lâche sa propre infanterie, menée au combat par le comte Thierry, son fils, dont c'est le baptême du feu[1]. Les Wisigoths, s'étant repris, ne lâchent pas pied. La mêlée devient carnage. Francs et Wisigoths sont si étroitement mêlés que les cavaliers, englués dans le magma et risquant de frapper les leurs tout autant que l'ennemi, ne sont plus d'un grand secours. Ils percent les lignes puis reviennent sur leurs pas, lances baissées, prenant l'ennemi à revers et pourchassant les isolés.

Du sommet d'une éminence, le roi Clovis, drapé dans un splendide manteau de pourpre comme un *imperator*, a d'abord veillé au bon déroulement de l'action, et puis, n'y tenant plus et la victoire semblant définitivement assurée, il a piqué des deux et s'est jeté dans la mêlée. Il lui faut absolument planter le fer de sa hache dans de l'humain, sentir sous son poing s'ouvrir les chairs, éclater les crânes, s'épandre les viscères. Il aime ça, le roi Clovis. Il galope, vire, se penche, se redresse, son manteau de pourpre flottant au vent de la

1. D'accord, il n'y avait pas d'armes à feu, mais l'expression fait image.

course. Son bras se lève et s'abaisse, han ! Encore et encore...

Le comte Thierry, lui aussi en cape de pourpre, a grand souci de se montrer digne de la confiance de son père. Il dirige fort habilement la manœuvre d'encerclement et d'anéantissement des derniers carrés de résistance, jouant de la hache à tour de bras. La hache est l'arme de prédilection de la famille.

Pour les Wisigoths, c'est la fin. Tout ce qui ne jonche pas le sol part en débandade, essayant de se faufiler entre les lances implacables des Armoricains. Les fantassins n'ont aucune chance d'échapper à ces centaures. Quelques cavaliers réussissent à prendre le large. Ils galopent à corps perdu vers le sud, droit devant eux, comme s'il se trouvait par là quelque refuge inconnu. Le roi Clovis, sur son cheval tout frais, s'en donne à cœur joie, pourchassant l'un après l'autre et abattant de sa main les fugitifs aux montures fourbues.

Chlodéric, fils de Sigebert le Boiteux, roi des Francs ripuaires du Rhin supérieur, accourt vers Clovis, tout excité :

— Seigneur roi ! Là devant, ce petit groupe qui fuit, c'est Alaric !

— Tu es sûr ?

— Sûr et certain, seigneur roi ! J'aurais pu me le faire, mais j'ai pensé qu'il t'était dû.

— C'est bien pensé, fils ! Allons, sus ! sus !

— Otto, je ne le vois plus !

— Moi non plus... La dernière fois que je l'ai vu, il était par là, il cognait comme un diable.

— C'est quoi, un diable ?

— Une espèce de monstre, très méchant, un de leurs trucs chrétiens... Mais qu'est-ce que tu me fais dire ? C'est bien le moment de discuter théologie ! Où est passé Thierry ?

— Ça y est, je le vois ! Là, la cape de pourpre !

— Je le vois aussi. Ouf ! Aurait plus manqué qu'on nous l'ait tué ! Il galope comme un fou. Il en a après ce type avec du doré sur le casque. Un seigneur wisigoth de première grandeur, à mon avis.

— A ton avis... Moi, je n'ai pas d'avis, j'ai juste des yeux, et mes yeux me disent que ton type avec du doré, c'est le roi Alaric en personne.

— On dirait bien que tu as raison. Qu'est-ce qu'il porte en travers de l'encolure du cheval ?

— Attends... C'est un gosse, mon vieux, un moutard ! Et qui braille, et qui gigote ! Ça le retarde... Ça y est, Thierry l'a rejoint !

— Et... Ouh là là !... Vois un peu ces lascars en fuite qui font soudain volte-face et viennent au secours de leur roi ! Ils sont au moins douze ! Thierry n'a aucune chance. On ne peut pas laisser faire ça. Courons !

— Du calme. Nous avons pour mission de veiller à ce que le comte Thierry ne soit pas occis par assassinat et félonie. Il ne s'agit pas ici d'assassinat traîtreusement ourdi, mais bien de mort honorable sur le champ de bataille. Ce n'est pas de notre ressort.

— Ah, non ? Et si les assassins stipendiés profitaient justement des désordres de la bataille pour tuer Thierry en camouflant la chose en combat loyal et régulier ?... D'ailleurs, regarde mieux. Tu ne trouves pas que ces prétendus Wisigoths ont des gueules de bandits de grand chemin ? Il me semble même reconnaître une ou deux des faces patibulaires de nos lascars de l'autre jour. Allons, en avant !

— Tu sembles oublier que nous chevauchons des ânes, que nous sommes des moines moinant vêtus en moines, et qu'enfin nous n'avons, en fait d'armes, que nos petits couteaux à couper le pain.

— N'importe. Nous aviserons... Tiens, le cheval d'Alaric a bronché ! Tiens, Thierry lève sa hache ! Tiens, la hache s'est abattue ! Juste au milieu du casque. Quel coup d'œil ! Quelle sûreté dans le poignet ! Le casque est fendu en deux moitiés, le crâne aussi, le visage est ouvert jusqu'au menton... Un maître coup. S'il n'était de Thierry, je jurerais qu'il est de Clovis... Pauvre Alaric, toi qui croyais en être quitte en livrant lâchement Syagrius, ton hôte, à la férocité de Clovis ! Ton tour est venu. Ta vilenie ne t'a pas protégé de la vilenie.

Cependant les cavaliers wisigoths entourent l'homme au manteau de pourpre. L'un d'eux, preste, se penche, s'empare de l'enfant, le cale devant lui sur l'encolure et pique des deux. Ses compagnons protègent sa fuite, réduisant le Franc à la défensive. Deux d'entre eux, un à droite, un à gauche, plongent en même temps leur épée dans les côtes de Thierry, qui chancelle mais ne tombe pas.

Loup donne du talon dans les flancs de l'âne, qui fait ce qu'il peut. Celui d'Otto suit, il n'aime pas rester seul. Les deux moines d'occasion arrivent sur les lieux, brandissant des crucifix et criant de ces choses que sont censés crier des moines en de telles circonstances :

— Au nom sacré du Seigneur Christ Jésus, cessez cette lutte fratricide, ô chrétiens !

Exhortation assez hors de propos, les agresseurs ayant tourné casaque afin de protéger la fuite du cavalier porteur du précieux enfant.

Otto demande :

— Poursuivons-nous ?

— Sur nos ânes ? En brandissant nos crucifix ? Occupons-nous plutôt du seigneur comte Thierry, qui a reçu, je l'ai bien vu, deux terribles coups dans les flancs et doit être en train de se vider de son sang.

Ils se tournent donc vers le seigneur comte Thierry, et voilà que ce n'est pas du tout le seigneur comte Thierry, mais bel et bien le seigneur roi Clovis, qui rit à pleine gueule et trousse sa tunique de soie, sous laquelle, au lieu de deux blessures béantes, apparaît une forte cuirasse de lames de fer à la mode des Romains. Très fier de son astuce, il persifle :

— Ces gougnafiers y ont émoussé leurs lames !

Et puis il se rembrunit :

— Ils n'ont pas eu ma peau, mais ils m'ont empêché de finir le travail. Ils ont réussi à emmener au loin le fils d'Alaric, ce maudit morveux d'Amalaric, sale graine qui me donnera un jour du fil à retordre, je sens cela... Mais vous, mes bons pères, que faites-vous là, dites-moi un peu ? Ce n'est guère votre place. Vous devriez vous trouver parmi votre chapitre, à prier Dieu afin qu'il donne la victoire à ceux qui se battent pour que triomphe la seule vraie façon de concevoir sa divine existence.

Otto tente d'expliquer :

— C'est à cause des manteaux, seigneur roi.

— Des manteaux ?

— Ils sont tous deux de pourpre, alors, voilà, forcément, vus de loin, comme ça, et avec le soleil dans l'œil, note bien...

Loup sent qu'il est temps d'intervenir.

— Seigneur roi, nous sommes attachés à la maison de ton fils, le seigneur comte Thierry. Nous sommes ses aumôniers pour la présente campagne, en quelque sorte. Mon compagnon, le frère Thibald, veut t'expliquer que, dans la mêlée, nous avons confondu vos deux personnes à cause de vos manteaux de pourpre tellement semblables.

— Eh, oui. J'ai été faible. Strictement parlant, Thierry n'a nul droit à la pourpre. Mais il semblait tellement y tenir... Un cœur de père, vous devez comprendre...

Il se contemple avec plaisir.

— Il faut avouer que ça a de la gueule. Ces Romains savaient ce qui est beau.

La poursuite s'achève. Les vainqueurs, couverts de sang ennemi et de bijoux de même provenance, regagnent leurs cantonnements, comparant leurs trophées et se vantant de leurs exploits. Clovis hèle :

— Holà, toi ! Viens un peu par ici. Coupe-moi la tête de ce pauvre crétin — mais proprement, hein ! — et accroche-la à ma selle. Je veux qu'on sache que je l'ai tué de ma main, le fier Alaric ! Ses quincailleries, je te les laisse, puisqu'il n'y aura pas de butin à se partager.

Le comte Thierry, qui fit merveilles, rejoint le roi Clovis, lequel l'accueille par une chaleureuse accolade. La foule s'amasse, acclamant le roi et son fils. Une procession vient à leur rencontre. L'évêque de Tours et celui de Poitiers, revenus d'exil, marchent gravement au-devant des champions de la vraie foi, précédés d'enfants de chœur balançant des encensoirs et suivis d'une foule mêlée de clercs et de laïcs chantant cantiques et arborant bannières.

Otto et Loup, discrètement, s'esbignent.

— Non, mais, quelle idée, ces robes de moines ! Vous avez bonne mine, là-dedans ! Et vos moustaches ? Qu'avez-vous fait de vos moustaches ? Oh, mais... Rabattons voir ces capuchons... Mais bien sûr ! Ils se sont fait tondre, je ne rêve pas ! Dites-moi un peu, mes chéris, ne seriez-vous pas devenus moines pour de bon ? La parole de Geneviève vous aurait-elle enfin touchés ? J'en suis heureuse pour vous, grand bien vous fasse et toute cette sorte de choses, mais je dois vous avertir que, désormais et de ce fait, certains rapports très intimes sont exclus, de moi-z-à-vous.

— Gwendoline ! Tu te fous de nous ? C'est toi-même qui... Oh, la sale bête ! D'ailleurs, toi aussi, tu t'étais mise en moine... Au fait, pourquoi es-tu de nouveau en fille ? Et en fille plutôt... euh... de mœurs légères, dirais-je.

— J'ai fait mon travail, moi. Pendant que vous couriez sur vos bourricots derrière je ne sais quel manteau rouge.

— Pourpre, Gwendoline. Pourpre. La couleur impériale.

— Tu es devenu bien pointilleux en te faisant chrétien. Bon, pourpre. Qu'est-ce que ça change ? Vous vous êtes mis à cavaler dans tous les sens au lieu de vous consacrer à votre mission, qui était de protéger le seigneur comte Thierry...

— Laisse-nous t'expliquer...

— ... pendant que, moi, je le protégeais.

— Ah, oui ?

— Ah, oui. Et je puis dire que, s'il était en vie ce matin et a de ce fait pu aider son papa à gagner la guerre, ce n'est pas grâce à vous deux.

— Grâce à toi, peut-être ?

— Tout juste.

— Raconte.

— Pas ici. Dans le confort. Venez chez moi, beaux jeunes gens, il y fait frais et il y a de quoi boire.

— Chez toi ?

— Chez moi. Le comte Thierry sait reconnaître les services rendus. Il a fait dresser une tente pour moi toute seule, avec tout ce qu'il faut à une vraie jeune fille, et même un esclave mignon comme tout.

— Un eunuque, j'espère ?

— Fi, la vilaine pensée ! Que pourrais-je bien faire d'un eunuque ?

— Je me le demande.

— Décidez-vous. Chez moi on peut s'asseoir sur des coussins, même, et changer ces robes ridicules pour des vêtements convenant davantage à des coureurs d'aventures tels que vous. Je n'ai pas oublié les moustaches postiches et les perruques, j'espère ne pas trop m'être trompée dans les couleurs.

Gobelet en main, cruche à bonne portée, le dos calé par un matelas de coussins, ils goûtent sans vergogne aucune l'hospitalité du comte Thierry. Gwendoline s'explique, d'un ton où pointe une nuance d'auto-satisfaction, un peu agaçante, il faut le dire.

— J'ai donc tourné et retourné le problème dans ma

tête, et j'ai eu une idée. J'en ai parlé à Thierry. Il a accepté d'emblée.

Otto se méfie des comtes qui acceptent d'emblée.

— C'était quoi, cette idée ?

— Oh, géniale ! Tu vas voir. Je me suis dit que, de la précédente embuscade, on pouvait déduire que les assassins avaient noté ce fait que Thierry aimait conter fleurette aux jouvencelles du coin à l'abri des charmants buissons qui croissent le long de la berge de la Loire, endroit, je ne sais si vous l'avez remarqué, qui porte l'âme aux sentiments élevés...

— ... et le corps aux abandons plus terre à terre.

— On peut dire ça comme ça. La poésie n'est pas le fait de tout le monde. J'ai donc proposé à Thierry ceci...

— Qu'il accepta d'emblée.

— Otto, tu m'interromps encore une fois, je dis bien : une, j'arrête tout et je vous fous dehors.

— Tu ne ferais pas ça.

— Essaie seulement. J'ai donc proposé à Thierry ceci : « Seigneur comte — là, je vous parle comme si je lui parlais, vous suivez ? —, les assassins savent que tu as coutume de donner des rendez-vous... euh... sentimentaux dans les buissons au bord de la Loire. Nous allons les appâter. » « Quoi ? Tu accepterais de servir d'appât ? — là, c'est lui qui parle, vous suivez toujours ? — Mais c'est fort dangereux, adorable enfant ! »

— Il a dit « adorable enfant » ?

— Loup, tu le fais taire ou je ne réponds plus de rien !

Loup fait ce qu'il faut. Otto étouffe un peu, mais ça pourra aller, si ce n'est pas trop long.

— J'ai dit — là, c'est moi qui parle — « Seigneur comte, l'appât, ce sera toi. Moi, je ne serai là que pour la vraisemblance. » Il a compris tout de suite, lui. Il a accepté...

Elle guette Otto, qui n'émet qu'un borborygme indistinct. Loup affirme :

— Il n'a rien dit.

— ... d'emblée, et nous voilà au bord de l'eau, au crépuscule, heure propice aux assassins, moi vêtue de façon à justifier l'empressement du comte à l'égard de ma séduisante personne. Nous avons attendu un certain temps. Enfin, je les ai sentis là, tout près, pleins du désir de mériter leur salaire et d'en gagner le complément.

Loup est sur les charbons ardents. Il ne peut se tenir de haleter :

— Alors ? Ils ont attaqué ? Qu'as-tu fait ?

— Attaqué ? Oh, non. C'est moi. Je suis allée les voir. J'ai demandé qui était le chef. Je lui ai proposé le double de ce que lui donnait la reine, payable tout de suite en totalité, à condition qu'on ne les revoie plus rôder là où il vaudrait mieux qu'on ne les revoie plus. Ils ont accepté...

— ... d'emblée.

— Voilà. Tu peux libérer Otto.

Otto, s'étant massé la mâchoire, observe sobrement :

— Vous avez attendu un certain temps. Bien. Longtemps ?

— Assez.

— Et vous avez fait semblant d'être amants pendant tout ce temps ?

— Semblant ? Pourquoi semblant ? Nous avons été amants, c'était le meilleur moyen pour avoir l'air de l'être.

— Pardonne-moi, Gwendoline, c'était une question idiote.

— Tout à fait. Et je vois poindre la suivante, qui ne le sera pas moins.

— C'est vrai. Mais je la pose quand même.

— Vas-y.

— C'était bon ?

— Et voilà ! Traduction : « Meilleur qu'avec moi ? »

— Admettons. Quelle serait la réponse ?

— Comme si une telle question méritait une réponse !

— Eh bien, dis-moi quelque chose, au moins. N'importe quoi.

Elle se penche, ses lèvres viennent se poser tout contre son oreille. Ce qu'elle lui dit n'est peut-être pas ce qu'il aurait voulu savoir, en tout cas deux grosses larmes glissent le long de ses joues où la barbe renaissante les arrête, en même temps qu'il la serre contre lui, à la faire crier. Elle crie. Il rit. Et bon, quoi.

XXI

Soir de victoire. Le carnage fut effroyable. Cent mille morts jonchent la plaine. Dans la nuit tombante, les détrousseurs sont à l'ouvrage, courant d'un corps à l'autre. La curée est copieuse, les Wisigoths aimant, pour se battre, se couvrir de ce qu'ils ont de plus précieux. Tout a son prix, tout est bon à prendre, et vite, car il y a de la concurrence. On arrache ce qui ne vient pas facilement, on coupe les doigts pour récupérer les bagues, on fouille les luxuriantes chevelures d'où l'on extrait peignes d'or et rangs de perles. On ne néglige pas les riches vêtements, tout est raflé, jusqu'aux sandales. Le cadavre nu est jeté sur le tas où s'amoncellent ceux de ses compagnons. Cela fait sur la plaine rase un jaillissement de collines blêmes qu'agite parfois un vague grouillement : certains ne sont pas tout à fait cadavres, égorger fait perdre du temps.

Des bagarres éclatent, pour une proie disputée, pour dépouiller un collègue. Un coup de couteau, un cri, un butin change de propriétaire.

Tandis que les rapaces, traînant des sacs qui, peu à peu, deviennent obèses, se livrent à leur hideuse moisson, le roi Clovis accueille la reine Clotilde. Elle a descendu la Loire sur une nef rapide, puis remonté le cours de la Vienne et celui du Clain, suivant de loin l'armée d'invasion, comme le faisaient, entassées dans des chariots avec leur marmaille, les femmes franques au temps des grandes ruées, toutefois avec un confort que ces pionnières n'ont pas connu. C'est qu'elle tient à être présente à l'heure du triomphe, qu'exaltera demain à l'aube un *Te Deum* d'action de grâces chanté par les évêques avant que le roi Clovis ne saute à cheval pour reprendre son galop vers le sud et parachever sa conquête. Le gros de l'armée est déjà en route, filant sur Angoulême où se rassembleraient les débris de l'armée d'Alaric grossis d'éléments wisigoths accourus d'Espagne. Il importe de harceler les fuyards afin de leur ôter le loisir de jeter bas les ponts sur la Charente et de former un front de défense cohérent.

La reine Clotilde a déjà appris que le comte Thierry s'est couvert de gloire au combat, et que par conséquent les assassins n'ont pu agir. Elle peut même raisonnablement espérer, la reine Clotilde, que lesdits assassins se sont laissé bêtement occire lors d'une tentative malheureuse, la dispensant du même coup de s'assurer leur définitif silence en les faisant occire par d'autres assassins, lesquels, à leur tour... Bref, quand on commence à occire, on ne sait plus où cela va s'arrêter, et voilà la reine Clotilde débarrassée d'un gros souci.

Dans la tente généreusement dévolue à Gwendoline, les trois amis font le point. Le petit esclave — non eunuque ! — monte la garde au-dehors, devant la peau de bœuf soigneusement lacée qui ferme l'ouverture. On ne sait plus très bien où l'on en est. Héros pour le fils, oui, mais toujours têtes bonnes à fendre pour la hache du père. On en discute. On essaie de voir clair. De définir un plan d'action. On boit un coup en mordant dans une couenne de lard. Gwendoline mord dans un oignon. C'est Otto qui pleure.

La peau de bœuf se gonfle soudain comme une voile qui prend le vent arrière, sa rotondité irrupte violemment dans la tente, ventre en avant, arrachant les œillets du laçage. Le petit esclave est enfoncé dans ce ventre, ce sont ses fesses qui le distendent, une force irrésistible l'a soulevé de terre et projeté en arrière, lui faisant évacuer d'un coup tout l'air contenu dans ses poumons avec le bruit caractéristique d'un soufflet de forge expirant.

Tandis que l'adolescent se ramasse parmi les gobelets renversés, les trois, l'épée au poing, regardent courir sur son élan et s'affaler en bout de course, cul par-dessus tête sur sa victime, la cause de cette irruption en force. Loup, stupéfait, s'exclame :

— Faut plus se gêner !

Otto, mieux placé, constate :

— C'est une bonne femme.

Gwendoline se jette sur la chose, bêlant tendrement :

— Matiline !

L'esclave dégage sa responsabilité :

— Elle a voulu entrer. Je lui ai répondu que la consigne c'était : « On n'entre pas. » Après, je ne sais plus très bien. Elle m'a fait quelque chose. Avec sa tête, je pense.

Il se masse l'estomac. Gwendoline le renseigne :

— C'est Matiline.

— Ah ? Bon.

Il réfléchit :

— C'est elle qu'il ne fallait pas qu'elle entre ? Parce que, si c'est elle, ben maintenant elle est entrée. Alors, c'est peut-être plus la peine que je monte la garde ?

Il réfléchit encore.

— A moins que, maintenant, je doive monter la garde pour l'empêcher de sortir ?

L'idée ne semble pas l'enchanter. C'est Matiline qui règle la question, en tapotant sa joue enfantine :

— Ce n'est plus la peine. Va là où tu meurs d'envie d'aller.

— Tu as l'œil vif, toi. En plus de la tête dure. Tu as vu du premier coup que je meurs d'envie d'aller quelque part.

— C'est pas vrai, peut-être ?

— Et comment, que c'est vrai ! Je meurs d'envie d'aller jouer aux osselets avec l'autre esclave du seigneur comte Thierry. Je dis l'autre parce que moi je l'étais aussi, avant, mais comme c'est pas moi, c'est lui, alors je dis l'autre, comme ça on comprend.

Otto s'attendrit :

— Moi aussi, je jouais aux osselets, quand j'étais gosse. On jouait pour des cerises. Ah, l'enfance...

— Si je gagne, je me tape sa petite sœur.

Il ajoute, tout en courant :

— Je me tape déjà la grande, mais il ne le sait pas.

Matiline abrège les effusions et exclamations. Elle a quelque chose de terriblement urgent à communiquer.

— Voilà. C'est le roi Clovis. Avec la reine. J'ai tout entendu. Ils ne savaient pas que j'étais là. Je vous explique. Je cherchais un coin tranquille pour faire pipi. J'aime pas faire ça devant tout le monde. Je sais, c'est pas normal, tout le monde fait pipi devant tout le monde, mais moi ça me gêne, c'est comme ça, j'y peux rien.

— Tu es en avance sur ton siècle, Matiline.

— Tu crois ? Moi, je pense que je ne suis pas normale. Si on me regarde, ou même s'il y a quelqu'un qui ne me regarde pas mais qui pourrait me regarder, ça me coupe le sifflet, net. Alors, bon, je me retiens.

— Ce n'est pas bon pour la santé.

— Surtout quand on a bu du cidre.

— Justement, j'en avais bu.

Gwendoline intervient :

— J'ai du mal à comprendre. Après tout, c'est la nature. Moi, ça ne me gêne pas, même devant le comte, même devant le roi, même...

— Oh, toi...

— Quoi, moi ?

— Rien.

— Non, pas « Rien ». Ce serait trop facile. Elle

nous dit qu'elle n'est pas normale, on la plaint, et total ça vous fait la leçon !

— Paix, les filles ! Raconte, Matiline.

Matiline prend le temps de tirer la langue à Gwendoline, qui fait « Peuh ! ».

— Donc, je cherche un coin tranquille. Il n'y en a pas. Plein de monde partout, la plupart saouls perdus.

— Tu étais en fille ?

— En plus. Finalement, j'avise une tente, j'écarte un peu le machin, je risque un œil : personne ! Je me faufile, il y avait un coffre, un gros coffre, je m'installe derrière, et ça y va ! Le bonheur.

— On s'y croirait.

— N'est-ce pas ? Et ça dure longtemps, longtemps... Vous savez, le cidre. Surtout que, pour être tout à fait franche, j'en avais bu pas mal avec Yannick.

— Yannick ?

— Je vous expliquerai. Bon. Comme je vous disais, ça dure. Et voilà qu'à peine arrivée à la moitié de l'opération, enfin, peut-être pas juste-juste la moitié, mais ce que je peux vous dire c'est qu'il en restait encore pas mal à expédier, eh bien, la portière de cuir se soulève, et qu'est-ce qui entre ?

— Le roi Clovis et la reine Clotilde.

— Ah, bon ? Vous la connaissez déjà ?

— Matiline, tu as commencé par mentionner le roi et la reine.

— Si tu le dis... Du coup, tu me connais, ça m'a coupé le jet.

— Net.

— Absolument. J'aurais peut-être dû me montrer, m'excuser et prendre congé. Seulement, j'étais entrée dans cette tente qui n'était pas à moi — d'ailleurs, de tente à moi, j'en ai pas —, j'avais un peu l'air, comme qui dirait, d'espionner, vous comprenez. Bref, le coffre me cachait, je n'avais rien d'intéressant à faire puisque je ne pouvais même pas faire pipi, qui était la seule raison de ma présence dans ce piège, vous vous rappelez ? Alors, bon, tant qu'à faire d'avoir l'air d'une espionne, je me suis mise à espionner. Très amusant. Que je croyais. Après, j'ai su que c'est aussi très instructif.

— Nous brûlons de savoir, Matiline. Viens-en au fait.

— Justement, j'y arrive. Pour que vous compreniez bien, je vais vous faire comme si c'était le roi Clovis et la reine Clotilde qui parlent. J'imite bien les voix. D'habitude, ça fait rire le monde, mais là, non. Vous allez voir. Au début, ils ont parlé de deux ou trois trucs sans intérêt pour vous autres, alors je passe.

— Passe, Matiline.

— Là, c'est le roi qui parle : « Dame ma femme, j'ai cru reconnaître, malgré leur camouflage, certains visages que je m'étais juré, il y a longtemps de cela mais l'injure n'est toujours pas lavée, de ne plus tolérer devant ma vue que fendus en deux par ma hache. » Là, c'est la reine : « Seigneur mon époux, il en sera ainsi que tu le décideras. » Là, c'est lui : « J'ai cru comprendre qu'ils auraient contribué à protéger mon fils Thierry de je ne sais trop quel danger ? Es-tu au courant de cela ? » Là, c'est elle : « Non. Ce sera quelque danger fallacieux que ces gens auront inventé pour se faire bien voir du comte ton fils. » Là, c'est lui : « Ces gens, ce Hun blond et l'autre, qui m'ont offensé à Soissons, que pourraient-ils bien faire ici ? Je flaire une odeur d'espionnage, de démoralisation de l'armée, je ne sais trop, mais ça sent mauvais. Je vais les faire chercher par le camp ou en quelque endroit qu'ils se terrent. Demain matin, je me ferai la main avant de partir avec l'armée. » Là, c'est elle...

— N'en dis pas plus, Matiline. Nous en savons assez. Maintenant, il nous faut agir, et vite.

— C'est-à-dire ?

— Fuir.

— Si vous sortez d'ici, vous êtes perdus. Ils vous cherchent. On voit des torches partout.

— Tu as une meilleure idée ?
— J'ai Yannick.
— Ah, ah.
— Et ses frères. Et ses cousins.
— Explique.
— La cavalerie armoricaine.
— Notre cavalerie armoricaine !
— Ils vous vénèrent, ils vous adorent, ce sont vos enfants.
— Yannick, dis-tu ? Mais bien sûr ! Yannick, fils de Cronarc'h ! Et ses frères, Yérech, Yaël et Yérispol ! Et ses cousins, fils d'Alain le Goitreux ! Nous les avons pour ainsi dire élevés au biberon ! Ce sont les plus forts ! La bataille, c'est eux qui l'ont gagnée !
— Grâce à vous.
— Il y a du vrai. Sans nous...
— Ils n'existeraient pas.
— Et voilà : une fois de plus, nous avons œuvré pour la plus grande gloire de ce forban de Clovis !
— Eh, oui. La vie est un collier d'amertume.
— Ma maman disait « Un grand plat de merde qu'il faut manger à la petite cuillère ».
— Comme c'est vrai ! Mais c'est bien sale. Et ce n'est pas une raison pour se laisser aller. Moi vivante, Clovis n'aura pas votre peau, et Clotilde non plus.
— La reine Clotilde ?
— Ah, celle-là !
— Mais enfin, nous avons arrêté juste à temps le bras des assassins. Donc, nous sommes quittes.
— Non.
— Non ?
Gwendoline lève les yeux au ciel. Matiline n'en croit pas les siens. Qu'ils sont naïfs, ces grands nigauds !
— Vous ne serez jamais, nous ne serons jamais quittes, du moins tant que Clotilde vivra. Puisque nous connaissons son secret.
— Mais, notre parole...
— Les reines pas plus que les rois ne se fient à la

parole, n'en ayant point eux-mêmes. Vous détenez son secret, vous êtes dangereux, vous devez mourir. C'est tout simple.

Loup s'effare :

— Mais alors, dans ce cas, la reine Galla aussi...

Matiline bat des mains :

— Tu fais des progrès ! Bien sûr qu'elle doit mourir, la reine Galla.

Elle ajoute, tapant du talon :

— Sauf que, moi, je ne veux pas ! Je l'aime, moi, la reine Galla.

Tout cela va quand même un peu vite pour Loup. Pour Otto aussi. Tant de vilenie... Otto a besoin de quelque chose de plus convaincant.

— Attends, attends... Clovis nous hait à mort, bon, ce n'est pas nouveau. Mais la reine ? Ce sont de ta part simples déductions. Et d'abord, d'où tiens-tu cette histoire de secret ? Pas de moi, en tout cas. Pas de toi, Loup. Pas de toi, Gwendoline. Je me trompe ?

Loup, songeur, secoue la tête. Gwendoline en fait autant. Matiline s'adonne à une éloquente mimique faciale qui peut se traduire ainsi : « Ceux-là, je vous jure... » Elle complète oralement :

— Je vois qu'il faut que je commence par le commencement.

— Puisque, d'après toi, nous avons tout notre temps...

— Nous l'avons. Je commence. Vous rappelez-vous bien qui je suis ?

— Tu questionnes ? Je croyais que tu devais raconter.

— Chacun raconte à sa façon. C'est la mienne. Répondez, l'un ou l'autre.

Ils répondent ensemble, pas tout à fait en mesure :

— Tu es la veuve des onze mille Huns, la seule rescapée du grand martyre d'Ursule et compagnie, parce que, étant douillette, tu as préféré onze mille fois la honte au glorieux martyre.

— Quelqu'un de vraiment gentil aurait dit simplement : « Tu es la onze millième vierge. »

— Quand nous t'avons connue, tu ne l'étais plus.

— Ça se voyait tant que ça ?

— Eh bien...

— N'en dis pas plus ! Donc, j'étais — je suis toujours — une princesse du pays de Brittonie qui, avec ses innocentes compagnes, prit un jour la mer pour venir sur le continent épouser un jeune seigneur d'Armorique. D'accord ?

— Jusque-là.

— Prudent, hein ? Vous ayant rencontrés, je quittai en votre compagnie les rivages du grand fleuve Rhin où je languissais pour arriver en Armorique, où vous vous rendiez vous-mêmes, mission plus ou moins remplie. Toujours d'accord ?

— Va, va ! Je t'arrêterai quand je ne le serai plus.

— Je passe sous silence quelques menus services que j'eus alors le bonheur d'être à même de vous rendre, comme cette unique relique de la bienheureuse Ursule — vierge et martyre, elle, j'en conviens bien volontiers —, relique que je pus *in extremis* présenter au roi votre maître, ce qui changea votre piteux échec en retour honorable, sinon triomphal. Tu ne m'arrêtes pas ?

Double grognement, double haussement d'épaules, un ricanement. Le ricanement, c'est Gwendoline.

— Tandis que vous regagniez vos chers foyers et combliez de joie vos tendres épouses,...

— Je n'ai jamais été marié.

Ça, c'est Otto.

— ... vos sémillantes concubines, vos esclaves dociles, enfin tout ce qu'il pouvait y avoir à combler dans le paysage, moi je demeurais au palais, je m'y reposais de mes fatigues et de mes émois, tendrement choyée par le roi Grallon et par la reine Galla — surtout par la reine Galla — et cette intimité entre femmes nous amena tout naturellement à nous confier ce que les femmes ont tant besoin de se confier, c'est-à-dire tout.

« Je constate avec plaisir que non seulement vous ne contestez pas mon récit, mais qu'il éveille en vos regards une certaine lueur d'intérêt. Je continue donc, avec l'assentiment du public.

« Tout, disais-je. Ce « tout » de la reine Galla incluait l'épisode qui, crois-je comprendre, constitue ce que vous considérez comme son terrible secret ainsi que celui de la reine Clotilde. Je m'en tiendrai à un bref résumé des faits : Clotilde n'est pas Clotilde, elle est Chrona, et Galla n'est pas Galla, elle est Clotilde, la vraie. L'échange s'est fait sous votre égide, à vous deux, qui étiez alors les émissaires du roi Clovis, ses hommes de confiance, et vous livrâtes à votre roi cette fiancée substituée, ce qui est trahison abominable, tandis que la vraie Clotilde, d'abord réfugiée, sous le nom de Galla, chez Geneviève, parmi les nonnes, devait, à la suite de circonstances qu'il serait fastidieux d'énumérer ici, devenir l'épouse bien-aimée du roi d'Armorique.

« Voilà l'affaire. Maintenant, connaissant le sens de l'honneur des Francs en général et l'orgueil démesuré du roi Clovis en particulier, il est certain que s'il venait à apprendre de quelle façon il a été joué, sa colère serait épouvantable. Il tuerait de sa main les imposteurs, c'est-à-dire vous, mais aussi la fausse Clotilde, sa femme par tromperie, mais aussi les enfants nés de cette tromperie, et encore tous ceux qu'il soupçonnerait, à tort ou à raison, d'y avoir été mêlés.

— Je veux bien le croire. Mais tout cela, nous le savions, et pour cause ! Nous savons de plus, désormais, comment tu as été mise au courant. Cette Galla est décidément bien imprudente... Tu ne nous as toujours pas dit comment il se fait que tu te trouves en ce moment même ici, au cœur de cette bataille de... Comment dis-tu qu'on nomme ce patelin, Otto ?

— Vouillé, il me semble.

— ... au cœur de cette bataille de Vouillé qui, à en juger par la quantité de morts, restera fameuse dans les annales.

Matiline prend cet air excédé dont — il serait charitable de la prévenir — elle a tendance à abuser :

— Combien de fois faut-il te répéter les choses ? Je te l'ai dit : Yannick.

— Mais bien sûr ! Où avais-je la tête ? Yannick, ce bon Yannick, fils de Cronac'h, plus ses frères et ses cousins ! Combien en tout, au fait ?

— Ah, non ! Yannick tout seul.

— Pardonne-moi. J'aurais cru qu'après les onze mille...

Elle rougit délicieusement.

— Yannick vaut onze mille fois onze mille Huns à lui seul.

— C'est curieux, pendant tout ce temps, je ne t'ai pas remarquée. Toi non plus, Loup ?

— Moi non plus.

— Je me tenais à l'écart. Vous pensez bien que je n'allais pas me montrer à l'exercice ou aux manœuvres. J'habitais assez loin, une vieille grange que Yannick avait arrangée...

— ... avec ses frères et ses cousins.

— Voilà. On habitait là, les frères et les cousins veillaient sur moi, ils m'aimaient bien, j'étais leur petite sœur.

— Tu as toujours su faire marcher les hommes.

— Tout de suite les insinuations... Leur petite sœur, j'ai dit. Et aussi leur cantinière.

— Je ne savais pas que l'éducation d'une princesse...

— Tu oublies mon séjour chez les Huns.

— Disons que j'essaie de l'oublier.

— C'est là que j'ai appris.

— Pour onze mille gros mangeurs, il faut une grosse marmite.

— Bref, à mes Armoricains, je leur faisais de la

cuisine de Huns. C'est ça qui fait de bons cavaliers, tiens !

— Tout s'explique.

— Et quand ils sont partis pour la guerre, je n'ai pas eu le cœur de les laisser manger n'importe quoi, des cochonneries qui vous donnent le mal de ventre, tu sais comment vous êtes, les bonshommes, si on ne vous surveille pas vous ne mangez que ce qui vous fait plaisir, jamais de légumes verts, après vous avez des boutons et l'haleine chargée, alors, bon, j'ai emporté ma marmite et j'ai suivi mon Yannick et toute la famille, voilà l'affaire.

— Matiline, je suis heureux de te revoir.

Elle rougit. Elle rougit beaucoup, décidément.

— Et moi, donc !

Moment d'émotion générale. Bises, bises et rebises. Tout le monde y passe.

Dehors, la chouette chante. Trois fois, puis deux.

— Les voilà.

Matiline soulève un coin de la peau de bœuf, jette un coup d'œil à droite et à gauche, se glisse hors de la tente. Elle revient aussitôt, tenant par la main un gars trapu à la tête ronde, aux épais cheveux châtains croulant sur les épaules. Le gars salue brièvement de la tête.

— Seigneur Loup. Seigneur Otto.

Loup reste de marbre. Il questionne sèchement, en langue celtique :

— Que fais-tu là, Yannick ? Tu n'es donc pas de service ?

— Seigneur chef, nous avons quartier libre pour fêter la victoire.

— Les sentinelles ?

— Pas de sentinelles. Le seigneur roi Clovis estime que les Wisigoths, tous en pleine déroute vers le sud, ne sont plus à redouter.

— Qui vous commande ?

— Depuis votre départ, seigneurs, le seigneur chef Joël, fils de Kerbroc'h.

— C'est bien. Voyons notre affaire. Vous êtes combien en tout, frères et cousins ?

— Huit.

— Les chevaux ?

— Dans un petit bois, assez loin d'ici. En plus des nôtres, un pour chacun de vous.

— C'est-à-dire ?

— Deux.

— Nous sommes quatre.

— Nous n'avons pas prévu que les... euh... dames venaient aussi.

Gwendoline éclate :

— Et nous revoilà en croupe !

Elle houspille Matiline :

— Tu ne dis rien ? Ça te convient de te taler le cul ?

— Eh bien... En croupe derrière Yannick, il y a pire.

Loup coupe court :

— En croupe derrière Otto aussi, il y a pire. Il fut un temps... Oui, bon. Maintenant, tu peux rester ici, si tu préfères. Le comte Thierry...

— Oh, ça va !

Haussements d'épaules, grognements... Otto, seigneurial :

— Je te laisserai ma place, de temps en temps.

— Non. Pas « de temps en temps ». La moitié du temps.

Il lève les yeux au ciel.

— D'accord.

Ils se sont glissés sans trop de peine hors du camp en liesse. Le plus difficile fut d'éviter de trébucher sur les ivrognes répandus un peu partout et aussi de ne pas se faire reconnaître par les affamés d'amour faisant la queue tout en appréciant à voix haute la performance du copain en train de besogner la putain dure à la peine qui a suivi l'armée dans un de ces chariots cahotants où son maquereau l'avait entassée avec une charretée de ses semblables.

Les montures sont au rendez-vous, bien cachées. Tout le monde est bientôt à cheval, qui en selle, qui en croupe. Otto a galamment replié une couverture sous les sensibles fesses de Gwendoline. Yannick prend la tête, Matiline collée à lui. Il s'agit de rejoindre la chaussée romaine qui, de Poitiers, mène à la Loire. Au-delà, c'est l'Armorique, et la fin du cauchemar.

Les cavaliers armoricains repartiront aussitôt pour Vouillé, espérant que leur absence n'aura pas été trop remarquée, et de là se joindront à la masse galopante qui se rue sur l'Aquitaine vaincue, vers Angoulême, vers Bordeaux, vers Toulouse.

Ils quittent l'abri des arbres, en ordre militaire : Loup et Yaël en tête, Yérech et Yérispol en arrière-garde. La lune glisse un timide rayon entre deux nuages.

Mais qu'est ceci ? A peine ont-ils parcouru la distance d'un demi-mille romain que de hautes silhouettes de cavaliers, sortant des bois qui bordent de chaque côté la chaussée, fort étroite en cet endroit, se rangent au botte à botte en travers du chemin. Loup lève la main. On se fige sur place. Flairant le guet-apens, Otto tourne la tête. Un groupe tout aussi menaçant a pris place de la même façon en travers du chemin, une vingtaine de toises en arrière. Le piège s'est refermé.

Une voix, voix de commandement à n'en point douter, émanant d'assez loin derrière le groupe de tête, lance un ordre sans équivoque :

— En avant, mes braves ! Tuez tout, sauf les deux que vous savez. Ceux-là, je les veux pour moi.

Un mouvement en tenailles se dessine. Les assassins ne se pressent pas. Ils ont tout leur temps. Loup questionne :

— Gwendoline, toi qui calcules comme feu Pythagore, peux-tu me dire à combien tu évalues le nombre de ces imprudents qui, à en croire les apparences, nous veulent du mal ?

— Bof... Je dirais, comme ça, en gros, une quinzaine devant, autant derrière.

— Ce qui fait en tout ?

— La trentaine, à deux ou trois imprudents près.

— De notre côté, nous sommes ?

— Douze. Beaucoup trop pour eux. Le combat est inégal.

Matiline demande :

— Tu m'as comptée pour combien ?

— Tu n'as pas emporté ton arc. Alors, seulement pour deux.

— Je n'ai pas d'épée, non plus.

— Sinon, je t'aurais comptée pour quatre.

— Donne-m'en une.

— Allons te la chercher. Chez les imprudents.

La meilleure défense est l'attaque, tout le monde sait cela depuis Jules César. Mettant à profit cet adage magistral, la moitié de la petite caravane fonce soudain droit devant, épées tendues, haches levées, tandis que la moitié postérieure, après une volte-face impeccable, en fait autant, mais vers l'arrière.

Aucune surprise au monde ne surpasse la surprise de l'assaillant assailli alors qu'il allait donner l'assaut. L'ordre naturel des choses s'est inversé trop vite, il lui faut changer tout à la fois de tactique et de psychologie, cela déroute. La proie devenue chasseur, c'est pas de jeu.

Et donc, mettant pleinement à profit ce bref moment de désarroi des réflexes de l'ennemi, nos vaillants taillent leur route avec une facilité, il faut bien le dire, un peu décevante. Ils percent de part en part les rangs serrés, font demi-tour et reviennent dessus, encore et encore, aussi bien ceux de tête que l'arrière-garde. Ça voltige et ça tourbillonne, on dirait bien que quelques têtes ont pris leur envol. Les assaillants — les vrais, suivant le programme — ayant repris quelque peu de leur assurance, la mêlée devient furieuse autant que confuse. La lune joue à cache-cache. Où est l'ennemi ? Où, l'ami ?

Matiline crie :

— Ça y est ! J'en ai une !

Otto :

— Fais un peu attention ! Tu as failli me couper !

Gwendoline :

— Baisse la tête, mon petit lapin !

La voix de commandement :

— Sus ! Sus ! Mais qu'est-ce que vous foutez, nom de Dieu ?

Loup ne crie pas. Il constate :

— Et voilà. Ce dieu qu'il vient tout juste d'adopter, il en profane déjà le saint nom !

Gwendoline l'avait calculé : le combat est par trop inégal. Loup et Otto cognent avec d'autant plus de rage que ces gougnafiers les obligent une fois de plus à user de violence alors qu'ils s'étaient bien juré que, plus jamais...

Lorsque les épées frappent dans le vide, lorsque les haches n'ont plus rien à hacher, lorsque les bois des lances se dressent vers le ciel, la pointe plantée dans de la viande morte, lorsque les chevaux s'enfuient, hennissant leur épouvante, sans cavalier ou traînant leur cavalier sur le sol par un pied pris dans l'étrier, lorsque les vainqueurs, sanglants et fourbus, se comptent et vérifient que pas un ne manque, alors la petite Matiline, princesse de Brittonie qui tiendrait debout sur une feuille de nénuphar, lance à la nuit ce fier défi :

— Roi Clovis, ton mauvais coup est manqué. Tu es là, je le sais, tapi derrière ces arbres, bien gardé par tes précieux sbires, ceux que tu n'aurais pas voulu risquer d'abîmer dans les hasards d'une embuscade, et je sais que tu m'écoutes, roi Clovis. Je n'ai plus rien à ménager. Je vais te faire du mal, roi assassin, roi lâche et félon. Écoute bien, et puisses-tu en crever de rage et de honte.

« Sache donc que ton épouse, la mère de tes enfants, n'est pas celle que tu crois. Tu as été trompé, roi Clovis ! Ta femme n'est pas Clotilde, à qui tu faisais horreur, mais bien sa sœur Chrona, épouse infidèle du Seigneur Christ que l'ambition dévorait et poussait à tous les parjures, à tous les sacrilèges. On s'est joué de toi comme d'un nigaud. Ta femme n'est pas ta femme, puisque le nom sous lequel elle t'a épousé n'est pas le sien. Le mariage est donc nul. Les enfants que tu as conçus d'elle sont des bâtards. Voilà, roi Clovis. Tu vas être la risée de tes pairs, de tes leudes et du dernier de tes sujets.

La voix de commandement questionne :

— C'est tout ?

— Il me semble que cela suffit.

Tout à coup la nuit résonne jusqu'au fond du creux des arbres d'un énorme, d'un éclatant, d'un paroxystique éclat de rire. Qui dure, et dure, hoquette, s'étrangle, reprend, rebondit, monte, descend, explose, cascade... Enfin la voix, encore hachée par des remontées de rire, se fait entendre :

— C'est ça, votre secret ? C'est avec ça que vous vous imaginiez me tenir ? Mais, braves gens, écoutez bien : je l'ai toujours su ! Dès le premier instant. Clotilde — appelons-la Clotilde, c'est plus simple — ne sait pas que je sais. Elle croit me duper, et moi, en dedans, je ris, je ris !

« La douce Clotilde, eh ? Quand j'ai vu ces yeux qui, croyez-moi, n'avaient rien de doux, yeux de fanatique, yeux d'ambitieuse, yeux de dévoreuse de mondes, j'ai tout de suite compris que ce n'était pas là le tendre agneau annoncé. Je voulais une femme docile et incolore, c'est vrai, un ventre à pondre des rois, une chose muette et invisible dans son coin... Quand je l'ai vue, j'ai compris que je faisais fausse route. C'était une femme comme celle-là qu'il me fallait ! Aussi affamée de pouvoir que moi, tenace, coriace, calculatrice, prête à tout, même au crime. Une femme qui m'approuve, me soutienne, m'inspire dans la réalisation des ambitions démesurées qui me brûlaient le ventre. Elle était bigote ? Et bigote enragée ? Mais justement ! Je savais déjà qu'il me faudrait en passer par le baptême, cela faisait partie du plan. J'ai résisté. Par jeu, et surtout par calcul. Son acharnement à me convertir me l'a fait d'autant plus apprécier. Elle a la tête politique. Elle sait séduire, elle sait frapper, et frapper dur, quand il le faut. Son orgueil ne cède que devant Dieu, comme celui de cette autre femme forte, Geneviève. Clotilde, Geneviève : deux femmes sans qui Clovis ne serait peut-être pas Clovis.

« Bref, j'ai joué le jeu, cela m'amusait, bien content que me soit échue cette tigresse au lieu de la mollassonne pleurnicharde attendue.

« Quant à toi, Hun blond, et toi, Otto, fils de Sunno, vous venez de me donner une nouvelle raison de déplorer que vous ne soyez plus miens. Je ne vous ferai pas poursuivre, cela ne servirait à rien. Sachez cependant que je n'oublie pas. Tôt ou tard, ma hache aura rendez-vous avec vos crânes.

« Tant pis pour cette fois. Ça m'aurait mis de bonne humeur avant le *Te Deum*. Bah, on ne peut pas tout avoir... Allons chanter les louanges du Seigneur.

XXII

Dès le lendemain de Vouillé, sans perdre de temps, les Francs poursuivent les débris de l'armée d'Alaric jusqu'à Angoulême. Pas assez vite, toutefois, pour que les fuyards n'aient eu le loisir de se regrouper et, avec la garnison de la citadelle, d'opposer une résistance qui menace de figer la ruée franque et de permettre à des renforts wisigoths accourus du Languedoc et d'Espagne de contre-attaquer. Clovis laisse donc un minimum de troupes mener le siège d'Angoulême tandis que lui-même pousse à bride abattue vers le sud, prenant au passage Bordeaux où il reviendra passer l'hiver.

Comme prévu, à l'annonce du résultat de Vouillé, Gondebaud se décide à entrer en lice, choisissant sans fausse honte le camp des vainqueurs. A la tête d'une armée burgonde il attaque les Wisigoths de Provence, tandis que son fils Sigismond, franchissant le Massif central comme jadis Hannibal franchit les Alpes, ravage l'Auvergne et s'empare de Limoges.

A peine les beaux jours revenus, Clovis s'active à nettoyer tout le pays aquitain jusqu'à Toulouse, Narbonne et Carcassonne. Son fils Thierry, partant de Toulouse, gagne l'Auvergne où, sous couleur de les seconder, il se chargera de maintenir l'arrogance des Burgondes dans de justes limites.

Quand Théodoric, enfin conscient du danger et libre

du côté de l'Orient, lancera ses Ostrogoths dans la bataille, il sera trop tard, ils ne pourront que bloquer la route d'Espagne, s'adjugeant au passage la Provence et faisant quelque peu reculer les Francs dans le Languedoc.

Lorsque s'achève l'an 508, Clovis est maître des deux tiers de la Gaule, des bouches du Rhin aux Pyrénées. Il médite de gober l'enclave burgonde et s'y prépare activement.

Loup s'appuie sur sa bêche. Il questionne :

— Tu es sûre que le froment ne viendrait pas, dans cette belle terre noire ?

Gwendoline finit de mâcher sa pomme, en jette au loin, par-dessus l'épaule, le trognon qu'un corbeau happe au vol, crache un pépin vicieusement coincé entre deux dents et, avec un soupir, explique :

— Faudrait savoir. C'est toi ou c'est moi, la fille du pays ? Je t'explique. La terre, ici, tu grattes un peu, c'est tout de suite le roc, du très beau roc, avec dedans des petits machins brillants, qu'on appelle du granit. C'est dur, le granit, très dur. Épatant pour faire des chaussées romaines ou des aqueducs. Pour le froment, ça ne vaut rien. C'est pourquoi, par ici, on fait pousser du blé noir, c'est de la plante pas fière qui se contente de peu. Maintenant, hein, tu fais ce que tu veux, mais faudra pas venir te plaindre.

— Ton blé noir, ça ne vaut rien pour le pain.

— Fais-en des galettes. Ou de la bouillie. Comme tout le monde. Blé noir, cidre et beurre salé, c'est la pitance d'Armorique.

Otto donne son avis :

— La terre est basse, en Armorique. Et pas très généreuse.

— C'est ça ou Clovis.

Otto lève le doigt.

— A propos de Clovis...

— Parler de Clovis n'est jamais à propos.

— Je le dis ou je le dis pas ?

Gwendoline lève les yeux au ciel :

— De toute façon, il finira par le dire. Alors, autant régler ça tout de suite.

— Vous savez, le roi Sigebert ? Vous vous souvenez de lui ?

— Notre ami le boiteux ? Celui de Tolbiac ? Celui qui, grâce à nous, est toujours roi des Francs ripuaires ?

— Celui-là même, oui. Mais roi, il ne l'est plus.

— Qu'est-ce qu'il est, alors ?

— Mort.

— Aïe. On est vraiment peu de chose.

— Je raconte ?

— Pourquoi ? Il y a à raconter ? Aujourd'hui vivant, demain mort, crac. C'est la vie.

Gwendoline perd patience.

— S'il te propose de raconter, c'est qu'il y a à raconter. Il a commencé comme ça : « A propos de Clovis... » Ça veut dire qu'il y a du Clovis, là-dessous. Enfin, quoi ! Raconte, mon mignon.

— Voilà. Sigebert avait un fils.

— C'est vrai. Chlodéric. Il s'est bien battu à Vouillé.

— Tu racontes, ou bien c'est moi ?

— Pardon. Vas-y.

— Après Vouillé, Clovis l'avait à la bonne, le petit Chlodéric. Il en faisait de grands compliments à son père, lui envoyait des marques d'honneur et des présents. Chlodéric se poussait du col, fallait voir. Un jour qu'ils étaient de visite, Clovis fait remarquer à Chlodéric, comme ça, en passant, que son papa avait bien du mérite car c'est en combattant en lion à Tolbiac qu'il avait ramassé cette glorieuse blessure au genou qui, depuis, le faisait boiter bien bas. Vraiment bien bas. Et l'âge n'arrangeait rien. Et toi, petit, tu es grand et fort, tu es largement en âge de régner, le temps passe, ton père peut très bien se traîner comme ça, clopin-clopant, va savoir pendant encore combien d'années... Moi, à ta place, je sais bien ce que je ferais. J'abrégerais ses souffrances. Charité chrétienne, tout ça... C'est pas pour te commander, tu sais ce que tu as à faire, mais sache que, toi régnant, tu aurais tout à plein mon alliance et mon amitié.

Gwendoline porte la main à son cœur.

— Oh, non !

— Oh, si. Papa Sigebert part pour un bref voyage d'inspection, il fait chaud, il s'accorde une petite sieste à l'ombre, des coquins à la solde de son fils lui plaquent les membres au sol et l'égorgent. Voilà Chlodéric roi. Il n'attend même pas sa proclamation sur le pavois et, tout joyeux tout fier, fait annoncer à Clovis ce qu'il en est, ajoutant qu'il hérite de trésors à foison et qu'il en tient une bonne part à la disposition de son cher donneur de bons conseils.

« Clovis envoie aussitôt quelques hommes de confiance. Chlodéric ouvre devant eux un coffre rempli de sous d'or, y plonge les bras avec ravissement. C'est alors qu'un des envoyés lève sa hache et fracasse la tête du pauvre benêt, qui s'écroule, répandant parmi son trésor sa cervelle légère.

« Il s'ensuit un certain désarroi parmi le peuple, à dessein mal informé. Clovis accourt — il n'était pas très loin ! —, réunit le peuple et l'armée sur le forum de Cologne, ville capitale des Francs ripuaires, et, prenant la parole, s'indigne très fort, tout à la fois contre le fils parricide qui, par son épouvantable forfait, avait attiré sur lui la colère de Dieu, et contre les instruments de cette colère, « des gens sans foi ni loi », se gardant bien de préciser que ces gens avaient agi sur son ordre. Il termine en déplorant la décadence ripuaire, cause profonde de ces désordres, et propose qu'on l'élise, lui, Clovis, roi des Ripuaires. L'assemblée l'acclame et l'élève aussitôt sur le pavois. On peut penser que le forum avait été garni avec soin.

C'est une histoire triste. Gwendoline pleure. Otto ne peut se tenir d'admirer la technique :

— Il faut reconnaître qu'il a du génie dans la crapulerie.

— Il a de la mémoire, aussi. Sais-tu ce qui est arrivé à Chararic ?

— Chararic ? Attends... Son cousin, non ? Le roi de Tongres ? Celui qui avait refusé de marcher avec Clovis lors de la guerre contre Syagrius ?

— Celui-là même.

— Ça remonte à loin !

— Clovis n'oublie jamais. J'ai appris qu'il l'a fait enlever dans son palais, ainsi que son fils.

— Il les a tués ?

— Attends ! Il les a fait tondre à ras et enfermer dans un monastère. Or tu sais que, chez tous les peuples teutoniques, roi tondu...

— ... roi déchu.

— Tout juste. Mais les cheveux, figure-toi, ça repousse. Chararic n'a pas pu se retenir de le dire, en tirant la langue, tralalère, et de se vanter de reprendre son royaume et de se venger dès que sa toison serait redevenue présentable. Ce qui n'a pas manqué d'arriver jusqu'aux oreilles de Clovis, lequel a dit : « Tiens, je n'y avais pas pensé ! », et puis les a fait promptement égorger. Naturellement, il a ajouté leur territoire à son pré carré.

— C'est la moindre des choses.

Ragnacaire, roi de Cambrai et oncle de Clovis, n'a pas digéré son échec à s'emparer de l'ampoule magique à faire les rois. Il reste farouchement attaché à la vieille religion des Ancêtres, offre des sacrifices aux sanglants dieux de la Germanie et consulte leurs oracles. L'armée qu'il commande est, comme lui, païenne, ainsi d'ailleurs qu'une grande partie de l'armée franque, Clovis n'ayant rien voulu brusquer. Ragnacaire soigne sa popularité parmi ces réfractaires, ébauchant par-ci, par-là des embryons de complots.

Naturellement, Clovis sait cela. Loin de tenir à

l'écart les leudes de Ragnacaire, il les honore, les flatte, leur confie des postes de commandement, des territoires à administrer, leur fait de somptueux cadeaux, de ces choses qui proclament la faveur de qui les arbore : épées à la poignée d'or pur, bijoux, baudriers de même métal... Ainsi, peu à peu, les gagne-t-il à sa cause, à l'insu du turbulent Ragnacaire. Si bien que lorsque le roi des Francs se décide, au mépris du droit juré, à attaquer les armes à la main Ragnacaire dans sa cité de Cambrai, ce sont les officiers mêmes de Ragnacaire, ses leudes les plus chers et les plus proches, qui le lui livrent, ficelé, bâillonné, écumant de rage. Riquier, frère de Ragnacaire, ne sachant plus sur qui compter, hésite sur la conduite à tenir. Clovis, lui, n'hésite pas : il le fait également saisir.

Devant le front des troupes, le roi Clovis rend son jugement. Ragnacaire, traître et félon, ennemi du vrai Dieu, persécuteur du peuple chrétien, est condamné à mort. En conséquence, sa tête est sur-le-champ fendue à la hache de la main même du roi. Riquier, reconnu coupable de lâcheté pour n'avoir pas secouru son frère à temps, est jugé indigne de vivre et, lui aussi, puni de la même façon et par la même main.

Le petit royaume franc de Cambrai est aussitôt dissous, son territoire incorporé au reste de la Gaule franque. Clovis y règne désormais sans intermédiaire. Les leudes applaudissent... Jusqu'à ce qu'ils s'aperçoivent que les somptueux cadeaux d'or massif avec quoi Clovis les a séduits et achetés ne sont que de plomb doré. Ils vont pour protester mais, remarquant que Clovis s'adonne à une active épuration par la hache parmi sa famille et son entourage, jugent préférable de faire comme si de rien et continuent à arborer fièrement leurs bijoux de pacotille afin de ne pas déplaire à celui qui les leur a si courtoisement offerts.

Une fois lancé, Clovis ne s'arrête plus. Toute sa parentèle y passe. Il fait rechercher avec soin les descendants, réguliers ou bâtards, directs ou collatéraux, proches ou éloignés, issus des femmes du clan de Mérovée, puis les supprime méthodiquement. Il agit de même envers la progéniture des roitelets barbares ayant régné, ne fût-ce que peu de temps, sur les pays qu'il convoite.

Ainsi, fidèlement conseillé et secondé dans ses desseins par Clotilde, sa pieuse épouse, sous le regard bienveillant de la sainte femme Geneviève et avec la bénédiction de Remi, évêque, et celle de bien d'autres hommes de Dieu, le roi Clovis augmente sans cesse le nombre des peuples soumis à sa paternelle autorité et progresse sur la voie de la vertu.

Aussi Grégoire de Tours, qui mit tout au long par écrit la vie et les prouesses du grand roi Clovis, peut-il écrire, citant la Bible :

« Dieu prosternait chaque jour ses ennemis sous sa main et agrandissait son royaume parce qu'il marchait devant lui d'un cœur droit et faisait ce qui plaisait aux yeux de Dieu [1]. »

Grégoire de Tours dit aussi que, ayant soigneusement fait le vide autour de lui, Clovis se lamentait devant Clotilde et les enfants, pleurant sur lui-même et sa cruelle solitude. Grégoire ajoute toutefois que peut-être ne disait-il cela que par ruse, afin de savoir s'il ne restait pas quelque part un cousin éloigné qui, pris de pitié, viendrait le consoler, et qu'alors il tuerait. Pour la plus grande gloire de Dieu, cela va de soi !

Où s'arrêtera l'œuvre du conquérant ? Déjà il travaille activement à préparer l'isolement politique de son compère Gondebaud, roi des Burgondes, dont le royaume s'étend des confins de la Lorraine jusqu'à la Provence et, d'est en ouest, de l'Auvergne à la Suisse. Il est l'oncle de la reine Clotilde — et aussi, ne l'oublions pas, l'assassin de ses parents, Clotilde ne l'ou-

1. Cité par Michel Rouche, *Clovis*, *op. cit.*

blie pas, elle —, afin de faire main basse sur ce dernier gros morceau de terre gauloise qui semble le narguer. Pour cela, une réconciliation avec le puissant Théodoric s'impose, quitte à chasser à son tour Théodoric de Provence une fois l'affaire faite.

Et puis, ces Alamans qui ont failli interrompre sa carrière et sa vie à Tolbiac, il faudra bien leur faire connaître qui est le maître et à qui doit appartenir la terre qui les nourrit...

Beaucoup de projets, en vérité, beaucoup de butin, beaucoup de crânes fendus pour un gaillard doué de mâchoires avides et d'un poignet qui ne rechigne pas à l'ouvrage.

Seulement...

Seulement, trois ans à peine après la prise de Toulouse, en l'an du Christ 511, le roi Clovis meurt, tout bêtement, à quarante-cinq ans, après avoir servi de son mieux le Dieu de Clotilde qui, il faut bien le dire, aurait pu se montrer un peu plus généreux en années.

La reine Clotilde lui survivra trente-quatre ans. Elle aura porté en terre la sainte femme Geneviève une année pleine après son époux. Elle la fera placer auprès du corps du roi Clovis, dans l'église que celui-ci avait fait édifier sur le sommet du Mons Cetardus et qu'il avait dédiée aux apôtres Pierre et Paul. Beaucoup plus tard, Geneviève et Clotilde seront canonisées, ce qui n'est que justice. Clovis ne le sera pas. On se demande bien pourquoi.

Le grand royaume franc de Clovis ne lui survivra pas. Ses fils s'en disputeront les lambeaux par les procédés habituels dans la famille : hache, poison, égorgement, ruse, trahison... Ils se montreront en ces domaines plus actifs encore que leur père, et leurs enfants et petits-enfants beaucoup plus encore.

Envers et contre tous, le vaillant petit royaume d'Armorique maintiendra son indépendance en marge des bouleversements et des atrocités mérovingiennes, achevant sans douceur d'imposer la langue celtique des envahisseurs brittons aux populations celto-romaines cramponnées à leur latin maternel.

Et la joyeuse petite famille ?

Comme les peuples, les familles heureuses n'ont pas d'histoire.

A moins que...

ANNEXES

LE ROI GRALLON. S'il y eut effectivement plusieurs rois d'Armorique de ce nom, celui qui régna de 478 à 509 (dates tout approximatives) est désigné sous celui d'Eusèbe, prénom chrétien reçu lors de son baptême. Il en avait d'autres, dont celui de Grallon, traditionnel dans la dynastie fondée par Conan Mériadec. J'ai pris la liberté de préférer l'appeler Grallon, qui sonne plus « armoricain » qu'Eusèbe.

THIERRY. Le fils premier né de Clovis et d'une princesse ripuaire, Suavegunde — le seul qui ne soit pas de Clotilde —, avait pour nom Théoderic, qui fut par la suite « christianisé » en Thierry. C'est ce nom que l'Histoire a retenu et qui est adopté ici afin d'éviter toute confusion avec Théodoric, le puissant roi des Ostrogoths d'Italie.

Quand Thierry prit le commandement d'une des armées d'invasion de l'Aquitaine wisigothe, il reçut le grade de « comte » (*comes*), copié sur la hiérarchie militaire romaine. Il était alors âgé de vingt et un ans.

MATILINE. Certains se demanderont, non sans raison, comment on peut être l'épouse de onze mille Huns sans mettre au monde quelque petit bridé de temps à autre. Disons que les Huns, peuple essentiellement nomade n'aimant guère s'encombrer de marmaille plus qu'il n'était strictement nécessaire au renouvellement de l'effectif, leurs chamanes utilisaient certains sucs végétaux renforcés par certaines conjurations magiques afin de maintenir le rythme des naissances — nonobstant la lubricité hunnique bien connue — à une fréquence acceptable. La petite Matiline, fort sagement, jugeant qu'un fils de onze mille pères risquerait de poser des problèmes, avait usé régulièrement de ce système de régulation des naissances que la pudibonderie chrétienne devait par la suite vouer à l'opprobre, puis à l'oubli.

Noms de lieux. Ainsi que je l'ai fait précédemment, je préviens le lecteur qui « prend le train en marche » que j'ai préféré, sacrifiant quelque peu de la couleur locale, utiliser, pour désigner les villes, provinces, fleuves... les dénominations actuelles afin que l'on puisse facilement suivre l'action sur la carte.

De même fais-je s'exprimer les personnages dans le français familier d'aujourd'hui, fuyant l'effet facile d'un pittoresque moyenâgeux à bon marché, obtenu par un parler ampoulé pêché au magasin des accessoires.

Cavanna dans Le Livre de Poche

Cœur d'artichaut n° 14262

À trente-cinq ans, apprenti-écrivain sans grande conviction, Emmanuel Onéguine n'a qu'une passion : les femmes. Toutes les femmes. À commencer par la dame aux chats, un peu mûre, qu'on a expulsée d'un vieil immeuble parisien. Et puis cette enseignante rencontrée au café. Et puis ses provocantes élèves. Toutes... Cependant qu'il joue les « nègres » pour un vrai-faux romancier à succès, Emmanuel poursuit l'authenticité dans l'amour. L'amour tendre, l'amour passion, l'amour au lit : pour lui, pas de barrière, pas de différence. Il n'y a que l'amour. Et la femme, sans qui le monde serait sinistre... Avec la truculence, la drôlerie et la générosité qu'on lui connaît, l'auteur des *Ritals* et de *Maria* nous donne une confession magnifique d'impudeur et – à qui sait lire – d'émotion.

Coups de sang n° 9504

Coups de sang, coups de rage, coups de gueule. La chasse, la corrida, la pub, le sport-spectacle, l'apologie du fric, les marchands d'irrationnel : dans notre époque consensuelle – il dirait plutôt moutonnière – Cavanna est de ceux qui continuent à dire non, et les occasions ne manquent pas...

La Couronne d'Irène n° 6828

Entre 796 et 802, l'Europe dévastée par les Grandes Invasions est partagée en deux. À l'Orient, les restes bien menacés de l'Empire romain sur lesquels règne la pieuse, l'ambitieuse, l'implacable Irène. À l'Occident, la puissance conquérante du royaume franc sous la poigne de fer de Karl, dit Charlemagne. Au Sud, le formidable élan de l'islam s'est essoufflé et digère ses conquêtes... Mais c'est maintenant du Nord que surgit une nouvelle menace : la première ruée des flottilles de drakkars des Vikings pour qui seul compte le butin. C'est à travers cette Europe des périls que le chevalier Renaud, l'écuyer Raymond et Tamara l'esclave, réchappés de la terrible aventure des *Fosses carolines*, vont vivre une nouvelle odyssée.

La Déesse mère n° 14565

Il y a dix mille ans, l'homme commençait à peine à cultiver la terre. Il chassait dans la forêt. Il revenait dévorer la viande crue, et prenait les femmes selon la brutalité de son désir. Tel était Ghal, héros de ce récit à la fois paillard et philosophique, entièrement obsédé par cette antique image de la femme que fut la Déesse Mère : symbole de la féminité absolue ou plutôt de la femellité...

La Hache et la croix n° 15122

Lorsque Clovis succède à son père Childéric, les rudes guerriers francs voient d'un œil sceptique ce blanc-bec de quinze ans succéder à son père. À cette époque la Gaule est divisée en plusieurs royaumes barbares dont les rois sont supportés de mauvaise grâce par le peuple gallo-romain massivement catholique. Bien vite, le jeune Clovis va se révéler comme un conquérant redoutable et sans scrupules. D'abord secondé par ses leudes fidèles, Loup et Otto, il se lance dans un dessein grandiose et fou : la conquête des Gaules. Quant aux deux compères, ils courront maintes aventures, croisant des pucelles au cœur tendre, des nonnes plus ou moins authentiques... et même le chevalier Lancelot du Lac... Un roman épique et malicieux où l'on retrouve le meilleur de Cavanna, sans jamais (enfin, presque !) que soit trahie l'Histoire.

Le Hun blond nº 14915

Alors que la horde d'Attila, surgie des profondeurs de l'Asie, submerge l'Europe, le petit peuple barbare des Francs s'unit au Romain Aetius pour sauver les restes de l'Empire. À Lutèce, les Parisii terrifiés se raccrochent aux prédictions de Geneviève, quand ils ne la traitent pas de sorcière... Dans ces temps troublés du ve siècle naît Loup, enfant d'une Franque et d'un guerrier hun. Élevé dans l'entourage du roi Childéric, ce Hun blond, enfant de deux races ennemies, aura pour mission de ramener d'exil le roi franc, père de Clovis. S'ensuit un roman d'aventures tonitruant et chaleureux, guerrier et paillard. Vus par Cavanna, Mérovée, Attila ou le saint évêque de Troyes parlent comme nous, sentent comme nous. Ils sont terriblement humains, drôles, cruels, tendres ou pathétiques. Mais c'est bien l'histoire mérovingienne, fidèlement ressuscitée, qui surgit dans ces pages.

Maria nº 6317

« Ce livre est le cinquième d'une série autobiographique qui commence avec *Les Ritals*... Le présent ouvrage est, entre autres choses, un essai d'autobiographie-fiction, le premier de tous les temps. L'histoire racontée dans les pages qui suivent est le récit d'événements non encore advenus dans la vie de celui qui les raconte. » Nous sommes en 1989.

Les Ritals nº 5383

Les Ritals de Cavanna, ce sont les natifs d'au-delà des Alpes attirés par l'appât du travail et fixés en banlieue, à Nogent-sur-Marne, à une époque qui se situe entre 1930 et 1940, soit approximativement entre les six et les seize ans de l'auteur.

Les Russkoffs n° 5507

Le petit Rital de la rue Sainte-Anne a grandi. Septembre 1939 : il vient d'avoir seize ans. Une année mémorable. Les six qui suivent sont pas mal non plus. Pour lui et pour beaucoup d'autres.

Du même auteur

aux Éditions Albin Michel :

La Grande Encyclopédie bête et méchante
La Nouvelle Encyclopédie bête et méchante
Nos ancêtres les Gaulois
Le Temps des égorgeurs
Lettre ouverte aux culs-bénits
Les Ritals
Les Russkoffs
Bête et méchant
Les Yeux plus grands que le ventre
Maria
L'Œil du lapin
Les Écritures
Louise la pétroleuse *(théâtre)*
Et le singe devint con *(L'Aurore de l'humanité I)*
Le Con se surpasse *(L'Aurore de l'humanité II)*
Les Fosses carolines
La Couronne d'Irène
Le saviez-vous ?
Les Aventures de Napoléon
Mignonne, allons voir si la rose...
Coups de sang
Cœur d'artichaut
La Déesse mère
Le Hun blond
La Hache et la croix

Chez d'autres éditeurs :

Éditions Hara-Kiri
4, RUE CHORON

Jean-Jacques Pauvert
STOP-CRÈVE
DROITE-GAUCHE, PIÈGE À CONS

Julliard
(Collection « Humour secret »)
CAVANNA

L'École des loisirs
(Adapté en vers français par Cavanna)
MAX ET MORITZ, *de Wilhelm Busch*
CRASSE-TIGNASSE *(Der Struwwelpeter)*

Hors Collection
MAMAN, AU SECOURS !
LES GRANDS IMPOSTEURS
DIEU, MOZART, LE PEN...
TONTON, MESSALINE, JUDAS...

L'Archipel
LA BELLE FILLE SUR LE TAS D'ORDURES
DE COLUCHE À MITTERRAND

Hoebeke
(Avec Robert Doisneau)
LES DOIGTS PLEINS D'ENCRE
LES ENFANTS DE GERMINAL

Presses de la Cité
(avec Barbe)
JE T'AIME

Composition réalisée par NORD COMPO

Imprimé en France sur Presse Offset par

BRODARD & TAUPIN

GROUPE CPI

La Flèche (Sarthe).
N° d'imprimeur : 22785 – Dépôt légal Éditeur 44813-05/2004
Édition 2
LIBRAIRIE GÉNÉRALE FRANÇAISE - 43, quai de Grenelle - 75015 Paris.
ISBN : 2 - 253 - 15249 - 8

31/5249/3